1930년대 후반 식민지 조선의 소설 이론

임화, 최재서, 김남천의 소설 장르 논의

저자

이진형(Jinhyoung Lee, 李眞亭)은 1972년 충청북도 괴산에서 태어났다. 단국대학교 국어국문학과를 졸업한 후 연세대학교 대학원에 진학하여 석·박사학위 과정을 마쳤다. 서울대학교 국어국문학과에서 박사후 과정을 연수했으며 지금은 연세대학교에서 강의를 하고 있다. 주요 논문으로 「소설, 서사시, 국민문학」, 「김남천, 식민지 말기 역사에 관한 성찰」 등이 있고, 역서로 『바흐친의 산문학』(공역)이 있다.

1930년대 후반 식민지 조선의 소설 이론

임화, 최재서, 김남천의 소설 장르 논의

초판인쇄 2013년 10월 30일 **초판발행** 2013년 11월 5일

지은이 이진형 **펴낸이** 박성모 **펴낸곳** 소명출판 **출판등록** 제13-522호

주소 서울시 서초구 서초동 1621-18 란빌딩 1층

전화 02-585-7840 **팩스** 02-585-7848 **전자우편** somyong@korea.com **홈페이지** www.somyong.co.kr

값 22,000원 ⓒ 이진형, 2013

ISBN 978-89-5626-918-4 93810

1930년대 후반 식민지 조선의 소설 이론

임화, 최재서, 김남천의 소설 장르 논의

Theories of novel of the Colonial Korea in Late 1930's

이진형

소명출판

　본서는 2년 전 제출한 박사학위 논문을 수정하고 보완한 것이다. 수개월에 걸쳐 수정하고 보완했지만 원래의 모습에서 크게 바뀌지는 않은 듯하다. 대부분의 문장을 손보고 불분명했던 개념들을 다듬고 여기저기 설명도 추가했지만 크게 티가 나지는 않는다. 그래서 결국 이렇게, 보충의 흔적만을 담은 채 출판하게 되었다.

　오늘날 1930년대 비평가들의 소설 논의는 그리 인기 있는 연구 대상이 아니다. 그에 대한 연구는 1970년대 김윤식에 의해 처음 시작된 이래 1980년대 중후반 월북 문인들의 해금과 더불어 본격적으로 전개된 후, 1990년대 중반 들어 점차 뜸해지기 시작했다. 그런데 생각해 보면, 뜸해진 것은 단지 1930년대 소설 장르 논의에 대한 연구만이 아니었다. 문학이론 일반, 더 나아가서는 문학 작품에 대한 연구자들의 관심 자체가 뜸해진 것처럼 보였다. 이는 문학이 더 이상 사회에 대한 권위 있는 담론이나 고유한 내적 질서를 가진 '예술'로 여겨지지 않게 되고, 다양한 문자 및 영상 매체들과 더불어 특정 사회나 문화에 관한 정보를 제공해주는 자료 정도로 취급되기 시작한 데 기인하는 듯하다. 만약 그렇다면 우리 사회에서 문학을 특별하게 다루어야 할 근거는 어디에도 없는지 모른다.

　나는 1990년대 중반 대학원에 진학하여 국문학 공부를 시작했다. 대학교 졸업을 위해 소위 '물 논쟁'에 관한 글을 쓰면서 임화와 김남천을 알게 되었고, 문학의 존재 이유에 관해 더 공부하고 싶다는 생각이 들었다. 결국 나는 임화의 본격소설론에 대한 연구로 석사학위를 받았고, 1930년대 비평가들의 소설 이론에 대한 논문을 써서 박사학위까지 받게 되었다. 본서가 세상에 나오게 된 첫 번째 이유는 바로 여기에 있다. 나는 국문학 공부를 처음 시작할 때부터 줄곧 이 시기 비평가들에게 관심을 갖고 있었고, 바로 그 때문에 다른 주제나 대상으로 논문을 쓴다는 것은 전혀 생각해 보지 않았다. 특히 1930년대 비평가들의 소설 장르 논의가 그동안 체계적으로 정리되지 못했다는 사실은 중요한 집필 동기가 되었다.

게다가 모든 연구자들이 그렇듯이, 공부를 하면 할수록 연구하는 대상에서 받게 되는 복잡성과 다층성의 느낌도 본서를 쓰게 된 중요한 이유였다. 문학 연구가 문학(작품)을 미학적 문맥에서뿐만 아니라 정치적·경제적 문맥에서도 설명하고 평가하는 작업이라면, 1930년대 비평가들의 논의는 이와 같은 문학 연구의 성격에 가장 잘 들어맞는 연구 대상처럼 보였다. 일본 제국주의 국가 권력에 의한 문학의 정치적 도구화 요구 앞에서, 그들은 소설의 미학을 정교하게 다듬으면서도 정치적 계기와 경제적 계기를 미학 내적인 것들로서 다루는 데 소홀하지 않았기 때문이다. 이 시기 문학비평은 1930년대 문학의 모습에 관한 역사적 이해를 가능하게 해준다는 점에서도 그렇지만, 무엇보다도 미학적·정치적·경제적 계기들의 역학관계로써 형성된 근대 문학의 존재 방식에 관한 사유를 전범적으로 보여준다는 점에서도 특별한 의미가 있었다.

앞으로도 1930년대 문학에 대한 연구를 계속 하게 될 것 같다. 다만 이제는 비평 담론에 그치지 않고 문학 작품들 역시 폭넓게 살펴보려고 하며, 시야를 확장해서 1940년대 이후 문학에도 본격적으로 관심을 가지려고 한다. 그럼으로써 본서에서 결여된 부분을 조금씩 보충해 나가려고 한다. 오늘날 문학은 더 이상 사회에서 특권적 지위를 주장할 수 없는 처지에 놓이게 되었지만, 또한 다른 문화 생산물들에 비해 우월한 지위를 내세우기도 어려운 상황에 처하게 되었지만, 인간 정신의 여러 생산물들과 함께 우리 삶과 사회를 되돌아 볼 수 있게 해주는 중요한 예술이라는 믿음이 있다. 그리고 이러한 되돌아 봄에서 1930년대 문학이 우리에게 들려 줄 수 있는 말은 아직 많이 남아 있는 것 같다.

본서는 최유찬, 신형기, 채호석, 김현주, 방민호 다섯 선생님의 지도로 완성될 수 있었다. 이 자리를 빌려 다시금 감사의 인사를 드리고 싶다. 아울러 책을 출판할 기회를 주신 김영민 선생님께도 감사의 마음을 전하고 싶다. 그동안 함께 공부했던 여러 선후배님들, 특히 조만영 선생님께는 늘 고마운 마음을 갖고 있다. 고마운 분들을 떠올리다 보니 새삼 나 자신의 게으름에 부끄러움을 느끼게 된다.

2013년 여름. 이진형.

제1장
식민지 조선 사회와 소설 장르

1. 문제로서의 소설

본서는 1930년대 후반 전개된 소설 장르[1]에 관한 논의를 대상으로 이 시기 소설 논의의 전반적 양상을 살펴보고 그 성격을 규명하려고 한다.

1930대 후반 소설 장르 논의는 김남천의 「지식계급 전형의 창조와 『고향』 주인공에 대한 감상」(『조선중앙일보』, 1935.6.28~7.4), 최재서의 「리얼리즘의 심화와 확대-『천변풍경』과 「날개」에 관하여」(『조선일보』, 1936.10.

---

[1] 여기서 '소설'이란 역사적 장르로서의 장편소설(Roman)을 가리킨다. 장편소설이라는 용어를 사용하지 않은 이유는, 1930년대 비평가들이 경우에 따라 소설을 장편소설, 중편소설, 단편소설 등 하위장르로 구분해서 논의하기도 했지만 대부분의 경우 '소설=장편소설'의 등식 위에서 논의를 전개했다는 데 있다. 예컨대 김남천은 장편소설이라는 용어를 단편소설과 명확하게 구분해서 사용했지만, 최재서나 임화는 장편소설이라는 용어를 거의 사용하지 않았다. 최재서는 주로 '현대소설'이라는 용어를 사용해서 소설 장르에 관해 논의했고, 임화는 작품의 분량에 따른 '장편소설 / 단편소설' 구분보다 작품의 구조에 따른 '본격소설 / 세태소설 · 내성소설' 구분이 더 중요하다고 생각했다.

31~11.7) 등이 발표되면서 본격적으로 전개되었다. 이 시기 소설 장르 논의에는 당시 활동하던 비평가들이 거의 모두 참여했지만 임화, 최재서, 김남천 외에 소설 장르 정리된 입장을 제시한 비평가는 없었다. 예를 들어 백철이 종합문학소설을 제안하기도 했고 이원조가 신문소설의 가능성을 탐색하기도 했지만, 그들의 논의는 대부분 단편적인 개입에 그치고 말았다. 그러므로 1930년대 후반 소설 이론에 대한 연구는 임화, 최재서, 김남천의 논의를 중심으로 이루어질 필요가 있다.

이 시기 비평가들은 무엇보다도 당시 소설 작품들이 조선 사회에 관한 적절한 인식을 제공해주지 못한다는 데 문제를 제기했다. 세태소설과 내성소설이 본격소설의 구조를 갖추지 못했다는 임화의 비판이나 현대소설 작품들이 모럴을 결여하고 있다는 최재서의 지적, 조선 장편소설의 특수성을 인정하면서도 장편소설 형식에 변화가 필요함을 역설한 김남천의 논의는 모두 그와 같은 문제의식에 기인했다. 그로 인해 그들은 소설 장르의 형성과 전개에 관한 거시적 성찰을 감행하면서도, 소설 작품의 구성과 관련한 미시적 사유에도 결코 소홀할 수 없었다. 그들은 소설 장르에 제기한 인식론 문제를 당시 소설 작품들의 형식적·구성적 문제들과 관련해서 해결해야 한다고 믿었던 것이다. 임화가 소설가들에게 본격소설의 플롯을 일종의 규범으로서 제시한 것, 최재서가 현대소설의 서사시적 경향에 주목한 것, 김남천이 조선적 장편소설의 형성을 요구한 것은 모두 당대 사회를 인식하는 데 적합한 문학적 방법을 찾으려는 노력의 표현이었다.

1930년대 후반 비평가들은 조선 소설 작품들에 문제가 있다는 데는 이견을 보이지 않았지만, 문제를 제기하고 해결책을 제시하는 방식에서는 전혀 다른 모습을 보였다. 이때 소설 장르에 관한 비평가들의 상이한 생각을 중층결정한 것은 그들의 정치적 입장 혹은 역사의식[2]이었다. 이 시기 소설 장르에 관한 논의에서 비평가들은 문학 작품에 의한 조선 사회의 인식 문제를 가장 중요한 의제로 설정했는데, 그 인식의 적절성 여부를 판단하는 기준이란 최종적으로 그들의 정치적 입장이나 역사의식이 될 수밖에 없었다. 그들은 당시 소설 작품들의 세계상이 조선 사회에 관한 자신들의 인식에 부합하지 않는다는 데 문제를 제기했고, 소설 장르에 관한 논의를 통해서 자신들의 사회 인식에 부합하는 작품 구성 방법을 찾으려고 했던 것이다. 이 점에서 '일제의 전체주의에로 나아가느냐 아니냐의 고비'가 1930년대 후반 소설 장르에 관한 논의의 진의라는 김윤식의 주장[3]은 결코 과언이 아니다.[4] 이 시기 비평가들은 1930년대 후반 조선 사회에 대한 일본 제국주의 국가 권력의 강화된 경제적·정치적·이데올로기적 통제 앞에서 식민지 조선 사회의 변화를 소설 형식의 변화와 관련해서 사유하고자 했다. 그러므로 1930년대 후반 소설 이론에 대한 연구는 소설 장르의 본질 및 작품의 구성 방식에 관한 비평가들의 생각뿐만 아니라, 문학(소설)을 포함하는 광의의 사회(역사)에 대한 비평가들의 인식까지도 다루지 않으면 안 된다.

　1930년대 후반 소설 이론에 대한 연구는 임화, 최재서, 김남천이 단편적으로 발표한 글들을 모아 하나의 이론으로서 체계화하는 작업과,

---

2　정치가 '인간이 자신의 삶의 장을 스스로 만들어 가는 것' 혹은 '인간 세계를 건설하고 유지하고 변화시키는 것'이라면, 역사의식은 정치에 함축되어 있는 '변화 가능성에 대한 의식'을 의미한다. 이 경우 정치적 입장과 역사의식은 상호 관련되어 있으며 본질적으로 다르지 않다. 오히려 주체가 자신의 생활 조건을 스스로 만들어가기 위해서 취하는 정치적 입장은, 주체가 역사에 활동적으로 개입하기 위해 갖는 역사의식과 긴밀하게 관련되어 있다(에밀 앙게른, 유현식 역, 『역사철학』, 민음사, 1997, 42쪽).

3　김윤식, 『한국근대문학양식논고』, 아세아문화사, 1980, 118쪽.

4　최유찬은 1930년대 들어 장편소설이 부상하게 된 가장 큰 이유를 "작가가 현실의 총체적인 인식을 추구한 것과 자신의 시대에 대해서 역사의식을 갖게 된다는 점"에서 찾은 뒤, 1930년대 후반 소설 장르에 관한 논의란 소설가들에 의한 '현실의 총체적 인식'에 도움을 주려는 비평가들의 노력이었다고 평가한 바 있다(「1930년대 한국리얼리즘론 연구」, 이선영 외, 『한국근대문학비평사 연구』, 세계, 1989, 428쪽).

그들의 소설 이론에 내재하는 정치적 입장이나 역사의식을 파악하는 작업으로 이루어져 있다. 이 작업들을 통해서 이 시기 소설 이론의 전반적 면모가 드러날 수 있고 그 성격 역시 규명될 수 있다.

2. 소설 장르 논의의 이해

1930년대 후반 소설 장르에 관한 논의는 1970년대 김윤식에 의해 처음 주목을 받은 뒤 1980년대 들어 본격적으로 연구되었다. 1980년대 중반까지 연구는 주로 당시 소설 장르 논의의 전반적인 양상을 파악하는 방식으로 전개되었고, 이후에는 그 논의에 참여한 개별 비평가들의 소설 이론에 대한 세분화된 연구가 이루어졌다.

김윤식은 『한국근대문예비평사 연구』(1973)에서 1930년대 후반 전개된 소설 장르 논의를 묘사론, 종합문학론과 본격소설론, 로만개조론, 통속소설론 등 주요 논점들을 중심으로 분류해서 서술했다. 본서는 비평사적 관점에서 소설 장르에 관한 논의를 정리하는 데 목적이 있었기 때문에 당시 소설 이론에 관한 심층적인 연구로 나아가지는 못했다. 그러나 여러 비평가들에 의해서 복잡하게 전개된 당시 논의를 전체적으로 개괄함으로써 후대 연구자들이 그 논의에 보다 쉽게 접근할 수 있게 해주는 비계가 되었다.

강영주는 「1930년대 평단의 소설론」(1976)에서 1930년대 비평가들의 논의를 장르론의 관점에서 고찰했다. 이 글에서 강영주는 임화가 「세태소설론」(『동아일보』, 1938.4.1~4.6)에서 제기한 '성격과 환경의 분열' 문제를 당시 소설 논의의 중심적 문제로 간주한 뒤, 임화의 본격소설, 백철의 종합문학, 김남천의 로만개조론(풍속·가족사·연대기소설), 최재서의 대안적 형식들(중편소설, 가족사소설, 보고문학) 등을 그 문제에 대한 해결 시도로 평가했다. 이 글은 1930년대 후반 소설에 관한 논의를 처음 독립된 연구 대상으로 설정해서 소설 장르의 본질 및 구성 방식을 중심으로 체계화했다는 점에서 큰 의의가 있다.

1980년대 들어 신형기는 「1930년대의 장편소설 논의」(1985)에서 1930년대 소설 장르에 관한 논의를 리얼리즘 미학의 문맥에서 검토했다. 이 글에서 그는 당시 논의란 구체적 현실에 대한 비평가들의 관심에서 비롯했고, 문제적 형식들(세태소설, 내성소설, 통속소설)을 극복하려는 노력 속에서 구체화되었으며, 현실에 대한 구체적 재현으로서의 리얼리즘(김남천)에서 최고 수준에 도달했다고 주장했다. 신형기의 글은 분량이 짧은 만큼 당시 논의들을 심층적으로 다루지는 못했지만, 리얼리즘 미학과 소설 이론 사이의 내적 연관성에 주목함으로써 중요한 진전을 이루었다.

리얼리즘 미학과 소설 장르 사이의 내적 연관성은 최유찬의 「1930년대 한국 리얼리즘론 연구」(1986)에서 심층적으로 연구되었다. 이 글은 물론 소설 장르만을 다룬 연구물은 아니었지만, 1930년대 후반 소설 장르에 관한 논의를 비판적 리얼리즘론의 문맥에서 세밀하게 고찰했다. 이 글에서 최유찬은 소설 장르 논의를 1930년대 리얼리즘 논의가 도달한 최고의 성과로서, '한국적 현실에 적합한 양식'과 그 양식을 통한 '리얼리즘의 실현 방법'이라는 구체적인 문제를 해결하려는 시도로 평가했다. 특히 최유찬은 이 시기 소설 장르 논의를 리얼리즘 미학의 차원에서뿐만 아니라 사상적 배경(사회주의, 민족주의) 및 조선 사회의 식민지적 특수성과 관련해서도 고찰함으로써, 소설 장르에 관한 비평가들의 논의에 내포되어 있는 정치적 입장이나 역사의식까지도 폭넓게 규명했다.

　1980년대 중반 이후, 1930년대 후반 소설 장르에 관한 논의는 주로 개별 비평가 별로 세분화되어 연구되었다. 우선 임화의 소설 논의에 관한 연구는 민경희,[5] 신두원,[6] 송근호,[7] 김병구,[8] 나병철,[9] 조현일,[10] 황국명,[11] 김외곤,[12] 정호웅,[13] 정희모,[14] 이진형,[15] 고영진[16] 등에 의해서 이루어졌다. 그중 소설 이론과 관련해서 주목할 만한 연구물로는 나병철, 조현일, 이진형의 것을 들 수 있다. 나병철은 「임화의 리얼리즘론과 소설론」에서 임화의 본격소설론을 전형성과 플롯 개념을 중심으로 설명했다. '성격과 환경의 조화'라는 본격소설의 구조는 인물과 환경의 상호작용을 통해 전형성을 획득하는 과정을 의미하는데, 이 과정에는 인물과 환경의 상호작용을 통해서 관철되는 '플롯의 논리'가 내포되어 있다는 것이다. 이와 같은 나병철의 연구는 임화의 본격소설론을 일정한 체계를 갖춘 이론으로서 파악하는 데 기여했다. 조현일은 여기서 더 나아가 1930년대 임화가 발표한 평론들을 모두 소설론의 틀 속에서 다루었다. 조현일은 1930년대 임화의 평론들을 초기 소설관(낭만주의론, 리얼리즘론)과 장편소설론으로 구분한 뒤, 본격소설의 본질('성격과 환경의 조화')이란 바로 루카치적 의미에서의 '서사'에 있다고 주장했다. 임화는 본격

5　민경희, 「임화의 소설론 연구」, 서울대 석사논문, 1990.
6　신두원, 「임화의 현실주의론 연구」, 서울대 석사논문, 1991.
7　송근호, 「1930년대 후반 임화의 문학론 연구」, 연세대 석사논문, 1992.
8　김병구, 「임화의 소설론 연구」, 서강대 석사논문, 1992.
9　나병철, 「임화의 리얼리즘론과 소설론」, 한국문학연구회 편, 『1930년대 문학연구』, 평민사, 1993.
10　조현일, 「임화 소설론 연구」, 한국 현대문학연구회 편, 『한국문학과 모더니즘』, 한양출판, 1994.
11　황국명, 「임화의 소설론 연구」, 『인제논총』 제1권 제2호, 1995.12.
12　김외곤, 「임화의 소설론과 생활 세계의 인식」, 『한국학보』 제21권 4호, 1995.12.
13　정호웅, 「임화 소설 비평의 구조」, 『한국학보』 제22권 2호, 1996.6.
14　정희모, 「임화의 리얼리즘론과 소설론 연구」, 『비평문학』 제12호, 1998.7.
15　이진형, 「임화의 소설 이론 연구」, 연세대 석사논문, 2001.
16　고영진, 「임화의 리얼리즘론 변모 양상과 소설론」, 『문예시학회』 제16권, 2005.

소설을 통해서 자본주의 사회에 맞서 싸우는 인간의 자기 활동성과 자립성을 강조하고자 했고, 그 때문에 서술 방식으로서 '묘사' 대신 '서사'를 내세웠다는 것이다. 한편 이진형은 「임화의 소설 이론 연구」에서 낭만주의론 / 리얼리즘론과 본격소설론을 구분하면서 본격소설론의 구조에 관한 보다 심층적인 체계화를 시도했다. 본격소설이란 '소설 구조의 기축'(성격, 환경, 사건, 스토리 등)과 작가의 '사상'으로 이루어진 픽션이라는 것, 이때 작가의 사상이란 작품에 일관성을 부여하는 제한된 역할만 수행할 뿐이기 때문에 작가에게는 통속화에 빠지지 않을 '문학 정신'과 플롯이나 스토리를 만들어낼 수 있는 '구성력' 역시 요구된다는 것이 그의 설명이었다. 이진형은 '본격소설'의 구조만이 아니라 본격소설'론'의 구조까지도 밝혀냈다는 점에서 이전 논의와 구별되었다.

다음으로 최재서의 소설 논의 관한 연구는 김준오,[17] 권영민,[18] 권일경,[19] 진정석,[20] 이양숙,[21] 이진형[22] 등에 의해서 이루어졌다. 그중 1930년대 최재서의 소설 논의를 전반적으로 다룬 글로는 김준오, 권영민, 이양숙의 것이 있다. 김준오는 「현대 한국 장르비평 연구」에서 최재서의 장르 인식에 관해 검토했다. 최재서는 리얼리즘(제재를 처리하는 작가의 태도와 기법)과 모럴(서사문학의 본질적 요소로서 강조되는 성격창조의 문제)을 중심으로 서사문학을 이해한 뒤, 로망스나 현대소설에 비해 고대 서사시를 리얼리즘과 모럴이 결합된 최고의 문학 장르로 간주했다는 것이다. 김준오가 '고대 서사시 / 로망스 / 현대소설'이라는 최재서의 장르 체계에

---

17 김준오, 「현대 한국 장르비평 연구」, 『국어국문학지』, 1986.
18 권영민, 「최재서의 소설론 비판」, 『동양학』, 1986.
19 권일경, 「1930년대 모더니즘 소설의 실재관과 '재현' 개념에 관한 고찰」, 『관악어문연구』 제21권, 1996.
20 진정석, 「최재서의 리얼리즘론 연구」, 『한국학보』 23권, 1997.
21 이양숙, 「최재서 문학비평 연구」, 서울대 박사논문, 2003.
22 이진형, 「소설, 서사시, 국민문학」, 『한국근대문학연구』, 2008 하반기.

관심이 있었다면, 권영민은 '소설' 장르에 관한 논의에 더 관심을 기울였다. 「최재서의 소설론 비판」에서 권영민은 1930년대 소설 장르에 관한 최재서의 논의가 풍자문학론, 중편소설론, 서사시론으로 전개되어 가는 과정을 통시적으로 검토한 뒤, 1940년대 들어 최재서가 개인과 사회의 전체적 조화와 통일을 지향하는 서사시적 정신을 요구한 것은 결국 일본 제국주의의 전체주의 이데올로기를 승인하는 데로 귀결될 뿐이라고 평가했다. 권영민의 글은 최재서의 소설 논의에 내재하는 정치적 입장을 해석해 내려고 했다는 점에서 김준오의 것과 구별되었다. 그리고 이양숙은 『최재서 문학비평 연구』에서 실재성(리얼리티) 범주를 중심으로 최재서의 소설 이론을 정리한 뒤, 최재서가 가족사 연대기 소설이나 보고문학 같은 현대소설의 서사시적 경향을 통해서 실재성을 구현하고자 한 결과 일본 파시즘을 승인하게 되었다고 주장했다. 특히 이양숙은 소설 장르에 관한 최재서의 논의를 인류의 역사가 나아갈 방향을 가늠해보려는 시도로 평가한 뒤 일본 파시즘 및 국민문학론에 관한 상세한 설명을 제공했는데, 이는 최재서의 소설 이론을 국민문학론과 관련해서 이해하는 데 중요한 기여를 했다.

마지막으로 김남천의 소설 논의에 관한 연구는 김진억,[23] 배광호,[24] 채호석,[25] 김기호,[26] 나병철,[27] 황국명,[28] 정희모,[29] 이상갑,[30] 김한식,[31]

23 김진억, 「1930년대 후반기 장편소설론 일고-김남천을 중심으로」, 한양대 석사논문, 1986.
24 배광호, 「1930년대 후반기의 장편소설론 연구-김남천의 비평을 중심으로」, 영남대 석사논문, 1987.
25 채호석, 「김남천 창작 방법론 연구」, 서울대 석사논문, 1987; 채호석, 「김남천 문학 연구」, 서울대 박사논문, 1999.
26 김기호, 「김남천 소설론의 전개과정과 그 특성-전반기(1930~1942)의 비평을 중심으로」, 한국외대 석사논문, 1989.
27 나병철, 「김남천의 창작방법론 연구」, 『1930년대 민족문학의 인식』, 한길사, 1990.
28 황국명, 「1930년대 후반기 장편소설론 연구」, 『인제논총』 제9권 2호, 1993.
29 정희모, 「1930년대 후반 김남천의 장편소설론 연구」, 『현대문학의 연구』 제4권, 1993.
30 이상갑, 「자기검토와 개조의 의미」, 이상갑 편, 『김남천』, 새미, 1995.

임관수,[32] 서영인,[33] 이진형,[34] 강지윤[35] 등에 의해서 이루어졌다. 이들은 대부분 고발문학론, 모럴론, 풍속론, 장편소설개조론, 관찰문학론으로 전개되는 1930년대 후반 김남천의 문학적 사유를 리얼리즘론의 관점에서 통시적으로 고찰했다. 그들은 주로 '풍속'과 '전형적 성격' 개념을 중심으로 김남천이 엥겔스의 리얼리즘 규정(전형적 상황, 전형적 인물, 세부의 진실성)을 적절하게 구현하고 있는지에 관해 검토하거나, 아니면 김남천이 식민지 조선 사회의 재현을 위해서 요구한 문학적 주체의 성질 및 그 주체의 '재건' 여부를 살펴보는 데 주력했다. 이는 김남천의 소설 논의를 구성하는 핵심 개념들을 깊이 있게 이해하는 데 큰 기여를 했다. 한편 황국명이나 서영인의 경우에는 '소설' 장르를 중심으로 김남천의 논의를 고찰함으로써 다른 연구자들과 구별되는 면모를 보였다. 황국명은 「1930년대 후반기 장편소설론 연구」에서 장르 인식 및 장편소설 개조론의 논리를 중심으로 김남천의 평론들을 검토했다. 김남천은 장편소설의 역사성을 인식함으로써 고대 서사시 형식에 거리를 두게 되었고, 그 대신 가족사 소설과 연대기 소설을 통해서 복잡한 현실을 재현하고자 했다는 게 그 요지다. 그리고 서영인은 「근대인간의 초극과 리얼리즘」에서 「소설의 운명」(1940.11), 「전환기와 작가」(1941.1), 「소설의 장래와 인간성 문제」(1941.3) 등 그동안 깊이 있게 다루어지지 않았던 평론들을 중심으로 김남천의 소설 논의를 검토했다. 서영인은 김남천의 장편소설 논의가 리얼리즘적 방법(왜곡된 사회의 모순을 해부하고 비판하는 방법)과 새로운 인간성의 전망(유한한 인간성을 인정하고 그 극복

31 김한식, 「1930년대 후반 김남천의 창작방법론과 장편소설 『사랑의 수족관』」, 『한국문학이론과 비평』 제10집, 2001.
32 임관수, 「김남천의 소설론 연구」, 『어문연구』 제35집, 2001.
33 서영인, 「근대인간의 초극과 리얼리즘」, 『국어국문학』 제137권, 2004.
34 이진형, 「김남천의 소설 정치학」, 『현대문학의 연구』 제31권, 2007.3.
35 강지윤, 「'재현'의 위기와 김남천의 리얼리즘」, 『사이』 제3호, 2007.

을 위해 실천함으로써 새로운 인간성을 수립할 수 있다는 전망)으로 이루어져 있으며, 그 때문에 1940년대 동양문화론이나 근대초극론에 거리를 둘 수 있었다고 주장했다. 서영인의 연구는 김남천의 소설 이론이 일본 제국주의 이데올로기와 맺고 있는 긴장 관계를 포착하려고 했다는 점에서 기존 연구들과 구별되었다.

본서는 기존의 연구 성과 위에서 다음과 같은 점을 고려하며 논의를 전개했다.

첫째, 본서는 기존 연구들처럼 1930년대 후반 비평가들의 소설 장르 논의가 기본적으로 문학의 인식론적 기능을 강조하는 리얼리즘 미학[36]의 틀을 벗어나지 않았다고 보았다. 문학의 인식론적 기능은 임화나 김남천뿐만 아니라 최재서에게도 중요했는데, 최재서는 모럴과 더불어 리얼리즘을 서사문학(소설 및 서사시)의 구성요소로 간주하면서 문학 작품의 의의를 '실재의 인식'에 두었기 때문이다.[37] 그러나 임화나 김남천과 최재서 사이에 존재하는 차이, 더 나아가서는 임화와 김남천 사이에 존재하는 차이는 결코 간과될 수 없다. 그들은 물론 소설 장르를 통한 조선 사회의 재현을 요구했지만, 정치적 입장이나 역사의식의 차이로 인해 재현 대상이나 재현 방법에 관해 서로 다른 생각을 가질 수밖에

---

36 최유찬, 『한국문학의 관계론적 이해』, 실천문학사, 1998, 256쪽.
37 김홍규는 「최재서 연구」(『문학과 역사적 인간』, 창작과비평사, 1980)에서 최재서를 "마르크시스트 문학론에 대립해서 '미적 가치'를 옹호한 반대자가 아니라 인식의 진실성을 추구하는 차원에서 그것을 긍정하였던 (넓은 의미의) 동지적 비판가였다"(294쪽)고 평가한 바 있다. 마르크스주의 문학론에 대한 최재서의 입장에 대해서는 논란의 여지가 있지만, 최재서가 문학을 인식론적 관점에서 이해했다는 점은 분명하다.
진정석 역시 「최재서의 리얼리즘론 연구」(『한국학보』 23권, 1997)에서 문학을 '인식과 가치 추구의 장'으로 간주하는 최재서의 문학관이 리얼리즘 미학과 긴밀한 관계에 있다고 주장했다. 최재서는 '문학을 미학의 차원에 국한시키지 않고 인식과 가치추구의 장으로 간주했다는 점에서 리얼리즘 미학에 근접해 있다'는 것이다(193쪽).
최재서가 「「날개」와 『천변풍경』에 관하여」에서 이상이나 박태원의 작품에 관해 리얼리즘의 '심화'와 '확대'라고 호평한 근거 역시, 그들이 '실재의 객관적 재현'에 성공했다는 데 있었다.

없었다. 예를 들어, 임화는 본격소설을 통해서 현상(생활)과 본질(역사)의 통일체로서의 현실을 인식해야 한다고 주장했고, 최재서는 소설(서사문학)이 보편적 가치의 담지자 혹은 보편적 실재의 재현이 되어야 한다고 여겼으며, 김남천은 장편소설이 조선 사회의 모순과 갈등을 재현하는 형식이 되어야 한다고 생각했다. 그러므로 본서는 1930년대 후반 비평가들의 소설 이론이 예술의 인식론적 기능에 의해 결정되어 있음을 인정하면서도, 그들의 이론을 리얼리즘 미학의 범주(전형성)에 의해서 일률적으로 평가하고자 하지 않았다. 오히려 그들의 소설 이론을 각각 하나의 체계로서 재구성하고 거기에 내포된 정치적 입장이나 역사의식까지도 변별해냄으로써 1930년대 후반 소설 이론의 복합적 면모를 파악하고자 했다.

둘째, 본서는 개별 비평가들의 소설 이론에 관한 체계적 이해를 시도했다. 기존의 연구들은 대부분 1930년대 후반 소설 논의에 참여한 비평가들의 논점 변화를 중심으로 통시적 관점에서 연구를 진행했다. 그로 인해 비평가들의 문학적 사유가 변화하는 양상을 파악하는 데서는 많은 성과를 낳았지만, 세부적인 논점 변화에도 불구하고 일정 기간 동안 유지된 그들의 입장을 하나의 이론으로 포착하는 데는 상대적으로 소홀할 수밖에 없었다. 그러므로 이 시기 소설 장르 관련 논의들의 변화 양상에 대한 연구는 개별 비평가들의 소설 이론에 관한 체계적 연구를 통해서 보완될 필요가 있다. 임화, 최재서, 김남천 등 당시 논의를 주도했던 세 비평가의 단편적 논의들을 하나의 이론으로서 체계화할 때, 1930년대 후반 소설 장르 논의의 지형은 분명하게 드러날 수 있다.

셋째, 본서는 1930년대 후반 비평가들이 제시한 소설의 형식들에 특히 주목했다. 이 시기 소설 이론에 관한 기존의 연구들은 주로 거시적인 관점에서 문학(소설)이 사회 속에서 갖는 의미를 해명하는 방식으로 전개되었다. 이 경우 논의의 초점은 개별 비평가들의 소설 장르 논의에서 정치적 의미를 해석해내고, 그것이 갖는 사회적 의의를 평가하는 데 맞춰지게 된다. 그러나 이 시기 소설 장르 논의를 살펴볼 때 정치적 의미의 해석이나 사회적 의의에 대한 평가 못지않게 중요한 것은 당시 논의된 소설 형식들에 대한 면밀한 검토 작업이다. 소설 장르에 대한 그들의 관심이 정치적 관점에 의해 중층결정되어 있다고 하더라도, 그들의 일차적 관심은 소설가들의 작품 생산에 실질적인 도움이 될 만한 방법을 모색하는 데 있었기 때문이다. 그들은 세태소설, 내성소설, 본격소설, 관념소설, 르포르타주 소설, 가족사 연대기 소설 등 각각의 소설 형식들을 특수한 사회 재현 방법들로 간주했고, 그 형식들에 대한 비판적 검토 작업을 통해서 바람직한 재현 방법을 모색했다. 물론 이와 같은 모색에는 개별 비평가들의 정치적 입장이나 역사의식이 개입할 수밖에 없겠지만, 그에 대한 해석과 평가는 그들이 주목한 소설 형식들에 대한 면밀한 검토 작업에 의해 보완됨으로써만 설득력을 얻을 수 있다.

3. 소설 이론의 발흥

헤겔은『미학』에서, 비록 짧은 분량이기는 하지만 소설을 장르의 관점에서 이해할 수 있는 토대를 마련했다. 헤겔은 소설을 '부르주아 사회의 서사시'라고 정의했는데, 여기에는 소설이 서사시의 유기적 총체성에 대비되는 산문적 총체성을 구현한 장르라는 의미가 내포되어 있다. 소설은 부르주아 사회의 복잡하고 다양한 면모를 통일성이 결여된 산문의 형태로써 보여주는 장르라는 것, 그러나 서사시의 후예로서 유기적 총체성에의 지향 역시 내포하고 있는 장르라는 것이다. 헤겔에게 소설이란 부르주아 사회의 산문적 분열 상태를 단순히 '사실적으로' 재현하는 장르가 아니었다. 오히려 소설은 부르주아 사회의 분열 상태를 그 자체로서 재현하는 한편, 서사시의 후예로서 그 분열 상태를 통일성의 관점에서 구성하려는 지향 역시 내포하고 있는 장르였다.

20세기 들어 게오르그 루카치는 헤겔의 미학에 입각해서 소설 장르에 관한 사유를 전개했다. 특히『소설의 이론』에서 그는 헤겔이 그랬듯이 고대 서사시와 근대 소설의 역사철학적 구분 위에서 소설 장르의 성격에 관해 설명한 뒤, 주인공과 사회의 역학관계를 중심으로 소설의 유형들(추상적 이상주의, 환멸의 낭만주의, 교양소설, 서사시적 경향)을 구분했다. 루카치에 따르면 서사시란 부분과 전체, 주체와 객체, 본질과 현상이 균열없이 통일되어 있는 시대의 서사문학이기 때문에, 서사시인은 서술 기법에 관한 고민 없이도 존재의 총체성을 충분히 재현할 수 있었다. 반면 소설이란 존재의 총체성이 더 이상 주어져 있지 않은 시대의 서사문학이기 때문에, 소설가는 세계의 총체성을 인위적으로 구성해내기 위해서 다양한 서술 기법들을 고안내지 않으면 안 되었다.[38] 근대 소설이 '전기 형식'을 취하게 된 근본적 이유는 자기인식을 향한 문제적 개인의 방황을 통해서 세계의 총체성을 구현하려는 데 있었다.

루카치의 사유가 헤겔의 미학에 큰 영향을 받은 것은 사실이지만, 그 둘 사이에는 중요한 차이가 있었다. 루카치는『소설의 이론』의「서문」에서 자신과 헤겔의 차이란 근본적으로 역사적·사회적 조건의 차이에 기인한다고 서술한 바 있다. 헤겔의 경우 부르주아 사회에서 정신의

---

[38]   Georg Lukács, *Die Theorie des Romans*, Berlin : Luchterhand, 1971, pp.47~51.

자기완성이 이루어졌음에도 불구하고 소설 작품이 내적 통일성을 결여한 데서 소설 장르의 문제를 찾았다면, 루카치 자신의 경우에는 소설 작품들의 형식적 분열 문제를 세계대전 이후 돌이킬 수 없을 정도로 분열되어버린 부르주아 사회 자체의 반영으로 보았다는 것이다. 그로 인해 헤겔이 소설 장르의 문제를 미학의 차원에 한정해서 제기할 수 있었다면, 루카치는 그 문제를 미학의 차원에서뿐만 아니라 사회적 · 역사적 차원에서도 제기하지 않으면 안 되었다. 소설의 형식적 분열 문제가 궁극적으로 세계대전을 유발한 자본주의 생산양식에 맞닿아 있는 것이라면, 소설가는 소설의 형식 문제를 자본주의 생산양식의 극복과 관련해서 사유해야 한다고 보았던 것이다. 루카치에게 소설 장르의 의의는 당대 사회와 관련해서 "그럼에도 불구하고(ein Trotzdem)"[39]의 형식을 취한다는 데 있었다. 소설은 서사문학의 일종으로서 20세기 사회의 분열 상태를 재현할 수밖에 없지만, '그럼에도 불구하고' 총체적 세계에 대한 갈망을 간직함으로써 '새로운 세계'에 대한 희망까지도 내포하는 장르가 되어야 했다.[40]

모든 문학 장르에는 사회적 삶의 변화가 각인되어 있다. 19세기 말 제국주의 세계 체제가 수립되고 20세기 들어 제국들 사이에 세계 재편을 위한 전쟁이 벌어졌을 때, 자유주의나 개인주의에 대한 정치적 · 지적 위기감이 고조되면서 무한한 진보에 관한 계몽주의자들의 믿음은 미래에 대한 불확실성으로 대치되었다.[41] 20세기 초 모더니즘 소설에서 '주체'와 '눈'의 분리를 통해 주체의 눈이 '카메라의 눈'으로 대체되고 '카메라의 눈'을 통해 관찰된 시각의 파편들이 주체의 정신에 의해 종합

---

39 *Ibid.*, p.62.
40 *Ibid.*, p.21.
41 유진 런, 김병익 역, 『마르크시즘과 모더니즘』, 문학과지성사, 1986, 50~55쪽 참조.

되지 못한 채 불연속적 시퀀스 안에 배치된 것[42]은, 이 시기 들어 소설가들이 더 이상 사회를 총체성 속에서 인식할 수 없게 되었음을 보여주는 징표였다. 현대소설가들은 부르주아 자유주의나 개인주의 이데올로기가 회의의 대상이 되자 일관된 스토리, 개인 주인공, 심리소설 등에 대해서도 반성하게 되었고, 자동기술법이나 몽타주 같은 장치들을 고안해냄으로써 변화된 삶에 대응하고자 했던 것이다.[43] 그리고 사회적 삶의 변화와 그에 따른 소설 구성방식의 변화 앞에서 비평가들은 소설 장르에 관한 근본적 성찰을 시도하지 않을 수밖에 없었다. 이렇게 볼 때 소설 장르에 관한 체계적 인식 및 논의가 20세기 들어 본격적으로 전개된 것은 우연이 아니다.[44]

문학이론의 힘과 한계는 그 이론이 해결하고자 하는 실제 문제들에서 나온다.[45] 문학이론이란 문학적 실천이 잘 이루어지고 있지 않다는 것을 보여주는 징후이자 문학적 실천이 마주친 고통스런 문제들에 관한 새로운 성찰을 요구하는 실천이다.[46] 이러한 인식은 소설 이론의 경

---

42 앨런 스피겔, 박유희·김종수 역, 『소설과 카메라의 눈』, 르네상스, 2005, 125~152쪽 참조.

43 아놀드 하우저는 20세기를 '영화의 시대'로 규정하기도 했다. 하우저는 의식내용의 동시성, 과거의 현재성, 여러 가지 다른 시점들의 뒤섞임, 내면적 체험의 변화무쌍한 유동성, 영혼을 싣고 흐르는 시간 흐름의 무변성(無邊性), 시간과 공간의 상대성 등 베르그송의 새로운 시간 개념이 영화의 수법과 완전히 일치한다는 점에서, 영화가 비록 현대예술에서 질적으로 가장 풍부한 장르는 아니라고 하더라도 '스타일 면에서 현대의 가장 대표적인 장르'라고 보았다(A. 하우저, 백낙청·염무웅 역, 『문학과 예술의 사회사-현대편』, 창작과비평사, 1974(1981), 241쪽).

44 20세기 이전 소설 장르는 스탕달-발자크 논쟁에서도 드러나듯 소설가들에 의해 논의되거나, 아니면 프리드리히 슐레겔이나 헤겔 같은 철학자들의 미학 논의에서 단편적으로 다루어졌다(브루노 힐레브란드, 박병화 외역, 『소설의 이론』, 현대소설사, 1993 참조). 소설 장르에 대한 논의가 본격적으로 이루어진 것은 20세기 들어서였는데, 게오르그 루카치의 『소설의 이론』(1917), E.M. 포스터의 『소설의 요소』(1927), 미하일 바흐친의 『도스토예프스키 시학』(1929) 등은 이 시기 대표적인 소설 장르 관련 비평서들이었다.

45 윌리스 마틴, 김문현 역, 『소설이론의 역사』, 현대소설사, 1991, 18~19쪽.

46 Terry Eagleton, "The Significance of Theory", *The Significance of Theory*, Oxford and Cambridge : Basil Blackwell, 1990, p.26.

우에도 그대로 적용된다. 소설 이론 역시 소설가들의 소설 쓰기에 문제가 발생했음을 나타내는 징후이자, 그 문제를 해결하려는 비평가들의 노력에 의한 산물로 볼 수 있기 때문이다. 여기서 잊지 말아야 할 것은 소설 장르에 관한 이론적 성찰이 단순히 소설 기법이나 형식 문제에 한정되지 않는다는 사실이다. 소설 장르가 사회의 변화(역사)에 의해 중층적으로 결정되어 있는 것처럼, 소설가가 사용하는 기법이나 형식도 미적 대상의 성격에 의해 중층적으로 결정될 수밖에 없다. 소설 이론의 관심사가 소설의 기법이나 형식 문제에 있음은 분명하다. 그러나 그 문제가 단지 미학 영역에 한정된 게 아닌 이상, 소설 이론은 그 문제를 사회적 삶의 변화와 관련해서 다룸으로써 문학적 실천에 긍정적 힘을 발휘할 수 있다.

4. 비평가들의 문제 제기

1930년대 식민지 조선의 비평가들은 소설 장르의 문제를 크게 두 측면에서 제기했다. 하나는 소설의 통속화 문제였고, 다른 하나는 소설의 형식적 균열 문제였다. 우선 소설의 통속화란, 문학 작품이 시장의 상품이라는 지위에 만족한 채 예술의 주권을 포기하게 만든다는 점에서 소설의 존립 자체를 위협하는 문제로 여겨졌다. 통속화된 소설에서 '소설'이라는 용어는 특수한 방식으로 사회를 재현하는 문학 장르가 아니라 시장에 전시된 문화 상품들 중 한 품목을 표기하는 라벨의 지위로 격하될 수밖에 없다. 통속소설 작가들에게 관심사는 당대 사회에 관한 예술적 인식에도 다양한 형식적 요소들의 실험에도 있지 않다. 그들은 오직 통속적 흥미를 유발할 만한 요소들을 기술적으로 배치하는 데만 관심을 둘 뿐이다. 사실 자본주의 사회의 소설가가 출판 자본의 간섭을 전적으로 거부하기란 불가능하다. 이 점에서 통속소설만큼 자본주의 사회에서 예술이 처한 상황을 노골적으로 보여주는 예술 형식도 없다. 바로 여기에 비평가들이 통속소설을 감정적으로 무시하거나 일방적으로 매도해버릴 수만은 없는 이유가 있다. 소설의 통속화가 문제라면, 통속소설은 진지한 검토의 대상이 되어야 하는 것이다. 결국 비평가들은 통속소설에 대해 어떤 식으로든 대응해야 했고, 그 과정에서 소설의 통속화 문제에 대한 해결 방안을 모색하지 않을 수 없었다.

소설의 통속화 문제가 비평가들에게 소설 장르의 관한 존재론적 성찰을 유도했다면, 소설의 형식적 균열 문제는 소설 작품의 구성과 관련한 실천적 반성을 요구했다. 1930년대 후반 들어 강화된 제국주의 국가 권력의 경제적·정치적·이데올로기적 통제는, 식민지 조선 작가들의 경우 1935년 카프 해산과 더불어 일상적으로 체험할 수 있는 현실이 되었다. 제국주의 국가 권력의 강화된 통제는 작가들의 활동 영역을 '정치'에서 '문단'으로 옮겨 놓는 한편, 그들의 사유 범위 역시 거시적 역사에서 미시적 일상생활로 축소해 놓았다. "남은 것은 한 가닥 작가적 실천의 길뿐"이며 "작가에 있어 예술적 실천이 전 생활의 집중된 첨단"[47] 이라는 임화의 진술은 정치 활동을 거세당한 작가들이 불가피하게 도달한 결론이었다. 1930년대 후반 들어 염상섭의 『삼대』(1931), 이기영의 『고향』(1934), 강경애의 『인간문제』(1934), 한설야의 『황혼』(1936)처럼 민족이나 계급을 중심으로 첨예화된 갈등을 다룬 작품들이 쇠퇴하고, 주

---

47 임화, 「주체의 재건과 문학의 세계」(『동아일보』, 1937.11.11~16), 『문학의 논리』, 학예사, 1940(*이후 『논리』로 표기), 53쪽.

인공의 미묘한 심리나 일상생활의 단편적 경험을 묘사하는 데 주력하는 작품들이 부상한 이유는 바로 여기에 있다. 이처럼 당대 조선인의 삶을 사회와 역사의 틀 속에서 일관되게 서술하는 데 무관심한 태도, 다시 말해 당대 조선인의 삶을 단편적으로 묘사하는 데 만족하는 태도는 비평가들이 보기에 소설 형식에 관한 심각한 문제를 유발하는 요인이었다. 말하자면, 당대 사회에 관한 일관된 인식의 포기는 소설 작품의 구성에서 통일성의 결여와 동등한 의미를 갖는 것이었다.

1930년대 후반 비평가들은 공통되게 당대 소설 작품들이 조선 사회에 관한 '적절한' 재현이 되지 못한다는 데 문제를 제기했고, 그 작품들의 구성 방식이 근본적으로 변화하지 않는 이상 조선 사회에 관한 '적절한' 재현은 이루어질 수 없다고 생각했다. 그러나 그들이 각각 찾아낸 문제의 원인과 그에 의거해서 제시한 해결책은 전혀 달랐다. 임화는 소설가들이 문학 정신을 상실한 데서 문제의 원인을 찾은 뒤 역사적 인식을 일종의 해결책으로 제시했고, 최재서는 현대 사회의 모럴 부재를 그 원인으로 제시한 뒤 인문주의적 교양의 필요성을 역설했으며, 김남천은 조선 자본주의 발전의 특수성에서 궁극적 원인을 찾은 뒤 소설가들에게 리얼리즘의 체득을 요구했다. 이때 그들은 플롯, 픽션, 성격, 전형 같은 개념들을 통해서 소설 구성 방식에 관한 이론적 성찰을 감행하는 한편, 본격소설, 가족사 연대기 소설, 르포르타주 소설, 아메리카 소설 등을 일종의 대안적 형식으로서 검토하기도 했다.

1930년대 후반 소설 이론에 관한 연구에서 잊지 말아야 할 것은 소설 장르에 관한 비평가들의 이론적 성찰이 순수하게 형식적인 측면에서만 전개된 게 아니라는 사실이다. 소설 장르에 관한 논의에서 식민지 조선 사회에 관한 '적절한' 재현이 핵심적인 의제였다면, 이는 당시 비평가들의 논의에서 기법이나 형식에 관한 것만을 추출해서 고찰하는 방식으로는 결코 해명될 수 없다. 사실 어떤 작품이 조선 사회를 적절하게 재현했는지 아닌지를 판가름하는 기준은 비평가들 각각의 정치적 입장이나 역사의식에 어느 정도 의존할 수밖에 없기 때문에, 그들의 논의에서 기법이나 형식에 관한 내용을 추출내기보다는 오히려 기법이나 형식에 관한 그들의 논의에서 정치적 입장이나 역사의식을 적극적으로 읽어낼 필요가 있는 것이다. 예를 들어, 1930년대 후반 조선 사회란 임화의 경우 역사적 법칙이 통용되지 않는 세계(이상과 현실의 분열)로 간주되었지만, 최재서에게는 인문주의적 가치가 아직 형성되어 있지 않은 세계였고 김남천에게는 제국주의 국가 권력에 의해 동일화된 자본주의적 속물들의 세계였다. 그리고 그들은 각자의 정치적 입장이나 역사의식에 따라 이 세계들의 '변화'에 관해 사유했고, 1930년대 후반 조선 사회를 '미래'와의 관련성 속에서 재현할 때 비로소 그에 관한 적절한 재현이 가능하다고 믿었다. 소설이란 무엇보다도 1930년대 조선인의 삶에 관한 단편적 묘사가 아니라 조선 사회에 관한 역사적 재현이 되어야 했다.

1930년대 후반 소설 이론에 관한 연구는 이 시기 비평가들이 생각한 소설 장르의 본질 및 작품 구성 방식뿐만 아니라, 그들이 갖고 있던 정치적 입장이나 역사의식까지도 다루지 않으면 안 된다. 따라서 각각의 비평가들이 단편적으로 발표한 글들을 모아 하나의 이론으로서 체계화하는 한편, 그 과정에서 그들의 소설 이론에 내재하는 정치적 입장이나 역사의식까지도 충분히 규명해야 한다. 이를 위해서 본서는 다음과 같은 세 가지 방법에 따라 연구를 진행했다.

첫째, 본서는 소설 장르에 관한 논의를 궁극적으로 결정하는 비평가들의 인식틀을 살펴보았다. 여기서 인식틀이란 비평가들이 소설 장르를 특정한 방식으로 인식하게 해주는 '인식의 질서'[48]를 말한다. 비평가들이 소설 장르와 관련한 문제를 제기하고 또 그 해결책을 모색할 때, 그 작업을 궁극적으로 조건짓는 것이 바로 인식틀이다. 게다가 그들이 소설 장르의 의의를 당대 조선 사회에 관한 '적절한' 재현(인식)에서 찾았다는 점을 고려한다면, 그들의 인식틀은 간단히 말하자면 문학(소설)과 사회(역사)의 관계에 관한 이해로 이루어져 있다고 말할 수 있다. 그들은 조선 사회에 관한 특정한 이해에 입각해서 당대 소설 작품들이 제시하는 세계상에 문제를 제기했고, 그와 더불어 조선 사회에 관한 적절한 인식에 도달할 수 있는 작품 구성 방법을 모색한 것이기 때문이다. 그러므로 인식틀 자체에는 소설 작품의 구성 방식이나 소설 형식들에 관한 비평가들의 생각이 직접적으로 드러나 있지 않지만, 그들이 특정한 작품 구성 방식이나 소설 형식에 긍정적이거나 부정적인 태도를 취한 이유를 이해하기 위해서는 인식틀에 관한 검토가 필요하다. 인식틀에 대한 검토를 통해서 개별 비평가들의 소설 장르 논의에 내재하는 정치적 입장이나 역사의식도 드러날 수 있다.

예를 들어, 임화는 역사적 현실과 사상 형성의 관계를 중심으로 소설 장르에 관한 논의를 전개했다. 여기에는 사실상 식민지 조선 사회를 역사의 관점에서 인식해야 한다는 생각, 즉 식민지 조선 사회의 근본적 변화를 바라는 정치적 입장이 강하게 내포되어 있었다. 최재서의 경우에는 리얼리즘(실재주의)에 관한 고전주의적 이해와 모럴 개념을 토대

48　여기서 인식틀이란 푸코가 『말과 사물』에서 말한 에피스테메(épistémè)를 말한다. 푸코에게 에피스테메란 '특정한 형태의 담론들을 출현할 수 있거나 출현할 수 없게 해주는 조건'이자 '특정한 방식으로 담론을 조직하고 질서지우는 조건'을 의미했다. 푸코에게 에피스테메는 시대적 의미를 갖는 것이지만, 본서에서는 비평가의 에피스테메로 그 의미를 축소해서 사용했다. 에피스테메는 종종 '인식소(認識素)'로 번역되기도 하지만, '특정한 방식으로 인식을 가능하게 방향짓고 그 인식의 구성 요소들을 구조화하는 조건이자 지반을 의미한다는 점에서 '인식틀'로 번역되는 게 더 적절하다(이진경, 「미셸 푸코와 담론 이론 — 표상으로부터의 탈주」, 이진경 외, 『철학의 탈주』, 새길, 1995, 208~214쪽).

로 논의를 전개했는데, 현대 사회에 부재하는 모럴의 정립 문제야말로 그의 인식틀을 결정하는 궁극적 요인이었다. 현대는 이미 쇠퇴했으며 새로운 시대가 도래해야 한다는 역사의식이 소설 장르에 관한 그의 논의를 강하게 규정하고 있었다. 그리고 김남천은 조선 자본주의의 특수성에 대한 이해와 리얼리즘 논리에 입각해서 조선적 장편소설의 형성을 요구했다. 이는 당시 조선이 전 세계적인 제국주의 체제에 편입되어 있다는 사실과, 그 체제로부터의 해방이 필요하다는 생각이 전제되지 않는다면 불가능한 것이었다.

둘째, 본서는 비평가들이 다양한 주제에 관해 쓴 여러 글들을 모아 각각 소설 이론으로서 체계화했다. 개별 비평가들의 소설 이론은 궁극적으로 인식틀에 의존하는 것이었지만, 소설 장르에 관해 사유에서 그들이 사용하는 개념들은 그것과 구분될 필요가 있다. 임화의 경우 소설 이론을 구성하는 요소들은 플롯, 픽션, 구성력이었고, 최재서의 경우에는 형식적 리얼리즘, 인문주의적 모럴, 소설적 성격이었으며, 김남천의 경우에는 모럴로서의 마르크스주의, 풍속, 전형적 성격이었다. 그들은 동일하게 소설 장르를 중심으로 논의를 전개했지만, 상이한 개념들을 사용하거나 서로 다른 개념들에 강조점을 찍음으로써 이질적인 소설 이론들을 만들어냈던 것이다. 그러므로 '소설' 장르에 대한 연구가 본서의 목적인 한 인식틀과 구분되는 것으로서 소설 이론의 체계화와 그에 대한 검토 작업은 반드시 필요하다.

1930년대 후반 비평가들은 소설 장르의 문제를 직접적으로 다루기도 했지만, 휴머니즘, 모더니즘, 리얼리즘 등에 관해 논의하는 가운데 그에 관한 생각을 드러내기도 했다. 그로 인해 이 시기 그들이 발표한 글들을 훑어보면 마치 잡다한 생각들의 나열처럼 보이기도 한다. 하지만 그들이 비록 다양한 주제에 관해 수많은 글을 발표하기는 했지만,

적어도 태평양전쟁 전까지는 조선 사회와 문학 작품의 관계에 관한 그들의 이해에 본질적인 변화가 있었다고 보기 힘들다. 이 점은 그들이 발표한 여러 글들이 각각의 소설 이론으로서 체계화될 수 있음을 의미한다. 따라서 본서는 일종의 체계화 작업을 수행하는 가운데, 그들의 미세한 사유 변화에는 크게 주목하지 않으려고 했다. 이는 물론 본서의 약점일 수도 있겠지만, 적어도 1930년대 후반 소설 장르에 관한 비평가들의 사유에 근본적인 변화가 발생하지 않았다는 점을 고려한다면 충분히 유효한 방법이다.

셋째, 본서는 소설의 형식들에 관한 비평가들의 논의를 세밀하게 살펴보았다. 소설의 형식들은 소설 장르의 구체적 존재 방식이라는 점에서, 말하자면 개별 비평가들의 인식틀과 소설 이론이 구체화된 형태라는 점에서 매우 중요하다. 1930년대 후반 임화는 본격소설 형식을 중심에 놓고 세태소설, 내성소설, 통속소설, 시정소설, 전향소설에 대한 비판적 태도를 견지하는 한편, 실험소설이나 생산소설 같은 형식들을 통해서 본격소설의 실현 가능성을 모색해 나갔다. 최재서는 자서전 소설, 관념소설, 가족사 연대기 소설, 르포르타주 소설 같은 20세기 소설 형식들을 주로 검토했고, 이를 통해서 현대소설의 문제점을 강하게 비판하며 현대소설의 서사시적 경향을 옹호했다. 김남천은 기본적으로 어떤 특정 형식을 일종의 모델로서 내세우지는 않았지만, 가족사 연대기 소설, 총화소설, 아메리카 소설 등에 대한 검토를 통해서 20세기 식민지 조선에서도 장편소설의 생산이 가능함을 입증하고자 했다. 소설 형식이 소설가가 사회의 변화에 민감하게 반응함으로써 형성된 것이라면, 그처럼 소설 형식들을 다루는 방식에는 물론 특정한 정치적 입장이나 역사의식이 강하게 내포되어 있을 수밖에 없다. 그러므로 소설 형식들에 대한 비평가들의 논의를 살펴보는 것은 그들의 인식틀이나 소설 이론에 대한 검토 작업 못지않게 반드시 필요하다.

본서는 위에서 제시한 방법에 따라 각 장을 서술했다. 우선 2장에서는 1930년대 후반 식민지 조선의 역사적 상황 속에서 소설 장르에 관한 논의가 등장하게 되는 과정을 서술했다. 일본 제국주의 국가 권력은 1930년대 일련의 전쟁을 치르기 위해 조선인에 대한 경제적·정치적·이데올로기적 통제를 강화했다. 이때 백철이나 박영희 같은 비평가들은 민족국가 수립이나 사회주의 사회 건설에 대해 부정적 전망을 제시하면서 일본 제국주의 이데올로기의 수용을 통해 역사적 전망의 회복을 도모하기도 했다. 그러나 다수의 조선 비평가들은 제국주의 이데올로기에 거리를 둔 채 이성적 사유에 의존해서 조선 사회에 관한 역사적 인식을 얻고자 했다. 소설 장르에 관한 논의는 바로 이 문맥에서 큰 의미를 갖게 되었다. 당시 비평가들은 소설 장르가 통속적 오락물이나 순수한 픽션이라고 생각하지 않았다. 그들은 소설이 이성적 사유에 기반한 장르라고 여겼고, 소설 장르에 의존할 경우 조선 사회에 관한 인식을 얻을 수 있다고 믿었다. 하지만 비평가들이 볼 때 당시 소설 작품들은 결코 조선 사회에 관한 '적절한' 재현이 되지 못했다. 결국 그들은 소설 장르에 관한 이론적 성찰을 감행해야만 했고, 그럼으로써 조선 사회에 관한 '적절한' 재현을 가능하게 해주는 소설 형식을 모색해야만 했다. 1930년대 후반 소설 논의는 물론 1930년대 들어 활발해진 소설 작품 생산에 의해 촉발된 것이기도 했지만, 궁극적으로는 문학을 통해서 조선 사회를 인식하고자 했던 비평가들의 노력에 기인한 것이었다.

본서의 3, 4, 5장에서는 임화, 최재서, 김남천이 단편적으로 발표한 평론들을 모아 각각 소설 이론으로서 체계화했다. 당시 비평가들은 한 권의 두툼한 이론서를 쓰기보다 신문이나 잡지를 통해 짧은 평론을 발표하는 데 익숙했기 때문에, 그들이 발표한 평론들을 모아 거기에 내재하는 일관된 체계를 파악하는 작업은 연구자의 몫이 될 수밖에 없다. 본서는 3장에서 임화의 소설 이론, 4장에서 최재서의 소설 이론, 5장에서 김남천의 소설 이론을 각각 검토했다. 임화의 논의를 3장에서 먼저 다룬 이유는 그가 세태소설, 내성소설, 통속소설 등 1930년대 주요 소설 형식들에 관한 문제를 체계적으로 정리해서 제시했다는 데 있다. 임화의 문제 제기를 우선 검토하는 것은 다른 비평가들의 소설 이론을 살펴보기 위한 사전 작업으로서도 유용하다. 다음으로 4장에서는 최재서의 논의를 검토했다. 최재서는 임화의 문제 제기를 인정하면서도, 영미 모더니즘 이론에 의거해서 당시 소설 장르의 문제에 관해 그와는 전혀 다른 해결책을 제시했다. 5장에서는 김남천의 논의를 다루었다. 김남천은 임화나 최재서의 소설 이론에 대한 비판적 성찰을 감행하는 가운데, 그들에 비해 소설 장르 문제에 관한 보다 진전된 논의를 전개했다고 보았다. 이 순서에 따라 세 비평가의 소설 이론을 살펴봄으로써 개별 비평가의 소설 이론을 파악할 수 있을 뿐만 아니라, 개별 비평가들 사이의 논리적 연관 관계까지도 포착할 수 있다.

3장에서는 임화의 '본격소설' 논의에 관해 살펴보았다. 임화에게 문학이란 상식이나 지배 이데올로기에 의해 경험되는 세계를 역사의 관점에서 인식하는 행위였고, 본격소설은 일상생활의 경험에 대한 파편적 묘사들을 플롯(성격과 환경의 조화)에 의해서 일관성 있게 재구성할 때 가능한 형식이었다. 말하자면 소설은 경험 세계의 직접적 수용이 아니라 그에 관한 매개된 사유였고, 일종의 픽션으로서 조선 사회에 관한 역사적 인식이었다. 이와 같은 소설 이해에 근거해서 임화는 1930년대 후반 소설 작품들을 세태소설, 내성소설, 통속소설, 전향소설, 시정소설 등으로 분류해서 비판적으로 검토하는 한편, 실험소설과 생산소설 같은 형식들을 통해서 본격소설의 실현 가능성을 탐색하기도 했다.

4장에서는 최재서의 '현대소설' 논의에 관해 살펴보았다. 최재서는 1930년대 조선에 T.E. 흄, T.S. 엘리엇, 허버트 리드 등의 영미 문학이론을 소개함으로써 비평가들의 이론적 성찰에 도움을 주는 한편, 자서전 소설, 관념소설, 가족사 연대기 소설, 르포르타주 소설 등 현대소설 형식들에 관한 검토 및 조선의 소설 작품들에 관한 비평을 통해서 소설 장르 논의에 개입했다. 당시 최재서는 민족주의나 사회주의 이념에 입각한 문학을 19세기 센티멘탈리즘의 후예일 뿐이라고 비판하면서, 소설가들에게 사회적 실재에 대한 객관적 태도(리얼리즘)와 문학적 전통을 통한 보편적 가치의 습득(모럴)을 요구했다. 개인주의에 입각한 현대소설은 이미 그 가능성이 소진했다는 것, 오히려 '민중'의 발견을 도모하는 현대소설의 서사시적 경향에 주목할 필요가 있다는 것이 그의 생각이었다. 이러한 생각은 이후 그가 서사시 장르의 복원과 국민문학의 형성을 주장하는 데 결정적 근거가 되기도 했다.

5장에서는 김남천의 '조선적 장편소설'에 관한 논의를 살펴보았다. 1930년대 후반 김남천은 리얼리즘 방법과 그 구현으로서의 장편소설 장르가 조선 사회에 관한 역사적 인식을 제공해줄 수 있으리라고 생각했다. 그러나 김남천이 볼 때 당시 조선에서 중심적 지위를 차지하고 있던 장르는 장편소설이 아니라 단편소설이었고, 장편의 형태를 취한 작품들은 기껏해야 상업 저널리즘의 영향 아래에서 통속적 흥미를 추구할 뿐이었다. 이때 김남천은 마르크스주의의 관점에서 조선 장편소설의 특수성을 제국주의 시대 형성된 조선 자본주의의 특수성(아시아적 정체성에 의해 제약된 사회)에 상응하는 것으로 간주하는 한편, 역사적 발전의 불균등성의 논리에 따라 19세기 유럽에서 유래한 장편소설이 20세기 조선에서도 충분히 생산될 수 있다고 믿었다. 김남천은 모럴, 풍속, 전형적 성격 등의 개념들을 통해서 리얼리즘에 입각한 장편소설 이론을 구축했는데, 여기는 식민지 조선에서도 장편소설 장르가 형성될 수 있으리라는 강한 믿음이 내포되어 있었다. 그로 인해 그는 가족사 연대기 소설이나 총화소설에 관한 사유를 통해서 장편소설 장르의 구체화를 시도하기도 했고, 아메리카 소설에 관한 검토 작업을 통해서 제국주의 시대에도 여전히 장편소설의 생산이 가능함을 증명하고자 했다.

6장에서는 1930년대 소설론에 대한 비판을 시도했다. 이를 위해서 우선 세 비평가의 소설 이론에 내재하는 논리적 문제점들을 지적했다. 임화의 경우 본질로서의 역사를 과도하게 강조함으로써 식민지 조선인의 실제 삶에 무관심하게 되었다는 점, 최재서의 경우 리얼리즘적 태도를 통해 실제 삶에 대한 관심을 표명하기는 했지만 보편적 가치에 더 큰 중요성을 부여함으로써 결국 그 삶에 대한 왜곡으로 나아갈 수밖에 없었다는 점, 김남천의 경우 조선 사회의 갈등과 모순을 형상화함으로써 바람직한 미래를 구현하고자 했지만 어떤 방향성도 제시하지 못함으로써 그 갈등과 모순의 단순 반복에 그쳐버릴 위험성을 노출하게 되었다는 점 등을 언급했다. 그리고는 세 비평가에 공통된 문제점이자 1930년대 후반 소설론의 한계에 관해 살펴보았다. 문학과 정치의 직접적 동일성 또는 문학의 정치적 수단화를 주장하지 않았다는 점에서는 긍정적이지만 문학과 정치의 복잡한 역학관계에 대한 깊이 있는 인식에까지 이르지는 못했다는 것, 그리고 소설 장르의 갱신 혹은 재건을 요구했음에도 불구하고 결국 소설 장르의 자기 해소를 주장하거나 그리로 나아가게 되었다는 것은 명백히 이 시기 소설 이론들의 문제점이자 한계였다.

마지막으로 7장에서는 앞의 논의들을 요약해서 제시한 뒤, 1930년대 후반 소설 장르 논의의 의미와 성격에 관해 살펴보았다.

제2장
1930년대 후반 소설 장르 논의의 형성과 전개

　일본 제국주의는 1929년 발생한 경제공황을 산업의 군사적 재편, 식민지에 대한 통제 강화, 중국대륙으로의 침략 등에 의해서 해결하고자 했다. 그 과정에서 식민지 조선은 일본 자본의 투자처이자 대륙병참기지로 간주되어, 산업 구조에서 근본적인 변화를 겪게 되었다. 1930년대 식민지 조선에서 실시된 농공병진정책(조선공업화정책과 농촌진흥운동)은 일본 제국주의가 장기적으로 '총력전 체제'를 수립하기 위해서 일선만 블록 구상에 의해 수행한 일종의 식민지 생산력 확충 정책이었는데, 이는 식민지 조선에 자본주의적 생산관계를 급속하게 이식하는 결과를 초래했다. 그리고 농공병진정책이란 조선의 치안이 확보되지 않는 한 안정적으로 실행될 수 없었기 때문에, 제국주의 국가 권력은 일련의 법령들을 제정해서 민족해방운동 세력의 활동을 탄압하고 사상범들의 전향을 유도하는 한편 내선일체 이데올로기를 광범위하게 유포했다.

　1937년 중일전쟁 무렵 일본 제국주의 국가 권력에 의한 정치적·이데올로기적 통제가 강화되고 일본 제국주의의 영토 확장 전쟁이 계속해서 전개되자, 조선문학자들이 사회주의 사회 건설이나 민족국가 수립의 관점에서 조선 사회를 이해하기란 매우 힘든 일이 되었다. 당시 조선 문단에서 '사실의 세기' 담론이 대두한 것은 이와 같은 어려움을 잘 보여주는 사례였다. 이때 박영희나 백철 같은 인물들은 파시즘의 전 세계적 승리를 확신하고는 재빨리 서구적 근대의 종말을 선언한 뒤 일본 제국주의의 역사적 정당성을 옹호하기도 했다. 그러나 적지 않은 조선문학자들은 제국주의 이데올로기를 무조건적으로 수용하거나 역사적 사건들에 즉각적으로 반응하려고 하지 않았다. 오히려 그들은 기존의 사유와 실천에 대한 반성과 성찰을 통해서, 그리고 당대 조선인의 삶에 대한 면밀한 관찰과 분석을 통해서 조선 사회에 관한 새로운 인식을 얻고자 했다. 여기서 소설은 이성적 사유에 근거한 문학 장르라는 점에서, 다시 말해 조선 사회에 관한 역사적 인식을 제공해줄 수 있는 문학 장르라는 점에서 중요하게 여겨졌다. 1930년대 후반 들어 사회주의 사회나 민족국가와 관련한 역사적 전망이 불투명해지기는 했지만, 소설은 이성적 사유에 기반한 장르이므로 그에 의존한다면 식민지 조선 사회에 관한 '적절한' 인식을 얻을 수 있다고 믿었다.

소설 장르에 대한 비평가들의 기대와 달리, 1930년대 소설 작품들의 세계상은 조선 사회에 관한 적절한 재현으로서 평가 받지 못했다. 그 때문에 비평가들은 당시 소설 작품들을 세태소설, 내성소설, 통속소설 등으로 명명하면서 그에 대해 비판적 태도를 보이는 한편, 그 형식들의 근본적 개조를 도모하지 않을 수 없었다. 이 시기 소설 장르에 관한 논의는 물론 1930년대 들어 활발해진 소설 작품 생산을 전제한 것이었지만, 그 내용의 측면에서 보자면 1930년대 중반 사회주의 리얼리즘의 수용을 두고 벌어진 논쟁과 최재서의 「『천변풍경』과 「날개」에 관하여」를 두고 벌어진 논쟁을 종합해서 계승한 것이었다. 이 논쟁에서 주요 논점은 조선 사회를 재현하는 데 적합한 문학적 방법이란 무엇인지, 또한 문학적 재현 대상으로서의 리얼리티란 과연 무엇인지에 관한 것이었다. 말하자면, 비평가들은 여기서 문학 작품의 창작방법뿐만 아니라 리얼리티의 개념까지도 논의의 범위에 포함했던 것이다. 이 논쟁들의 문제의식을 계승한 소설 장르 논의는 소설 장르의 역사와 구성에 관한 심층적 성찰을 전개하는 한편, 기존 소설 형식들에 대한 비판적 검토와 새로운 형식들에 대한 다양한 모색을 병행해 나갔다.

1. 1930년대 후반 식민지 조선의 상황

1927년 미국의 금융위기에서 촉발된 공황은 자본주의 역사상 최초의 세계대공황으로 발전했다. 제국주의 국가들은 자본주의 체제의 위기를 극복하기 위해서 대외적으로 블록경제 정책을 시행하고 대내적으로 경제 통제를 감행하는 한편, 정치적 파쇼화를 통해 국내외의 경제 문제를 해결하고자 했다. 일본 제국주의 역시 일본 산업의 군사적 재편, 식민지에 대한 통제 강화, 중국대륙으로의 침략 등에서 경제 공황의 돌파구를 찾고자 했다. 이는 일본의 식민지였던 조선의 산업에 큰 변화를 초래했다. 일본 제국주의의 입장에서 조선은 무엇보다도 노동력을 저렴하게 착취할 수 있고 다양한 자원을 손쉽게 채취할 수 있다는 점에서 '과잉자본'의 투자처였을 뿐만 아니라, 일본과 만주를 잇는 지리적 요충지라는 점에서 중국 침략을 위한 전진기지('대륙병참기지')였기 때문이다. 말하자면, 일본 제국주의가 국내 경제 문제의 해결을 위해

구상한 '일선만(日鮮滿) 블록'은 조선의 산업 구조를 근본적으로 개편하는 결과를 낳았다.[1]

1930년대 식민지 조선에서 실시된 '농공병진정책', 즉 조선공업화정책과 농촌진흥운동은 일본 제국주의가 장기적으로 '총력전 체제'[2]를 수립하기 위해서 수행한 일종의 식민지 생산력 확충 정책이었다. 우가키 [宇垣一成] 총독은 특히 일본(精공업지대), 조선(粗공업지대), 만주(농업지대·원료지대) 사이의 긴밀한 의존관계를 통해 일선만 블록을 구축하고자 했다. 이때 조선에서 시행된 농공병진정책은 주안점을 자원 개발 중심의 공업화 정책에 두고 일본 독점자본의 대량 유치와 총독부 관권에 의한 독점 본위의 경제 통제를 추진함으로써, 조선경제의 자본주의적 공업화를 급속히 진행하는 한편 일본 이식자본의 독점적 지배구조를 더욱 강화했다.[3] 이후 총독부는 1937년 7월 중일전쟁의 발발과 더불어 식민지 조선에서 병참기지정책을 펴게 되는데, 그 핵심은 농공병진정책을 계승하면서 조선의 위치를 '내지 경제의 대륙 전위'로 규정함으로써 조선과 일본의 관계를 더욱 공고히 하는 데 있었다.[4] 1930년대 일본 제국주의는 독점 자본에 의한 통제와 국가 권력에 의한 통제를 병행함으로써 식민지 조선에서 자본주의적 생산관계의 급속한 이식을 도모했다. 여기서 일본 제국주의가 자본주의적 생산관계의 이식을 통해 의도한

1 小林英夫, 「1930년대 조선 '공업화' 정책의 전개과정」, 梶村秀樹 외, 『한국근대경제사연구』, 사계절, 1983, 478~480쪽 참조.
2 "총력전 체제란 국가의 총력을 쏟아넣어 세계 재분할 전쟁에서 승리할 것을 보장하는 체제이고, 그 내용은 단지 자원, 자재, 자금, 노동력을 어떻게 배분하는가 하는 물자조달체제에 머무르는 것이 아니라, 그것을 전제로 군수 '생산력 확충'을 꾀하여, 군사력을 급격히 강화시켜 장기 지구전에서 승리하려는 하나의 정치체제이다."(小林英夫, 「총력전 체제와 식민지」, 최원규 편, 『일제말기 파시즘과 한국사회』, 청아출판사, 1988, 12쪽) 총력전 체제는 식민지 조선의 경우 중일전쟁기 통제경제의 강화와 관련하여 강권적으로 실시되었다.
3 방기중, 「1930년대 조선 농공병진정책과 경제통제」, 방기중 편, 『일제 파시즘 지배정책과 민중생활』, 혜안, 2004, 74~85쪽.
4 위의 글, 105~107쪽.

바는 오로지 조선 경제를 일본 경제의 재생산구조의 일환으로 편입함으로써 식민지체제를 유지·강화하고 일련의 전쟁을 성공적으로 수행하는 것이었다.

식민지 조선에서 일본 제국주의의 경제 정책은 치안 유지와 사회 안정이 전제되지 않는 한 성취될 수 없었다. 1931년 만주사변 이래 좌우 양익의 사회운동이 정점에 달한 1933년에는 일본 제국주의의 위기감 역시 고조되어, 식민지 권력은 시급히 사상운동에 대한 대책을 수립해야만 했다. 특히 조선인 사상운동과 사상 문제의 근저에는 '민족 문제'(민족의 '독립' 문제)가 중심적인 자리에 놓여 있었기 때문에, 사상 문제는 계속 방치될 경우 일본 제국주의의 식민지 지배 체제 자체를 위험에 빠뜨릴 수도 있었다. 1930년대 조선인 사상운동가들은 공산주의자와 민족주의자를 막론하고 강한 민족의식을 갖고 있어서 모두 일본 제국주의의 지배에서 벗어나고자 한다는 공통점을 갖고 있었다. 이 공통점을 일본 제국주의는 조선의 '특수성'으로 정의하면서 식민통치에 가장 곤란한 요인으로 규정하기도 했다.[5] 결국 제국주의 권력은 1933년 치안유지법 개정, 학제제도개혁안, 사상문제대책안 등을 통해 국내 치안 확보와 '국민 통합'을 이루고자 했고, 1936년 사상범보호관찰법, 조선사상범보호관찰령, 조선총독부보호관찰소제, 조선총독부 보호관찰심사회관제 등을 통해 사상범의 사상 전향과 사회로의 복귀를 적극적으로 유도했다. 그리고 중일전쟁 이후 1938년에는 국민정신총동원조선연맹, 시국대응전선사상보국연맹, 조선방공협회 등을 결성함으로써 사상 통제에 더해 신체적 동원까지도 강행했다.

일본 제국주의는 중일전쟁 이후 '내선일체'를 전시 총동원체제 구축

---

5   전상숙, 「전향, 사회주의자들의 현실적 선택」, 방기중 편, 『일제하 지식인의 파시즘체제 인식과 대응』, 혜안, 2005, 328쪽.

을 위한 황민화 이데올로기로서 강조했다.[6] 내선일체는 사실 명확한 체계를 갖춘 사상이라기보다 일종의 정치적 슬로건으로서, 그 핵심 내용은 '반도인을 충성스럽고 선량한 황국신민으로 만든다'는 미나미[南次郎] 총독의 말에 직접 나타나 있었다. 제국주의 국가 권력에 내선일체란 1930년대 말 조선 지배에서 '최고 통치 목표'였을 뿐만 아니라 1910년 이래 조선 지배의 기본 방침인 '동화정책'이 가장 극단화된 형태이기도 했다.[7] 사실 1930년대 초만 하더라도 지식인들이 공식 출판물을 통해서 정치적 입장을 밝히는 게 가능했고, 적어도 1937년까지는 자유주의자들뿐만 아니라 사회주의자들도 시국 비판과 문화 운동을 어느 정도 할 수 있었다. 그러나 중일전쟁 이후 내선일체가 강조되면서부터 친일을 표방하는 것 외에 정치적 입장을 직접적으로 표현하기란 어려운 일이 되었다. 『동아일보』나 『조선일보』 등 한글 신문들은 일본 제국주의의 선전지 수준으로 전락했고, 『조광』과 『삼천리』 같은 잡지도 제국주의 세력에 순응하는 방향으로 논조가 바뀌었다. 『문장』이나 『인문평론』 같은 문예잡지는 순수예술을 내세우거나 정치성을 모호하게 함으로써, 혹은 제국주의 이데올로기를 일부 수용함으로써 1940년대 초까지 명맥을 유지할 수 있었다.[8] 1930년대 말 공적 담론 영역에서는 내선일체 이데올로기가 지배적인 지위를 차지하게 된 것처럼 보였다.[9]

---

6   위의 글, 335쪽.
7   宮田節子, 「'내선일체'의 구조」, 최원규 편, 『일제말기 파시즘과 한국사회』, 청아출판사, 1988, 345~346쪽.
8   채호석은 「1930년대 후반 문학비평의 지형도―『인문평론』의 안과 밖」(『외국어문학 연구』 제25권, 2007.2)에서 『인문평론』의 「권두언」과 「구리지갈(求理知喝)」을 분석한 뒤, 『인문평론』에 내재하는 '보편성의 욕망'이란 '과학정신'이자 '합리성의 사유', 즉 "지배 이데올로기가 가지고 있는 신화성을 넘어서는 '계몽'의 정신"(349쪽)이라고 주장한 바 있다. 그러나 『인문평론』의 '계몽의 정신'이 「권두언」에서 일본 제국주의 이데올로기를 소개하는 동시에 그에 대한 직접적 비판을 자제한 데 따른 결과였다는 점을 전적으로 부정하기도 힘들다.
9   이준식, 「파시즘기 국제 정세의 변화와 전쟁 인식」, 방기중 편, 『일제하 지식인의 파시즘체제 인식과 대응』, 혜안, 2005, 95~97쪽.

1930년대 후반 제국주의 국가 권력은 내선일체 이데올로기를 유포하는 한편, 일본 제국주의의 번영을 위한 정책들을 국가권력의 행정적 절차를 통해 실행했다.[10] 그리고 1940년대 들어서는 "천황과 국가를 위한 멸사봉공"에 기반한 '조선신체제' 논리를 구축하기도 했다.[11] 식민지 지배를 공고히 하고 조선인을 전쟁에 동원하기 위해서는 일본에 대한 충성심이 필요했기 때문에, 제국주의 국가 권력은 조선인이 일본 천황과 일본 국가에 대한 절대 충성을 내면화할 수 있도록 국가주의를 철저히 교육해야 했던 것이다.[12] 제국주의 국가 권력이 국민정신총동원 조선연맹, 국민총력연맹 등을 통해 조선인의 일상생활을 감시하고 통제한 것은 국가라는 주체가 전국적 조직을 통해 '국민' 혹은 '신민'을 만들어가는 방식을 잘 보여준 사례였다.[13] 이처럼, 제국주의 국가 권력은 천황제 이데올로기를 통해서 조선인들의 일상생활까지도 직접적으로 통제하고자 했다.

---

10 전상숙, 「일제 군부파시즘체제와 '식민지 파시즘'」, 방기중 편, 『일제 파시즘 지배정책과 민중생활』, 혜안, 2004, 25~26쪽.
11 방기중, 앞의 글, 77쪽.
12 이나미, 「일제의 조선지배 이데올로기─자유주의와 국가주의」, 강만길 외, 『일본과 서구의 식민통치 비교』, 선인, 2004, 101쪽. 제국주의 국가 권력이 선전한 국가주의의 내용은 반자유주의와 반서구, 애국심 강조, 국민의 덕이었으며, 국민의 덕에는 '전체주의', '근로하는 인간상', '강한 신체와 두려움을 모르는 성품'이 포함되어 있었다.
13 일본 제국주의는 일제 말기 국민정신총동원 조선연맹의 산하 조직인 '애국반'을 통해 조선인이 황국신민의 심성과 일본식 문화·습속을 습득하게 했고, 조선인의 물자와 노력을 동원하는 한편 각종 훈련과 생활 규제를 통해 일상생활을 규제했다. 식민지 말기 제국주의 국가 권력에 의한 조선인의 일상생활 통제에 관해서는 이종민, 「도시의 일상을 통해 본 주민동원과 생활 통제」(방기중 편, 『일제 파시즘 지배정책과 민중생활』, 혜안, 2004)를 참고할 것.

2. 사회 인식의 문제와 소설 장르의 의의

이탈리아의 에티오피아 침공, 독일의 오스트리아 합병과 체코 침공, 소련의 폴란드와 루마니아 일부 합병 및 핀란드 침략, 그리고 1939년 8월 독소불가침조약 체결 등 1930년대 중반 이후 발생한 일련의 국제적 사건들은 조선문학자들이 세계사의 방향을 가늠하기 힘들게 만들었고, 1937년 일본의 만주 침략과 그에 수반한 정치적·경제적·이데올로기적 통제의 강화는 사회주의 사회나 민족국가의 수립 전망을 통해서 조선 사회에 관한 역사적 이해를 도모하는 데 어려움을 야기했다. 세계사는 사회주의 사회나 민족국가의 수립이 아니라 파시즘의 승리를 향해 전진하는 듯이 보였고 일본 제국주의는 끊임없이 영토 확장에 성공하는 듯이 보였다.[14] 이제 조선문학자들에게는 "객관 세계의 모순을 극복하느라고 자기 자신을 돌보지 않았던 주체가 한 번 뼈아프게 차질을 맛보는 순간",[15] 다시 말해 그동안 조선 사회를 인식하는 데 아르키메데스의 점으로 여겨졌던 사회주의 사회나 민족국가 그 자체에 대해서까지도 비판적 성찰의 대상으로 삼지 않으면 안 되는 순간이 도래한 것이다.

이 시기 조선문학자들의 역사적 전망 상실은 문단에서 '사실의 세기'에 관한 담론의 유행으로 표면화되었다.[16] 여기서 '사실의 세기'란 폴 발레리가 20세기 서구의 특성을 규정하기 위해서 만들어낸 용어였다.

---

14 1930년대 후반 식민지 조선문학자들의 파시즘 이해와, 그에 따른 역사적 인식의 변화('역사적 방향 감각 상실')에 관해서는 류보선, 「1930년대 후반기 문학비평 연구」, 서울대 박사논문, 1996, 21~41쪽 참조.

15 김남천, 「자기분열의 초극」,(『조선일보』, 1938.1.26~2.2), 정호웅 외편, 『김남천 전집』 1, 박이정, 2000(*이후 『전집』 1로 표기), 324쪽.

16 폴 발레리의 논의가 일본의 카와카미 테츠타로를 거쳐 식민지 조선에 수용되는 과정은 차승기의 「'사실의 세기', 우연성, 협력의 윤리」,(『민족문학사연구』 제38권, 2008)에 잘 서술되어 있다.

발레리는 이 용어를 통해서 19세기 질서의 세계란 허구에 불과한 것임을 폭로하고, 20세기란 오히려 인간적 역사·문화 이전에 놓인 야만의 시대이므로 그에 대한 새로운 이해가 필요함을 역설하고자 했다. 질서와 법칙에 입각한 19세기 역사 이해 방식이란 세계대전이라는 20세기 사실 앞에서 신뢰를 상실하게 되었고, 기존의 서구 문명과 정신 역시 20세기 들어 무기력하게 되어버렸다는 것이다.[17] 그 때문에 1930년대 초만 해도 식민지 조선의 사회와 정치에 일정한 거리를 두고 있었던 최재서마저 "사실이 자동적으로 질서를 파괴하고 행동이 고의로 지성을 무시하는 세기에 있어 지식인은 어떤 태도를 취하며 어떤 역할을 스스로 가져야 할까?"[18]라고 묻지 않을 수 없었다.

식민지 조선에서 사실의 세기 담론을 적극적으로 수용한 비평가는 백철이었다. 백철은 「지식계급론─현세에 대한 이해와 애착」(『조선일보』, 1938.6.3~6.9)에서 적극적 가치가 부재하는 사실의 세기를 조화와 균형의 휴머니즘에 입각한 가치의 세기로 바꿔야 한다고 주장하며, '정신이 결여된 사실과 주관적 행위의 세기'에 맞서는 태도와 '조화와 가치를 망상(妄想)하는 긍정적 정신'을 강조했다. 그리고 약 반 년 뒤 「시대적 우연의 수리」(『조선일보』, 1938.12.2~12.7)에서는 당대를 '우연이 지배하는 시대'로 규정한 후 객관적 사실로서의 우연에 의미를 부여하는 것이야말로 문학자의 바람직한 태도라고 주장했다. 문학자는 우연한 사실에 내재하는 역사적 진실을 포착해야 하는데, 당시 발생한 일련의 정치적 사건들을 받아들여 거기에 의미를 부여하는 게 바로 그 방법이었다. 이 논리에 따라 백철은 일본의 중국 침략에 '동양사의 비상한 비약'이라는 의미를 부여했고, 북경, 상해, 남경, 서주, 황구 등의 함락을 '지나의 봉건적

---

17 유제식, 『뽈·발레리 연구』, 신아사, 1983, 103~105쪽.
18 최재서, 「사실의 세기와 지식인」, 『조선일보』, 1938.7.2.

성문의 함락'으로 해석했다. 그러나 백철이 말한 '시대적 우연의 수리'는 일본의 중국 침략을 정당화했던 제국주의 이데올로기를 내면화한 결과였고, '사실의 세기'는 그 이데올로기를 뒷받침하는 근거에 불과했다.[19]

백철은 일본 제국주의의 전쟁 합리화 논리에 의존해서 역사 인식 문제를 해결하고자 했다. 일본 제국주의를 동양 역사의 주체로 간주한다면, 일본의 식민지인 조선의 역사를 일본 제국주의의 영토 확장을 중심으로 이해하는 것 역시 충분히 가능한 일이었다. 이처럼 일본 제국주의의 논리에 의존해서 역사 인식의 곤란에서 벗어나려는 태도는 비단 백철의 경우에만 해당하는 게 아니었다. 1930년대 말 이원조 역시 권태의 고통에서 벗어나기 위한 비평 정신의 수립을 요청하면서 일본의 세계사론이나 동아협동체론에 대해 '새로운 시대 논리의 수립을 위한 노력'이라는 긍정적 평가를 내린 바 있다.[20] 심지어 박영희는 중일전쟁을 "동양의 영구한 평화를 위한, 일본정신의 발로"라고 규정한 뒤 일본정신 안에는 "옛부터 조선 사람들이 귀중하게 생각하든 도덕과 정의감" 역시 포함되어 있다고 주장함으로써[21] 백철이나 이원조보다 더욱 급진적인 입장을 제시하기도 했다. 이들의 입장은 잘 알려진 것처럼 중일전쟁을 자본주의 문제의 해결과 동아시아 통일의 실현이라는 관점에서 세계사적 의의를 갖는 사건으로 규정한 뒤, '동양적 휴머니즘'에 입각한 동아협동체 구축을 통해 전 세계적 의의를 갖는 새로운 '동아문화'를 수립

---

19 백철의 '사실의 세기' 이해는 가와카미 데츠타뢰河上徹太郎에 의존한 것으로 보인다. 가와카미 테츠타로는 발레리의 문명 비판을 '서구 지성과 휴머니즘의 몰락'으로 이해한 뒤 '일본적 현실'에서 서구 문명의 대안을 찾았는데, 그에게 '사실의 세기'란 "'일본적 현실'에 기초한 새롭고도 진정한 사상이 시작될 수 있는 기회"로 인식되었기 때문이다. 가와카미의 견해는 '동양적 지성'에 대한 요구를 내포하는 것으로서 궁극적으로 '대동아공영' 이데올로기의 토대가 되었다("사실의 세기', 우연성, 협력의 윤리」, 『민족문학사연구』 제38권, 2008, 275~277쪽).

20 이원조, 「비평정신의 상실과 논리의 획득」, 『인문평론』, 1939.10, 22쪽.

21 박영희, 「전쟁과 조선문학」, 위의 책, 40쪽.

해야 한다고 주장한 미키 키요시[三木淸]의 견해에 근거한 것이었다.[22]

한편 이 시기 적지 않은 조선문학자들은 사회주의 사회나 민족국가의 전망이 절대적 타당성을 상실했음을 인정하면서도 일본 제국주의 이데올로기를 수용하는 데 거부감을 보였다. 사회주의 사회나 민족국가의 전망뿐만 아니라 일본 제국주의 이데올로기 역시 조선 사회에 관한 인식에 기여할 수 있으리라고 보지 않았기 때문이다. 이런 사정을 두고 임화는 이 시기 조선 문단이 '사실의 처리에 곤혹하고 있는 문학'과 '두려운 사실 앞에서 어쩔 줄 몰라 하는 비평가'로 구성되어 있다는 진단을 내리기도 했다.[23] 문학이 작가에 의한 사실의 재구성 작업을 통해서 가능한 일이라고 한다면, 이 시기 문학은 작가들의 역사적 전망 상실로 인해 주어진 사실의 서사적 재구성이 불가능함을 보여줄 뿐이라는 것이다. 게다가 비평가들 역시 문학에 대한 비판적 성찰 작업을 수행해야 함에도 불구하고, 동시대 작가들과 동일한 곤란을 겪음으로써 사실의 재구성과 관련한 어떤 제안도 할 수 없는 처지에 놓이게 되었다는 것이다.

조선문학이 처한 곤란에 직면하여 임화는 사실에 대한 탐색을 통해 사실의 논리를 발견해야 한다고 주장하면서 '기정사실의 승인'과 '시련의 정신'을 강조하는 한편,[24] "행동을 가능케 하는 전망의 고도(高度)"와 문학과 현실을 같은 입장에서 처리할 수 있는 "수미일관한 체계의 건설"[25]을 요구했다. 안함광 역시 임화와 마찬가지로 사실의 논리를 인식하고 그 논리에 의해 문학의 원리를 재설정해야 한다는 것, 이를 위해

22 미키 키요시, 유용태 역, 「신일본의 사상 원리」, 최원식 외편, 『동아시아인의 '동양' 인식 - 19~20세기』, 문학과지성사, 1997.
23 임화, 「사실의 재인식」(『동아일보』, 1938.8.24~8.28), 『논리』, 학예사, 1940, 125쪽.
24 위의 글, 130~131쪽.
25 임화, 「비평의 고도」(『조선문학』, 1939.1), 위의 책, 704쪽.

서는 궁극적으로 사실의 정신을 갖고 사실에 임하는 태도가 중요하다는 것을 역설했다.[26] 이는 1930년대 후반 사회주의 사회와 민족국가 수립 전망에 회의하면서도 제국주의 이데올로기에 거리를 두고자 했던 문학자들의 기본적인 입장이었다. 그들은 무엇보다도 주어진 사실들에 대한 면밀한 고찰에서 출발해야 하며, 그럴 때 비로소 당대 사회에 관한 적절한 역사적 인식에 도달할 수 있다고 믿었다.

중일전쟁 이후 일본 제국주의 국가 권력의 정치적·경제적·이데올로기적 통제가 강화되었음에도 불구하고, 적어도 1941년 초까지는 제국주의 이데올로기에 비판적 거리를 두면서 조선 사회에 관한 역사적 성찰을 도모하려는 문학자들의 노력이 계속되었다. 채만식이 1940년 중반 사실의 세기란 20세기의 미신에 불과하다고 규정하면서 "갈릴레오가 새벽에 오히려 망원경을 들붙어 앉아서 별을 보기를 자신 잃지 않는 광경"을 상상한 것이나,[27] 김남천이 1940년 말 전 세계를 통일할 이념이란 아직 나타나지 않았다고 주장하면서 새로운 산문문학의 획득을 위한 작가들의 노력을 촉구한 것,[28] 그리고 임화가 1941년 4월 『인문평론』이 폐간될 때까지 내용과 형식에서 서구적 형태를 갖춘 조선 신문학의 역사를 계속해서 서술해나간 것[29] 등은 그 대표적인 사례였다.

---

26 안함광, 「시대의 특질과 문학의 태도」(『동아일보』, 1939.6.20~7.6), 김재용 외편, 『안함광 평론 선집』 2—문학과 진실, 박이정, 1998, 57쪽.

27 채만식, 「소설가는 이렇게 생각한다—갈릴레오의 대망」, 『조선일보』, 1940.6.15.
    '사실의 세기'에 대한 채만식의 비판적 입장에 관해서는 최유찬, 『문학의 모험』, 역락, 2006, 252~255·264~269쪽 참조.

28 김남천, 「소설의 운명」(『인문평론』, 1940.11), 『전집』 1, 667쪽.

29 임화는 조선 신문학을 "새 현실을 새 사상의 관점에서 엄숙하게 순예술적으로 언문일치의 조선어로 쓴, 바꾸어 말하면 내용 형식 함께 서구적 형태를 갖춘 문학"(『조선일보』, 1939.9.7)으로 정의한 뒤 문학사를 기술했다. 물론 『개설 신문학사』(1939.9.2~1941.4)를 『조선 신문학 사론 서설』(『조선중앙일보』, 1935.10.9~11.13)의 후속작으로 보는 것은 무리가 있다. 그러나 『조선 신문학사론 서설』의 저술 목적이 1930년대 중반 카프의 해체를 통해 표면화된 조선 신문학의 방향 상실을 재정립하는 데 있었음을 감안할 때, 『개설 신문학사』의 기술 목적 역시 문학사 서술을 통해 조선 신문학의 방향을 재설정하는 데 있음을 충분히 짐작할 수 있다.

그들은 조선이 식민지 상태에 있다는 사실 자체를 부정할 수는 없었지만, 조선의 과거와 미래까지도 일본 제국주의의 역사 기획 속에서 이해하려고 하지는 않았다.

이 시기 문학자들은 일본 제국주의 이데올로기에 거리를 두었지만, 그렇다고 해서 그에 필적할 만한 분명한 대안을 갖고 있었던 것은 아니다. 그들은 단지 기존 이데올로기들에 대한 총체적 반성과 더불어 주어진 사실들에 대한 면밀한 고찰을 동시에 진행하고자 했을 뿐이다. 이때 그들이 의존할 수 있는 것은 오직 지성, 즉 이성적 사유 외에는 없었다. 예를 들어, 김기림은 「조선문학에의 반성」(『인문평론』, 1940.10)에서 '근대=서구'의 파산을 선고하기는 했지만 일본 제국주의 이데올로기에 의존해서 당대 사회를 규정하려는 시도, 말하자면 '당대를 새로운 시대의 진수식(進水式)으로 보고 경이(驚異)가 벌써 시작된 듯이 말하는 사람들'에 대해서는 명백히 비판적 태도를 취했다. 그는 새로운 시대란 아직 시작되지 않았으며 단지 "혼란과 파괴와 모색의 저편"에 있을 뿐이라고 보았다. 그리고는 당대를 "'근대'의 결산과정"이 진행되는 시기로 규정하면서 근대의 결산을 위해서는 무엇보다도 '과학정신', 즉 이성적 사유가 필요하다고 주장했다.[30] 김기림은 개인주의, 자유주의, 민주주의 같은 근대의 이데올로기들이 신뢰를 잃었다고 하더라도, 당대 사회를 관찰하고 반성하며 계량하기 위해서는 그리고 더 나아가 새로운 세계를 구상하기 위해서는 근대의 이성적 사유에 의존하는 길밖에 없다고 보았다.[31]

이와 관련해서 임화의 문학사 서술을 "과거와 그것에 대한 기억"을 통해서 "미래에 대한 기대와 희망"을 찾고자 했다는 방민호의 지적 역시 주목할 만하다. 임화의 신문학사 서술이란 궁극적으로 조선 신문학사의 '기억'을 통해서 '미래'의 시점을 회복하려는 노력으로 볼 수 있기 때문이다(「임화와 학예사」, 『상허학보』 제26호, 2009, 297~298쪽).

30 김기림, 「조선문학에의 반성」, 『인문평론』, 1940.10, 44~45쪽.

31 김기림은 「동양에 관한 단장」(『문장』, 1941.4)에서 서양문화와 동양문화의 종합을 구상하

안함광 역시 김기림과 동일한 이유에서 이성적 사유의 필요성을 주장했다. 안함광은 지성을 "진리 탐구의 광의의 기술이며 '모멘트'"로서 "그 자신 어떤 사상적 원리를 가진 것이 아니라 할지라도 현실적 생활에 있어 훌륭히 지도적 사상을 탐구, 체득할 수 있는 것"으로 정의했다.[32] 사회주의 사회나 민족국가의 수립 전망이 불투명해졌다고 하더라도, 이성적 사유에 의존한다면 충분히 조선 사회에 관한 새로운 역사적 인식에 도달할 수 있다고 본 것이다. 게다가 평소 사회주의 문학에 비판적이었던 최재서가 합리주의와 비판정신을 견지하려는 노력을 들어 사회주의 문학의 의의를 인정한 것도 바로 1930년대 후반이었다. 최재서는 정지용이나 이태준이 조선적 전통에 충실한 나머지 당대 사회를 인식하려는 지적 노력이 부족했음을 지적하면서, 프로문학이 비록 공식주의와 개념의 우상 숭배로 추락하기는 했지만 지성을 거부하지는 않았다는 점에서는 긍정적인 면이 있다고 주장했다.[33] 최재서는 물론 1940년대 들어 일본 제국주의의 이데올로기의 대변자 역할을 맡기도 했지만, 1930년대 말까지는 그 이데올로기에 대한 노골적인 찬성 입장을 유보한 채 문학과 관련한 다양한 작업을 전개해나갔다.

이성적 사유란 비판적 성찰 능력, 합리적 계산 능력, 논리적 추론 능력 등으로 구성된다. 그 때문에 이성적 사유는 이데올로기의 자명성에 의심의 눈초리를 던질 수도 있고 당대 사회를 시간적·공간적으로 측정할 수도 있으며 분산된 자료들을 체계화해서 개념적 질서를 수립할

기도 했다. 이때 서양문화란 '과학적 정신=태도=방법'을 가리켰고, 동양문화는 '고대와 중세의 창조력 있는 문학 예술'을 의미했다. 이와 같은 동양과 서양의 조합 시도에 관해 방민호는 "천황제 파시즘의 전쟁 동원 논리에 공명하거나 협력하지 않으려는 의지를 표명한 것"으로 규정하기도 했다('김기림 비평의 문명비평론적 성격에 관한 고찰」, 『우리말글』 34호, 2005.8, 34쪽).

32 안함광, 「'지성의 자율성'의 문제」(『조선일보』, 1938.7.10~7.16), 앞의 책, 174~176쪽.
33 최재서, 「문학·작가·지성」, 『조선일보』, 1938.8.20~8.23.

수도 있다. 1930년대 후반 비평가들이 소설가들에게 이성적 사유를 요구한 이유는 바로 여기에 있었다. 사회주의 사회나 민족국가 건설의 전망이 점차 불투명해지고 '동양'의 이데올로기가 새로운 시대의 이념을 참칭하면서 역사적 사건들의 의미를 전유하고자 할 때, 비평가들은 그에 대해 거리를 둔 채 이성적 사유에 의존해서 동시대 벌어지는 다양한 사건들에 대한 역사적 인식을 도모했던 것이다. 그들은 사회주의나 민족주의 같은 근대의 이데올로기들이 절대적 타당성을 상실했다는 데는 동의했지만 결코 근대의 이성적 사유까지 부정의 대상이 되어야 한다고는 생각하지 않았다. 그들은 당대 사회에 관한 인식이란, 다시 말해 조선 사회에 관한 역사적 인식이란 어떤 선험적 이데올로기에 의해서가 아니라 이성적 사유에 의해서 획득될 수 있다고 믿었다.

1930년대 후반 비평가들에게 소설은 이성적 사유에 의한 사실 처리에 가장 적합한 장르였다. 당시 소설 장르 논의를 주도한 김남천은 정신에 의한 사회의 구성을 통해서 우주적 종합을 추구하는 독일식 이성과 사실의 해부를 통해서 우주적 종합을 추구하는 프랑스식 지성을 구분한 뒤 소설의 정신을 "인간의 사회를 전체성과 연관성에서 묘파(描破)하려는 정신, 사회 전체를 산문정신과 직접 대면시키려는 태도"에서 찾기도 했다.[34] 여기서 중요한 점은 소설이란 선험적 이데올로기에 의존해서 관념적이거나 이상적인 세계를 구축하는 장르가 아니라 이성적 사유를 통해서 대상 세계를 분석하고 종합하는 장르라는 인식이다. 이와 유사한 맥락에서 최재서도 문학 작품 생산에서 이성적 사유가 수행하는 역할의 중요성을 강조했다. 이성은 문학에서 비판적 기능과 구성적 기능으로 구체화되는데, 비판적 기능이란 인습이나 센티멘탈리즘

---

[34] 김남천, 「관찰문학소론(발자크 연구 노트 3)」(『인문평론』, 1940.4), 『전집』 1, 594쪽.

에 대한 거부를 통해 사회를 역사적으로 이해할 수 있도록 해주고 구성적 기능은 개별 사건들이나 사실들을 직조함으로써 하나의 완성된 작품을 구축할 수 있게 해준다는 것이다.[35] 이 맥락에서 최재서는 소설을 "문학적 형식으로서 실재성을 전체적으로 완전하게 파악하자는 기획"[36]을 수행하는 장르, 다시 말해 이성적 사유에 의존해서 주어진 사실들을 총체적이면서도 일관성 있게 재현하는 장르로 규정했다.

이 시기 소설 장르는 경험적 사실들의 처리 문제, 즉 식민지 조선 사회에 관한 적절한 인식 방법 문제 때문에 특히 비평가들에게 주목의 대상이 되었다. 그들이 볼 때 일본의 동아시아 구상에 의존해서 사실들을 전유하는 것은 제국주의 이데올로기의 반복에 불과하다는 점에서뿐만 아니라 역사적 사건들에 대한 이성적 사유를 거부한다는 점에서도 경험적 사실들에 대한 은폐나 억압으로 귀결될 뿐이었다. 그러므로 '사실을 사실대로 긍정하라'는 문구는 결코 이성적 사유를 포기하라거나 사실을 추수하라는 주장과 동일시될 수 없었다. 비록 일본 제국주의의 영토 확장과 식민지 지배의 영속화를 보여주는 듯한 국내외 사건들이 발생하고 있다고 하더라도, 그리고 그 사건들이 발생했다는 사실 자체를 거부하거나 부정할 수는 없다고 하더라도, 일련의 사건들을 역사적으로 정당한 사실들로서 승인하고 제국주의 이데올로기에 의존해서 거기에 의미를 부여하려는 태도는 비판의 대상이 되어야 했다. 문학자들에게 필요한 것은 사실을 '체득'하려는 태도가 아니라 '인식'하려는 태도,[37] 즉 일련의 사건들을 이성적 사유에 의해 분석하고 종합함으로써 새로운 질서를 구축하려는 태도였다. 그리고 소설은 이성적 사유에 기

---

35 최재서, 「지성·모럴·가치」, 『비판』, 1939.3, 84쪽.
36 최재서, 「장편소설과 단편소설」, 『동아일보』, 1939.3.10.
37 서인식, 「지성의 시대적 성격」, 차승기 외편, 『서인식 전집』 1, 역락, 2006, 101~102쪽.

반해서 경험적 사실들의 재현을 시도한다는 점에서, 다시 말해 이질적 사건들을 일정한 형식 속에서 일관성 있게 서사화할 수 있다는 점에서 문학자들에게 당대 사회에 관한 역사적 인식을 가능하게 하는 유력한 방법으로 여겨졌다.

3. 소설 장르 논의의 전개 양상

식민지 조선에서 소설 장르에 관한 논의는 1920년대 초반 김동인이나 염상섭 같은 민족주의자들에 의해 시작된 후, 1920년대 중반 김기진, 박영희, 한설야 등 사회주의자들이 참여하면서 보다 활발하게 전개되었다. 김동인이 '소설 / 논문'과 '통속소설 / 문학적 소설'의 구분 위에서 '조선 사람의 소설관'을 문제 삼고(「소설에 대한 조선 사람의 사상을」, 『학지광』 제17호, 1919.1)), 염상섭과 김동인이 김환의 소설 「자연의 자각」을 두고 소설 작품의 평가 기준에 관한 논쟁을 벌이며,[38] 현철이 『개벽』 1호 (1920.6)와 2호(1920.7)에 「소설개요」와 「소설개요(속)」을 연속해서 발표

---

[38] 이 논쟁은 염상섭의 「白岳氏의 「自然의 自覺」을 보고서」(『현대』 2호, 1920.3), 「余의 評者的 價値를 論함에 答함」(『동아일보』, 1920.5.31~6.2), 「김君ㅅ一 한 말」(『동아일보』, 1920.6.14), 김동인의 「霽月氏의 評者的 價値」(『창조』 6호, 1920.5), 「霽月氏에게 대답함」(『동아일보』, 1920.6.12~13)으로 이루어져 있다. 소설 장르와 관련해서 볼 때, 이 논쟁에서 염상섭이 주장하는 바는 일기나 편지란 결코 소설과 동일시될 수 없다는 점과 추상적 개념이란 작품 속에서 개성적으로 표현되어야 한다는 점이었다. 이에 대해 김동인은 일기나 편지도 그 자체로 소설이 될 수 있고 추상적 개념 역시 작품 속에 사용될 수 있다고 반박하며, 염상섭에게 소설 비평을 하기 위해서는 우선 '소설 작법에 대한 지식'을 습득할 필요가 있다고 주장했다. 이 논쟁의 전반적인 양상에 관해서는 김영민의 『한국문학비평논쟁사』(한길사, 1992) "제1장 비평의 공정성과 범주·역할 논쟁" 참조.

할 무렵에서야 비로소 소설 장르는 조선에서 고유한 문법을 가진 문학 장르로서 논의의 대상이 되었다.[39] 이후 소설 장르에 관한 논의는 소위 '내용-형식 논쟁'에서도 드러나듯, 김기진이나 박영희 같은 사회주의자들의 주도 아래 문학과 정치의 상호관련성 혹은 문학의 정치적 활용 가능성을 중심으로 전개되었다.

1930년대 들어 식민지 조선에서 소설 작품의 생산이 활발해짐에 따라 소설 장르는 문학자들에게 더욱 큰 관심의 대상이 되었다. 그와 더불어 1930년대 중반 이후 제국주의 국가 권력에 의한 정치적·이데올로기적 통제가 강화되고 일련의 국내외적 사건들로 인해 문학자들의 인식론적 곤란이 심화되면서, 소설 장르에 관한 논의는 급격한 질적 전환을 겪게 되었다. 1920년대 문학자들은 민족주의든 사회주의든 이념적 지향이 비교적 명확했기 때문에 소설 장르에 관한 논의 역시 인식론적 문제보다는 기법이나 구성 방법 같은 형식적 문제들을 중심으로 전개되었다. 예를 들어, 김동인은 「소설작법」(1925)에서 시점(문체)과 플롯을 중심으로 소설의 구성 방법에 관해 논의한 바 있고, 김기진 역시 「문예시대관 단편」(1928)과 「대중소설론」(1929)에서 마르크스주의 통속소설 작품을 생산하기 위한 실질적인 방법을 제안한 바 있다. 그런데 1930년대 후반 들어서는 장르의 정체성에 관한 문제에까지 논의의 범위가 확장된 것이다. 신문의 상업화와 더불어 범람하는 통속소설(신문소설),

---

39 조선에서 소설 작품은 이인직 이후 끊임없이 생산되었지만, 1910년대까지는 예술가의 전문적 작업에 의한 생산물로 여겨지지 못했다. 이 시기 소설 작품들은 주로 신문을 통해서 연재 형식으로 발표되었는데, 이는 '소설'이 독립된 문학 장르가 아니라 대중의 흥미 유발을 통한 신문사의 '독자 증진'에 기여하는 여러 수단 중 하나로 여겨졌음을 의미한다. 당대 인기 작가였던 조중환이 소설가로서가 아니라 한 명의 기자로서 소설 작품을 쓴 일이라든가 이해조가 과도하게 통속성을 추구한 일은 그와 같은 사정을 고려하지 않는다면 충분히 설명될 수 없다(김재영, 「1910년대 '소설' 개념의 추이와 매체의 상관성」, 연세대 근대한국학 연구소 기초학문연구팀, 『한국 근대 서사양식의 발생 및 전개와 매체의 역할』, 소명출판, 2005, 242~246쪽).

개인의 심리를 고백하거나 묘사하는 데 그치고 마는 작품들, 감각에 의해 지각되는 사실들을 이성의 매개 없이 나열하는 작품들은 이 시기 비평가들에게 소설 장르의 존립 자체를 위협하는 사태로 간주되었다.

1930년대 들어 조선 문단에서는 장편소설 작품들이 활발하게 생산되었다. 염상섭의 『삼대』(1931), 이기영의 『고향』(1934), 강경애의 『인간문제』(1934), 한설야의 『황혼』(1936), 박태원의 『천변풍경』(1936), 채만식의 『천하태평춘』(1938) 등 근대문학의 대표적 장편소설들이 대부분 이 시기 발표되었다고 말할 수 있을 정도다. 이와 같은 소설의 풍요는 일차적으로 1930년대 들어 식민지 조선에 자본주의적 생산관계가 정착된 데 따른 결과였다. 신문사들은 적극적으로 상업적 이윤을 추구하기 시작했고, 그에 따라 독자 확보를 위한 증면 경쟁과 더불어 장편소설 연재 경쟁을 벌여나갔다.[40] 특히 연재소설은 신문 독자를 지속적으로 확보할 수 있는 좋은 수단이었기 때문에, 1930년대 중반 『동아일보』, 『조선일보』, 『조선중앙일보』 등 주요 신문사들의 경우 두세 편의 장편소설을 동시에 연재하기도 했다.[41] 그러나 상업적 목적을 위한 소설 작품 생산은 작품의 통속화를 낳는 요인이 되기도 했다. 예를 들어, 1933년 『조선일보』에 연재된 「신문소설강좌―통속성」에는 당시 소설을 바라보는 신문사의 입장이 노골적으로 드러나 있다. 신문사의 입장에서 보자면 소설은 무엇보다도 "신문을 팔아먹기 위해서", 즉 "오래 게재되는 한 개의 재미있는 '이야기'를 실어서 독자로 하여금 그 '이야기' 때문에 다른 신문으로 개가(改嫁)하는 것을 방지"[42]하기 위해서 연재될 뿐이

---

40 『조선일보』의 경우 1920년대에는 65편의 소설을 연재했지만 1930년대에는 175편을 연재함으로써 약 3배 정도 소설 편수가 증가했다(한원영, 『한국 근대 신문연재소설 연구』, 이회문화사, 1996, 166쪽).

41 이주형, 『한국근대소설연구』, 창작과비평사, 1995, 28~31쪽.

42 「신문소설강좌―통속성」, 『조선일보』, 1933.9.6.

었다. 이 경우 소설은 문학성이나 예술성을 추구하는 인간 활동의 산물이 아니라, 마치 상점의 장식품처럼 흥미 유발을 위해 잡다한 기교들로 범벅되어 있는 물건에 불과했다.[43]

당시 조선에서는 아직 단행본 소설의 생산과 유통에 필요한 출판 시장이 형성되어 있지 않았기 때문에,[44] 소설가는 우선 신문에 작품을 나누어 게재한 뒤 게재된 단편들을 모아 한 권의 단행본으로 편집해서 출판해야만 했다. 그로 인해 통속성은 작가가 소설을 신문에 발표하기 위해서, 다시 말해 조선의 출판 환경에서 소설을 쓰기 위해서 고려하지 않으면 안 되는 필수적인 속성이 될 수밖에 없었다. 그럼에도 불구하고 통속성은 소설의 자율적 지위에 대한 부정으로 귀결될 수 있다는 점에서 작가들이 순순히 긍정할 수 있는 속성이 아니었다. 독자의 흥미 유발이 작품 구성에서 가장 중요한 고려 사항이 될 경우, 즉 경제적 목적이 예술에서 중심적인 자리를 차지하게 될 경우 미학은 수단의 지위로 격하될 수밖에 없을 것이기 때문이다. 1936년 11월 『삼천리』 주최로 열린 「장편작가회의」에서 한용운이 신문소설이라면 예술성과 순수성보다 통속성과 대중성을 우선시해야 한다고 주장했을 때, 한설야가 '신문소설쟁이'라는 조롱 섞인 표현을 써가며 한용운을 비판한 이유는 여기에 있었다. 한설야는 신문소설을 쓸 때 통속성과 대중성에 대한 고려가 불가피한 일임을 인정하면서도, 소설이 예술로서의 지위를 유지하려고 한다면 '예술성에 대한 고려'가 우선해야 한다고 생각했다.

---

43   위의 글, 1933.9.7.
44   "장편소설의 출산에 있어 절대적인 기반이 되어야 할 출판현상은 대단히 미약하여 한번도 본격적인 출판상태를 보이지 못하고 신문에 게재된 것을 뒤늦게 단행본으로 내놓는 데 불과했다.
      이것은 로만 발생의 당초부터 우금(于今)에 이르기까지 장편소설을 신문에 의하여야만 발표케 한 기본적 조건이었다."(김남천, 「조선적 장편소설의 일(一) 고찰」(『동아일보』, 1937.10.19~23), 『전집』 1, 287쪽)

소설의 통속성 문제는 단지 순수성(예술성) / 대중성(상업성) 대립에만 한정되지 않았다. 소설의 통속성 추구에서 더 큰 문제는 소설가들이 상식에 의존해서 작품을 생산하려고 한다는 점, 그럼으로써 형식의 측면에서뿐만 아니라 내용의 측면에서도 소설의 정체성을 위험에 빠뜨리게 된다는 점에 있었다. 통속소설이란 무엇보다도 소비자(독자)에 의한 손쉬운 소비를 지향해야 하기 때문에, 통속소설 작가는 당대 사회에 관해 깊이 있게 사유하거나 심오한 사상을 표현하려고 해서는 안 되며 독자의 구미에 맞는 줄거리를 만들어내는 데만 집중해야 한다. 안함광의 말처럼, 통속소설의 정신적 지반은 "세상의 대부분이 진지한 사고인(思考人)이라거나 교양인에 의하여 점령되어 있지 못하고 사태는 그와 반대로 중사(衆思)에 의하여 점령되어 있다는 곳"[45]이었다. 임화 역시 동일한 맥락에서 통속소설을 "현상을 있는 그대로 사실 자체로 믿어버리려는 엄청난 긍정의식"(상식)의 소산[46]이라고 규정했다. 1930년대 후반 식민지 조선의 역사적 상황을 염두에 둔다면, 소설의 통속화는 당시 소설가들이 인식론적 목적에 무관심하게 되었다는 점만을 증명하는 게 아니었다. 그것은 더 나아가서 일본 제국주의의 식민지라는 조선의 지위를 불변의 사실로서 받아들이고, 제국주의의 지배 이데올로기를 일종의 상식으로서 수용하게 되는 결과 역시 유발할 수 있었다.[47] 따라서 비평가들은 소설가들에게 '속중(俗衆)의 상식'이 아니라 이성적 사유에 의존

45　안함광, 「저널리즘과 문학의 교섭」, 앞의 책, 315쪽.

46　임화, 「통속소설론」,(『동아일보』, 1938.11.17~11.27), 『논리』, 410쪽.

47　서영채는 「1930년대 통속소설의 존재방식과 그 의미」,(『민족문학사연구』, 1993. 하반기)에서 김말봉의 『찔레꽃』을 분석하며, 1930년대 통속소설의 특징을 이념에 대한 지향성이 사라져버린 지평에서 출현하는 생활에 대한 일상적인 감각, 갈등 생산의 기교로서만 구사되는 통속화된 심리 묘사, 무차별적 자기희생의 모럴 등 세 가지로 정리한 바 있다. 그리고 '신비화된, 무차별적인 자기희생'이라는 모럴이 '파시스트적인 전체주의에서의 자기희생'이라는 모럴이나 '자본제적 대중문화가 가지고 있는 현실에 대한 순응주의적 속성'과 관련되어 있다는 데서 1930년대 후반 식민지 조선에서 소설의 통속성이 갖는 의미를 찾았다(288쪽).

해야 한다고, 또한 주어진 사실들의 긍정과 합리화가 아니라 그 사실들에 대한 비판적 성찰과 면밀한 분석이 필요하다고 주장하지 않을 수 없었다.

1930년대 후반 조선 문단에서 소설의 통속성 문제를 해결하려는 노력은 전작장편소설 운동으로 구체화되기도 했다. 전작장편소설이란 소설의 발표 매체에 기인하는 통속화 현상을 해결하기 위해 1938년 당시 인문사 주간이던 최재서가 전작장편소설총서 기획과 더불어 만들어낸 용어로서 신문이나 잡지를 거치지 않는 발표 형식이자 문학적 제도를 의미했다.[48] 당시 채만식은 한편으로 "장편소설이 몸을 용납할 곳이라곤 전작 한 가지가 있을 따름이다. 그리고 그것이 유일한 길일지니 불가불 그리로 비벼 뚫고 나가는 도리밖에는 없을 것"이라고 말함으로써 전작장편이 소설의 통속성 문제에 대한 유일한 해결책이라고 서술하면서도, 다른 한편으로는 전작장편이란 "왠만해서는 수지상 채산이 맞기가 어렵다"는 점을 들어 전작장편 운동이 "큰 낭패는 당하지 않았으나 우선 성공이랄 것은 못 되는 모양"이라는 냉정한 평가를 내리기도 했다.[49] 채만식의 말처럼, 전작장편소설 운동은 김남천의 『대하』와 이효석의 『화분』 이후 더 이상 총서를 발간하지 못했기 때문에 어떤 뚜렷한 성과를 거두었다고 보기 힘들다. 1930년대 전작장편소설 운동은 소설 장르를 출판 자본에서 해방시킴으로써 소설의 예술성을 확보하려고 했지만 작가들이 벗어나고자 했던 바로 그 경제적인 이유 때문에 실패하고 만 문학 운동이었던 셈이다. 이 운동은 소설 구성에 관한 문제란 제도의 수준에서가 아니라 미학의 수준에서, 다시 말해 소설 작품의

---

48 김남천, 「모던문예사전 ─ 전작장편소설」, 『인문평론』, 1939.10, 121~122쪽.
49 채만식, 「문예시평」(『매일신보』, 1940.9.25~9.30), 『채만식 전집』 10, 창작과비평사, 1989, 214~218쪽

구성에 관한 이론적 성찰을 통해서 해명되고 해결되어야 할 성질의 것임을 보여주었다는 데 그 의의가 있다.

소설의 미학과 관련해서 보자면 당시 비평가들에게는 소설의 통속성 문제보다 소설의 형식적 균열 문제가 더욱 중요했다. 비평가들이 소설의 통속화 현상에 대해 출판자본으로부터의 해방 혹은 소설의 예술성 확보를 해결책으로 제시한다고 하더라도 소설 장르에 관한 논의는 결국 예술성을 보장해줄 수 있는 형식, 즉 소설의 형식적 완결성에 대한 탐구로 전개될 수밖에 없다. 이와 관련해서 세태소설과 내성소설은 1930년대 후반 비평가들에게 매우 문제적인 형식들이었다. 김남천에 따르면 세태소설과 내성소설은 소설 형식이 외향적 경향과 내향적 경향으로 분열된 결과로서, 조선 소설에 부족한 '외부의 세밀한 묘사'나 '심리의 정밀한 분석'을 제공해주기는 했지만 궁극적으로 '무력의 시대의 반영'에 불과했다.[50] 그 두 형식은 통속성을 의도하지 않았음에도 불구하고, 다시 말해 소설의 예술성을 추구했음에도 불구하고 당대 사회에 관한 적절한 재현에까지 이르지는 못했다는 것이다. 그 때문에 임화는 그 두 형식을 두고 "성실한 문학은 제 머리 위에서부터 한 일자로 내리비껴 백인(白刃) 아래 분열과 부조화로 번뇌하고 있는 것"[51]이라는 평가를 내리기도 했다.

1930년대 후반 소설 장르에 관한 논의에서 소설의 형식적 균열 문제를 본격적으로 제기한 글은 임화의 『세태소설론』(『동아일보』, 1938.4.1~4.6)이었다. 임화에 따르면, 소설의 형식적 균열이란 현상적으로 볼 때 본격소설이 내성소설과 세태소설로 분화됨을 의미했다. 소설가의 심리가 '말하려는 것'과 '그리려는 것'으로 분열됨에 따라 소설 작품에서

---

50   김남천, 「모던문예사전 – 세태소설」, 『인문평론』, 1939.10, 115~116쪽.
51   임화, 「통속소설론」, 『논리』, 405쪽.

도 표현과 묘사, 생각과 사실 사이에 분열이 발생하게 되었다는 것, 그로 인해 소설가는 자신의 내면세계를 기술하는 내성소설과 경험세계를 묘사하는 세태소설 중 어느 하나를 선택해야 하는 상황에 처하게 되었다는 것이다. 여기서 세태소설과 내성소설의 균열이란 단지 온전한 소설 형식이 반쪼가리들로 나누어지게 되었음을 의미하지 않는다. 그것은 오히려 소설가들이 주관적 경험이든 객관적 경험이든 경험적 사실들에 대한 단편적 묘사에 몰두할 경우 일관성 있는 작품 구성에 실패하게 됨을 의미했다. 이와 관련해서 볼 때 당시 소설 작품들에서 '사상성의 감퇴'[52]가 발견된다는 임화의 진술은, 소설가들이 경험적 사실들의 일관성 있는 구성 대신 주관적 경험들이나 객관적 경험들의 단편적 나열에 그치고 만 이유를 지적한 것이었다. 소설 장르에서는 주어진 사실들을 정교하게 묘사할 수 있는 기교도 중요했지만, 주어진 사실들을 한 편의 완성된 작품으로 만들어낼 수 있는 능력(이성적 사유)이 더욱 중요했다.

1930년대 후반 소설 장르 논의에서 비평가들의 과제는, 단순하게 말하자면 내성소설, 세태소설, 통속소설 같은 형식들의 한계를 극복하는데 있었다.[53] 사실 임화는 「세태소설론」, 「본격소설론」, 「통속소설론」 등에서 이러한 의제를 잘 정리해서 제시해 준 바 있다. 하지만 그에 의해서 이 시기 소설 장르에 관한 논의가 시작되었다고 말하기는 힘들다. 오히려 임화가 발표한 일련의 평론들을 포함해서, 이 시기 비평가들이 소설 장르와 관련해서 발표한 많은 글들은 1930년대 중반 벌어진 문학 논쟁들의 문제의식을 계승한 것이기도 했다. 그중 소설 장르에 관한 논의와 관련해서 주목할 만한 것으로는 1933년 이후 카프 계열 비평가들

---

52 임화, 「세태소설론」, 『논리』, 344쪽.
53 강영주, 「1930년대 평단의 소설론」, 『한국 역사소설의 재인식』, 창작과비평사, 1991, 294쪽.

이 사회주의 리얼리즘을 둘러싸고 벌인 논쟁과, 최재서가 「『천변풍경』과 「날개」에 관하여」(『조선일보』, 1936.10.31~11.7)를 발표한 뒤 이 글을 두고 벌어진 논쟁을 들 수 있다. 이 논쟁들은 물론 직접적으로 소설 장르의 문제를 다룬 것은 아니었지만, 1930년대 후반 소설 장르 논의를 통해서 구체화된 문제들을 앞서 제기했다는 점에서 매우 중요하다.

　사회주의 리얼리즘에 관한 논쟁은 백철이 「문예시평」(『조선중앙일보』, 1933.3.8)과 「문예시평」(『조선일보』, 1933.9.16)에서 사회주의 리얼리즘을 소개하고, 안막이 「창작방법 문제의 재토의를 위하여」(『동아일보』, 1933.12.7)에서 유물변증법적 창작방법의 도식성을 비판하며 사회주의 리얼리즘 수용의 필요성을 주장한 뒤 본격적으로 전개되었다. 작가의 세계관과 생산된 작품 사이에는 일정한 간극이 있으므로, 문학 작품을 쓸 때는 현실 인식의 문제(변증법적 유물론, 사회주의 이데올로기)와 함께 표현 방식의 문제(리얼리즘) 역시 중요하다는 게 안막이 사회주의 리얼리즘 의 수용에 찬성한 이유였다. 이에 대해 김남천, 안함광, 김두용 등은 조선 사회의 특수성(소련 사회와의 차이)을 들어 사회주의 리얼리즘의 수용에 유보적 태도를 취했고, 김두용, 임화, 한효 등은 소련의 사회주의 사회 건설과 조선에서의 계급투쟁 사이에 동일성이 있음을 전제한 뒤 현실 그 자체에 내재하는 진리(사회주의 사회로의 역사적 발전)의 형상화를 요구하며 사회주의 리얼리즘의 수용에 찬성했다.[54] 그러나 이 논쟁에 참여한 문학자들 모두 현실 인식 방법으로서의 변증법적 유물론과 창작 방법으로서의 리얼리즘이 정당하다는 데는 동일한 의견을 갖고 있었기 때문에,[55] 사회주의 리얼리즘의 수용에 관한 논쟁은 '유물변증법적

---

[54]　1930년대 중반 사회주의 리얼리즘의 수용을 두고 비평가들 사이에서 벌어진 논쟁의 구체적인 전개 과정에 관해서는 김윤식, 『한국근대문예비평사 연구』, 일지사, 1976(1990), 93~106쪽; 최유찬, 「1930년대 한국리얼리즘론 연구」, 이선영 외, 『한국 근대문학비평사 연구』, 세계, 1989, 368~380쪽; 김영민, 앞의 책, 395~430쪽 참조.

리얼리즘'이라는 용어와 '사회주의 리얼리즘'이라는 용어를 두고 벌어진 '용어싸움'처럼 보이기도 했다.[56]

사회주의 리얼리즘에 관한 논쟁에서 주목해야 할 것은 사회주의 리얼리즘의 수용 여부를 두고 벌어진 개별 비평가들의 견해 차이가 아니다. 중요한 것은 그 논쟁을 통해서 문학자들이 소련의 사회주의 사회와 구별되는 조선 사회의 특수성을 자각하게 되었다는 점, 그리고 문학 작품을 쓸 때는 이데올로기 못지않게 작품의 창작방법 역시 중요하게 기능함을 인식하게 되었다는 점이다. 이와 관련해서 김남천의 「지식계급 전형의 창조와『고향』주인공에 대한 감상」(『조선중앙일보』, 1935.6.28~7.4)은 매우 시사하는 바가 크다. 이 글에서 김남천은 당시 창작방법에 관한 논의가 발자크, 괴테, 위고 같은 서구 작가들을 사례로 해서 전개된 데 대해 비판한 뒤, 창작방법에 관한 논의란 무엇보다도 '조선의 20년 신문학의 역사'와 '조선의 현실생활'에 근거해야 한다고 지적하면서『고향』(이기영)의 인물 형상화 방법('전형')을 분석했다. 김남천은 조선 사회의 특수성을 강하게 의식하면서 창작방법에 관한 논의를 전개한 셈인데, 이와 같은 태도는 그가 1930년대 후반 장편소설 장르 논의에 개입할 때도 동일하게 유지되었다. 김남천의 글은 물론 1930년대 후반 소설 장르 논의를 직접적으로 촉발한 것은 아니었지만, 적어도 조선의 소설 작품에 관한 구체적인 분석에 의거해 미학적 논의를 전개함으로써 이후 소설 장르에 관한 논의가 심화되는 데 큰 기여를 했다.

한편 최재서가 발표한 「『천변풍경』과 「날개」에 관하여」(『조선일보』, 1936.10.31~11.7)는 카프 계열 비평가들과는 전혀 다른 관점에서 리얼리즘 개념을 규정함으로써 당시 문학자들에게 큰 자극을 주었다. 이 글에

55   최유찬, 「1930년대 한국리얼리즘론 연구」, 앞의 책, 380쪽.
56   김영민, 앞의 책, 426쪽.

서 최재서는 리얼리즘을 '객관적 태도에 의한 관찰'로 규정한 뒤, 박태원의 『천변풍경』과 이상의 「날개」를 작가의 객관적 태도에 의한 산물이라는 점에서 각각 리얼리즘의 확대와 심화를 보여주는 작품으로 평가했다.[57] 최재서에 따르면, 카프 계열 비평가들이 말하는 리얼리즘이란 실재에 대한 객관적 재현(인식)이 아니라 사회주의적 이데올로기에 의거해서 조선 사회를 주관적으로 재단하는 방법에 불과했다. 이와 같은 최재서의 리얼리즘 이해는 김용제, 한효, 현민, 백철, 임화 등에 의해서 즉각적으로 비판의 대상이 되었다.[58] 예를 들어, 백철은 최재서가 말한 '리얼리즘의 심화'에 대해 "리얼리즘의 의의를 시대와 현실의 변천을 머리에 두지 않고 하는 독단"[59]에 불과하다는 비난을 했고, 임화는 그의 리얼리즘 논의와 관련해서 "이상 씨의 순수한 심리주의를 리얼리즘의 심화, 박태원 씨의 파노라마적인 트리비얼리즘을 리얼리즘의 확대라 선양(宣揚)하던 것과 같은 리얼리즘론이 대도를 활보하지 않는가?"[60]라는 한탄을 하기도 했다. 그러나 이와 같은 반응들이 이후 리얼리즘 개념에 대한 근본적 재성찰로 전개되었음을 부인하기란 힘들다.

최재서의 글은 크게 두 가지 점에서 1930년대 후반 소설 장르 논의에 기여했다. 우선 최재서의 글은 비평가들이 당시 소설 작품들을 세태소설과 내성소설로 구분해서 다루는 데 중요한 계기가 되었다. 「『천변풍경』과 「날개」에 관하여」가 발표된 후 『천변풍경』과 「날개」는 소설 장르에 관한 논의에서 가장 문제적인 작품들로 부상하게 되었고, 임화는 바로 그 두 작품을 모델로 소설의 형식적 균열(세태소설과 내성소설) 문제

---

57   최재서의 리얼리즘 논의에 관해서는 본서의 '제4장 1절의 1) 신고전주의적 문학 이해' 참조.
58   최재서의 「『천변풍경』과 「날개」에 관하여」를 두고 벌어진 논쟁의 전개 과정에 관해서는 김윤식, 앞의 책, 467~474쪽 참조.
59   백철, 「리얼리즘의 고찰」, 『사해공론』, 1937.1, 48쪽.
60   임화, 「사실주의의 재인식」(『동아일보』, 1937.10.8~10.14), 『논리』, 73쪽.

를 정리해서 제기할 수 있었다. 그런데 최재서의 글은 문학적 재현 대상으로서의 리얼리티에 관한 문제를 제기했다는 점에서 더욱 중요했다. 당시 비평가들은 최재서의 리얼리티 개념이 피상적임을 지적한 뒤 현실의 본질(진실)에 입각한 리얼리티 이해를 주장했지만,[61] 중일전쟁 무렵 사회주의 사회나 민족국가의 전망이 불투명해진 상황에서는 리얼리티(현실)의 성질 그 자체가 의문에 부쳐질 수밖에 없었다. 여러 비평가들이 리얼리티에 관한 합리적 인식을 얻을 수 있으리라는 기대 아래 소설 장르에 관한 이론적 성찰을 전개해 나간 것은 바로 이 무렵이었다.

1930년대 후반 소설 장르 논의에서 초점은 조선 사회에 관한 '적절한' 인식을 제공해줄 수 있는 방법을 찾는 데 있었다. 당시 비평가들은 세태소설, 내성소설, 통속소설 같은 형식들이 그러한 방법이 되지 못한다고 생각했기 때문에, 기존 소설 형식들을 검토하기도 하고 대안적 형식들을 구상하기도 하는 가운데 바람직한 방법을 모색해 나갔다. 이 시기 소설 장르에 관한 논의에는 조선 비평가들 대부분이 참여했지만, 사실상 임화, 최재서, 김남천 외에 소설 장르에 관한 일관된 입장을 견지하면서 논의에 참여한 비평가는 없었다. 물론 백철은 「종합문학의 건설과 장편소설의 현재와 장래」(『조광』, 1938.8)에서 시, 단편소설, 희곡, 수필, 일기, 논문 등 문학 형식들의 종합이자 이상과 현실의 종합까지도 내포하는 '현대의 종합문학으로서의 장편소설' 혹은 '종합문학소설'을 제안하기도 했고, 이원조는 「신문소설론」(1938)에서 신문소설(통속소설)의 통속성을 불가피한 요소로 간주한 뒤 '발표적으로는 단편이면서 창

---

61 예를 들어, 백철은 최재서의 리얼리티 개념을 '일상적 현실'로 규정한 뒤 그것은 '일종의 가상적 표면'에 불과할 뿐 '현실적 진실을 의미하는 현실'이 아니라고 비판했다. 이때 백철이 염두에 둔 '현실적 진실을 의미하는 현실'이란 바로 '금일의 현실에 대한 인간 정열과 인간 의욕, 인간 권위 등의 온갖 '휴먼'의 조건'을 갖춘 현실을 의미했다(백철, 앞의 글, 48~49쪽).

조적으로는 장편'인 신문소설을 써야 한다고 주장하기도 했으며, 김오성은 「장편소설은 방황한다」(1939)에서 인간을 개성적으로가 아니라 '전세대의 생활 분위기 속에서' 묘사하고, '현실을 초극할 수 있는 미래의 인간상'을 발견하는 게 중요하다고 주장하면서 '분위기 묘사'와 '새로운 인간 타입 창조'를 요구하기도 했다. 그러나 이들의 주장은 소설 장르에 관한 체계적인 구상 속에서 나온 것이 아니라 특정한 문맥에서 가능한 일회적 개입에 불과했다.

그에 반해 임화, 최재서, 김남천은 소설 장르에 관한 역사적 · 체계적 이해 속에서 1930년대 후반 소설 장르 논의에 참여했다. 임화는 문학이 현실(생활과 역사의 종합) 인식 위에 정초되어야 하고, 그럼으로써 상식이나 지배 이데올로기에 대한 비판적 기능을 수행해야 한다고 생각했다. 그의 소설 장르 논의는 플롯, 픽션, 구성력 같은 용어들을 중심으로 전개되었으며, 성격의 운명이 실현되는 과정을 서술함으로써 당대 사회에 관한 역사적 인식 역시 담아낼 수 있으리라는 믿음을 내포하고 있었다. 그로 인해 임화는 본격소설을 중심으로 내성소설, 세태소설, 통속소설, 시정소설, 전향소설 등 당시 소설 형식들에 관한 비판 작업을 수행하는 한편, 실험소설과 생산소설을 통해서 본격소설의 실현 가능성을 모색하기도 했다. 특히 임화는 1930년대 소설 작품들의 형식 문제를 정리해서 제기함으로써 당시 소설 장르에 관한 논의에서 주도적 지위를 점할 수 있었다.

임화가 당시 소설 형식들에 대한 문제 제기를 통해서 소설 장르 논의에 참여했다면, 최재서는 임화의 문제 설정에 공감하면서도 리얼리즘(실재주의)과 모럴에 관한 영미 모더니스트들의 이해에 근거해서 그 논의에 참여했다. 최재서는 형식적 리얼리즘, 인문주의적 모럴, 소설적 성격 같은 개념들을 통해서 현대소설의 생산 조건에 관해 사유했으며,

1940년 들어서는 '현대소설연구' 시리즈를 통해서 심리주의 소설의 몰락(자서전 소설, 고백소설)을 진단하고 현대소설의 서사시적 경향(가족사 연대기 소설, 르포르타주 소설)을 옹호했다. 현대소설을 통해서는 인문주의적 모랄을 구현할 수 없다는 것, 따라서 현대소설의 원형인 서사시를 복원함으로써 보편적 가치가 구현된 세계를 보여주어야 한다는 것이 이 무렵 그가 도달한 생각이었다.

김남천은 「조선적 장편소설의 일(一)고찰」(『동아일보』, 1937. 10. 19~10. 23)을 발표한 이후 소설가의 모랄, 풍속, 전형적 성격 등을 중심으로 마르크스주의의 관점에서 장편소설에 관한 논의를 전개해 나갔다. 김남천은 조선 장편소설의 특수성이 조선 자본주의의 특수성(아시아적 정체성)에 기인한 것임을 지적하는 한편, 자본주의 사회의 모순과 갈등에 대한 묘사를 추구하는 리얼리즘 방법의 의의를 강조했다. 이때 모순과 갈등에 대한 묘사는 당대 사회에 관한 인식일 뿐만 아니라 그 사회의 지양의 계기에 관한 인식이기도 하다는 점에서 특히 중요했다. 그 때문에 김남천은 가족사 연대기 소설, 총화소설, 아메리카 소설 같은 형식들에 관심을 두기도 했지만, 특정 구성 방식이나 형식에 절대적 타당성을 부여하기보다 리얼리즘 방법에 의존한 소설 작품 생산 그 자체만을 옹호하고자 했다. 그에게는 당대 사회에 관한 '적절한' 재현이 될 수만 있다면, 어떤 소설 형식이든 큰 문제가 아니었다.

1930년대 후반 소설 장르에 관한 논의는 중일전쟁 무렵부터 약 4년 동안 본격적으로 전개되었다. 그 논의의 핵심은 물론 식민지 조선 사회에 관한 재현(인식) 방법을 모색하는 데 있었다. 그러나 논의의 양상은 플롯이나 인물 형상화 방법 같은 형식적 문제에서부터 소설 장르의 불균등한 발전과 그 운명에 이르기까지 매우 광범위했다. 그런 만큼 동시대 조선의 소설 작품들뿐만 아니라, 19세기 프랑스와 20세기 영국의 작품들까지도 논의의 대상에 포함되었다. 이 시기 비평가들은 동양과 서양의 소설 작품들을 검토하고 동시대 소설 이론들을 적극적으로 참조하는 가운데, 소설 장르에 관한 광범위하고도 깊이 있는 논의를 전개했다. 그렇지만 1941년 태평양전쟁과 더불어, 『문장』과 『인문평론』이 『국민문학』으로 통합된 데서도 드러나듯 제국주의 국가 권력에 의한 '국책'에의 부응이 문학자들에게 적극적으로 요구되면서 소설 장르에 관한 논의는 중단될 수밖에 없었다. 정치가 문학에 전면적 예속을 강요하자, 정치와의 긴장 관계 속에서 전개되던 문학 논의는 더 이상 존립할 수 없었다.

제3장

'본격소설'과 1930년대 소설 형식들

1930년대 중반 제국주의 국가 권력은 생명을 담보로 문학자들의 사상 전향을 유도하는 한편 정치적 탄압을 강화함으로써 카프의 해산을 실현했다. "피차를 얽어매던 조직적 유대는 끊어지고 의지할 최후의 지주로서 양심을 가슴에 안은 채 외로운 사슴처럼 작가들은 방황"할 수밖에 없었고, "양심이란 한 장 옷자락이 잡아 찢기는 것은 그리 어려운 일이 아니었"다는 임화의 진술은 카프에 속했던 작가들에게는 결코 과장이 아니었다.[1] 여기서 그가 말하고 싶었던 것은 단순히 카프의 해체로 인해 작가들의 집단적 활동이 불가능하게 되었다는 사실이 아니다. 그것은 오히려 카프의 해체와 더불어 작가들이 사상적 지반을 상실하게 되었다는 사실, 즉 "작가들의 사상적 붕괴"[2]가 발생했다는 사실이다. 임화는 이와 같은 '사상적 붕괴'를 1930년대 후반 문학 작품의 질적 저하를 초래한 핵심 요인으로 간주함으로써, 소설 장르에 관한 논의에서

---

1   임화, 「주체의 재건과 문학의 세계」(『동아일보』, 1937.11.11~11.16), 『논리』, 47쪽.
2   위의 글, 45쪽.

도 그 문제를 중심으로 의견을 개진해 나갔다.

임화에게 문학의 일차적 대상은 현실이었다. 이때 현실이란 일상생활(현상)과 역사(본질)의 통일체를 의미했기 때문에, 문학 역시 일상적으로 경험되는 사실들에 대한 단순한 묘사가 아니라 그 사실들에 내재하는 논리(역사)에 관한 인식이 되어야 했다. 그리고 그는 작가가 문학 작품을 통해서 역사에 관한 인식을 얻을 때 '사상적 붕괴' 문제 역시 해결될 수 있다고 생각했다. 작가의 현실 인식을 문학 작품의 예술적 성취를 가늠하는 척도이자 작가의 사상 문제를 해결해주는 요인으로 간주한 것이다. 이러한 현실 인식은 상식이나 지배 이데올로기에 대한 직접적 비판을 의미한다는 점에서도 매우 중요했다. 일상생활(현상)을 그 자체로서 수용하기보다 거기에 내재하는 역사(본질)와 관련해서 이해하려는 태도는, 식민지 말기 조선 사회를 전혀 다른 방식으로 재조직하려는 의도를 내포하고 있었다.

1930년대 후반 임화는 본격소설을 이상적인 소설 형식으로 간주했다. 성격과 환경의 조화로서 규정되는 본격소설의 플롯이 현실(일상생활과 역사의 결합)에 관한 인식 방법이 될 수 있으리라는 기대 때문이었다. 이와 관련해서 그는 소설의 목적이 본질로서의 역사에 관한 인식에 있다고 주장했는데, 이는 소설이 무엇보다도 소설가의 구성력에 의존하는 픽션이라는 생각에 의해 뒷받침되었다. 소설이란 소설가의 플롯 구성 능력에 의존하는 픽션으로서 직접적 경험이 불가능한 영역(역사)까지도 재현할 수 있는 문학 장르로 이해되었던 것이다. 그러나 그의 바람과 달리 당시 소설가들은 경험적 사실들을 단순히 묘사하는 데 그치거나, 아니면 기껏해야 상식에 의존한 작품 생산에 몰두할 뿐이었다. 그 때문에 임화는 이 시기 생산된 소설 작품들을 세태소설, 내성소설, 통속소설, 전향소설, 시정소설 등으로 분류해서 비판하는 한편 실험소설과 생산소설에 관한 검토 작업을 통해서 본격소설의 실현 가능성을 모색해 나갔다.

1. 문학과 현실 인식

임화는 1930년대 후반 조선문학의 상황을 '문단적인 문학의 시대'로 규정했다. 이 시기 작가들은 제국주의 국가 권력의 정치적・이데올로기적 통제에 굴복함으로써 시야를 일상생활에 한정하게 되었다는 게 근본적인 이유였다. 작가들의 시야가 일상생활에 한정된다는 것은 단순히 문학 작품의 세계가 축소된다는 사실만을 의미하지 않았다. 그것은 더 나아가서 일상생활을 지배하는 상식이나 이데올로기의 맹목적 수용을 의미하는 것이기도 했다. 임화에게 이와 같은 맹목적 수용은 결코 바람직한 문학 작품 생산 방법이 될 수 없었다. 문학의 대상이 현실이라면, 또한 현실이 현상으로서의 일상생활과 본질로서의 역사의 통일체로 규정된다면, 문학은 무엇보다도 일상생활에 내재하는 본질에 관한 인식이 되어야 했기 때문이다. 이와 같은 사정으로 인해, 문학 작품의 현실 인식은 불가피하게 일상생활을 지배하는 상식이나 지배 이데올로기에 대한 비판이 된다.

1) 일상생활, 역사, 현실

임화는 조선문학사에서 1930년대 후반이란 "일관된 정신, 뚜렷한 신념이 통틀어 말하여 결여된 시대"로서 주류가 없고 중심이 없는 "저열한 의미의 자유(?)가 군림한 시대", 즉 '문단적인 문학의 시대'라고 규정했다.[3] 카프 소속 작가들의 경우만 하더라도 1930년대 전반에는 문학과 정치의 통일성을 강하게 의식하면서 조직을 중심으로 작품 활동을 전개했지만, 1930년대 중반 카프가 해산한 뒤에는 정치적 신념이나 역사적 사건보다 개인적 고민이나 일상생활의 문제를 중심으로 작품 활동을 하고 있다는 것이다.[4] 임화가 볼 때 그들이 문학 작품에서 일상적 경험에만 몰두하는 것은 사회현실 가운데 들어 있는 진정으로 가치있는 부분, 즉 '역사적 추진력'[5]의 제거를 의미할 뿐이었다. 그러므로 1930년대 후반 조선문학이란 정치적 실천에서 복귀한 '예술'이 아니라 정치성을 상실한 문학, 정확히 말하자면 '현실'에 대한 관심이 제거되어버린 '문단적인 문학'에 불과했다.

임화는 1930년대 후반 '문단적인 문학'이 발생한 원인을 '문학 외적 힘'의 수용에서 찾았다. 작가들이 국가 권력의 정치적 · 이데올로기적 통제에 순응한 결과 정치적 사건이나 주제를 다루는 대신 일상적 경험의 영역으로 작품 세계를 한정하게 되었다는 것이다. 구체적으로 말하자면 이 시기 작가들은 이제 사회주의 사회라든가 민족국가 같은 역사적 전망을 통해서 식민지 조선 사회를 원근법적으로 조망하기보다는,

---

3   임화, 「문단적인 문학의 시대」(『조선일보』, 1938.7.17~7.23), 『논리』, 269~270쪽.
4   임화는 '문단'을 "그때 사회의 깊은 본질을 파내어 작위(作爲)해 놓은 어떤 부분이 아니라 그때 사회의 평범한 일면에 불과한 것"(위의 글, 267쪽)이라고 정의했다. 임화에게 '문단'이란 사회의 본질(역사)에 대한 인식이 아니라 사회의 표면(일상생활)에 대한 묘사를 중심으로 생산된 작품의 세계를 일컫는 용어였다.
5   위의 글, 272쪽.

식민지 조선 사회의 현재 상태를 기정사실로서 승인한 뒤 그 사회에서 자신들이 경험하는 것들을 직접적으로 묘사할 뿐이라는 것이다. 그러나 이와 같은 방식의 묘사는 문학의 존재 이유가 될 수 없었다. 문학이 "작가가 알아서 독자에게 알리는 과정"을 의미하고, 작가가 "알아서 알리는 사람인 동시에 아는 사람"이라면, 인식 내용이야말로 "심미적으로든 내용적으로든 좋은 문학의 전제"가 되어야 했다.[6] 임화에게 문학이란 무엇보다도 "세계를 인식하는 예술"[7]이었고, 이 전제 위에서만 비로소 '구조'와 함께 '정신'도 갖춘 예술 작품도 성립할 수 있었다. 문학 작품을 쓰기 위해서는 무엇보다도 '문학 외적 힘'에 맞서려는 태도, 다시 말해 일상적 경험 세계를 그대로 수용하기보다 그 세계의 전모를 인식하려는 태도가 필요했다.

일상적 경험 세계의 전모는 '역사'에 관한 인식을 통해서 드러날 수 있다. 임화는 개인의 경험 세계란 단편성과 우연성의 형식을 취하지만, 거기에는 그 세계를 구성하는 힘으로서의 역사가 내재해 있다고 믿었다. 경험 세계가 밥 먹고 결혼하고 일하고 자식을 기르는 일상생활이라면, 바로 그 경험 세계 안에 본질로서의 역사가 내재해 있다는 것이다. 그리고 일상생활(현상)과 역사(본질)는 현상과 본질의 변증법에 의해서 '현실'이라는 용어로 종합되었다. 이때 일상생활이 감각적으로 경험 가능한 세계였다면 역사는 사유를 통해서만 인식할 수 있는 관념적 실재였고, 현실은 경험적 일상생활에 대한 역사적 인식을 의미했다. 그로 인해 경험 세계나 역사 모두 본질과 현상 중 한 측면만을 일컫는다는 점에서 일면적이고도 추상적인 것인 데 반해, 현실은 그 두 항목의 종합이라는 점에서 총체적이고도 구체적인 것으로 간주되었다. 임화가

---

6   임화, 「교양과 조선문단」, 『인문평론』, 1939. 11, 46쪽.
7   임화, 「현대문학의 정신적 기축」(『조선일보』, 1938. 3. 23~3. 27), 『논리』, 97쪽.

"작가는 사상인"이고 "문학은 정신"[8]이라고 주장했다면 여기에는 문학의 대상이란 무엇보다도 '현실'이 되어야 한다는 의미, 그리고 작가는 경험적 일상생활에 대한 단순 묘사가 아니라 그에 관한 역사적 인식을 추구해야 한다는 의미가 담겨 있었다.[9]

임화가 문학 작품을 통한 현실 인식을 단언할 수 있었던 이유는 무엇보다도 역사에 관한 합리주의적 이해에 있었다. "역사란, 실상 어느 때고 얼른 알기 어렵게 존재하는 것"이며 "우연적인 개개의 사실의 집합"[10]처럼 보이기도 하지만, 그 내부에는 일종의 규정력으로서 '필연성'이 작동하고 있다는 게 그의 기본적인 입장이었다. 임화는 역사를 우연성과 파편성의 측면에서가 아니라 필연성과 통일성의 측면에서 이해하고 있었기 때문에, 인간의 이성적 사유를 통한 역사 인식을 충분히 가능한 일로 여겼다. 말하자면, 역사란 사람들의 개별적 삶들로 이루어진 무질서한 과정이 아니라 일종의 법칙에 따라 전개되는 커다란 서사였다. 헤겔의 정신이 개별 주체의 의지와 무관하게 내적 논리에 따라 절대 정신의 수준에까지 이르는 것처럼, 임화의 역사 역시 주체의 개별적 경험들과 무관하게 내적 논리에 따라 전개되는 과정이었다.

1930년대 임화의 역사관은 기본적으로 인류의 역사가 내적 논리에 의해서 사회주의적 미래로 나아간다는 소련식 역사 유물론에 기초해 있었다. 특히 부르주아 휴머니즘의 추상성을 비판하며 '현대 유물론'이

---

8   임화, 「생활의 발견」(『태양』, 1940.1), 『논리』, 336쪽.
9   김외곤은 『임화 문학의 근대성 비판』(새물결, 2009)에서 1930년대 임화의 비평 궤적을 '객관=생활 세계'에 대한 인식 과정으로 규정한 바 있다. 임화의 본격소설론이란 '객관'의 인식을 통한 "현실을 제어할 수 있는 강력한 정신의 재건"(144쪽)을 주장했는데, 이 주장은 '새로운 시대의 사실 자체'가 '일상적인 생활 세계'로 이루어져 있다는 점을 고려할 때 '생활 세계'의 인식에 대한 요구를 내포한다는 것이다. 그러나 임화에게 생활이란 본질로서의 역사에 대립하는 '현상'으로서, 역사와 더불어 '현실'을 구성하는 반쪽에 불과했다.
10   임화, 「역사문화・문학」(『동아일보』, 1939.2.18~3.3), 『논리』, 742쪽.

야말로 인간의 해방을 위한 사상임을 강조할 때,[11] 김남천이 제안한 고발의 문학을 비판하며 사회주의 의식과 '과학'(역사적 유물론)의 학습을 요구할 때,[12] 사회주의적 미래에 관한 임화의 신념은 확고부동한 것처럼 보인다. 임화는 1930년대 조선이 비록 사회적으로나 역사적으로 사회주의 소련과 상이한 상황에 처해 있을지라도 결국에는 내적 필연성에 의해서 사회주의 사회로 나아가리라는 신념을 갖고 있었고, 그 때문에 작가들이 역사 유물론을 학습함으로써 식민지 조선의 특수한 역사법칙을 파악할 수 있으리라고 믿었던 것 같다. 그렇다면 현실 인식이란 결국 조선 사회를 사회주의적 전망에 의해서 원근법적으로 조망하는

---

11 임화는 백철의 휴머니즘이 부르주아 계급의 지배 이데올로기에 불과한 것임을 지적한 뒤, 사회주의 휴머니즘이란 무엇보다도 전 인류의 해방을 요구한다는 점에서 진정한 휴머니즘이라고 주장했다.
"현대 유물론은 문화 문제에 있어 일부러 자기 사상을 인간성의 측면에서 표현하려 할 때 고리키가 사용한 것과 같이 어떤 휴머니즘이란 개념을 쓴다.
물론 이것은 군색한 표현이다. 그러나 휴머니즘이란 위에 '어떤'이란 관사를 붙임은 결코 부자연한 면책적 조작이 아니다. 실로 휴머니즘의 추상적 내용의 위험성을 간취하고 있는 때문이며, 인간 해방이 ㄱ 사회적 존재양식의 해결을 전제한다는 심각한 내용성을 강조하기 위함이다.
그러므로 그 어떤 휴머니즘은, 휴머니즘 일반론과 다른 휴머니즘과는 휴머니즘이란 연구(言句) 이외에 히 등의 공통점을 가지고 있지 않다는 고리키의 휴머니즘론이 르네상스 부흥과는 오히려 대립하는 사상임을 알 수가 있다."(「르네상스와 신휴머니즘론」,『조선문학』, 1937.5),『논리』, 142~143쪽)
12 1930년대 중반 김남천은 자기 고발을 통해서 지식인의 관념성 극복과 객관적 현실 인식을 성취하고자 했다. 반면 임화는 주관적 자기 고발보다 역사를 합법칙성 속에서 인식하는 방법, 즉 역사 유물론에 관한 학습이야말로 김남천이 추구한 목적을 성취하는 데 더 적합하다고 생각했다.
"김씨가 리얼리즘 가운데 허용한 유일의 주관적인 것이 '고발하는 정신'이었고 소시얼리즘적 의식이 아니었던 것은 무엇을 의미할까? 더욱이 논자는 이것을 객관적 존재의 반영이라고조(高調)하였다.
자본제적 현실의 객관적 반영은 '고발하는 정신'에 그치는 것일까?
우리는 리얼리즘을, 창작과정 중에서 일체의 주관적 활동을 배제하려는 경화한 객관주의로부터 엄격히 구별해야 한다. 반대로 리얼리즘이야말로 대규모로 과학적 추상과 결합하고 작가의 주관이 치연(熾然)히 활동하는 문학인 것이다.
왜 그러냐 하면 리얼리즘은 과학과 모순하지 않고, 과학은 작가의 현실 파악을 지도 원조하고 진보적 의식의 활동은 인식되는 현실을 일층 생생한 예술로 장식하기 때문이다."(「주체의 재건과 문학의 세계」,『논리』, 64~65쪽)

일이 될 것이고, 문학 작품은 자본주의 사회의 내적 모순을 폭로하면서 그 지양의 계기까지도 보여줄 때 최고의 예술적 완성도에 이르게 될 것이다(예를 들어, 사회주의 사회 건설을 위해 투쟁하는 인물을 중심으로 서사를 구성하는 것은 소설가에게 유력한 방법이 될 수 있다). 임화는 적어도 1937년까지만 해도, 즉 사회주의 리얼리즘이야말로 "금일의 유일의 리얼리즘"[13]이라는 생각을 공공연하게 밝힐 때까지만 해도 식민지 조선 사회가 사회주의 사회로의 합법칙적 발전 과정에 참여하고 있다는 믿음을 버리지 않았던 듯하다.

그러나 1937년 「사실주의의 재인식」을 집필할 무렵부터 임화는 사회주의적 미래에 관한 신념을 공개적으로 표현하지 않았다. 이는 물론 제국주의 국가권력에 의한 정치적·이데올로기적 통제의 영향으로 볼 수도 있겠지만, 그보다는 1937년 중일전쟁 이후 사회주의적 전망에 입각한 역사관이 믿음의 대상에서 비판적 성찰의 대상으로 격하된 데 기인하는 것으로 볼 필요가 있다. 예컨대, 임화는 「사실의 재인식」(『동아일보』, 1938.8.24~8.28)에서 발레리가 말한 사실의 세기란 사실상 19세기 부르주아적 지성의 패배를 의미할 뿐이라고 주장한 뒤, 20세기적 지성 또한 20세기의 사실 앞에서 패배하게 되었음을 지적한 바 있다. 역사 유물론의 학습이나 사회주의 사회로의 합법칙적 발전을 역설하기보다, 20세기 지성의 패배를 언급하며 사회주의 이데올로기에 의거한 역사 이해의 유효성 상실을 지적함으로써 '사실과의 길항'을 통한 '새로운 사실의 논리' 획득을 요구한 것이다. 게다가 「소설과 신세대의 성격」(『조선일보』, 1939.6.29~7.2)에서는 민족주의와 사회주의의 퇴조를 돌이킬 수 없는 역사적 사실로 간주하기도 했고,[14] 「교양과 조선문단」(『인문평론』,

---

13 임화, 「사실주의의 재인식」(『동아일보』, 1937.10.8~10.14), 『논리』, 94쪽.
14 임화는 1930년대 후반 신세대의 작품들에서 드러나는 경험 세계에 대한 긍정적 태도란 정

1939.11)에서는 문학의 가치가 인식에 있음을 주장하면서도 "아는 것의 대상, 따라서 그 내용은 지금 우리가 물을 과제가 아니"[15]라고 말함으로써 인식 내용에 관해 얼버무리는 듯한 태도를 보이기도 했다. 그러므로 1930년대 후반 임화가 염두에 둔 현실 인식을 사회주의적 전망에 의거한 역사 인식과 직접적으로 동일시하는 것은 적절하지 않다. 오히려 이 시기 임화는 경험적 사실들이 사회주의 사회로의 발전 서사에 의해서 일관성 있게 해석될 수 없다고 생각했고, 사회주의 사회의 전망을 배제한 채 경험적 사실들을 면밀하게 고찰함으로써 거기에 내재하는 논리를 인식해야 한다고 여겼다.[16]

임화에게 문학이란 일상생활에서 직접적으로 경험하는 사실들을 그 내적 논리에 따라 재현하는 예술을 의미했다. 사실 역사에 대한 인식이

신사적으로 볼 때 민족주의나 사회주의가 퇴조한 데 기인한 현상이라고 생각했다.
"인생을 혹은 소여의 조건을 먼저 움직이지 못할 것으로 향수하고, 그것을 비판하는 대신 해석하고 그것을 부정하는 대신 긍정하고, 그리고 그 가운데서 인생의 스케줄을 꾸며 보는 것이 오늘날의 당연한 인생 태도가 되지 않았는가 한다.
이러한 인생 태도라는 것은 실로 착실하고 건전한 것으로 낡은 세대가 새 세대에게 많이 배울 바가 있는 것이나, 정신사적으로 보면 내셔널리즘과 소시얼리즘의 퇴조 후의 당연한 결과라 아니할 수 없다."(「소설과 신세대의 성격」(『조선일보』, 1939.6.29 7.2), 『논리』, 486쪽)
사회주의와 민족주의를 과거 이념으로 간주하는 임화의 태도는 「본격소설론」에서도 표출된다. 이 글에서 임화는 이광수, 이태준, 이기영, 한설야 등 소위 중견 작가들은 문학을 사상으로서 파악했다고 말한 뒤, 민족주의와 사회주의란 바로 그들의 대표적 사상이었다고 서술했다.
"물론 어디까지든지 비교의 역(域)을 넘지 않으나, 그들은 역시 당시에 예술파라고 불러지던 이들이라 할지라도 지금 작가들보다는 문학을 사상으로 이해하였다고 말할 수가 있다. 사실 조분(組笨)함을 면치 못한다 할지라도 그때의 작가는 내셔널리즘, 소시얼리즘 중 그 어느 것에나 심리적으로 기울어지지 않은 사람이 없었다 할 수 있다."(「본격소설론」,(『조선일보』, 1938.5.24~5.28), 『논리』, 373~374쪽)

15 임화, 「교양과 조선문단」, 『인문평론』, 1939.11, 46쪽.
16 이와 유사한 맥락에서 신두원은 「변증법적 사유와 실천의 한 절정」(『민족문학사연구』 제 38호, 2008)에서 임화가 1930년대 말 소련과 코민테른에 대한 신뢰를 상실했음에도 불구하고 역사적 발전의 필연성에 대한 믿음만은 고수했다고 주장한 바 있다. 임화는 '자본주의의 세계적 위기가 곧바로 세계 사회주의 혁명으로 이어질 것이라는 소박한 과거의 역사인식'을 지양하기는 했지만, '역사의 필연적 전개가 온갖 다양한 우회로를 통해 이루어질 수밖에 없음'을 수용하면서 '문화의 정치성 회복'을 끊임없이 모색했다는 것이다(33~39쪽).

사회주의 이데올로기에 의한 역사 해석을 의미하는 것이었다면, 임화는 문학을 통한 현실 인식을 요구하기보다 사회주의 이데올로기의 학습과 교육을 주장했어야 한다. 인류의 미래가 이미 사회주의 사회로 정해져 있다면, 작가의 임무는 동시대에 경험하는 사실들을 미래의 전망에 입각해서 재구성하기만 하면 될 것이기 때문이다. 그러나 1930년대 후반 임화는 사회주의적 전망에 절대적 신뢰를 보낼 수 없게 되면서 사회주의 이데올로기의 학습 대신 경험적 사실들에 대한 고찰을 요구하할 수밖에 없었다. 임화가 『사실주의의 재인식』에서 언급한 "현실의 묘사로서의 의식"[17]은 바로 이러한 요구를 함축하고 있었다.[18] 이제 작가의 과제는 사회주의 이데올로기와 관련된 이론서를 읽는 일이 될 수 없다. "당면한 과제는 작가가 많은 철학서와 과학서를 읽느니보다, 개인의, 가정의, 사회의, 국가의 그리고 세계와, 그 역사의 현실의 적라(赤裸)한 제상(諸相)을 알아내는 데"[19] 있었다.

2) 상식 비판과 사상 표현

임화에게 일상생활의 경험들을 직접적으로 제시하는 것은 일차적으로 현실 인식의 결여를 의미한다는 점에서 문제적인 현상이었지만, 궁

---

17 임화, 「사실주의의 재인식」, 『논리』, 93쪽.
18 나병철은 「임화의 리얼리즘론과 소설론」(한국문학연구회 편, 『1930년대 문학 연구』, 평민사, 1993)에서 『사실주의의 재인식』 이후 임화의 주체관이 변화했음을 지적한 바 있다. 「사실주의의 재인식」에서 "임화는, 주체의 의식성(주체성)이란 '현실의 형상화(묘사)로서의 의식'이라고 말했었지만, 지금의 현실은 그러한 통일성을 쉽게 허용하고 있지 않다"(23쪽))는 것, 즉 "작가의 주장을 표현하려면 형상화(묘사)되는 세계가 그와 부합하지 않고, 형상화되는 세계를 충실하게 살리려면 생각이 그와 일치되지 않는 상태"(23~24쪽)라는 것이다.
19 임화, 「휴머니즘 논쟁의 총결산」(『조광』, 1938.4), 『논리』, 233쪽.

극적으로 상식이나 지배 이데올로기의 무비판적 승인으로 귀결된다는 점에서 더욱 큰 문제를 내포하고 있었다. 상식이란 우선 "생활의 외부를 얽어매고 있는 것"으로서 역사나 현실을 인식하는 데 전혀 무관심한 "시정인(市井人)의 처세 철학"으로 이해되었기 때문이다.[20] 일반적으로 상식이란 "체험된 습관적인 사회적 실행으로서의 이데올로기"[21]로서 사람들이 일상생활을 영위하기 위해서 반드시 습득해야 하는 관념을 의미한다. 상식을 습득함으로써 사람들은 직접적으로 경험하는 사실들을 받아들인 뒤 그 사실들을 이해하고 거기에 반응할 수 있는 방법을 얻게 되는 것이다. 이처럼 상식의 관점에 서게 되면 직접적으로 경험되는 사실들은 그 자체로서 진리의 가치를 갖게 되고, 인식은 그 '사실성의 단순한 반복'으로 제한되며 사유는 단순한 '동어반복'의 수준으로 격하될 수밖에 없다.[22] 1930년대 후반 조선문학의 문제는 결국 작가들이 역사에 대한 관심을 상식의 수용으로 대체해버린 데 있었던 셈이다. 작가들은 상식을 통해서 경험적 사실들 사이의 연관관계를 보여줄 수 있겠지만, 상식에 의존한 작품은 역사에 대한 망각과 현실의 부재로 귀결될 뿐이었다.

상식에 대한 비판은 문학 작품의 생산을 위해서 작가들이 반드시 수행해야 할 작업이었다. 이와 관련해서 이원조의 '제3의 입장'에 대한 임화의 비판은 특히 주목할 만하다. 이원조는 「비평정신의 상실과 논리의 획득」(『인문평론』, 1939.10)에서 문학계의 문제를 비평 기준의 결여에서 찾은 뒤, 비평가들에게 제3의 입장(여론)을 수용함으로써 그 문제를 해결해야 한다고 주장한 바 있다. 제3의 입장(여론)이란 상호주관적인

---

20 임화, 「현대소설의 귀추」(『조선일보』, 1939.7.19~7.28), 『논리』, 451쪽.
21 테리 이글턴, 여홍상 역, 『이데올로기 개론』, 한신문화사, 1994, 157쪽.
22 호르크하이머·아도르노, 김유동 외역, 『계몽의 변증법』, 문예출판사, 1995, 56쪽.

것으로서 설득력을 갖고 있으므로 충분히 비평의 기준이 될 수 있다는 것이다.[23] 그러나 임화의 입장에서 볼 때 제3의 입장(여론)은 일종의 공인된 입장으로서 일상생활에 필요한 상식이 될 수는 있겠지만 결코 문학 작품의 가치를 판가름하는 기준이 될 수는 없었다. '제3의 입장'을 포함해서, 상식에 의존하는 것은 1930년대 후반 조선 사람들의 경험적 일상생활을 고정 불변의 사실로 간주함으로써 그에 대한 역사적 인식 자체를 애초에 차단하는 일로 여겨졌다. 따라서 상식에 의존하는 문학은 기껏해야 사람들이 잘 알고 있는 상식을 반복해서 재생산하는 작업에 불과하게 된다. 상식에 의존하는 작품이란 "예술적 위태(僞態)"[24]일 수는 있어도 예술이 될 수는 없었다.

특히 임화가 "백철의 '사실수리설'이나 토탈리즘이 시대의 정신으로서 혹은 사회의 의식으로서 이야기"[25]되는 상황에 대해 비판적으로 언급하고 있음을 고려한다면, 상식 비판에 제국주의 지배 이데올로기에 대한 광범위한 비판이 내재해 있음도 분명해 보인다. 일본의 중국 침략 전쟁을 '동양사의 비상한 비약'으로 해석하는 백철의 사실수리론이나 서구 부르주아 사회의 몰락을 선언하고 전체주의(파시즘) 사회의 정당성을 선전하는 전체주의 이데올로기가 횡행하는 가운데, 임화는 그 이데올로기들에 의거해서 조선 사회의 현재와 미래를 인식하려는 태도

---

23 이원조는 제3의 입장(여론)을 주관성이나 개별성을 극복한 견해, 즉 일종의 보편적 타당성을 갖는 견해로 간주했다. 그 때문에 비평 역시 제3의 입장에 의존한다면 충분히 보편적 타당성을 획득할 수 있다고 보았다.
"개인 대 개인의 상지(相持)에 있어서 여론이라는 것이 항상 최후의 결정을 하는 데 가장 중요한 역할을 한다는 것은 여론이란 주인도 없는 것이고 그 자신이 논리를 가진 것도 아니건마는 여론은 제3의 입장이란 의미에서 한 개의 커다란 설복력을 가진 때문인 것이다. 이렇게 생각하고 보면 비평이란 영도적 지위에서 그 위신을 보장하자면 가장 필요한 것은 첫째 설복력을 가져야 할 것이며 이러한 설복력을 가지자면 어떠한 의미에서든지 항상 제3의 입장에 서있지 아니하면 안 되는 것이다."(『인문평론』, 1939. 10, 19~20쪽)
24 임화, 「휴머니즘 논쟁의 총결산」, 『논리』, 224쪽.
25 임화, 「창조적 비평」, 『인문평론』, 1940. 10, 34쪽.

의 부당함을 상식 비판의 이름으로 지적한 것이다. 그에게 중요한 것은 제3의 입장이든 지배 이데올로기든 기존 이데올로기들로 현실 인식을 대신하는 일이 아니라 경험적 사실들에 대한 고찰을 통해서 거기에 내재하는 논리를 인식하는 일이었다.

1930년대 후반 일본 제국주의 이데올로그들은 내선일체나 대동아공영권 같은 이데올로기들을 통해서 식민지 지배를 정당화하는 한편, 다양한 생활 규범을 제정함으로써 조선인들의 일상생활을 통제하고 '국민' 혹은 '신민'을 형성하고자 했다.[26] 이런 상황에서 상식 비판을 실천하고자 하는 작가가 취할 수 있는 태도는 한정될 수밖에 없다. 그는 상식에 대해 비판적 태도를 취하는 것처럼, 상식에 의해 작동하는 일상생활에 대해서도 비판적 태도를 취해야 하는 것이다. 임화가 말하는 현실 인식이란 일상생활이나 경험적 사실들을 그 자체로서 수용할 경우에는 결코 성취될 수 없었다. 그 때문에 임화는 사회적 조건에 따라 "시대에 동화한 작가가 위대할 수 있는 것처럼, 사회에서 유리한 작가도 역시 위대할 수 있"[27]으며, "창조의 길에서 고독을 두려워할 필요는 없"[28]다고 주장하기까지 했다. 작가는 상식이나 지배 이데올로기에 비판적 태도를 취할 경우 사회 속에서 고립 상태에 처하게 될지도 모른다. 하지만 위대한 작품이 상식이나 지배 이데올로기에 의해 은폐되어 있는 논리(역사)에 관한 인식을 통해서 생산된다는 점을 고려한다면, 작가는 사회적 조건에 따라 고립 상태를 받아들일 필요가 있었다.

문학의 과제는 직접적으로 경험하는 사실들의 제시가 아니라 현실

---

26 제국주의 국가 권력은 '황국신민의 서사'를 제정한다든가 '정오의 묵도'를 시행하기도 했지만, 소비 절약과 간소화 및 황민의 정체성 강화를 위한 다양한 정책들을 통해서 조선인들의 일상생활을 통제하고자 했다(이종민, 「도시의 일상을 통해 본 주민동원과 생활 통제」, 방기중 편, 『일제 파시즘 지배정책과 민중생활』, 혜안, 2004, 423~431쪽).

27 임화, 「창조적 비평」, 앞의 책, 1940.10, 34쪽.

28 위의 글, 35쪽.

인식, 즉 그 사실들에 내재하는 논리의 인식에 있다. 그리고 현실 인식은 오로지 "직접적인 것에 대한 '특정한 부정'"[29]을 통해서, 말하자면 경험적 사실들에 대한 매개된 사유를 통해서 성취될 수 있다. 임화는 그 매개된 사유를 통해 성취된 결과물을 '사상'이라고 명명한 뒤, 작가들이 의존해야 할 것은 상식이나 지배 이데올로기가 아니라 사상이라고 강하게 주장했다. "사고 없이 문학은 없"고 문학은 오로지 "상식에 대한 회의"[30]에서 출발해야 했다. 문학 작품을 쓰는 일이 현실을 인식하는 일이라면, 그것은 또한 사상을 형성하는 일이기도 했다. 그러므로 "상식까지를 버리고 현실로 들어가든지 다시 한 번 상식 대신 사상을 형성해 보든지 ─ 그것은 반드시 경향문학 시대의 사상만을 의미하지는 않는다 ─ 여하튼 지금의 현실과 작품의 관계를 솔직히 다시 한 번 성찰하는 데서 문학은 재출발해야 하지 않을지?"[31]라고 물었을 때 임화가 의도한 바는 분명하다. 그는 여기서 상식 비판과 사상 형성, 그리고 현실 인식이 모두 동질적 행위임을 말하고 싶었던 것이다.

작가가 상식에 의존해서 작품을 쓰는가, 아니면 사상의 형성을 위해서 작품을 쓰는가 하는 문제는 단순히 작품의 '내용'에 한정된 게 아니었다. 그것은 작품의 '형식' 혹은 '구성'에까지 커다란 영향을 끼치는 문제였다. 상식에 의존하는 작가의 경우, 일상생활의 의미란 상식이나 지배 이데올로기에 의해서 이미 주어져 있기 때문에 작가는 단지 주어져 있는 재료들을 심미적으로 가공하기만 하면 된다. 작가는 경험적 사실들에 대한 진지한 탐구 대신 경험적 사실들의 심미적 처리에만 관심을 기울이면 되는 것이다. 임화는 이러한 작가란 공장(工匠)이 될 수 있을

---

29 호르크하이머・아도르노, 앞의 책, 56쪽.
30 임화, 「현대소설의 귀추」(『조선일보』, 1939.7.19~7.28), 『논리』, 451쪽.
31 임화, 「창작계의 1년」, 『조광』, 1939.12, 140쪽.

지는 모르지만 결코 예술가가 될 수는 없다고 생각했다. 사실 공장이 "기물을 만드는 것을 천직으로 하는 인간"을 가리키고 공장의 의식이 "자기가 만드는 기물의 정교한 완성의 정신"을 의미한다면,[32] 작가가 예술 작품의 심미적 완성을 위해서 공장의 의식을 습득하는 것은 반드시 필요하다. 문제는 작가가 공장의 의식에만 사로잡힌 채 인식론적 의무를 방기한다는 데 있다. 작가가 공장의 의식에 사로잡혀 작품의 심미적 세공에만 몰두한다면, 완성된 작품은 기술적으로 높은 완성도를 보일 수는 있겠지만 인식론적으로는 무가치하게 될 것이기 때문이다. 이 경우 완성된 작품은 작가가 의도했든 의도하지 않았든, 상식의 반복이나 지배 이데올로기의 선전으로 귀결될 가능성이 높다.

공장의 의식은 상식의 반복이나 지배 이데올로기의 선전이 아니라 현실 인식과 사상 형성에 기여해야 한다. "문학은 손(手)의 기술이 아니라 작가의 유일한 '눈'을 통하였다는 의미에서 비로소 예술인 것이다."[33] 일상생활에서 직접적으로 경험하는 사실들은 그 자체로서는 결코 문학의 내용물이 될 수 없다. 경험적 사실은 오직 역사의 관점에서 해석되고 가공될 때 비로소 작품의 재료, 즉 "작품의 구성범위 가운데 들어선 사실"[34]이 될 수 있다. 임화가 세태소설에 비판적 태도를 취한 중요한 이유는 바로 여기에 있었다. 세태소설은 조선문학에 묘사 기술의 발전을 가져왔다는 점에서 긍정적으로 평가될 수 있지만, "현실을 있는 그대로 파악함을 목적으로 하는 진정한 묘사의 기술"[35]과 세태소설의 묘사 기술은 분명히 구분되어야 했다. 세태소설의 묘사란 궁극적으로 경험적 사실들에 대한 의식론적 관심을 결여한 묘사, 즉 공장의

---

32 임화, 「소설의 현상 타개의 길」, 『조선일보』, 1940.5.15.
33 임화, 「작가의 '눈'과 문학의 세계」(『조선문학』, 1937.6), 『논리』, 282쪽.
34 임화, 「10월 창작평」, 『동아일보』, 1939.9.23.
35 임화, 「세태소설론」, 『논리』, 361쪽.

의식의 표현에 불과했다.[36]

임화는 1930년대 후반 문학의 문제적 상황이란 오직 문학정신의 회복을 통해서만 해결 가능하다고 생각했다. 공장의 의식이 기술적 세공에만 몰두하는 정신이라면, 문학정신이란 "상식에 의하여 연결된 현실 가운데를 상식의 외피를 찢고 들어가 현실이 만들어내는 근원적인 것을 탐구하는 정신"[37]을 의미했다. 문학의 목적이 현실 인식에 있고, 그런 한에서 문학이 작가의 사상 형성에 기여할 수 있다면, 문학정신은 현실 인식과 사상 형성을 가능하게 하는 궁극적 요인이었다. 작가는 문학정신을 회복함으로써만 "사실을 지배하는 능력",[38] 즉 경험적 사실들을 작품의 소재로서 가공할 수 있는 능력을 회복할 수 있다. 그리고 문학정신을 회복한 작가만이 일상생활의 상식이나 지배 이데올로기를 비판하고 경험적 사실들을 역사의 측면에서 인식할 수 있다. 문학정신이 있는 작가만이 '당대의 이데올로기적 한계를 초월하며, 이데올로기에 의해 시야에서 가려진 실재에 대해 통찰력'[39]을 가질 수 있는 것이다.

1930년대 후반이란 임화에게 "재래에 통용되어 오던 현실 이해의 방법이나 행위의 기준 내지는 공상(미래에 대한)의 구도가 일체로 통용이 정지되는 순간", 따라서 "미래와 현재를 과거와 더불어 일관하게 이해하지 아니할 수 없는 절박한 필요"[40]가 발생한 시기였다. 소설 장르에 관한 임화의 논의는 바로 그 현실 인식에 대한 '절박한 필요'에 기인했다. 사회주의 이데올로기가 점차 신뢰를 상실하고 제국주의 이데올로기가 지배적 지위를 점하게 되면서, 임화는 기존 이데올로기들에 의존

---

36 세태소설에 관해서는 본서의 '3장 3절 1)의 (1) 세태소설과 내성소설' 참조.
37 임화, 「중견 작가 13인론」(『문장』, 1939.12), 『논리』, 331쪽.
38 임화, 「10월 창작평」, 『동아일보』, 1939.9.23.
39 테리 이글턴, 이경덕 역, 『문학비평 ─ 반영이론과 생산이론』, 까치, 1986, 29쪽.
40 임화, 「역사・문화・문학」, 『논리』, 725〜726쪽.

하지 않은 채 당대 사회를 인식할 수 있는 방법을 모색하지 않을 수 없었다. 그러나 작가들에게 아무리 문학정신의 회복을 요구한다고 하더라도, 문학 작품의 생산을 위한 구체적인 방법을 제시하지 못한다면 그 요구는 공허한 울림으로 남을 가능성이 높다. 임화가 조선 사회의 역사(논리)를 인식하는 데 적합한 방법으로 본격소설의 플롯을 제안하고, 세태소설, 내성소설, 통속소설 등을 비판적으로 검토하면서 본격소설 형식을 내세운 것은 바로 이와 같은 인식에 기인했다. 그는 본격소설 형식과 그 플롯이 상식 비판과 일상생활에 관한 역사적 인식에 충분히 기여할 수 있다고 생각했다.

2. 본격소설 논의의 구조

임화에게 문학 작품이란 작가가 일상생활의 상식을 거부하고 현실 인식을 추구할 때 생산될 수 있다. 1930년대 후반 작가들의 활동 영역이 문단으로 제한되고 시야도 일상생활로 축소되었을 때, 그들은 경험적 사실들을 처리하기 위해서 때때로 상식이나 지배 이데올로기에 의존하기도 했다. 이에 맞서 임화가 내세운 것은 현실 인식과 사상 형성, 그리고 문학정신의 회복이었다. 상식이나 지배 이데올로기에 의존할 경우 작가는 인식론적 노력에서 해방됨으로써 작품의 기술적 세공에 전력을 기울일 수 있겠지만, 현실 인식에 대한 무관심은 내용과 형식(구성)의 측면에서 모두 작품의 예술적 가치를 격하할 위험이 있었다. 하지만 현실 인식, 사상 형성, 문학정신 회복 등을 강조하는 것만으로는 결코 작가들에게 실질적인 도움이 될 수 없다. 원론적 주장은 단지 문학 작품의 생산을 위한 기본적인 원칙을 되새기게 해줄 뿐이다.

임화의 본격소설 구상은 문학 작품의 생산을 위한 구체적인 방법을 모색하는 과정에서 이루어졌다. 여러 소설 형식들에 대한 비판적 검토 작업을 수행하는 가운데 임화가 도달한 지점이 바로 본격소설이었다. 임화에게 본격소설이란 성격이 환경과 상호작용하며 만들어내는 플롯을 중심에 둔 형식, 그럼으로써 상식이나 지배 이데올로기에 의존하지 않고도 직접적인 경험적 사실들을 논리적으로 연결할 수 있는 형식을 의미했다. 본격소설과 관련해서 임화는 그것이 무엇보다도 픽션이라는 점을 강조하는 한편, 소설가들에게는 픽션(성격 중심 플롯으로 이루어진 소설)을 만들어낼 수 있는 구성력을 요구했다.

1) 플롯의 이념

임화에게 본격소설이란 성격과 환경 사이의 갈등을 통해 드러나는 성격의 운명을 '소설 구조의 기축(基軸)'으로 삼고 그 구조를 통해서 '작가의 사상'을 표현하는 형식으로서, 역사적으로 보면 발자크, 졸라, 톨스토이, 디킨스 등에 의해 생산되었던 19세기 서구 장편소설을 의미했다.[41] 여기서 우선 주의할 것은, 작가의 사상이 결코 작가가 작품을 쓰기 전에 미리 준비한 생각이나 관념을 의미하지 않는다는 사실이다. 임화가 본격소설을 소설 구조의 기축을 통한 작가의 사상 표현 형식으로서 정의할 때, 사상은 마치 작품의 형식적 요소들과 무관하게 존립하는

---

41 임화, 「본격소설론」, 『논리』, 367쪽.

관념 덩어리처럼 보이기도 한다. 그 때문에 소설 쓰기 역시 소설가가 자신의 생각을 미리 확정한 뒤, 인물과 환경의 관계를 통해서 그 생각을 전달하는 과정으로 이해될 수 있다. 그러나 임화의 구상에서 작가의 사상이란 결코 소설 쓰기에 앞서 주어진 관념을 의미하지 않았다. 문학작품이 경험적 사실들에 대한 심층적 사유를 통해서 생산된다면, 작가의 사상은 상식에 의한 세계 이해를 비판하고 경험적 일상세계에 대한 역사적 인식을 추구하는 과정에서 비로소 형성될 수 있다. 본격소설 쓰기에서 현실을 인식하는 과정은 사상을 표현하는 과정과 동시에 진행되는 것이었고, 경험적 사실들에 관한 역사적 인식은 작가의 사상 표현과 동일한 의미를 갖는 것이었다.

임화는 본격소설 형식이 현실 인식이자 사상 표현이 될 수 있는 근거를 성격과 환경의 조화에서 찾았다. 본격소설은 "구조 내부에 조화"가 있기 때문에, "작가로선 환경을 충분히 묘사하면서 제 사상을 또한 부족없이 표현할 것"이 구조적으로 보장되어 있다는 것이다.[42] 그러나 이러한 주장은 '성격과 환경의 조화'라는 표현의 모호성으로 인해서 그 의미가 즉각적으로 이해되지 않는다. 사실 임화는 『세태소설론』에서 "성격과 환경의 '하아모니'"란 "소설의 원망"이라고 규정했으면서도,[43] 『현대소설의 주인공』에서는 '성격과 환경의 조화'를 환경이 성격의 행위에 편의를 제공해줄 경우에 한정하면서 환경이 성격의 행위를 저해할 경우 '성격과 환경의 부조화'가 나타난다고 서술하기도 했다.[44] 이는 '성격과 환경의 조화'라는 표현이 연구자들 사이에서 다양한 해석을 낳는 근거가 되었다.[45] 그러나 두 사례에서 분명한 사실은, 임화가 그 표현

---

42 임화, 위의 글, 368쪽.
43 임화, 「세태소설론」, 『논리』, 348쪽.
44 임화, 「현대소설의 주인공」(『문장』, 1939.9), 『논리』, 412쪽.
45 성격과 환경의 조화를 하정일은 「1930년대 후반 사회주의 리얼리즘론의 발전과 반파시즘

을 통해서 '본격소설의 형식적 본질이 성격 중심의 플롯 구성에 있음'을 강조하고자 했다는 점이다.[46] 『세태소설론』의 경우 성격과 환경의 조화가 본격소설 형식의 본질을 가리키는 것이었다면, 『현대소설의 주인공』의 경우에는 성격과 환경이 서로 갈등하는 가운데 플롯이 형성된다는 점을 강조한 것이었기 때문이다. "성격과 환경이 어울어져 만들어내는 줄기찬 '플롯'"[47]이야말로 본격소설이 현실 인식이자 사상 표현이 될 수 있는 필수 조건이었다.

플롯이란 사건의 논리적 배열을 의미하며, 보통 성격의 행위들로 구성된다. 1930년대 후반 임화가 "인물을 중심으로!"[48]라는 구호를 외치면서 성격의 창조를 강조한 이유는 바로 여기에 있었다. 이 시기 임화는 소설 작품의 세계란 인물과 인물의 관계로 구성되어야 하고, 시간은 인물들 간 관계의 지속과 연장으로 구체화되어야 하며, 환경이나 개별 사건은 모두 성격을 중심으로 배치되어야 한다고 생각했다. 이와 관련해서 그는 "생활이란 본시 성격이 행동하기엔 적당한 장소가 아니"[49]라고 주장하기도 했는데, 이는 본격소설 형식이 근본적으로 일상생활의 직접적 묘사에 적대적인 것이었음을 의미한다. 일상생활이란 상식이나 지배 이데올로기에 의해서 작동하는 세계이므로, 일상적인 생활을

인민전선」(『창작과 비평』, 1991, 봄)에서 "인물과 환경의 조화와 투쟁의 통일체"(343쪽)로 해석했고, 나병철은 「임화의 리얼리즘론과 소설론」(『1930년대 문학 연구』, 한국문학연구회 편, 평민사, 1993)에서 인물과 환경의 상호작용이 이루어지려면 인물과 환경 간의 부조화가 지양되어야 한다는 점을 들어 '인물과 환경의 상호작용을 위한 전제조건'(29쪽)이라고 이해했으며, 황국명은 「임화의 소설론 연구」(『인제논총』, 1995.12)에서 '적대적인 관련 속에서 소설적 주체와 환경 세계가 유기적으로 관련되어 있다는 형식적 의미'(319쪽)로 받아들였다. 또한 조현일은 「임화의 소설론 연구」(『한국문학과 모더니즘』, 한양출판, 1994)에서 그 표현이 "대상과 인물이 필연적인 관계 속에 형상화됨으로써 한 시대의 특정한 인간의 운명, "부단한 투쟁의 체험"을 드러내는 서사적 줄거리의 창조"(243쪽)를 의미한다고 주장했다.

46 졸고, 「임화의 소설 이론 연구」, 연세대 석사논문, 2001, 37쪽.
47 임화, 「세태소설론」, 『논리』, 357쪽.
48 임화, 「현대소설의 주인공」, 『논리』, 411쪽.
49 위의 글, 426쪽.

영위하는 인물을 통해서 작품을 구성하는 것은 현실 인식이 아니라 상식의 반복이나 지배 이데올로기의 승인으로 귀결될 수밖에 없다. 그러므로 플롯의 구성에 대한 요구는 성격의 행위를 중심으로 작품을 구성해야 한다는 것뿐만 아니라, 일상적인 생활을 성격이 행위할 수 있는 공간으로 재구성해야 한다는 것 역시 내포하게 된다.

임화가 「창작계의 1년」(『조광』, 1939.12)에서 김남천의 「T일보사」(1939)를 비판한 이유는 무엇보다도 이 작품이 성격을 결여했다는 데 있었다. 여기서 임화는 「T일보사」의 주인공이 정신을 결여하고 있다는 점을 들어 그를 성격이 아니라 '외부적 인간'으로 규정했다. 성격이란 무엇보다도 자신의 욕구를 충족하기 위해서 주어진 환경에 맞설 수 있는 인물, 다시 말해 일상생활을 지배하는 상식이나 지배 이데올로기에 비판적 태도를 견지할 수 있는 주인공을 의미했기 때문에 주어진 환경에 적응해서 생활하는 「T일보사」의 주인공은 결코 성격으로 간주될 수 없었다. 임화는 이처럼 「T일보사」에 성격이 부재하게 된 이유를 김남천이 '사고하는 작가'가 아니라 '감수(感受)하는 작가'라는 점에서 찾았다.[50] 김남천은 일상생활의 세계를 무비판적으로 받아들여서 묘사하는 데만 몰두할 뿐 일상생활에 대한 비판적 사유, 다시 말해 상식에 대한 비판적 성찰을 보여주지 못했다는 것이다. "성격은 정신"이라는 것, 그러므로 "부질없이 산문의 매력에 이끌리어 세태에 흐트러진 양자(樣姿)들 또는 방탕한 두뇌 가운데선 성격이 만들어지는 않는다"[51]는 것이 임화의 생각이었다.

문학은 생활이 아니라 창조였고 성격은 "생활인이 아니라, 창조자"였다.[52] 본격소설은 일상생활에서 직접적으로 경험할 수 없는 세계를

---

50 임화, 「창작계의 1년」, 『조광』, 1939.12, 137쪽.
51 위의 책, 136쪽.

만들어내는 작업이었고, 성격은 그 창조적 작업을 수행하는 데 핵심적 요소였다. 이제 소설가는 성격의 행위를 중심으로 플롯을 구성함으로써 일상생활과는 전혀 다른 세계를 보여주어야 했다. 따라서 본격소설 쓰기는 일상생활의 경험적 사실들을 상식이나 지배 이데올로기와 무관하게 재구성하는 행위, 다시 말해 성격이 부재하는 세계를 성격이 행위할 수 있는 역사적 장소로 변형하는 행위가 된다. 이 측면에 주목할 경우 본격소설의 서사는 충분히 '인간의 자기 활동성, 자립성을 형상화하는 서술 방식'[53]으로 이해될 수 있다. 본격소설의 대상은 상식이나 지배 이데올로기에 순응하는 인간(생활인)의 수동적 삶이 아니라, 상식이나 지배 이데올로기에 대해 비판적 태도를 취하면서 자신의 이상을 실현하기 위해 행위하는 인간(창조자)의 능동적 삶일 것이기 때문이다. 그렇지만 임화가 본격소설 논의에서 강조한 것은 성격 그 자체보다 성격이 만들어내는 플롯이었고, 인간의 능동적 삶 그 자체보다 인간의 능동적 삶을 통해서 현현하는 역사였다.

임화는 "우수(憂愁)한 현실 속에서 우러나온 문학이 사실적일 수 없음과 동시에 그런 현실 속에 있는 새 맹아를 작가가 못 보았을 때나 안 보려 할 때도 다 같이 문학은 비사실적"[54]이라고 서술했다. 이는 성격에 적합한 환경이란 소설가가 현재의 일상생활을 미래의 '맹아'와 관련해서 파악할 때, 다시 말해 일상적으로 경험하는 사실들을 역사의 관점에서 재구성할 때 형성될 수 있음을 의미한다. 임화에게 일상생활이란 본질과 현상의 이분법에 따라 본질로서의 역사를 은폐하고 있는 현상으로서 이해되었기 때문에, 일상생활을 두고 '비사실적'이라고 표현한다

---

52   임화, 「현대소설의 주인공」, 『논리』, 426쪽.
53   조현일, 「임화 소설론 연구」, 『한국문학과 모더니즘』, 한양출판, 1994, 239쪽.
54   임화, 「휴머니즘 논쟁의 총결산」, 『논리』, 231쪽.

고 해서 거기에 특별한 의미가 부가되지는 않는다. 오히려 주목할 만한 점은 '맹아'라는 시간성을 내포한 단어가 '사실성'을 측정하는 척도로서 사용된다는 데 있다. 소설가가 우수(憂愁)한 현재 세계를 그 자체로서 수용하면 작품은 비사실적이게 되고, 현재에 내재하는 미래의 맹아를 포착해서 현재를 역사적 관점에서 재구성하면 작품은 사실적이게 된다는 것이다. 이 경우 '사실성'이란 경험적 사실들의 정확한 묘사나 재현이 아니라 역사적 관점에 의한 경험적 사실들의 재구성을 의미하게 된다. 일상적 경험 사실들은 그 자체로서는 결코 '사실적인 것'으로 간주되지 못하며, 플롯에 의해 일관성 있게 연결됨으로써만 비로소 '사실적인 것'으로 인정받게 된다.

본격소설 작품에서 역사는 오로지 성격의 '운명'을 통해서 구체화될 수 있다. 본격소설은 욕구(이상)를 충족하려는 주인공의 노력이 주어진 환경과 갈등하게 되고, 그 갈등 과정에서 일상적으로 경험되지 않는 사실들의 논리(역사)가 드러나게 될 때 비로소 완성되는 형식이다. 소설 작품의 세계에서 주인공이 욕구를 실현하려고 할 경우 그의 바람은 주어진 환경의 성질에 따라 성공할 수도 있고 실패할 수도 있다. 그러나 본격소설에서 중요한 것은 주인공이 욕구를 충족했다거나 충족하지 못했다는 사실 그 자체가 아니다. 본격소설에서는 오직 주인공이 욕구 충족에 성공하거나 실패하는 순간 "가혹한 운명의 철의 필연성"[55]이 드러난다는 사실만이 중요했다. 운명이 "이러이러한 조건 가운데서 인간은 이러이러한 길을 걷지 아니할 수 없었다는 관념을 함축하고 있는 것"[56]이라면, 소설 작품에서 성격의 운명이 실현되는 순간이란 사실상 성격과 환경을 포함하는 소설 세계의 내적 힘(역사)이 드러나는 순간과

---

55 임화, 「통속소설론」, 『논리』, 415쪽.
56 임화, 「현대소설의 주인공」, 『논리』, 411~412쪽.

다르지 않다. 주인공의 일상생활을 지배하던 상식이 무너지고 역사의 관점에서 일상생활이 재조명되는 순간인 것이다.

본격소설이란 주인공이 욕구 충족을 위해 주어진 환경과 갈등하는 과정을 중심으로 구성되며, 주인공의 운명이 실현되는 플롯을 통해서 현실 인식과 사상 표현에 동시에 도달할 수 있는 형식이다. 임화는 본격소설의 플롯이 일상생활의 직접적 경험들을 전혀 다른 방식으로 조직할 수 있고, 상식이나 지배 이데올로기뿐만 아니라 민족주의나 사회주의 같은 이데올로기들로도 수렴되지 않는 특정한 현실 인식을 얻을 수 있다고 생각했다. 임화의 플롯 구상은, 그 자신도 인정했듯이 19세기 리얼리즘 소설의 플롯을 소설 장르 일반의 모델로 간주함으로써 형성된 것이었다. 그 때문에 임화의 플롯 개념은 시대적·사회적 차이를 염두에 둔다면 1930년대 식민지 조선 사회에 어긋나는 것으로 여겨질지도 모른다. 하지만 이 시기 임화에게 관심사는 오로지 문학을 통한 현실 인식에 있었기 때문에 그와 같은 어긋남이란 전혀 문제가 되지 않았다. 그는 19세기 리얼리즘 소설의 플롯에 대한 강한 믿음을 갖고 있었기 때문에, 주인공의 운명이 실현되는 과정을 형상화할 때 당대 사회에 관한 역사적 인식에도 이를 수 있다고 생각했다.

2) 픽션의 간접성과 진실성

임화는 문학의 가치란 궁극적으로 현실 인식 여부에 달려있다고 생각했다. 그가 소설가들에게 본격소설을 내세운 이유 역시 그 플롯이 일상생활의 역사적 재구성을 보증해준다는 데 있었다. 소설가는 작품을 쓸 때 상식이나 지배 이데올로기에 의해 재생산되는 일상생활이 아니라 일종의 역사적 세계를 만들어내야 했다. 임화는 이와 같은 소설 쓰기를 일상적으로 경험하는 사실들에 대한 직접적 묘사와 구별해서 "고차의 리얼리즘"[57]으로 명명했다. 경험적 사실들에 대한 묘사도 '현실의 한 측면'(일상생활)을 제시한다는 점에서는 리얼리즘으로 불릴 수 있겠지만, 현실 인식을 추구하는 작품은 일종의 총체성(생활+역사)을 구체화한다는 점에서 고차의 리얼리즘으로 명명되어야 한다는 것이다. 누구나 일상적으로 경험하는 사실들을 직접적으로 제시하는 작품, 혹은 상식이나 지배 이데올로기에 의존해서 만들어진 작품은 결코 예술적 가치를 지닐 수 없었다. 이러한 작품은 기법이나 감각의 수준에서 독자들에게 즐거움을 줄 수는 있겠지만, 작품 구성이나 현실 인식의 측면에서 볼 때 아무런 가치도 없었다. 그와 달리 본격소설은 일상적으로 경험하는 사실들을 재료로 삼아 역사적 세계를 구성해내는 형식이었기 때문에, 작품 구성과 현실 인식의 측면에서 모두 높은 예술적 가치를 지닐 수 있었다.

소설 작품은 경험적 사실들에 대한 소설가의 심층적 사유와 플롯 구성을 통해서 생산된다. 그러나 완성된 작품은 소설가의 지배로부터 벗어나 일종의 자립적 세계를 형성하게 된다. 말하자면, "소설은 픽션 — 즉 작위(作爲)된 인물과 작위(作爲)된 환경의 허구 — 을 통하여 작가와 환경과의 관계가 표현되는 것"이므로 한 편의 작품 속에서 "작자나 환경이나 다 같이 간접으로 투영될 따름"이다.[58] 임화는 비록 본격소설을 소설가의 현실 인식이자 사상 표현으로 규정하기는 했지만, 완성된 소설 작품과 소설가 사이에 직접적 인과관계를 설정하려고 하지는 않았다. 그는 한편으로 소설 작품에서 소설가의 현실 인식과 사상 표현이

---

57 임화, 「작가의 '눈'과 문학의 세계」, 위의 책, 308~309쪽.
58 임화, 「통속소설론」, 『논리』, 390쪽.

갖는 중요성을 강조하면서도, 다른 한편으로는 소설 장르의 허구적 성격(픽션)에 관한 인식의 필요성을 역설했던 것이다. 여기에는 소설의 허구적 세계가 경험적 일상 세계와는 상이한 질서로 구성되어 있다는 의미뿐만 아니라 그 경험 세계에 비해 어느 정도 우월한 가치를 지닐 수 있다는 의미 또한 내포되어 있었다.

임화에게 "소설적 픽션의 간접성"[59]이란 본격소설 형식의 타당성과 현실성을 주장하는 데 가장 중요한 근거였다. 소설 장르의 허구성과 간접성을 전제하지 않는다면, 1930년대 후반 식민지 조선의 사회적 조건이 문학 작품을 생산하는 데 불리하다는 사실을 인정하면서도 본격소설을 작가들에게 요구할 수는 없다. 그리고 이 시기 들어 작가들의 문학정신이 쇠퇴했음을 단언하면서도 본격소설의 플롯 구성이 가능하다고 주장할 수도 없다. 소설은 바로 '픽션의 간접성'이라는 속성 때문에 직접적 경험이 불가능한 세계, 다시 말해 이성적 사유를 통한 간접적 인식만이 가능한 세계를 만들어낼 수 있는 것이다. 본격소설은 결코 경험적 사실들의 직접적 반영이 아니었고, 사회적 조건이나 작품 생산 조건에 대한 기계적 반응이 아니었다. 본격소설은 직접적 경험 사실들의 역사적 재구성이었고, 바로 그 '픽션의 간접성'으로 인해 불리한 생산 조건을 초월할 수 있는 형식이었다.

그렇지만 소설적 픽션의 간접성이 무조건적으로 인식론적 목적에 기여하는 것은 아니다. 임화의 논의에서 픽션은 소설 장르의 일반적 속성이었지 결코 본격소설에 한정된 속성이 아니었다. 이 점에서 픽션의 간접성은 경험적 사실들의 재구성 행위 자체에 정당성을 부여하는 속성 정도로 간주될 필요가 있다. 소설이란 일종의 픽션이기 때문에, 소

---

59 위의 글, 391쪽.

설가는 경험적 사실들에 대한 심층적 성찰을 통해서 한 편의 진지한 작품을 쓸 수도 있지만, 새로운 기법을 시험하기 위해서나 독자의 통속적 흥미를 유발하기 위해서 작품을 쓸 수도 있는 것이다. 다만 본격소설이 다른 소설 형식들과 구별되는 점은, 그것이 픽션의 간접성과 더불어 진실성을 요구한다는 데 있다. 본격소설은 성격 중심의 플롯을 통해서 일상적 경험 사실들을 재구성하는 데 그치지 않고, 거기에 내재하는 논리 (역사)를 인식하고 구체화하는 데까지 나아가야 하는 것이다. 이 점에서 '성격의 고독한 내성'에 몰두하거나 '환경의 대로'를 편력하는 작품, 또는 가정소설 같은 통속적 방법에 의존하는 작품은 '소설적 픽션의 본래의 구조'를 무너뜨림으로써 '본격적인 의미의 소설의 비극'을 초래한 사례에 불과하다.[60] 그와 같은 작품들은 픽션의 간접성으로 인해 소설 장르에 포함될 수는 있겠지만, 픽션의 진실성을 확보하지 못했다는 점에서 어떤 예술적 가치도 인정받을 수 없다.

1930년대 후반 '휴머니즘 논쟁'에서 임화는 백철이나 김오성 등의 휴머니즘론에 비판적 입장을 취한 바 있다. 그들의 휴머니즘 논의가 추상적이라는 점이 비판의 요점이었는데, 여기에는 소설적 픽션의 진실성 문제와 관련해서 주목할 만한 내용이 담겨 있다. 「휴머니즘 논쟁의 총결산」에서 임화는 현대란 개인과 사회의 갈등 및 개인의 자기분열로 충만한 시대이므로 현대인이 '조화'를 갈망하면서 '조화된 인간'을 요구하는 것은 충분히 납득할 만하다고 서술하면서도, 소설가가 '조화된 인간'이 사라져버린 현대 사회를 망각한 채 '현실로부터의 도피'나 '주관의 비상'을 통해서 사회의 갈등이나 자기분열 문제를 해결하려고 하는 것은 소설적 픽션의 진실성을 저해하는 행위라고 주장했다. 문학은 물

---

60 위의 글.

론 "새로운 세계를, 새로운 시대를, 구 세대를 대신할 새 세대를 희망하고 탐구"[61]하는 데 종사해야 하지만, "시대의 진실한 묘사가 인간 퇴화의 방지와 새 인간의 등장, 휴머니즘의 창조를 결과하지 않는다"고 해서 "인조인간, 작위(作爲)된 허위의 휴머니즘"을 추구해서는 안 된다는 것이다.[62] 소설가는 물론 본격소설의 플롯을 통해서 직접적 경험이 불가능한 세계를 구성해야 하지만, 우선적으로 사람들의 일상생활에 근거해서 그렇게 해야 했다.

본격소설의 핵심 과제는 현실 인식, 또는 역사적 세계의 구성에 있다. 그리고 이 과제는 언제나 직접적 경험 세계에 근거해서 수행되어야 한다. 중요한 것은 단지 본질로서의 역사를 인식하는 일이 아니라, 그것을 현상으로서의 일상생활과 종합하는 일이다. 임화는 직접적 경험 사실들에 근거한 현실 인식 과정을 졸라의 '실험' 개념과 관련해서 설명한바 있다. 졸라에 따르면 소설은 '인간생활의 재구성'(픽션)이었고, "픽션이란 사회적 실험의 조작"[63]이었다. 여기서 실험이란 사실에 대한 관찰과 관찰된 사실의 내적 법칙에 대한 탐구로 이루어진 과정으로서, 단순한 관찰만으로는 도달할 수 없는 인간(사회)에 대한 과학적 인식 방법을 의미했다. 임화가 졸라의 실험소설 구상에 대해 기본적으로 비판적 태도를 취했으면서도 '실험'의 방법을 긍정적으로 평가한 것은, 그의 본격소설 구상에서 '실험'이 갖는 중요성을 잘 보여준다. 그에게 실험이란 일상생활에서 직접 경험하는 사실들에 대한 분석과 그 내적 논리에 대한 탐구 과정으로서, 경험적 사실들에 내재하는 역사(논리)에 대한 인식을 가능하게 해주는 방법이었던 것이다. 그러므로 본격소설 작가

---

61   임화, 「휴머니즘 논쟁의 총결산」, 『논리』, 232쪽.
62   위의 글, 233쪽.
63   임화, 「실험소설론」, 『인문평론』, 1939. 10, 109쪽.

는 소설을 쓸 때 '실험'의 방법을 활용하지 않으면 안 된다. 임화는 실험의 방법을 활용할 때 소설적 픽션의 간접성(소설의 구조적 완결성)과 더불어 소설적 픽션의 진실성(현실 인식)까지도 성취할 수 있다고 믿었다.

소설가는 일상생활에서 경험하는 사실들을 역사의 관점에서 재구성해야 한다. 소설가가 일상생활을 역사의 관점에서 파악하려고 하지 않는다면, 픽션의 간접성은 현실 인식에 무관심한 채 통속적 흥미만을 추구하는 작품을 생산해내는 데 기여할 것이다. 그리고 소설적 픽션의 진실성을 확보하지 못한 작품은 '예술'이 아니라 단순한 '환상(illusion)'으로 평가받게 될 것이다. 소설 작품은 물론 일상생활에서 직접적으로 경험할 수 없는 세계를 만들어낸다는 점에서 원칙적으로 환상에 불과할지도 모른다. 하지만 임화에게 소설이란 일상적 경험 세계와의 연관성을 강하게 의식하는 문학 장르라는 점에서 결코 단순한 환상에 그쳐서는 안 되었다. 소설적 픽션은 오히려 일상적 경험 세계에 커다란 관심을 갖고 있는 환상, 말하자면 "진실하고 필연적인 픽션"[64]이 되어야 했다. 1930년대 후반 임화가 역사적 전망을 상실한 작가들에게 본격소설을 내세운 이유는, 본격소설 작품이 비록 이론적 인식과 동일한 것은 아니지만 그 생산 메커니즘을 고려한다면 충분히 그 "인식의 대체물"[65]이 될 수 있다고 굳게 믿은 데 있다. 본격소설은 픽션이되 '진실한 픽션', 즉 역사의 관점에서 구성된 세계였다.

---

[64] Pierre Macherey, trans. Geoffrey Wall, *A Theory of Literary Production*, London, Boston and Henley : Routldege & Kegan Paul, 1978, p.64.

[65] *Ibid*.

3) 소설가의 구성력과 정치한 묘사

임화는 본격소설을 썼던 19세기 소설가들의 경우 서로 연관되어 있는 세 가지 능력, 즉 커다란 상상력, 역사적 파악 능력, 보편적 구성 능력을 모두 갖추고 있었다고 주장했다.[66] 그들은 커다란 상상력을 통해 성격과 그가 행동할 수 있는 환경을 구상할 수 있었고, 역사적 파악 능력을 통해 직접적 경험 사실들을 역사의 관점에서 인식할 수 있었으며, 보편적 구성력을 통해 성격의 운명 실현을 중심으로 유기적인 플롯을 짤 수 있었다는 것이다. 이때 상상력이나 역사적 파악 능력이 소설적 픽션의 간접성과 진실성에 기여하는 것으로서 모든 소설가들에게 언제나 요구되는 능력이었다면, 구성력은 1930년대 후반 문학정신을 상실한 소설가들에게 특히 요구되는 능력이었다. 임화는 커다란 상상력과 역사적 파악 능력의 결핍이라는 이 시기 소설가들의 문제를 보편적 구성 능력을 통해서 보완하고자 했던 것이다.

작가들에게 커다란 상상력과 역사적 파악 능력의 필요성을 요구한다고 해도, 그러한 능력들이 단시간 내에 길러지기를 기대하는 것은 매우 힘들다. 또한 임화를 포함한 비평가들이 그러한 능력들을 기를 수있는 어떤 프로그램을 구체적으로 마련하는 것도 상상하기 힘들다. 그렇다면 1930년대 후반 식민지 조선에서 임화가 본격소설 작품의 생산을 위해 제시할 수 있는 해법은 하나밖에 없다. 소설가들에게 커다란 상상력과 역사적 파악 능력이 결핍되어 있다면, 작가의 구성 능력을 통해 일종의 완결된 세계를 만들어냄으로써 그러한 결핍을 보완하는 것이다. 소설가라면 적어도 플롯 구성 능력을 갖추고 있을 것이므로, 구

---

66 임화, 「본격소설론」, 『논리』, 381쪽.

성력을 강조하는 것은 작가들에게 커다란 상상력과 역사적 파악 능력을 원론적으로 요구하는 것보다 훨씬 현실성이 있다. 임화에게 소설이란 "부단히 구성되려 하고, 환경과 인물이 단일한 메커니즘 가운데 결부하려 하는"[67] 장르였다. 소설가는 성격의 운명을 중심으로 플롯을 구성함으로써, 또한 그 플롯에 의해서 경험적 사실들을 조직함으로써 현실 인식이라는 목적을 성취해야 했다.

그렇다고 해서 임화가 구성력을 본격소설 작품 생산을 위한 충분조건으로 간주한 것은 아니었다. 이와 관련해서 주목할 만한 것은, 1930년대 후반 조선에서 유일하게 성격과 환경의 조화를 이룬 형식이란 통속소설밖에 없다는 임화의 언급이다.[68] 세태소설이나 내성소설의 경우 소설가가 외부 세계나 내부 세계에서 경험한 것들을 직접적으로 묘사하는 데만 관심을 기울임으로써 형식적 균열 문제를 유발했다면, 통속소설의 경우에는 오히려 소설가가 구성력에 의존함으로써 그 문제를 예방할 수 있었다는 것이다. 여기에는 본격소설 쓰기에서 소설가의 플롯 구성 능력이 갖는 의의가 잘 나타나 있지만, 다른 한편으로 통속소설에 대한 임화의 비판적 입장을 고려한다면 소설가의 구성력이 본격소설 쓰기의 충분조건이 될 수 없다는 인식 역시 내포되어 있다. 임화는 현실을 인식하려는 어떤 노력도 없이 오로지 상식에만 의거해서 작품을 구성할 뿐이라는 점을 들어 통속소설에 대해 부정적 태도를 취

---

67 임화, 「현대소설의 주인공」, 『논리』, 418쪽.
68 통속소설이 성격과 환경의 조화를 성취한 유일한 형식이라는 임화의 진술에는 본격소설을 쓰지 못하는 당시 작가들에 대한 비판과 통속소설 작가들에 대한 비판이 동시에 내포되어 있었다.
"나는 통속소설 대두의 기초가 아까 말한 바와 같이 예술소설의 위기, 내지는 그 표현으로서 성격과 환경의 분열에 있다고 하였는데, 전언한 바와 같이 통속소설은 그것을 자기류로나마 현재 그 분열을 조화시킬 거의 유일의 문학적 방법인 때문에 등장한 것이다."(「통속소설론」, 『논리』, 409쪽)

한바 있다. 통속소설이란 겉보기에 경험적 사실들의 일관성 있는 구성처럼 보이지만, 상식에 입각한 허위적 통일성의 세계만을 보여주는 사이비 문학에 불과했다.[69]

　본격소설은 소설가가 일상적 경험 사실들을 역사의 관점에서 재구성할 때 생산될 수 있다. "소설은 현실이란 장소 위에 작가의 눈이란 고촉광선(高燭光線)이 조사(照射)하는 데서 비로소 시작"[70]되는 장르다. 여기서 임화가 구성력 못지 않게 강조한 것이 바로 '정치한 묘사'였다. 그에 따르면 정치한 묘사란 과학의 '분석'에 상응하는 것으로서 "묘사되는 현상을 그 현상 이상으로 이해하려는 정신의 발현"[71]을 의미했다. 그 때문에 소설가는 일상적으로 경험되는 사실들을 정치하게 묘사할 때, 상식이나 지배 이데올로기의 관점에서 수용되던 세계를 전혀 다른 방식으로 인식하게 되는 것이다. 임화가 이상에 대해 "극도의 주관주의자였음에도 불구하고 물구나무선 형태의 리얼리스트"[72]였다고 평가한 이유는 바로 여기 있었다. 임화가 볼 때 이상은 "보통 사람이 다 같이 느끼면서도 한 걸음 더 들어가 보기를 기피하고 두려워하는 세계의 진상 일부를 개시"[73]함으로써, 다시 말해 도시 인텔리의 삶에 관한 정치

69　임화의 주장은 프레드릭 제임슨이 대중문화 텍스트에 관해 언급한 내용과 대조된다. 제임슨은 대중문화 텍스트가 비록 '허위의식'의 생산에 일조하는 게 분명할지라도, 대중문화 텍스트에 의해서 관리당하고자 하는 충동들은 근본적으로 유토피아적인 것이라고 지적한 바 있다. "가장 조약한 문화 조작의 형식조차도 인간의 오래된 유토피아적 충동에 의존하고 있음"을 부정해서는 안 된다는 것이다(Fredric Jameson, *The Political Unconscious*, Cornell Univ. Press, 1981, p.287).
한편 임화에게 소설의 문제는, 정확히 말해서 통속소설의 문제는 현실 정치나 실제 역사와 관련해서 직접적으로 제기되는 것이었다. 일상생활의 상식에 의존하려는 태도와 그것을 거부하려는 태도 사이에는 커다란 정치적 입장 차이가 존재했고, 이는 문학의 영역에서도 예외가 아니라는 것이 그의 생각이었다. 이 점에서 제임슨의 대중문화 논의와 임화의 통속소설 논의에는 분명한 논점 차이가 있다.
70　임화, 「10월 창작평」, 『동아일보』, 1938.9.27.
71　임화, 「통속소설론」, 『논리』, 410쪽.
72　임화, 「방황하는 시대정신」(『동아일보』, 1937.12.12~12.15), 『논리』, 245쪽.
73　위의 글, 244쪽.

한 묘사를 제시함으로써 그 삶에 관한 새로운 성찰을 가능하게 한 작가였다. 이와 같은 정치한 묘사란 과학적 분석으로서의 '실험'이 소설 쓰기에서 실현된 형태라고 말할 수 있다.

현실에 관한 소설가의 무관심은 소설 작품에서 정치한 묘사의 결여로 표출된다. 통속소설 작가의 경우 작품 생산의 목적은 독자가 일상생활에 관한 심층적 사유를 전개하도록 유도하는 데 있지 않다. 통속소설이란 무엇보다도 독자에 의한 손쉬운 소비를 추구하는 형식이기 때문이다. 그러므로 통속소설 작가는 자신이 경험하는 사실들을 정치하게 묘사하기보다 일반적 상식에 입각해서 줄거리를 구성하는 데 더 관심이 있을 수밖에 없다. 이 점에서 임화는 심지어 본격소설의 형식적 토대란 통속소설이 떠나버린 곳에 있다고 말하기까지 했다. 본격소설이란 통속소설 작가들이 눈을 감아버린 세계(현실)에서 출발해야 한다는 것, 즉 경험적 사실들에 대한 정치한 묘사와 과학적 분석에서 출발해야 한다는 것이다. 임화에게 정치한 묘사는 작품 구성상 성격이 행위할 수 있는 환경을 제공해준다는 점에서도 중요했지만, 상식이나 지배 이데올로기에 대한 비판과 더불어 경험 세계에 대한 심층적 사유를 가능하게 해준다는 점에서 특히 중요했다.

본격소설이 일상적 경험 세계에 대한 역사적 재현을 추구하는 형식이라면, 정치한 묘사는 경험적 사실들을 얽어매고 있는 의미망(상식이나 지배 이데올로기)을 해체함으로써 그러한 재현의 토대를 마련하는 작업이라고 할 수 있다. 임화는 소설 장르의 특성이란 지저분한 경험 세계에서도 작업할 수 있다는 데 있다고 주장하기도 했는데, 이는 경험 세계에 대한 정치한 묘사가 이미 그 자체로서 정신적 가치를 갖고 있음을 강조하기 위한 것이었다. 예를 들어, 소설가가 '지저분한 세계에 대한 악의'를 갖고 있다고 하더라도, 그것은 소설 작품 속에서 직접적으로 표현되어서는 안 되며 언제나 정치한 묘사에 의해 매개되어야 했다.[74] 소설가는 "작품 가운데 사상이 중요하다는 것은 말할 것도 없으나 동시에 묘사된 현실의 가치가 또한 크다는 것"[75]을 인식해야 했고, 경험적 사실들(현상)을 역사(본질)의 관점에서 재현하기 위해서는 플롯을 구성할 수 있는 능력 못지않게 경험적 사실들을 정치하게 묘사할 수 있는 능력 또한 필요하다는 것을 기억해야 했다.[76]

임화의 본격소설 논의에서 일상적 경험 사실들을 역사의 관점에서 재현해야 한다는 요구는, 경험적 사실들에 대한 정치한 묘사를 성격의 운명을 중심으로 재구성할 때 실현될 수 있다. 본격소설 작품이란 일상생활에서 직접적으로 경험하는 사실들을 재료로 수행되는 '실험'의 결과로서, 일상생활에서 직접적으로 경험할 수 없는 픽션의 세계인 것이다. 본격소설의 세계는 일상생활과 구별된다는 점에서 그에 대해 간접적인 것이기도 했지만, 일상생활의 내적 논리(본질=역사)에 대한 인식에 근거한다는 점에서 그에 대해 진실한 것이기도 했다. 이를 위해 소설가는 보편적 구성 능력과 정치한 묘사 능력을 모두 갖추고 있어야 했다.

임화의 본격소설 논의는 기본적으로 1930년대 후반 식민지 조선 사회가 소설을 쓰는 데 불리한 조건을 형성하고 있다는 판단 아래 이루어졌다. 이는 임화의 소설 논의가 본격소설 그 자체보다 세태소설, 내성소설, 전향소설, 시정소설 등에 대한 비판적 검토 작업으로 전개된 이유이기도 했다. 무엇보다도 본격소설이란 실재하는 소설 형식이 아니었기 때문에, 그에게 중요한 과제는 당시 생산되는 소설 작품들을 비판

---

74 임화, 「세태소설론」, 『논리』, 353쪽.
75 임화, 「방황하는 시대정신」, 『논리』, 254쪽.
76 여기서 잊지 말아야 할 것은, 묘사 문제에 관한 한 임화의 관심사는 묘사 그 자체를 비판하는 것보다 '세부적인 묘사를 어떻게 적절하게 통제하여 이를 서술의 문제에 결부시킬 것인가'에 있었다는 점이다(박성창, 「1930년대 후반 한국근대문학비평에 나타난 묘사론 연구」, 『한국현대문학연구』 제 26집, 2008.12, 139쪽).

적으로 검토하면서 본격소설의 생산 가능성을 탐색하는 데로 전개될 수밖에 없었다.

3. 본격소설의 복원 가능성 모색

임화의 논의에서 소설이란 일상생활에서 경험할 수 없는 현실(생활+역사)에 대한 인식을 가능하게 하는 장르였다. 소설 작품은 경험적 사실들의 직접적 수용이 아니라 그에 대한 매개된 사유이며, 일종의 픽션으로서 바람직한 세계상을 보여주어야 했다. 이러한 소설 이해에 입각해서 임화는 1930년대 후반 소설 작품들을 두고 '소설 형식의 와해'에 불과하다는 평가를 하기도 했다. 문학자들은 대부분 국내외 정세 변화와 국가 권력에 의한 정치적 · 경제적 · 이데올로기적 통제 앞에서 어떤 미래의 비전도 제시하지 못하고, 소설 작품들은 성격과 환경의 부조화를 표출하거나 허위적 세계상을 보여줄 뿐이라는 게 그 이유였다.

이 시기 소설가들의 가장 큰 문제점은, 일상적 경험 세계를 역사의 관점에서 조망하지 못한 결과 경험적 사실들을 직접적으로 묘사함으로써 파편화된 세계상을 보여주거나 상식(지배 이데올로기)에 의존해서 외관상 완결된 세계상을 조작해낼 뿐이라는 데 있었다. 세태소설, 내성소설, 통속소설, 전향소설, 시정소설 등은 임화가 당시 소설 작품들에 대한 비판을 전개하기 위해 끌어들인 소설 형식들이었다. 그와 동시에 임화는 실험소설과 생산소설 같은 형식들을 통해서 본격소설의 실현 가능성을 탐색하기도 했다.

1) 소설 형식의 분열와 허위적 해결

(1) 세태소설과 내성소설

1930년대 후반 소설 작품들에 관해 임화는 '시대정신의 변천이 소설 스타일을 고쳤다'는 진단을 내렸다. 이 시기 들어 국내외적 정세가 급격하게 변화하고 제국주의 국가 권력에 의한 사회 전영역의 통제가 강화되면서 소설 스타일에도 근본적인 변화가 발생했다는 것이다. 임화의 논의에 따르면 1930년대 전반만 해도 소설가들은 민족국가나 사회주의 사회의 전망을 중심으로 식민지 조선 사회를 조망할 수 있었고, 경험적 사실들을 민족주의나 사회주의의 이데올로기를 통해서 일관성 있게 재구성할 수 있었다. 하지만 1930년대 후반 들어서는 역사에 대한 거시적 전망을 상실함으로써 작품을 쓸 때 '부분의 완성'이나 '세공의 정밀'에만 관심을 갖게 되었다. 임화는 이러한 소설 스타일 변화의 근본적 요인이 시대적 조건의 변화에 있다고 판단했기 때문에 이 시기를 "소설이 와해된 시대, 문학이 궤멸된 시대"[77]로 규정하면서도, 소설가들의 문학정신 회복을 통한 시대적 조건의 극복을 믿을 수 있었다.

세태소설과 내성소설은 1930년대 후반 소설 스타일의 변화, 즉 '소설의 와해' 현상을 가장 잘 보여주는 형식들이었다.[78] 임화의 소설 논의에서 세태소설은 소설가의 외면적 경험에 대한 정치한 묘사를 추구하는 형식을, 내성소설은 소설가의 내면적 경험에 대한 사실적 진술을 추구하는 형식을 의미했다. 그렇지만 그에게 중요한 것은 그 둘에 대한 상이한 개념 규정이 아니라, 그 두 형식이 공통되게 현실 인식 노력의 포기를 보여주는 현상이라는 점이었다. 세태소설과 내성소설은 일상생

---

[77] 위의 글, 360쪽.
[78] 임화, 「본격소설론」, 『논리』, 385~386쪽.

활에서 경험되는 사실들에 대해서는 비상한 관심을 보였지만, 그 사실들의 내적 논리(역사)를 인식하는 데는 무관심했다는 것이다. 세태소설과 내성소설은 이 시기 들어 "현실을 떠난 작가들이 걸어가기 시작한 두 가지 길"[79]이었다.

그렇다고 해서 임화가 세태소설과 내성소설의 의의를 전적으로 무시했던 것은 아니다. 세태소설과 내성소설은 우선 조선문학사를 놓고 볼 때 묘사 기술의 발전을 가져왔다는 점에서, 다음으로는 조선 소설가들이 이전에 발견하지 못했던 세계(세태, 내면)를 제시했다는 점에서 의의가 있었다. 임화는 1930년대 후반 소설가들이 비록 본격소설에의 지향을 회복하지 못한 채 방황하기는 했지만 편의상 상식에 의존하기보다 진지하게 방황함으로써 오히려 '볼 만한 작품'을 생산해낼 수 있었다고 진단했는데, 이는 명백히 세태소설과 내성소설을 염두에 둔 것이었다. 세태와 풍속의 정치한 묘사라든가 체험과 사색의 사실적 진술은 경험적 사실들을 역사의 관점에서 재구성한다는 본격소설의 이상에 미치지 못하는 것이었지만, '현대 정신의 어떤 일면의 표현'이라는 측면에서는 충분히 가치를 인정받을 수 있다는 것이다.[80] 내성소설은 내적 경험 세계에 대한 세밀한 묘사를 통해서 소설가의 자기 분열을 극복하려는 노력의 표현이었고,[81] 세태소설은 외적 경험 세계의 세밀한 묘사를 통해서

---

79 임화, 「생활의 발견」, 『논리』, 337쪽.
80 임화는 세태소설과 내성소설에 대해 기본적으로 비판적 태도를 취했지만, 그 두 유형이 1930년대 후반 소설가들에게 갖는 의미 또한 잘 알고 있었다.
    "불행히 우리 문학은 방황했을 뿐 재생되지는 아니한 채로 오늘날에 이르렀다. 주지하는 바와 같이 오랜 방황이라는 것은 있을 수 없는 것이다. 방황은 어떠한 의미로이고 귀착을 요구한다. 귀착되지 아니한 채의 방황은 와해로 끝나기 때문에! 그러므로 본의 아닌 편의적인 귀착보다는 방황이란 왕왕 훨씬 진지하다. 여기에 경향문학의 퇴조 이후 우리가 조선소설의 분열이라고 하는 괴로운 기년간(幾年間)에 볼 만한 작품이 생산된 이유가 있다. 혹자는 세태와 풍속의 정치한 묘사를 가지고 혹자는 체험과 사색의 고백을 가지고 각각 현대정신의 어떤 일면의 표현에 성공하였다."(「소설의 현상 타개의 길」, 『조선일보』, 1940.5.15)
81 임화는 내성소설이 객관적 현실이 아니라 작가의 주관에 입각해 있다는 점에서 기본적으

주어진 사실들에 관한 새로운 인식을 얻으려는 노력의 표현이었다.[82]

세태소설과 내성소설에 대한 임화의 비판은 기본적으로 두 형식의 의의를 인정한 데서 출발했다. 특히 세태소설과 내성소설이 이루어놓은 성취들, 즉 경험 세계에 대한 정치한 묘사와 상식에 대한 거부는 본격소설 작품 생산에 필수적인 요소들이었다. 그로 인해 임화는 1930년대 후반 '조선 소설의 세태소설화 경향'을 지적하면서, '세태소설 가운데 작가들이나 우리 문학이 최량의 것을 수득(收得)할 준비를 게을리하지 않는 게 본무(本務)'라고 주장하기도 했다.[83] 하지만 이 시기 그에게 긴급한 과제는 세태소설과 내성소설의 성취를 인정하는 것보다 그 두 형식의 문제점들에 대한 비판적 성찰을 통해서 본격소설의 생산 가능성을 모색하는 것이었다. 임화가 볼 때 두 형식의 문제점이 무엇보다도 구성력(플롯)의 결핍과 역사적 관점의 결여에 있었다. 소설가들이 개별 장면들을 '합리적 구조와 소설 구조의 내적 필요성'[84]에 의해서가 아니

로 그에 대해 비판적 입장을 견지했지만, 이상의 자기 고백이나 김남천의 자기 고발이 단순한 주관적 세계에의 탐닉이 아니라 자기 자신에 대한 비판적 성찰을 통한 자기 정체성 회복 노력이었다는 점을 들어 그 의의를 인정하기도 했다.

"내성의 문학을 통하여 수직적으로 자기 가운데로 들어가는 작가는 자기 자신의 개조란 것이 궁극에선 문학하는 이유가 되는 것으로 자기의 소설을 자기 고발의 형식이라 생각한 김남천 씨에게서 다시 설명할 여지없는 예를 볼 수가 있다.

어떤 이는 이상을 보들레르와 같이, 자기 분열의 향락이라든가 자기 무능의 실현이라 생각하나, 그것은 표면의 이유다.

그들도 역시 제 무력, 제 상극(相剋)을 이길 어떤 길을 찾으려고 수색(搜索)하고 고통한 사람들이다."(「통속소설론」, 『논리』, 349쪽)

82 임화에게 경험 세계에 대한 정치한 묘사란 무엇보다도 경험적 생활 세계의 상식을 의문시하는 행위라는 점에서 큰 의의가 있었다. 그것은 상식이나 공인된 입장에 의존하지 않은 채 경험 세계를 재현하는 게 가능하다는 사실을 보여준 중요한 사례였다.

"세태 묘사의 소설은 풍자시와 같이 작자 자신의 자태를 그렇게 똑똑히 내놓지 않고 단지 묘사되는 현실 그것을 통하여 독자에게 현실의 지저분함을 능히 전달할 수 있는 것이다. 그런 때문에 묘사되는 현실이란 실로 하나의 정신적 가치를 갖는 것이며 세태소설이란 순전히 소설의 이런 측면에다만 작가가 자기를 의탁하려는 문학이다.

세태소설이 소설 가운데서 그중 신문적인 문학인 이유가 이곳에 있다."(위의 글, 353쪽)

83 임화, 「세태소설론」, 『논리』, 359쪽.
84 위의 글, 363쪽.

라 오로지 '꼼꼼한 묘사와 다닥다닥한 구조, 느린 템포와 자그막씩한 기지(機智)'[85] 같은 기법에 의해 연결하는 것은 그에 의한 필연적 결과였다.

예를 들어, 임화는 박태원의 『천변풍경』에 관해 청계천변의 일상생활을 정치하게 묘사함으로써 청계천변의 면모를 잘 보여주었다는 긍정적 평가를 내리면서도, 그것이 만들어낸 세계란 결코 성격이 행위할 수 있는 환경은 아니었다는 부정적 평가를 내린 바 있다. 『천변풍경』은 일상적 경험 사실들을 세부적으로 묘사하는 데는 성공했지만 성격의 운명을 중심으로 개별 장면들을 일관성 있게 배열하지 못함으로써 '모자이크적 구성'에 그치고 말았다는 것이다. 이와 같은 구성상의 문제는 경험적 사실들에 관한 역사적 인식의 결여, 즉 작가의 사상 결여를 입증하는 증거였다. 박태원의 작품과 더불어, 채만식의 『탁류』 역시 임화에게는 조선 사회에 대한 세밀한 묘사를 제공하기는 했지만 성격의 운명을 중심으로 구성되지 못함으로써 세태소설에 그치고만 작품으로 평가되었다. 채만식은 세태소설의 구성상 문제를 의식함으로써 '조각보와 같은 비심미적 체재(體裁)를 피하려'고 했지만, 단지 '통속미를 가미하여 플롯을 굵게 하'는 것으로 그 문제를 해결하려고 함으로써 바람직한 결과를 얻지 못했다는 것이다. 홍명희의 『임꺽정』에 대해서도, 임화는 '그 시대의 여러 가지 인물들과 생활상의 만화경과 같은 전개'를 보여주기는 했지만 궁극적으로 '성격과 환경이 어우러져 만들어내는 줄기찬 플롯'을 결여했다는 점을 들어 세태소설에 불과하다는 평가를 내렸다.

소설가에게 외면적 경험이나 내면적 경험에 대한 정치한 묘사는 그 자체가 목적이 되어서는 안 되겠지만 소설 쓰기의 첫 번째 단계로 간주

---

[85] 위의 글, 358~359쪽.

될 필요는 있다. 본격소설은 성격의 운명을 중심으로 구성되는 형식이지만, 경험 세계에 대한 정치한 묘사 없이는 성격이 행위할 수 있는 공간을 만들어낼 수도 없고 '진실한 픽션'임을 자처할 수도 없다. 사실상 세태소설과 내성소설은 거시적 역사 이해에 회의적 태도를 취하는 동시에 제국주의 이데올로기에도 역시 비판적 거리를 두려는 소설가들에게 적합한 소설 형식이라고 말할 수 있다. 세태소설이나 내성소설의 성취를 수용할 경우 소설가는 일상적으로 경험하는 사실들에 대한 역사적 인식을 얻을 수는 없겠지만, 그 전 단계로서 일상생활을 지배하는 상식을 의문시하는 데까지 나아갈 수는 있는 것이다. 문학(소설)이 상식이나 지배 이데올로기에 대한 회의에서 출발하는 행위인 한, 세태소설과 내성소설은 임화의 표현처럼 단순히 '소설의 와해'에 불과한 게 아니라 소설의 새로운 출발점으로 재평가될 필요가 있다.

임화에게 본격소설이 작가의 사상과 현실 인식의 동일성 위에 구축된 형식이었다면, 세태소설과 내성소설은 각각 '외부로 향하는 작가의 정신'(세태 묘사=외적 경험 세계의 묘사)과 '내부로 파고드는 작가의 정신'(내면 고백=내적 경험 세계의 묘사)에 의해 지배됨으로써 구조적으로 와해된 형식이었다. "성격과 환경과의 하아모니가 본시 소설의 원망임에 불구하고 작가들이 이런 조화를 단념한 데서 내성에 살든가 묘사에 살든가의 어느 일방을 자연히 택하게 된"[86] 것이었다. 그러므로 세태소설과 내성소설이 각각 작가의 외향적 경향과 내향적 경향을 대표한다고 하더라도, 그 두 형식의 기계적 조합만으로 본격소설의 구조가 만들어질 수는 없다. 소설가에게 일관된 플롯을 구성할 수 있는 능력이 결여되어 있다면, "아무리 화려한 세태묘사나 정밀한 심리묘사의 기량이 진

---

86   임화, 「세태소설론」, 『논리』, 348~349쪽.

보한다고 하더라도"[87] 본격소설을 쓰기란 불가능하다.

"세태도 풍속도 아니요 체험도 고백도 아니며 그것들이 들어있는 사회적 우주인 현실은 구성된 소설 가운데에만 수용될 수 있"[88]다는 것, 즉 성격의 운명을 중심으로 구성된 작품에서만 일상적 경험 사실들에 대한 역사적 인식이 성취될 수 있다는 것이 이 시기 임화의 일관된 생각이었다. 본격소설을 쓰기 위해서는 물론 정치한 묘사 기술도 필요했지만, 경험 세계를 일관되게 인식하려는 노력이 그에 수반하지 않으면 안 되었다. 소설가에게는 정치한 묘사를 통해서 상식에 의해 지배되는 세계를 해체하는 일도 중요했지만, 경험적 사실들을 역사의 관점에서 재구성함으로써 일종의 총체적 세계상을 보여주는 일이야말로 더욱 중요했다.

(2) 통속소설

임화는 세태소설과 내성소설에서 본격소설의 단초를 찾았지만, 1930년대 후반 소설가들이 소설의 형식 문제와 관련해서 내놓은 대답은 본격소설이 아니라 통속소설이었다. 임화의 입장에서 보자면, 이 시기 소설가들은 소설 형식의 문제를 문학정신의 회복이나 현실 인식 노력을 통해서 해결하려고 하기보다 '픽션'이라는 성질에 의존해서 해결하려고 했던 셈이다. 물론 본격소설 형식에서도 픽션은 소설가가 직접적 경험이 불가능한 세계, 즉 역사적 세계를 만들어내는 데 근거가 되는 중요한 성질이었다. 하지만 픽션은 소설가가 일상적 경험 세계에 대한 어떤 진지한 관심도 결여한 이야기를 만들어냈을 때, 그 이야기를 합리화하는 미학적 근거로 활용될 수 있는 성질이기도 했다. 임화에게 통속소설

---

87   임화, 「본격소설론」, 『논리』, 386쪽.
88   임화, 「소설의 현상 타개의 길」, 『조선일보』, 1940.5.15.

이란 바로 후자의 경우에 해당하는 대표적 사례였다. 즉, 통속소설은 경험적 사실들을 역사적 세계로 재구성하기 위해서가 아니라, 오직 흥미로운 사건들로 가득찬 세계를 만들어내기 위해서 픽션이라는 성질을 적극적으로 활용한 형식이었다.

임화는 물론 통속소설이 신문이나 잡지 같은 작품 발표 매체들의 기업화·상업화와 더불어 작가들 사이에서 대두하게 된 형식이라는 점을 잘 알고 있었다. 그 때문에 그는 비상업적 소설(예술 소설)의 흐름 가운데도 통속화를 촉진하는 계기가 내재해 있을 수밖에 없다는 점을 충분히 인정했다. 소설 형식과 관련한 문제는 바로 여기서 발생했다. 상업적 출판 환경에서 통속소설이야 필연적으로 생산될 수밖에 없는 형식이라고 하더라도, 1930년대 후반 들어 예술성을 지향하는 소설가들조차 통속성의 계기를 수용하기 시작했다는 것은 분명히 문제였다. 이 시기 들어 소설가들 사이에서 본격소설에의 지향이 쇠퇴하고 세태소설이나 내성소설처럼 구조적으로 균열된 작품들이 부상했을 때, 통속소설은 일관된 플롯을 통해 일종의 완결된 세계를 구성해냄으로써 문단의 전면에 등장했던 것이다. 특히 민족국가나 사회주의 사회의 전망을 통해 경험적 사실들을 일관성 있게 서술하기 힘들었던 소설가들의 사정을 고려한다면, 소설가들이 "다른 의미로 성격과 환경의 분열을 두드려맞출 가능성"[89]을 찾게 되는 것은 필연적인 일이기도 했다. "예술 소설의 비극이 실상은 통속소설 대두와 발전의 현실적인 가능성"[90]이었던 것이다.[91]

---

89 임화, 「통속소설론」, 『논리』, 398쪽.

90 위의 글, 392쪽.

91 임화에게 통속소설은 단순히 소설가들이 자본에 투항했음을 보여주는 사례가 아니었다. 통속소설은 오히려 소설의 형식적 분열 문제를 해결하고자 했던 당시 소설가들의 절망적인 시도를 보여주는 현상이었다.
"여기엔 물론 신문사가 작가에게 요구하는 독자에 대한 고려라는 괴로운 조건이 따르는 것

구성의 측면에서 보자면, 본격소설은 우선적으로 주인공이 욕구 충족을 위해서 주어진 환경에 맞서는 과정을 서술하는 형식이다. 세태소설이나 내성소설이 하나의 완결된 세계를 만들어낼 수 없었던 이유는 물론 경험적 사실들을 역사의 관점에서 사유하지 못한 데도 있었지만, 경험적 사실들에 대한 묘사(description)에만 치중한 나머지 서사(narrative)의 방법을 적절하게 활용하지 못한 데도 역시 있었다. 소설 장르에서 경험적 사실들에 대한 정치한 묘사는 물론 필요하지만, 묘사된 사실들은 주인공의 행위를 중심으로 서술되지 않으면 안 된다. 소설가가 성격의 운명을 중심으로 개별 사실들을 재구성할 때 비로소 역사적 세계는 제시될 수 있기 때문이다. 임화의 소설 논의에서 세태소설과 내성소설이 정치한 묘사에만 치중함으로써 소설 형식의 와해를 초래한 형식들이었다면, 통속소설은 오로지 서사의 방법에만 의존함으로써 그 둘 못지않게 커다란 문제를 낳은 형식이었다. 통속소설은 하나의 완결된 세계를 형성하는 데만 관심을 쏟은 결과, 즉 서사의 방법을 통해 완결된 세계를 구성하는 데만 몰두한 결과 일상적 경험 사실들에 대한 분석 혹은 그에 대한 관심을 결여할 수밖에 없었다.

통속소설의 문제점은 명백히 경제적 목적을 심미적·인식론적 목적보다 상위에 둔 데 있다. 이것이 문제인 이유는 단지 통속소설이 심미적 자율성을 추구하지 않는다거나 현실 인식을 내세우지 않는다는 데만 있지 않았다. 임화에게 심미적 자율성이나 현실 인식에 대한 무관심은 물론 소설 작품의 가치를 훼손하는 중요한 요인이었지만, 상식에 의

이건만, 그것과 별개로 현대 장편소설이 좀처럼 해서는 제 예술성을 상실치 않고 줄거리를 만들어낼 수 없다는 근본조건이 잠재해 있다. 줄거리란 성격과 환경, 따로 말하면 묘사와 작가의 주장이 정상한 교섭을 할 때만 그야말로 예술적인 의미의 것이 생겨나는 것으로 이 것은 현재에 있어 조선문학이 장편소설을 구성할 힘이 부족한 가장 큰 표현이다.
그렇기 때문에 많은 예술과 작가가 장편을 쓸 땐 줄거리의 안출은 대부분 통속소설의 방법을 취하고 있다."(위의 글, 400쪽)

존한 플롯 구성이야말로 통속소설의 가장 큰 문제거리였다. 통속소설 작가는 "묘사를 통하여 그 줄거리와 사실의 논리와를 검증할 필요를 느끼지 않고 속중(그것은 사회의 현상적 부면이다)의 생각이나 이상을 그대로 얽어놓아 조금도 책임을 느끼지 않"[92]는다는 게 그의 진단이었다. 문학 작품에서 상식이 지배적 요소가 된다면, 소설가는 특별한 인식론적 노력 없이도 하나의 완결된 세계를 만들어낼 수 있다. 비록 그 결과물은 아무런 예술적 가치도 없는 서사, 즉 단순한 오락거리에 불과할지라도 말이다. 그러므로 통속소설이란 소설적 픽션의 간접성을 극단화함으로써 외형상 완결된 세계를 만들어낸 형식, 그러나 경험적 사실들에 대한 관심을 결여함으로써 소설적 픽션의 진실성을 충족시키지 못한 형식이었다.

1930년대 후반 임화는 가능한 소설가의 유형을 크게 세 부류로 나누어 제시한 바 있다. 우선 경험적 사실들을 일관성 있게 재구성할 수 없다는 점 때문에 고통스러워하는 성실한 소설가가 있다. 여기에는 박태원이나 이상의 경우처럼, 경험 세계에 대한 극사실적 묘사나 내면 세계에 대한 자기 의식적 고백을 통해서 '현실 그 자체의 분열'에 관해 진지하게 성찰하려는 소설가들이 포함된다. 그와 동시에 분열과 부조화에 고통스러워하기보다 '수미일관한 스타일'을 통해서 소설 작품의 완결성을 추구하는 소설가도 있다. 이 부류에는 '명일의 문학의 주인공이 될 재능이 있는 작가'와 단순히 '곤란을 회피하는 작가'라는 두 유형이 모두 포함되지만, 전자의 경우 소설의 형식 문제를 해결하는 데 반드시 필요함에도 불구하고 아직 등장하지 않았다는 점에서 단순한 희망 사항에 불과했다. 그렇다면 이제 후자의 유형만 남는데, 여기에는 세태소설과

---

92 위의 글, 410쪽.

내성소설에서 표출된 소설 형식의 문제를 기껏해야 '곤란의 회피'라는 방식을 통해서 해결하려고 하는 통속소설 작가들이 포함되었다.[93]

임화에게 통속소설은 분열된 세계 대신 완결된 세계를 보여준다는 점에서, 그리고 그 수단으로서 플롯을 적극적으로 활용한다는 점에서 의의가 있었다. 본격소설이란 궁극적으로 성격의 운명을 중심으로 플롯을 구성할 수 있는 작가의 능력을 요구하는 형식이었기 때문에, 통속소설 작가들의 플롯 구성 능력은 본격소설 작품을 생산해내기 위해서 꼭 필요한 것이었다. 다만 이러한 플롯 구성 능력은 경험적 사실들에 대한 역사적 인식 노력과 병행할 경우에만 의미가 있다는 것, 그렇지 않을 경우 그 능력은 오히려 소설 작품의 예술적 가치를 해칠 뿐이라는 것이 임화의 생각이었다. 이렇게 볼 때 세태소설과 내성소설이 본격소설로 나아가는 첫걸음이었다면, 통속소설은 세태소설과 내성소설에서 출발했지만 본격소설과는 전혀 다른 방향으로 나아간 형식으로 평가될 수 있다. 이제 소설가는 경험적 사실들에 대한 정치한 묘사를 통해서 통속소설의 위험을 예방해야 했으며, 묘사된 사실들을 성격의 운명 중심 플롯으로 통합함으로써 세태소설과 내성소설의 곤란에서도 벗어나야 했다.

2) 본격소설의 변종과 실현 가능성

(1) 전향소설과 시정소설

임화의 소설 논의에 따르면 경험 세계에 대한 정치한 묘사를 통해서 환경이 만들어지지 않을 경우 성격의 운명은 실현될 수 없고, 성격의

---

93 위의 글, 406쪽.

운명을 중심으로 작품이 구성되지 않을 경우 소설적 픽션은 아무런 진실성도 확보할 수 없다. 소설이란 무엇보다도 성격과 환경의 조화, 즉 성격의 운명을 중심으로 플롯이 구성될 것을 요구하는 장르였다. 그 때문에 소설의 형식 문제에 관해 진지하게 고민하면서도 통속소설을 통한 허위적 문제 해결에는 부정적 태도를 취하는 소설가라면, 어떻게든 성격을 만들어내고 그의 운명을 중심으로 작품을 구성하려는 노력을 멈추어서는 안 되었다.

그러나 1930년대 후반 소설의 형식적 분열 문제에 대한 해결책은 단지 통속적 플롯에 의해서 허위적인 방식으로 제시될 뿐이었다. 사실 소설 작품을 통해서 경험적 사실들에 대한 역사적 인식을 추구하는 것은 고도의 문학정신과 구성력을 요구하는 작업이었기 때문에, 이 시기 소설가들이 성격의 운명을 중심으로 작품을 구성하기란 쉬운 일이 아니었을 것이다. 그래서 그는 "인물과 환경이 조화되지 않고, 상극하고, 기타(其他)는 소설의 미까지를 희생하려고 들 제, 소설이 근본에서 포기되지 않는 한, 변칙적 현상이 나타난다"[94]는 점에 주목하지 않을 수 없었다. 그가 소설의 '변칙적 현상'이라고 명명한 두 유형(전향소설과 시정소설)은 내성소설과 세태소설에서 출발했지만 이 두 형식으로 환원될 수 없는 것이었고, 통속소설로 격하되지는 않겠지만 본격소설의 수준에 도달하지는 못한 것이었다.

임화는 「현대소설의 주인공」에서 소설의 변칙적 현상을 주인공과 환경의 역학관계에 따라 크게 두 유형으로 나누어 설명했다. 그중 하나는 전향소설로서 주인공이 환경을 격파하거나 무시하는 유형이었고, 다른 하나는 시정소설로서 환경이 주인공을 압박해서 환경에 적응하도록 개

---

[94]　임화, 「현대소설의 주인공」, 『논리』, 418쪽.

조하는 유형이었다. 두 유형에 관한 임화의 설명은 다음과 같다. 우선 전향소설이란 과거 사회주의 운동에 투신했던 인물을 주인공으로 설정하는 형식이었는데, 여기에는 이기영의 「적막」(1936)처럼 주인공이 변화한 환경 가운데서 느끼는 고독을 표현한 작품이나 김남천의 「제퇴선」(1937)처럼 주인공이 환경의 변화에도 불구하고 특정한 믿음을 지키기 위해 노력하는 모습을 그린 작품이 포함되었다. 다음으로 시정소설은 어떤 정치적 신념도 없이 살아가는 인물을 주인공으로 설정하는 형식이었는데, 여기에는 주어진 환경에 적응해서 살아가는 인물의 모습을 자연주의적으로 그린 유진오의 「나비」(1939)가 그 대표작으로 제시되었다. 임화가 볼 때 전향소설과 시정소설은 물론 성격과 환경의 조화를 성취한 형식은 아니었다. 그러나 주인공이 주어진 환경과 긴밀한 관계를 맺고 있다는 점에서, 또한 주인공을 중심으로 작품이 구성되어 있다는 점에서 세태소설이나 내성소설과는 구별되는 형식들이었다.

물론 전향소설과 시정소설 역시 주인공을 중심으로 작품을 쓰는 데만 성공했을 뿐, 역사의 관점에서 경험적 사실들을 일관성 있게 연결하는 데까지 나아간 것은 아니었다. 이는 전향소설과 시정소설이 임화에게 비판의 대상이 될 수밖에 없는 결정적 이유였다. 임화가 볼 때 전향소설의 주인공은 욕구 충족을 위해서 주어진 환경에 맞서 싸우기보다 자기 정체성을 유지하기 위해서 주어진 환경에 소극적으로 대응할 뿐이었고,[95] 시정소설의 주인공은 생활 세계에 잘 적응해서 살기 위한 처

---

[95] 예를 들어, 이기영의 「적막」은 과거 학문에 몰두했던 친구가 금광 사업가로 변신한 데서 환경의 변화를 체감한 주인공이 느끼는 고독감을 그렸고, 김남천의 「제퇴선」은 젊은 의사가 주위의 비웃음에도 불구하고 마약 중독자를 치료하기 위해서 고투하는 모습을 그렸다. 「적막」과 「제퇴선」은 주인공이 비록 개인적인 것이기는 하지만 자신의 신념을 지키기 위해서 주변 환경에 맞서려는 노력을 잘 보여주었다. 하지만 그 두 작품은 주인공이 욕구 충족을 위해서 주변 환경을 바꾸려고 적극적으로 노력하는 모습을 그리는 데까지는 나아가지 못했다. 특히 「적막」의 경우 주인공 명호는 과거 학문에 열중했던 동료 창규가 '배금종(拜金

세술을 익히는 데 급급할 뿐이었다.[96] 사실 전향소설의 주인공은 변화된 환경 속에서 자신의 신념을 실현하기 위한 어떤 적극적 행위도 하지 않으며, 기껏해야 주어진 환경을 주관적으로 거부하는 과정에서 자기 동일성을 유지하고자 할 뿐이었다. 그는 결코 주어진 환경과의 관계 속에서 운명을 실현하는 성격이 아니었다. 그보다는 오히려 시정소설의 주인공이 임화의 본격소설 구상에는 더 적합한 것처럼 보인다. 주인공이 욕망의 충족을 위해 행동할 때 주인공과 환경이 능동적으로 상호작용할 수 있고, 그 상호작용을 통해서 소설의 형식적 완결성이 성취될 수 있는 것처럼 보이기 때문이다. 하지만 시정소설에서 주인공과 환경의 갈등을 궁극적으로 지배하는 것은 비일상적 통찰이라든가 역사의 논리가 아니라 일상생활의 상식이었다. 시정소설의 작가는 주인공이 살아가는 일상생활의 질서를 포착하는 데 관심을 두었고, 그로 인해 상식을 중심으로 주인공과 환경의 상호작용이 이루어지는 세계를 만들어낼 수 있었지만, 그것은 오직 역사에 대한 관심을 소거해버림으로써만 가능한 일이었다. 시정소설이란 "소설에 있어서 작가가 자기의 사상을 형성하고 전개해 나가는 데 유일의 관건이 될 현실에 대한 관심을 몰각하기에 실로 적절한 물건"[97]이었다.

임화는 세태소설, 내성소설, 통속소설 등에서 소설 형식의 분열과 그 허위적 해결을 보았다면, 전향소설과 시정소설을 통해서는 본격소설

　　種)'으로 변한 데서 시대 환경의 변화를 절실히 느끼면서도, 창규의 행동 변화를 위해 능동적으로 노력하기보다는 소극적으로 자기 정체성을 유지하는 데 만족할 뿐이었다.

96　유진오의 「나비」는 김대진의 부인 최명순이 카페 여급으로서의 생활에 익숙해지는 과정을 그린 작품이었다. 이 작품에서 최명순은 우선 이름을 프로라로 바꾼 뒤 카페 여급 생활을 시작하며, 처음에는 술을 마시지 못했지만, 여급 생활을 이어가는 가운데 술도 마시게 되고 남자들과의 관계에도 익숙해지게 된다. 특히 플로라가 술에 취한 채로 손님 오금동에게 겁탈당한 뒤 집에 들어서는 마지막 장면에서는 여급 생활에 완벽히 적응한 여주인공의 모습을 보여주었다.

97　임화, 「생산소설론」, 『인문평론』, 1940.4, 9쪽.

의 가능성을 발견하고자 했다. 전향소설과 시정소설은 본격소설의 수준에 도달하지는 못했지만 소설의 형식적 분열 문제를 개선하려는 노력을 보여주었다는 점에서, 그리고 상식에 의존하기는 했지만 통속적 흥미만을 추구하려고 하지는 않았다는 점에서 의의가 있었다. 전향소설과 시정소설은 시기적으로 세태소설, 내성소설, 통속소설 이후에 등장했을 뿐만 아니라, 논리적으로도 그 형식들에 대한 작가들의 대응이기도 했다는 것이다. 그러나 임화의 평가에서도 드러나듯, 시정소설과 전향소설은 여전히 세태소설, 내성소설, 통속소설의 자장에서 완전히 벗어난 게 아니었다. 그것들은 세태소설, 내성소설, 통속소설 등의 극복이 아니라 오히려 이 형식들의 후예에 불과했다.

(2) 실험소설과 생산소설

1930년대 후반 임화는 본격소설을 중심으로 당시 소설 형식들에 대한 비판적 성찰을 감행하기는 했지만 소설가들이 실제로 본격소설을 쓸 수 있으리라는 확신을 지속적으로 견지하지는 못했던 듯하다. 여기에는 물론 국내외 정세 변화라든가 상업화된 문학계의 상황, 문학자들의 역사적 전망 상실 등이 중요한 영향을 미쳤겠지만, 비평가로서의 임화에게는 소설 작품 생산에 실질적 도움이 될 만한 조언을 해주지 못한 비평가들의 책임 역시 그에 못지않게 큰 것으로 여겨졌다. 비평가의 임무란 문학 작품을 분석하고 평가하는 것뿐만 아니라 문학과 관련해서 다양한 문제를 제기하고 그 해결책을 제시하는 것이기도 한데, 당시 비평가들은 문학 작품 생산과 관련하여 작가들이 공감할 만한 어떤 조언도 해주지 못했다는 것이다.

물론 임화는 자신이 제출한 본격소설 논의 역시 그와 같은 비판에서 벗어날 수 없다는 사실을 잘 알고 있었다. 임화는 「본격소설론」을 탈고

한 지 세 달 쯤 지나서 「사실의 재인식」을 발표했는데, 이 글의 집필 의
도는 문학에서 '사실의 논리'를 인식하는 것이 무엇보다도 중요하다는
점을 다시금 강조하면서 「본격소설론」이 본격소설을 쓰기 위한 실질
적 방법도 제시해주지 못했다는 점을 반성하는 데 있었다.[98] 그렇다고
해서 임화가 본격소설 형식에 대한 신념까지도 버린 것은 아니었다.
「사실의 재인식」에서 임화는 「본격소설론」이 소설 작품 생산을 위한
실질적 방법을 제시해주지 못했다는 점만을 반성했을 뿐, 본격소설 형
식 자체의 타당성에 대해서는 아무런 의심도 표시하지 않았기 때문이
다. 이 시기 임화는 「본격소설론」에 대해서는 반성했지만 본격소설 형
식에 대한 신념만은 여전히 유지하고 있었고, 그 신념 위에서 실험소설
이나 생산소설 같은 새로운 소설 형식들에 대한 이론적 검토 작업을 수
행함으로써 본격소설의 실현 가능성을 모색해 나갔다.

　임화는 1939년 10월 『인문평론』에 졸라의 『실험소설론』(河西清 역, 白
水社, 1939)에 관한 짧은 소개글을 발표했다. 이 글의 서두에서 임화는 졸
라의 책에 실린 논문들 중 「실험소설론」과 「공화국과 문학」에 관해 소
개하겠다고 밝혔으나, 글의 대부분은 「실험소설론」과 그에 관한 논평
으로 이루어져 있고 「공화국과 문학」은 글의 마지막 문단에서 그 중요
성만이 간단히 언급될 뿐이었다. 이 글에서 임화는 우선 실험적 방법이

---

98 「본격소설론」에 관한 임화의 비판적 성찰은 아래 인용문에 직접적으로 드러나 있다.
　　"현재 우리의 에 없는 것을 작가들은 적지 않게 만들어내고 있으며 반대로 창작에 결여된
　　것을 비평이 만들어내기도 한다. 먼저 나는 본격소설론이란 자그마한 글을 장(章)하면서
　　이러한 종류의 감상을 절절히 느낀 일이 있다.
　　그것은 창작의 무력을 이야기하면서 결과로는 어느 틈에 나 자신의 무력을 피력하고 있었
　　다는 게 시태는 훨씬 진상에 가까웠기 때문이다.
　　나는 최근의 소설이 세태소설과 내성소설로 분열되고 있음을 분석하면서 그 통일을 위하
　　여 구체적으로 무엇을 작가들에게 제시해야 할지 실로 막막하지 않을 수 없었다. 물론 나는
　　그것을 소위 「본격소설」의 길을 개척함에 있다고 결론 내렸으나 유감인 것은 그 논리가 작
　　가들로 하여금 창작하는 붓대에 흘러내리는 산(生) 혈액이 될 만한 것이 아니라는 것은 아
　　무래도 부정할 수가 없다."(「사실의 재인식」, 『논리』, 121쪽)

역사 인식이 아니라 결정론이나 유전학 등으로 귀결될 뿐이라는 점을 들어 실험적 방법에 의존하는 자연주의 문학의 근본적 한계를 지적했다. 그와 동시에 그는 실험적 방법이 관찰(경험적 현상에 대한 관찰)과 실험(관찰된 사실 속에서 인간의 행위를 시험함)을 통한 진리(인간의 행위 법칙) 인식 방법이라는 점을 들어 자연주의 문학, 정확히 말하면 '실험소설'의 의의를 인정하기도 했다. 말하자면 「실험소설론」은 외형상 졸라의 문학론을 전반적으로 소개하고 비판하기 위한 글처럼 보이지만, 사실상 실험적 방법을 자세하게 소개함으로써 작가들의 본격소설 생산에 도움을 주려는 글이었다. '관찰의 정신과 실험의 정신'이라는 글의 부제에서도 드러나듯, 임화는 '관찰'과 '실험'의 대조 속에서 '관찰' 중심의 소설 생산을 비판하고 '실험' 중심의 작품 생산을 촉구했던 것이다.

졸라의 「실험소설론」에서 임화가 주목한 점은 현상의 정확한 묘사에만 몰두하는 관찰문학과 달리, 실험소설은 현상에 대한 관찰과 더불어 그에 입각한 관념의 형성과 표현을 도모한다는 사실이었다. 실험소설에서 작가는 관찰자가 되어 관찰한 사실을 등장인물의 행동을 위한 환경으로 제시할 뿐만 아니라 실험자가 되어 현상의 결정론 혹은 사실의 논리까지도 파악해서 드러내야 했다. 그 때문에 실험소설은 관찰과 실험의 종합적 활용에 의한 산물로서 선입견이나 기존 상식에 대한 의심이자, 현상 혹은 사실의 메커니즘에 관한 과학적 인식될 수 있었다.[99]

---

99 졸라에게 선입견이나 상식에 대한 의심은 실험소설의 생산에서 결정적인 기능을 수행한다. 실험소설의 목적은 현상(사실)의 결정론을 전제한 뒤 현상(사실)의 메커니즘을 인식하는 데 있었기 때문이다. 이 점은 아래 인용문에 특히 잘 드러나 있다.
"나는 자연주의 소설가들이 관찰하고 실험한다는 사실, 그들의 모든 작업이 의심에서 비롯한다는 사실을 거듭 강조함으로써 제1절을 요약하고자 한다. 의심에 의해 그들은 잘못 알고 있는 진리, 설명되지 않는 현상과 정면으로 맞서게 되는데, 실험적 구상이 어느 날 불현듯 그들의 창조성을 일깨우고, 진짜 실험을 기획하게 하고, 결국 사실의 분석을 통해 사실의 주인이 되게 한다."(에밀 졸라, 유기환 역, 『실험소설 외』, 책세상, 2007, 27~28쪽)

문학에서 실험이 '인간 생활의 재구성'이라면, 소설(픽션)은 '사회적 실험의 조작'으로서 단순한 관찰만으로는 도달할 수 없는 과학적 사회 인식을 가능하게 해주는 것이었다. 이와 같은 설명 과정에서 임화는 인간 사회를 결정론, 유전학, 환경설 등에 의해서만 이해하는 실험소설의 한계, 즉 기껏해야 일상적 경험 세계에 관한 사실적 인식에 그치고 마는 실험소설의 한계를 지적한 뒤 발자크의 '역사' 인식을 통해서 그 한계를 보완할 필요가 있음을 주장했다. 세태소설의 정치한 묘사가 상식이나 지배 이데올로기에 의해 약화된 일상생활에 대한 비판을 가능하게 했다면, 실험적 방법은 '역사' 개념에 의해 보완될 경우 본격소설 작품 생산에 실질적인 도움을 줄 수 있는 것으로 여겨졌다.

임화는 '실험'의 방법이 1930년대 후반 소설가들의 작품 생산에 실질적인 도움을 줄 수 있다고 생각했지만, 「실험소설론」 자체는 분량이 짧았던 만큼 내용 역시 깊이 있게 나아가지 못했다. 이후 본격소설의 생산 방법에 관한 임화의 고민은 「생산소설론」(『인문평론』, 1940.4)에서 좀 더 심층적으로 전개되었다. 「실험소설론」의 일차적 집필 목적이 졸라의 소설론을 소개하고 검토하는 데 있었다면, 「생산소설론」의 목적은 당시 일본에서 부상한 소설 형식(생산소설)을 소개함으로써 소설가들의 작품 생산에 직접적인 도움을 주려는 데 있었다. 여기서 중요한 점은 생산소설이 본래 "국책적 정신에다 기록적, 보고적 방법으로 農·漁·鑛·工場·移民 등을 취급하는 소설"[100]을 의미함에도 불구하고, 임화가 생산소설에서 '국책'의 속성을 제거할 수 있고 그럼으로써 생산소설을 본격소설 생산을 위한 방법론적 지침으로 활용할 수 있다고 본 것이다.[101] 임화가 볼 때 생산소설이란 무엇보다도 생산 장면(인간과 환경의

---

100 김윤식, 『한국근대문예비평사연구』, 일지사, 1976, 466쪽.
101 식민지 조선에서 생산소설의 의미 변화는 『인문평론』의 생산소설 작품 모집 공고에도 잘

상호작용)을 중심으로 구성되는 형식이었기 때문에, 소설가가 생산소설의 형식을 빌어 주인공(인간)이 욕구 충족을 위해 주어진 환경(자연)과 갈등하는 과정을 서술한다면 일상적 경험 세계의 역사적 재구성에 성공할 수 있었다.[102]

「실험소설론」이 경험적 사실들의 정치한 묘사에만 몰두하는 작품에 문제를 제기하고 그 해결책(실험적 방법)을 모색한 글이었다면, 「생산소설론」은 일상적 세계에 시야가 고정된 채 상식에 입각해서 제작된 소설(시정소설)에 문제를 제기하고 그 해결책을 모색한 글이라고 할 수 있다.[103] 임화가 볼 때 시정소설이 소설가가 사상에 대한 관심을 상실한 결과 생활 세계를 '작가의 눈'이 아닌 '시정인의 눈'으로 그린 형식, 즉 경험 세계를 작품 구성에 적합한 소재로서 가공하기보다는 상식에 입각해서 사실적으로 제시하는 데 급급한 형식이었다면, 생산소설은 주어진 환경에서 생산 활동에 전념하는 인간의 모습을 서술함으로써 경험 세계를 일종의 총체성(생산＋소비, 개인＋사회) 속에서 재구성할 수 있는 형식이었다. 인간의 생활은 외견상 소비에 의해 유지되는 것처럼 보이지만 궁극적으로는 생산을 통해서 지배되고 생산 활동은 우선적으

드러나 있다. "농촌이나 광산이나 어장이나를 물론하고 씩씩한 생산 장면을 될 수 있는 대로 보고적으로 그리되 그 생산 장면에 나타나 있는 국책이 있으면 그것도 고려할 것"이라는 『인문평론』의 공고에서는 생산 장면 제시가 일차적으로 강조되며, 국책에 관한 고려는 단지 부가적인 것으로서 덧붙여질 뿐이다(『인문평론』, 1940.2, 69쪽).

102 1941년 1월『문장』주최 좌담회에서 이태준이 생산문학이란 '국책에서 나온 것인지 또는 문학 자체의 보조로 부닥친 것인지'라고 물었을 때, 임화는 문학의 "내면적인 문제로서보다도 외부적으로도 소재를 바꾸어 보자 하는 데서 소재의 타개책으로 생산면, ─ 생산적인 면을 그려 보자, 하는 것인데 그것이 국책산업에서 취재되는 이유는 국책산업이야말로 현대산업의 중심을 이루고 있기 때문"이라고 대답한 바 있다(「신춘좌담회 ─ 문학의 제 문제」, 『문장』, 1941.1, 148쪽).

103 임화의 사유에서 상식에 입각한 소설이란 통속소설과 시정소설을 의미했다. 그런데 통속소설이 상식에만 의존함으로써 경험 세계를 묘사하거나 현실을 인식하는 데 무관심했다면, 시정소설은 비록 상식에 의존하기는 했지만 경험 세계에 관한 묘사를 주인공의 행위에 결부하고자 했다. 그 때문에 임화는 통속소설을 충분히 의식하고 있으면서도, 「생산소설론」에서 생산소설을 시정소설과 대조해서 논의했던 것이다.

로 사회적 관계(협업)를 전제하지 않는 한 결코 이루어질 수 없기 때문에, 소설가가 주인공을 농촌이나 공장 같은 환경에서 행위하게 할 경우 총체적 세계(생활과 역사의 통일)를 구성할 수 있다는 게 그 이유였다. 여기서 총체적 세계란 물론 '현상'으로서의 일상생활과 '본질'로서의 역사의 종합, 즉 '현실'을 의미했다. 임화는 생산소설이 성격에 활동 공간을 마련해줌으로써 소설의 형식적 분열 문제 해결에 도움을 줄 수 있다고 생각했고, 그로 인해 "새로운 환경과 새로운 인간의 발견으로 문학은 제 새로운 정신을 얻을지도 모른다"[104]는 기대를 가졌다.

이처럼 생산소설에서 본격소설의 가능성을 발견하려는 임화의 시도에는 크게 두 가지 문제가 내포되어 있었다. 우선 생산소설의 해결책, 즉 작품의 환경을 생산 공간으로 옮겨 놓는 것은 이후 임화 자신도 고백했듯이 "문학적인 전지(轉地) 요양"[105]에 불과할 뿐 결코 소설 형식의 문제에 관한 근본적 해결책이 될 수 없다. 임화에게 본격소설이란 무엇보다도 일상적 경험 사실들을 역사의 관점에서 재구성하는 형식이었기 때문에, 구성의 문제를 장소의 문제로 축소해버리는 것만으로는 한계가 있을 수밖에 없다. 다음으로 생산소설에는 무엇보다도 국책문학으로 제안된 형식이라는 태생적 문제가 내포되어 있었다. 임화가 아무리 생산소설에서 국가, 국책, 전쟁 같은 용어들 대신 노동하는 순간 "단순하고 순수한 상태에 있는 인간의 탐구"[106]를 강조하고, 그럼으로써 생산소설의 긍정적 잠재력을 강조하려고 할지라도 생산소설 형식에 스며들어 있는 '국책'의 속성이 완전히 제거될 수는 없다.[107] 1930년대

---

104 임화, 「생산소설론」, 앞의 책, 11쪽.
105 임화, 「소설의 현상 타개의 길」, 『조선일보』, 1940.5.11.
106 임화, 「생산소설론」, 앞의 책, 11쪽.
107 1930년대 말 일본 농민문학의 의미에 관한 임화의 다음과 같은 진술은 생산소설 형식이 내포하는 의미에 관한 것이기도 했다.
　　　　"이데올로기론의 문학이 명치 이후 비로소 처음 농민문학이란 것을 생각하고, 그 이데올로

후반 식민지 조선에서 생산 장면을 그린다는 것은, 거기에 아무리 긍정적 의미를 부여한다고 하더라도 궁극적으로 제국주의 국가를 위해 노동하는 인간의 모습을 보여줄 수밖에 없다.[108] 게다가 생산소설의 세계 역시 제국주의 지배 이데올로기라든가 그 세계의 상식(처세술)에 의해 재생산되는 공간일 수밖에 없다. 그러므로 생산소설에서 경험들을 역사의 관점에 의해 재구성하는 작업은 제국주의 이데올로기에 의해 총체화된 세계를 만들어낼 위험이 농후했다.

1940년대 들어 임화는 생산소설에서 본격소설의 실현 가능성을 찾으려고 했다. 이 시기 임화에게 생산소설은 세태소설, 내성소설, 통속소설, 전향소설, 시정소설 등과 비교해볼 때 본격소설 형식에 가까운 것이었기 때문이다. 말하자면, 생산소설은 본격소설이 식민지 조선에서 쓰여질 수 있음을 감지하게 해주는 일종의 현실적 가능성이었다. 그

기의 의도 하에 농민소설 등을 제작한 것 역시 나카즈카(長塚)의 『흙(土)』이 씌어진 시대와는 다르나, 한 사회로서의 일본 전체라는 것을 생각했기 때문이 아닌가 한다.

그러나 이데올로기쉬한 농민문학이라는 것은 그 이데올로기의 전파를 위한 일 수단으로서밖에 농민문학을 생각하지 못했고, 또 대상, 제재로서 농민소설을 제작하는 데서 일보도 앞으로 나가지 못한 채 그 이데올로기의 퇴조와 함께 소멸히여버린 것이다.

이것은 현재 우리의 문제삼고자 하는 바이 아니나, 그들이 농민의 문학을 생각한 것은 도회의 문학에 대립하여 생각한 것이 아니요, 그 이데올로기라는 것을 인텔리겐차나 도시 노동자의 이데올로기가 아니라, 일본 국민 전체의 이데올로기라 생각하려는 의도에서 비로소 농민문학이란 것이 큰 문제로서 등장했던 것만은, 농민문학이란 것이 언제나 국민적인 문학이 자각될 때만 문제화된다는 것을 이해함에 한 참고가 될 수 있다.

그러나 현재의 농민문학이란 것은 전연 다른 조건 하에서 발호하였다. 그것은 국가가 전 운명을 도(睹)하여 외적과 싸우기 시작하고, 국민이 모든 힘을 합하여 이 싸움에 당하고 있는 사변 뒤의 일이다."(「일본 농민문학의 동향」,『인문평론』, 1940.1),『논리』, 804~805쪽; 밑줄은 인용자의 것임)

위 인용문에서 임화는 "그러나"라는 접속사를 사용해서 명치 이후 농민문학과 1930년대 말 농민문학 사이의 질적 차이를 나타내는 것처럼 보이지만, "그러나"는 두 시기 농민문학이 처한 역사적 조건의 차이를 표시하는 데 불과하다. 그 두 시기 농민문학은 공통되게도 '전체로서의 일본'을 전제하고 있으며, 바로 이 점에서 형식적 의의를 갖고 있었다.

108 1920~1930년대 초 카프의 농민소설은 비록 농촌을 배경으로 삼았지만, 생산 장면을 통해서 총체적 현실을 제시하기보다는 지주에 대한 소작인의 투쟁을 통해서 총체적 현실을 제시하고자 했다는 점에서 1930년대 후반 일본에서 수입된 생산소설과 구분될 필요가 있다.

러나 실제 쓰인 생산소설 작품들은 임화의 의도와 달리 '국책'의 속성을 제거해버리기보다는 오히려 그 속성을 강하게 노출하고 있었다.[109] 이는 본격소설의 구상과 생산소설 작품들 사이에 커다란 간극이 있음을 보여주는 것이자, 더 나아가서는 본격소설의 구상 자체에 난점에 있음을 증명해 주는 것이기도 했다.[110] 본격소설은 다른 소설 작품들을 평가하고 설명하기 위한 기준이 될 수는 있었지만, 조선의 소설가들이 정치적으로나 경제적으로 불리한 조건 속에서 소설 쓰기의 지침으로 삼을 만한 모델은 아니었다. 임화에게 본격소설은 가장 '이상적인' 소설 형식일 수 있었지만, 바로 그 이유 때문에 소설가들이 작품을 쓸 때 실제로 활용할 수 있는 방법이 될 수는 없었다.

---

109 1930년대 말 이후 생산소설 작품들의 국책 수용 양상에 관해 다룬 논문으로는 조진기의 「일제말기 생산소설 연구」(『우리말글』 제42집, 2008.4)가 있다. 이 글에서 조진기는 당시 생산소설을 '생산을 통한 진충보국의 실천'(이무영의 「문서방」(1942), 「모(母)」(1944), 『향가』(1943)), '노동력 착취와 근로보국'(이북명의 「형제」(1942)), '기반시설 확충과 건설 현장에의 복무'(이기영의 『광산촌』(1942), 『동천홍』(1943), 윤세중의 『백무선』(1940~1941), 이북명의 「빙원(氷原)」(1942), 석인해의 「귀거래」(1943)), '지식인의 귀농과 황국근로관의 확립'(이무영의 「제1과 제1장」(1939), 「도전」(1939), 박노갑의 「백일」(1942)) 등 네 유형으로 나누어 설명했다.

110 하정일은 「일제 말기 임화의 생산문학론과 근대극복론」(『민족문학사연구』 제31호, 2006)에서 '농민이 생산자의 절대 다수를 차지하고 있는 것이 조선의 현실'이라는 점을 들어 임화가 제시한 생산소설 형식이란 '사회적 관계로서의 현실을 그리는 리얼리즘문학'이라고 주장했다. 장성규 역시 「카프 문인들의 전향과 대응의 논리」(『상허학보』 22집, 2008.2)에서 임화가 '신체제'의 파시즘 체제를 승인하지도 않았고 '국책'의 선전을 추구하지 않았다는 점에서 그의 생산소설 논의란 '당시 '국책문학'으로 선전되던 '생산문학론'의 문제설정을 자신의 고유한 리얼리즘의 갱신이라는 문제설정으로 전유하는 양상'(336쪽)을 보였다고 긍정적으로 평가했다.

그러나 1930년대 후반 식민지 조선에서 생산 장면에 대한 묘사란 제국주의 국가를 위해 노동하는 인간의 모습에 대한 묘사일 수밖에 없다는 점을 고려할 때, 하정일과 장성규의 주장은 재고의 여지가 있다. 임화가 생산소설을 통해서 '사회적 관계로서의 현실을 그리는 리얼리즘문학'을 의도했을지라도, 생산소설에 내재하는 국책문학의 성격이 완전히 탈각될 수 있는 것은 아니기 때문이다. 임화의 생산소설 논의를 평가하기 위해서는 임화의 의도와 생산소설의 국책문학적 성격을 동시에 고려하지 않으면 안 된다.

제4장
'현대소설'의 쇠퇴와 서사시의 부활

　최재서는 1930년대 중반 영미 문학이론을 소개하면서 조선 문단에 등장했다.[1] 최재서는 등단 초기인 1930년대 중반 「영국 현대소설의 동향」, 「미국 현대소설의 동향」, 「현대 주지주의 문학이론의 건설」처럼 겉보기에 조선문학과 전혀 무관한 것처럼 보이는 글들을 발표했고, 1940년대 들어서도 제임스 조이스, 토마스 만, 올더스 헉슬리, 앙드레 말로 등 외국 소설가들의 작품에 대한 소개를 멈추지 않았다. 그러나 최재서의 관심사는 단순히 영미 문학을 소개하는 데만 있지 않았다. 오

---

[1]　최재서는 1920년대부터 영어나 일어로 「예이츠 연구」(일문, 『청량』, 1927), 「공동욕장」(일문, 『청량』, 1928.4), 「예이츠의 신비와 현실」(『청량』, 1928.4), 「유령」(『경성제대영문학회회보』 1호, 1929.12), 「The Development of Shelley's Poetic Mind」(경성제대 졸업논문, 1930.4), 「Shelley의 Reminiscences」(일문, 『경성제대영문학회회보』 3호, 1930.11), 「시의 한계」(일문, 『경성제대영문학회회보』 5호, 1931.6), 「Hurd의 「기사전기문(騎士傳奇論)」」(일문, 『경성제대영문학회회보』 6호, 1931.12), 「Addison의 상상력」(일문, 『경성제대영문학회회보』 10호, 1933.3), 「문학의 보전」(일문, 『경성제대영문학회회보』 11호, 1933.6), 「Jespersen의 신문법서(新文法書)」(일문, 『경성제대영문학회회보』 12호, 1933.11), 「윈담 루이스론」(일문, 『경성제대영문학회회보』 13호, 1934.3) 같은 글들을 발표했다. 그러나 이 글들은 주로 대학 내 연구를 목적으로 쓰인 것이지 조선 문인들과의 의사소통을 위해서 쓰인 것이 아니라는 점에서 조선 문단과 직접적 관계를 맺지 못했다.

히려 그는 외국 문학 연구에만 관심을 쏟을 뿐 조선문학에 전혀 무관심한 연구자들을 '호적 없는 외국 문학 연구가'라고 부르며 비난했다. "아무리 문단이 기인국(奇人國)이라 할지라도 나는 영국인 혹은 불란서인 혹은 독일인의 문화를 위하여 일하오! 할 만한 돈키호테는 없을 것"이며, 외국 문학 연구가라고 하더라도 "조선을 위하여, 조선 사회의 계몽과 문학적 교양을 위하여 노력"해야 한다는 게 그의 생각이었다.[2] 이 시기 최재서는 "외국 문학 연구가 현재 조선문학에 유일한 자극은 못될지언정 가장 중요한 자극의 하나가 되리라고 굳게 믿고 있"었다.[3] 이 믿음 위에서 최재서는 1930년대 후반 조선문학계에서 벌어진 여러 논의에 직접적으로 개입했고, 특히 소설 장르에 관한 논의에서는 임화나 김남천과 더불어 주도적인 역할을 담당했다.

1930년대 최재서의 활동은 모더니즘 문학이론의 소개, 그리고 그에 입각한 비평 이론의 정립 및 소설 장르에 관한 심층적 사유로 이루어져 있다. 물론 최재서는 몇 편의 시 평론을 발표하기도 했지만, 대부분의 활동은 전통, 개성, 모럴, 실재성 등의 개념을 중심으로 비평 이론의 정립을 시도하거나 영미 현대소설에 대한 검토를 통해서 당대 소설가들에게 적합한 작법을 제안하는 데 할애되었다. 최재서는 소설을 사회적 실재에 대한 객관적 묘사와 더불어 보편적 가치의 구현을 도모하는 장르로 이해했다. 그 때문에 사회적 이상을 과도하게 강조함으로써 센티멘탈리즘에 빠져버리거나, 아니면 개인의 내면 묘사에만 몰두함으로써 보편적 가치가 부재하는 세계를 만들어낼 뿐인 당시 조선소설가들은 문제가 아닐 수 없었다. 이런 문제의식 위에서 최재서는 소설가들에게 문학적 전통을 학습(교양)함으로써 보편적 가치를 습득할 것과, 사회

2   최재서, 「문단우감 - 호적 없는 외국문학 연구가」, 『조선일보』, 1936.4.28.
3   최재서, 「해혹(解惑)의 일언 - 외국문학 연구에 대하여」, 『조선일보』, 1936.6.30.

적 실재에 관한 객관적 묘사를 통해서 그 보편적 가치를 구현할 것을 동시에 요구했다.

소설이란 사회적 실재를 재현하면서도 인문주의적 모럴 또한 구현해야 하는 장르였다. 이와 관련해서 최재서가 1940년 들어 저술한 현대소설 연구 시리즈는 영미 현대소설의 흐름에 관해 살펴봄으로써 조선소설의 미래를 구상하고자 한 기획이라는 점에서 큰 의의가 있다. 여기서 최재서는 자서전 소설, 관념소설, 가족사 연대기 소설, 르포르타주 소설 등을 검토했는데, 이는 그가 현대 심리주의 소설의 몰락과 함께 현대소설의 서사시적 경향을 확신하게 하는 계기가 되었다. 그리고 현대소설의 미래란 그 원형인 서사시의 정신을 회복함으로써만 긍정적일 수 있다는 결론에 도달한 뒤에는, 서사시에 적합한 사회적 조건의 수립을 내세우며 국민문학을 적극적으로 주창하기도 했다.

1. 영미 모더니즘 문학이론

1930년대 중반 최재서는 영미 모더니스트들의 견해를 조선문학자들에게 소개하는 한편, 그에 입각해서 조선문학 작품들에 관한 사유를 전개해 나갔다. 제1차 세계대전 이후 19세기의 가치와 전통이 신뢰를 잃게 되었을 때, 영미 모더니스트들은 문학이 전통과 질서를 회복하는 데 중요한 수단이 될 수 있다고 생각했다. 그들은 19세기 낭만주의자들처럼 개인의 주관성(개성)을 강조할 경우 사회의 분열만 촉진될 뿐이므로, 개인의 주관성에서 벗어나 고전적 전통과 사회적 실재에서 보편적 가치를 발견해야 한다고 주장했다. 최재서가 이와 같은 영미 모더니스트들의 견해에 전적으로 동의했다고 보기는 힘들다. 그러나 최재서는 사회적 실재에 대한 작가의 객관적 태도와 고전적 작품들을 통한 보편적 가치의 내면화를 강조함으로써 그들의 견해에 기본적으로 동의했다.

최재서가 볼 때 1930년대 조선 작가들은 영미 모더니스트들의 견해에 따라 '리얼리즘' 개념을 새롭게 인식할 필요가 있었고, 서구적 교양을 통해서 모럴의 습득과 지성의 형성을 도모해야만 했다. 1930년대 중반 이후 조선문학 작품들에서 노출된 형식적 문제들은 기본적으로 문학에 관한 작가들의 인식 부족에 기인하는 것으로 보였기 때문이다. 이 과정에서 T.E. 흄의 불연속적 세계관과 고전주의는 최재서가 낭만주의를 비판하고 리얼리즘(실재주의)적 태도의 중요성을 인식하는 데 큰 영향을 주었고, T.S. 엘리엇의 전통 논의와 허버트 리드의 정신분석학적 문학론은 문학 작품 생산에서 작가의 개성과 모럴이 수행하는 기능에 관해 깊이 사유할 수 있게 해주었다.

1) 신고전주의적 문학 이해

최재서는 「현대 주지주의 문학이론」(『조선일보』, 1934.8.7~8.12)과 「비평과 과학」(『조선일보』, 1934.8.31~9.7)에서 T.E. 흄, T.S. 엘리엇, 허버트 리드, I.A. 리차즈 등 영미 모더니스트들의 문학이론을 소개했다. 그들이 "건전하고 진지한 비평가"[4]라는 것, 다시 말해 그들이 비록 20세기의 건설적 문학이론을 제시하지는 못했다고 하더라도 19세기 전통의 부

---

[4]   최재서, 「현대 주지주의 문학이론」(『조선일보』, 1934.8.7~8.12), 『최재서 평론집』, 청운출판사, 1961(*이하 『평론집』으로 표기), 54쪽.

적절함을 폭로함으로써 새로운 문학이론의 정립을 위한 토대를 제공해주었다는 것이 소개의 이유였다. 최재서는 20세기 문학의 문제를 건설적 문학이론의 부재와 그것을 유발한 현대 사회의 혼동성에서 찾았기 때문에, 현대 사회에는 흄이나 엘리엇처럼 새로운 문학이론의 정립을 위해 노력하는 비평가들이 필요하다고 생각했다. 그리고 유사한 이유에서 모더니스트들의 문학이론은 1930년대 조선문학의 문제를 해결하는 데 도움이 될 수 있다고 믿었다.

최재서는 흄의 불연속적 실재관을 모더니스트들의 공통된 세계관으로 간주한 뒤, 그에 입각해서 현대문학의 문제를 사유했다. 불연속적 실재관에 따르면 실재는 무기적 절대 세계(수학, 물리학의 대상), 유기적 (생명적) 상대 세계(생물학, 심리학, 역사의 대상), 윤리적·종교적 가치의 절대 세계로 구성되어 있고, 그 세계들 사이에는 뛰어넘을 수 없는 간극이 존재한다. 그런데 생명 세계는 본래 상대적인 것이어서 무기적 절대 세계나 절대적 가치 세계와 쉽게 혼합될 수 있다. 19세기 말 기계적 세계관이란 생명 세계와 무기적 세계가 혼합됨으로써 나타난 것이었고, 인문주의적 인생관은 생명 세계와 절대적 가치 세계가 혼돈됨으로써 등장한 것이었다. 그로 인해 최재서는 인문주의에 대해 비판적 태도를 취할 수밖에 없었다. 불연속적 실재관에 따르면, 유한한 인간을 절대적 가치의 근원으로 설정하는 것은 명백한 모순이었다. 인간이란 본래 유한하고 상대적인 존재로서 종교나 윤리의 절대적 가치를 논의할 수 없음에도 불구하고, 인문주의자들은 본질적으로 제한되고 불완전한 존재인 인간을 절대적 가치의 근원으로 격상했던 것이다. 인문주의적 태도에 반대하여 흄은 종교적 태도야말로 인간에게 바람직한 인생관이라고 주장했다. 종교적 태도란 불연속적 실재관 위에서 윤리적 가치의 절대성과 인간의 유한성(원죄)을 전제하는 것으로서, 전통적 질서와 사회적 조직에 의한 훈련을 통해 인간에게 가치 있는 삶을 보장해줄 수 있는 것으로 보였다.

불연속적 실재관에 대한 흄의 긍정적 태도는 문학 영역에서 낭만주의를 비판하고 고전주의를 옹호하는 데로 나아갔다. 낭만주의는 개인을 '무한한 가능성을 가진 그릇'으로 규정함으로써 무한에 대한 인간의 동경을 보여주었지만, 그 동경이란 궁극적으로 신의 세계(무한 세계)와 인간의 세계(유한 세계)를 혼동한 데 기인한 것이었기 때문에 인간이 이상과 현실의 괴리를 극복하지 못한 채 낭만적 멜랑콜리와 센티멘탈리즘에 머물도록 만들었다는 게 그 이유였다. 흄에게는 19세기 리얼리즘과 자연주의도 개인을 가치의 중심에 두었다는 점에서 낭만주의의 변종에 불과했다. 그와 달리 종교적 태도의 문학적 구현인 고전주의는 불연속적 실재관 위에서 개인의 유한성과 불변성을 받아들이고, 주관적 도취나 주관적 이상을 추구하는 대신 질서와 전통에 의한 훈련을 강조한다는 점에서 긍정적으로 평가되었다. 절대적 가치란 종교적 세계나 무기적 세계에 속하는 것이므로, 문학의 대상은 "백일하에 모든 물체가 선명한 윤곽을 드러내는 세계, 공기가 건조하고 대지가 딴딴한 세계, 어디까지나 쾌활하고 세간적(世間的)인 세계"[5]가 되어야 했다.

흄은 낭만주의 / 고전주의 이분법에 입각해서 20세기를 고전주의 부활의 시대로 규정했다. 낭만주의가 이미 생명력을 소진했다는 역사적 사실과 문학의 본질이란 '정확한 관찰과 표현'에 있다는 고전주의 예술관에 대한 믿음이 바로 그 근거였다. 고전주의 예술관에 따르면 작가의 활동이란 인습적인 관찰 방식을 떠나서 사물을 있는 그대로 보는 일과 자신이 본 바를 정확하게 표현하는 일로 구성되며, "자기의 상상과 일치

---

5   최재서, 「네오 글라씨시즘」, 『평론집』, 101쪽.

하는 표현"[6]에 도달하는 일을 최고 목표로 삼았다. 이와 같은 흄의 예술관은 물론 20세기 초 이미지즘의 이론적 토대가 되기도 했지만, 최재서의 경우 실재주의를 문학의 본질적 요소로서 사유하게 되는 결정적 계기가 되었다. 사실 최재서는 흄처럼 고전주의에 절대적 타당성을 부여하지도 않았고, 고전주의 문학이 현대문학의 모델이 되어야 한다고 직접적으로 단언하지도 않았다. 하지만 1930년대 조선문학을 센티멘탈리즘에 빠져 있다고 비판하거나 작가들에게 낭만적 태도 대신 실재에 대한 객관적 태도를 요구할 때, 최재서는 비록 흄의 이름을 명시적으로 언급하고 있지는 않지만 명백히 그의 논의에 의존해 있었다.

최재서는 1930년대 중반 조선 문단의 가장 큰 문제점을 낭만주의적 경향의 부활에서 찾았다. 1930년대 중반 들어 조선에서는 사회주의자들이나 예술주의자들처럼 전혀 다른 부류의 작가들이 동일하게 낭만주의를 전면에 내세우기 시작했다는 것이다.[7] 최재서가 볼 때, 예술주의자들이란 이전부터 낭만적 개성에 입각해서 작품을 써왔지만, 사회주의 계열 작가들의 경우에도 1930년대 중반 들어 사회주의 리얼리즘이 수입된 이후에는 낭만주의에 긍정적 태도를 취하기 시작했다. 그러나 낭만주의 예술이 번성했던 19세기 유럽과 20세기 조선 사이에는 뛰어넘을 수 없는 사회적 조건의 차이가 있다는 점에서, 또한 19세기 말 데카당스나 20세기 초 세계전쟁이 궁극적으로 낭만적 개성의 자기 확

---

6 위의 글, 103쪽.

7 최재서는 일본 낭만파를 언급하며 일본 문단에서 낭만주의가 부활하고 있음을 지적한 뒤, 조선 문단의 경우에도 낭만주의적 경향이 나타나고 있음을 지적했다. 이때 '낭만주의적 경향'이란 1930년대 중반 수입된 사회주의 리얼리즘의 낭만성을 의미하는 것이었다.
"우리 문단에도 낭만주의란 말이 풋득풋득 들리기 시작하였다. 금년도에 와서 이것이 일종의 유행을 만들어 내지 않을까 하는 생각도 있다.
좌익 작가와 순예술파 작가가 다 같이 낭만주의를 주장하였다고 하여 그들의 계급적 입장이 소멸된 것은 아니다. 다만 그들은 반대할 공통된 대상을 가졌다는 것이 이 일시적 일치의 원인이다." (최재서, 「낭만주의의 부활인가」, 『조선일보』, 1936.4.25)

장 시도에 의해 초래된 결과라는 점에서, 낭만주의란 역사적 유효성을 상실해버렸을 뿐만 아니라 그 역사적 부정성 역시 폭로되어버린 문학 이념에 불과했다. 특히 낭만주의는 작가의 주관성을 강조함으로써 실재의 왜곡을 초래할 위험성도 내포하고 있었기 때문에 미학적으로도 결코 정당화될 수 없었다.

최재서의 낭만주의 비판은 일차적으로 신고전주의적 문학 이해에 근거해서 이루어진 것이었다. 하지만 1930년대 중반 들어 조선 비평가들의 주요 관심사가 식민지 조선 사회에 관한 적절한 인식 방법을 모색하는 데 있었음을 고려한다면, 그리고 최재서가 고전주의 문학에 절대적 타당성을 부여하지 않았음을 고려한다면, 그의 낭만주의 비판을 단순히 신고전주의적 문학 이해를 추종한 데 따른 결과로 보기 힘들다. 오히려 사태는 반대로 해석될 수 있다. 최재서는 식민지 조선 사회에 관한 적절한 문학적 인식 방법을 모색하는 과정에서, 객관적 태도를 강조하는 신고전주의야말로 조선 작가들에게 필요한 문학 이념이라고 판단했던 것이다. 그러므로 식민지 조선의 문학을 포함한 모든 현대문학은 무엇보다도 '낭만적 개성에 대한 실망'에서 출발하지 않으면 안 되었다.[8]

최재서의 낭만주의 비판은 '리얼리즘' 개념을 재정립하면서 옹호하는 데로 이어졌다. 당시 사회주의 비평가들이 주장하던 리얼리즘, 즉 사회주의적 미래를 향한 역사의 합법칙적 발전을 전제하는 리얼리즘이란 최재서가 볼 때 리얼리즘의 본래 의미에 적합하지 않았다. 사회주의 리얼리스트들은 사회에 관한 특정한 이데올로기에 입각해서 사회를 이해할 뿐이기 때문에 '사실적'이라고 하면서도 결국에는 "인생을

---

8   최재서, 「문학 발견 시대」(『조선일보』, 1934.11.21~11.29), 『문학과 지성』, 인문사, 1938(*이하 『문지』로 표기), 47쪽.

인위적으로 왜곡하는 죄"[9]를 범하고 있다는 게 그 이유였다. 물론 "역사적 필연성을 파악하여 가지고 현재를 비평하고 미래를 전망한다는 본래의 사명"[10]에 관해 긍정적 어조로 언급할 때, 최재서는 마치 사회주의 리얼리즘의 정당성을 원론적으로나마 인정하는 것처럼 보이기도 한다. 하지만 최재서의 본의는 사회주의 리얼리즘의 객관성이나 합리성을 용인하는 게 아니라 사회주의 리얼리즘이 리얼리즘으로서 일정한 한계를 내포하고 있다는 것, 다시 말해 사회주의 리얼리스트들이란 필연적으로 공식주의나 센티멘탈리즘(증오감)에 빠질 수밖에 없다는 것을 강조하는 데 있었다. 사회주의 리얼리즘은 인생의 추악함을 다룬다는 점에서 인생의 아름다운 면만을 보고자하는 낭만주의와 구별되지만, 인생의 추악함을 과장하면서 거기에 주관적 도식을 덧씌운다는 점에서는 낭만주의와 마찬가지로 "비실재성"[11]을 드러낼 뿐이었다.

최재서는 리얼리즘을 '실재를 그리는 문학'으로 이해했고, 리얼리즘의 번역어란 '실재주의'가 되어야 한다고 생각했다.[12] 사회주의 리얼리스트들에게 리얼리즘이 사회주의적 내용물에 의해서 결정되는 것이라면, 최재서에게 리얼리즘은 실재에 대한 작가의 객관적 태도에 의해서 규정되는 것이었다. 그에게 리얼리티란 실재를 "객관적 태도로써 관찰"[13]하는 데서 발생하는 것이었지 결코 역사의 합법칙적 발전에 관한 이론이나 신념에서 나오는 게 아니었다. 작가의 문학적 서술에서 중요한 것은 소재나 재료가 아니라 '보는 눈'이었고, 예술의 가치는 주관이나 이데올로기가 아니라 '객관적 태도'에 의해 판가름나는 것이었다.

---

9   위의 글, 52쪽.
10 최재서, 「센티멘탈론」(『조선일보』, 1937.10.3~10.8), 『평론집』, 184쪽.
11 위의 글, 183쪽.
12 최재서, 「리얼리즘의 우화등선(羽化登仙)」, 『문지』, 297쪽.
13 최재서, 「『천변풍경』과 「날개」에 관하여」(『조선일보』, 1936.10.31~11.7), 『평론집』, 314쪽.

작가는 "진리를 이론적으로 주입하는 것보다 흐리지 않은 눈으로 인생을 직시함이 실재성을 파악함에 몇 배의 위력이 있음"[14]을 인식해야 했다. 최재서의 입장에서 보자면, 임화처럼 일상적 경험 사실들의 내적 논리를 인식하라는 주장은 주관적 도식(역사적 필연성)을 실재에 덧씌우라는 주장과 다르지 않았다. 따라서 리얼리즘이라는 용어는 낭만주의의 혐의를 벗기 위해 '실재주의'라는 정확한 이름을 부여받아야 했고, 작가는 실재주의의 원칙에 충실하기 위해 실재에 대한 '객관적 태도'를 견지해야 했다.

낭만적 개성(작가의 주관이나 이데올로기)이 더 이상 문학의 원천이 되지 못한다면, 그 자리는 보편적 실재로 대체되어야 했다. 이 경우 실재에 관한 의미론적 논란이 있을 수 있지만, 최재서는 그 내포가 민중임을 분명히 밝힘으로써 애초에 논란의 여지를 차단했다. 최재서에게 문학의 대상으로서의 민중이란 무엇보다도 낭만적 개성에 대한 실망을 통해서 역으로 도출된 것이었다. 낭만적 개성이 보편적 가치를 구현하지 못했다는 것은 보편적 가치의 장소가 낭만적 개성에서 집단적 민중으로 이동해야 하는 근거가 되었다. 그런데 최재서에게 민중의 중요성은 단지 개성의 대체물이라는 데만 있지 않았다. 민중은 역사적 변화를 초월해서 영원히 존재하는 실체가 아니라 시대에 의해 제약된 집단, 말하자면 '시민사회를 형성한 민중'이라는 점에서도 역시 중요했다.[15] 근대의 민중이 시민사회를 형성한 대표자라면, 민중을 시민사회의 보편적 존재로 간주한다고 해도 전혀 문제가 없을 것이기 때문이다. 요컨대, 민중은 작가의 주관 외부에 실재하는 실재라는 점에서, 그리고 특정 시대의 보

---

14 최재서, 「풍자문학론」(『조선일보』, 1935.7.14~7.21), 『평론집』, 190쪽.
15 최재서는 올더스 헉스리에 관해 논평하면서 "민중 — 여기서 민중이라 함은 영국 중류계급의 말이다"(「올더스 헉슬리론 — 현대 풍자정신의 발로」, 『조선일보』, 1935.1.24)라는 표현을 사용하기도 했다.

편성을 내세울 수 있는 집단이라는 점에서 보편적 가치의 담지자(보편적 실재)로 간주될 수 있었다.

　민중을 문학적 대상으로 설정할 경우, 작가는 개별 주체 외부의 실제 세계를 포착할 수 있을 뿐만 아니라 일종의 보편적 가치까지도 구현할 수 있다.[16] 이는 '개인'을 문학의 대상이자 주체로 설정함으로써 발생할 수 있는 온갖 문제들에서 벗어날 수 있는 유일무이한 해결책이었다. 이제 작가는 "주관적 태도를 버리고 편견과 독단을 떠나서 민중을 보고 민중의 소리를 들"[17]어야만 했다. 작가는 낭만적 개성에서 벗어나 집단으로서의 민중 속에서 보편적 가치를 발견하고, 이에 근거해서 보편적 가치의 담지자를 객관적 태도로써 재현해야 하는 것이다.[18]

　최재서는 현대문학이 흄의 논의에서 출발해야 한다고 생각했고, 리얼리즘 개념을 '실재주의'로 재규정함으로써 현대문학이 낭만적 개성의 표현 대신 실재(민중)에 대한 관찰이 되어야 함을 강조했다. 그러나 흄과 최재서 모두 고전주의란 전혀 새로운 것이 아니며, 새로운 문학 이념이 발견되기 전까지 편의상 의존할 수 있는 임시 방편에 불과함을 잘 알고 있었다.[19] 최재서가 아무리 객관적 태도에 의한 실재의 관찰을 주장한다고 하더라도, 고전주의 문학 이념 자체는 낭만주의 문학 이념과 마찬가지로 과거의 유산이었을 뿐 결코 현대의 문학 이념은 아니었다. 1930년대 후반 최재서는 영미 모더니스트들의 신고전주의 문학 이해에 의거해서 낭만주의 문학관을 비판했는데, 이는 궁극적으로 식민지 조선에 적합한 문학이론을 정립하려는 의도에 기인한 것이었다.

16　최재서, 「소설과 민중」(『동아일보』, 1939.11.7~11.12), 『평론집』, 383쪽.
17　최재서, 「문학 발견 시대」, 『문지』, 52쪽.
18　이와 같은 민중 개념은 최재서가 1940년대 초 서사시 장르를 옹호할 때 다시금 강조된다. 3장의 '2) 현대소설의 서사시적 경향' 참조.
19　최재서, 「현재 주지주의 문학이론」, 『평론집』, 55쪽.

2) 현대 사회와 전통의 가치

최재서는 T.S. 엘리엇의 논의에 입각해서 전통과 개성의 문제에 관해 사유하는 한편, 허버트 리드에 기대어 작품 생산 주체로서의 작가에 관한 생각을 정리했다. 특히 전통과 개성에 관한 엘리엇의 논의를 통해서 문학적 개성의 기능에 관해 적극적으로 사유할 수 있었고, 리드의 정신분석학적 문학이론을 통해서는 문학 작품 생산에서 작가의 모럴이 수행하는 기능에 관한 깊은 인식에 도달할 수 있었다. 그리고 영미 모더니스트들의 논의에서 드러나는 신인문주의적 경향은 최재서가 문학의 사회적 기능을 사유하는 데 중요한 계기를 제공했다. 최재서는 인문주의의 문제점에 대해서는 흄과 유사한 생각을 갖고 있었지만, 인문주의적 가치 그 자체에 대해서는 흄과 달리 긍정적 태도를 견지하고 있었다.

엘리엇은 낭만주의를 비판하고 고전주의 전통의 회복을 요구했다는 점에서, 또한 전통에 의한 개성의 훈련을 가치 있는 삶의 조건으로 간주했다는 점에서 흄과 비슷했다. 엘리엇은 흄과 마찬가지로 독창적 천재, 독자적 개성, 개인적 정서 등 낭만주의적 개념들에 비판적 태도를 취했을 뿐만 아니라 문학을 낭만적 개성의 표현으로 규정하는 데에도 전적으로 반대했다. 그 대신 엘리엇은 전통적 의식(역사적 의식)에 입각해서 잃어버린 '진실한 문학 전통'을 회복하는 일, 다시 말해 고전주의적 경향의 문학적 전통을 새롭게 수립하는 일이야말로 현대문학의 임무라고 생각했다. 작가란 개성의 표현을 통해서가 아니라 개성의 멸각(滅却)을 통해서 문학 작품을 생산해야 하며, 문학 작품이란 '정서로부터의 도피' 혹은 '개성으로부터의 도피'로서 규정되어야 한다는 것이다.[20] 이와 같은 엘리엇의 신고전주의는 근대 자본주의 문명을 거부하고 유기체적 공동체를 옹호했던 미국의 보수주의자 어빙 배빗의 영향 아래에서 형성된 것이었다. 그 때문에 엘리엇은 흄과 마찬가지로 낭만주의에 대해 비판적 태도를 취했음에도 불구하고 그와는 다른 이론적 대안을 내놓게 되었다.

흄에게 전통이 절대적인 것으로서의 고전주의 전통을 말했다면, 엘리엇에게 전통은 무엇보다도 '전통적 의식' 혹은 '역사적 의식'을 의미했다. 전통이란 흄처럼 문학적 관습이나 고정불변의 실체가 아니라 인간의 의식, 즉 "과거의 과거성뿐만 아니라 과거의 현재성까지도 내포하는 의식"[21]이었다. 이 입장에서 보자면 고전주의 전통이란 낭만주의 전통과 마찬가지로 과거의 전통에 불과하기 때문에, 고전주의 전통이 아무리 타당하다고 하더라도 그 자체로서는 결코 현재의 전통이 될 수 없다. 고전주의 전통은 현대 예술가들에 의해 계승됨으로써만, 또한 현대 예술가들에 의해 갱신됨으로써만 비로소 전통이 될 수 있는 것이다. 엘리엇의 전통 논의에서 특히 주목할 만한 것은, 전통이란 일종의 유기적 전체로서 '조직체로서의 일국(一國) 문학' 혹은 '세계 문학'을 의미한다는 주장, 그리고 개별 작품들의 가치란 오로지 조직체로서의 일국 문학에 편입됨으로써만 획득되므로 모든 작가에게는 외부의 전통적 질서에 충성을 맹세할 의무가 있다는 주장이다. 엘리엇은 전통이 한 국가의 문학적 질서로서 '공통의 유산'과 '공통의 목적'을 내포하고 있다고 보았기 때문에, 유기적 전체로서의 전통이란 작가들에게는 문학 작품의 생산을 위한 지침이 되고 비평가들에게는 문학 작품의 평가를 위한 척도가 되어야 한다고 생각했다.[22]

---

20 위의 글, 64쪽.
21 최재서, 「비평과 모럴의 문제」, 『평론집』, 19쪽.
22 최재서, 「현대 주지주의 문학이론」, 『평론집』, 63쪽.

최재서가 볼 때, 엘리엇은 사실 개성의 희생이나 개성의 멸각을 언급하면서도 흄처럼 개성의 기능을 전적으로 부정하지는 않았다. 오히려 최재서는 엘리엇이 말하는 '개성의 멸각'이란 개성의 사멸을 의미하는 게 아니라 전통에 의한 개인의 자아 확장, 즉 유아독존의 소아가 몰개성적 수단을 통해서 광대무변한 자아에 도달하게 됨을 의미한다고 보았다.[23] 엘리엇은 흄처럼 인간의 유한성을 인정하고 전통에 의한 개인의 훈련을 강조했지만, 전통 못지않게 그것을 습득하고 갱신하는 작가(개성)의 역할이 중요함을 인정했다는 것이다. 그렇지만 엘리엇이 비록 개성의 중요성을 언급했다고 하더라도 작가의 개성이 문학적 전통을 습득함으로써만 가치 있게 된다는 점, 또한 개별 작품 역시 일국의 문학적 질서 속에 자리잡지 못한다면 아무런 가치도 얻을 수 없다는 점만은 여전히 유효했다. 전통이란 "개성을 풍부케 하고 또 개인의 기교성(奇矯性)을 훈련하여 바른 역사적 의식을 가지도록 하기 때문"[24]이다. 그러므로 작가들은 기본적으로 '비인격적 질서'를 위해서 자신들의 '인격(개성)'을 희생하지 않으면 안 되었다.[25] 이러한 전통으로서의 일국 문학에 관한 논의는 1940년대 들어 최재서가 국민문학으로서의 일본문학[26]을 정당화하게 되는 이론적 단초로 볼 수도 있다.[27] 하지만 1930년대 최재서의

---

23 위의 글, 67쪽.
24 최재서, 「비평과 모럴의 문제」, 『평론집』, 21쪽.
25 테리 이글턴, 김명환 외역, 『문학이론 입문』, 창작과비평사, 1986, 54쪽. 이글턴은 자유주의, 낭만주의, 프로테스탄티즘, 경제적 개인주의 등에 적대적 태도를 취하면서 비인격적 질서(전통)를 위한 인격(개성)의 희생을 해결책으로서 제시한 엘리엇의 생각을 '극우적 독재주의'로 규정한 바 있다. 최재서의 이후 행보를 고려할 때, 이글턴의 엘리엇 평가는 최재서의 엘리엇 수용에 대해서도 적용될 수 있을 것이다.
26 최재서의 국민문학 논의에 관해서는 '제6장. 1930년대 후반 소설론 비판' 참조.
27 "고전적 전통이란 항상 그 국민이나 민족의 경험의 총합이며 예지의 체계"(「시대적 통제와 예지」, 『조선일보』, 1935.8.25)였기 때문에, 국가나 민족이 설정되지 않는다면 개성이 의존해야 할 전통 역시 구성될 수 없다. 이와 관련해서 최재서는 적어도 1930년대 중후반까지는 원론적인 주장만 제시했을 뿐 조선문학과 관련해서 자신의 입장을 구체적으로 밝히지 않았다. 그러므로 최재서가 1940년대 들어 국민문학을 내세운 것은 일본이 전통 구성의 단위

관심사는 문학적 전통의 습득이 낭만적 개성의 교정책으로서 유효함을 강조하는 데 있었기 때문에, 그의 문학 논의에서 전통의 민족적 성격이나 국민적 성격은 크게 강조되지 않았다.[28]

　문학 작품의 생산에 관한 문제는 이처럼 전통(질서)과 개성의 역학관계에 주목한다고 해서 해명될 수 있는 게 아니다. 오히려 초점은 전통 그 자체보다 전통의 습득을 통해서 문학 작품을 생산하는 주체에게 맞춰져야 한다. 전통을 습득하거나 문학 작품을 생산할 때 작동하는 작가의 심리 메커니즘이 설명되어야 하는 것이다. 이와 관련해서 최재서는 허버트 리드의 정신분석학적 문학이론이 중요한 참조가 될 수 있다고 판단했고, 이런 판단 위에서 개성, 성격, 모럴, 지성 등 리드가 작가의 심리 분석을 위해 제공한 개념들을 적극적으로 수용했다. 그렇다고 해서 최재서가 엘리엇의 전통 개념 자체를 완전히 폐기했던 것은 아니다. 오히려 그는 리드의 개념들을 엘리엇의 전통 논의와 연관지어 이해하고자 했다. 엘리엇을 생산된 작품에 대한 가치 판단에 몰두하는 실천적 비평가로 간주하고 리드를 작품의 생산 과정에 관해 해명하는 이론적 비

로서 설정되었음을 보여주는 증거라고 할 수 있다.

28　1930년대 후반 최재서의 문학 논의에 대해 '조선적 전통의 부재'를 들어 비판하는 것은 적절하지 않아 보인다. 예컨대, 김흥규는 「최재서 연구」(『문학과 역사적 인간』, 창작과비평사, 1980)에서 최재서가 '식민지 조선에 전래의 문화 유산은 있으나 살아 있는 원리로서의 전통은 없다'고 판단함으로써 서양 문화에서 전통을 찾고자 했지만 서양에서도 어떤 '가치의 지표'를 발견하지 못했고, 그 때문에 1940년 나치의 파리 함락 후 '근대 정신의 파산'을 선언하고 파시즘에 기울어지게 되었다고 주장했다(338~340쪽). 이 주장은 최재서가 서구 인문주의적 문학 전통에 호의적이었다는 점에서, 그리고 서사시에서 현대소설로 이어지는 서사문학의 전통 자체에 긍정적 태도를 보였다는 점에서 재론의 여지가 있다.
　이와 약간 맥락은 다르지만, 이양숙 역시 「최재서 문학비평 연구」(서울대 박사논문, 2003)에서 최재서가 '조선적 전통의 부재'를 의식함으로써 엘리엇의 전통론에 비판적 태도를 보였다고 평가했다(41쪽). 그러나 최재서에게는 조선적 전통의 존재 유무보다 식민지 조선에 서구 인문주의적 가치를 구현하는 게 더 중요했기 때문에, '조선적 전통의 부재'를 들어 최재서가 엘리엇에 비판적 태도를 보였다고 평가하는 것은 문제가 있다. 오히려 최재서에게 중요한 것은 '조선적 전통'의 존재 유무보다 서구의 인문주의적 가치를 구현하는 데 적합한 사회적 실재의 존재 유무였다.

평가로 규정한다면, 그 둘의 화해는 충분히 가능할 것이기 때문이다.[29] 하지만 엘리엇과 리드의 화해는 단지 실천적 비평가와 이론적 비평가라는 구분에만 의존하지 않았다. 최재서에게는 엘리엇이 전통적 질서의 습득이 갖는 중요성을 강조한 비평가이고, 리드가 문학적 주체(개성)의 의의와 그 심리 메커니즘에 관해 설명한 비평가라는 사실도 역시 중요했다. 이런 이유에서 최재서는 그 둘을 동시에 수용할 때 작가의 작품 생산 메커니즘에 관한 충분한 해명이 이루어질 수 있다고 믿었다.

최재서는 「비평과 과학」에서 리드의 논의를 문학의 직능, 창작 원리, 비평의 기능 등 세 항목으로 나누어 설명했다. 이를 간단히 정리하면 다음과 같다. 비평의 기능이란 윤리적 가치가 함축된 미적 표준에 의하여 작품의 가치를 판단하는 데 있고, 작품의 창작 원리란 작가가 형식이나 사상의 잠재적 원형(이미지)을 정확하게 표현할 수 있는 말을 발견하는 데 있으며, 문학의 기능은 원형적 이미지 또는 본능적 감정과 외부 세계의 현실 구조를 생명의 통일적 흐름 속에 용해시키는 데 있다는 것이다. 리드의 논의에서 최재서가 특히 주목한 점은 문학적 주체의 작품 생산 메커니즘에 관한 것, 즉 개성과 성격으로 구분되어 있는 작가의 심리가 종합됨으로써 문학 작품이 만들어진다는 생각이었다. 작가의 심리는 '심적 조직의 내면적 통일'을 의미하는 개성과, '심적 조직이 어떤 외부적 이상에 맞도록 제한되고 고정된 것' 혹은 '개성의 비개성적 측면'을 의미하는 성격으로 구성되는데, 문학 작품을 생산하기 위해서는 작가의 심리 내부에서 그 둘의 종합이 이루어져야 했다. 그리고 개성과 성격의 종합이 이루어질 때 예술은 원시적 이미지나 본능적 감정에서 유래하는 것과 외부 세계의 현실 기구에서 유래하는 것을 "생명의

---

29 최재서, 「비평과 과학」(『조선일보』, 1934.8.31~9.7), 『평론집』, 69쪽.

통일적 흐름" 속에서 용해하는 행위, 즉 "보편적 호소력을 가진 환상"을 만들어내는 행위가 될 수 있었다.[30]

개성과 성격은 상반된 기능을 수행하는 인간 심리의 두 부분이므로 그 둘의 직접적 종합이란 쉽게 성취될 수 없다. 작가의 심리에서 개성과 성격의 종합이 이루어지기 위해서는 그 둘을 매개할 수 있는 요소가 필요한 것이다. 이 문제에 대해 리드가 제시한 해결책은 바로 모럴의 습득이었다. 리드에게 모럴이란 "지성에 의한 가치의 직관적 파악"[31]을 의미하는 것으로서, 작가가 외부의 윤리나 외재적 가치 또는 '그 시대의 가장 좋은 사상'을 흡수할 때 형성될 수 있다. 따라서 작가가 모럴을 습득하는 것은 주체와 객체, 감성과 지성, 정서와 사상, 그리고 무엇보다도 개성과 성격의 종합을 성취하는 것과 동일한 의미를 갖게 된다. 다만 여기서 간과해서는 안 될 것은 모럴 개념이 비록 외재적 가치를 전제하기는 하지만, 리드가 흄이나 엘리엇처럼 외부의 절대적 가치(전통적 질서)에 대한 개성의 종속을 주장하지는 않았다는 사실이다. 오히려 리드는 가치의 외재성보다 그것을 체득하는 모럴 에이전트로서의 개위에게 더 큰 중요성을 부여했다. 외부의 사상(가치)이 감성에 의해서 시험에 부쳐지고 감성이 사상과의 관련성 속에서 합리화될 때, 즉 '사상의 정서적 이해'와 '가치의 직관적 파악'이 동시에 이루어질 때 작가의 모럴은 형성되고 가치 있는 문학 작품은 생산된다는 것이다.

최재서는 기본적으로 작가의 심리에 관한 리드의 설명을 수용했지만, 적어도 두 가지 점에서는 리드의 논의에 의문을 품고 있었다. 우선 리드는 모럴의 중요성을 강조하면서 모럴에의 지향을 표명했지만, 모럴의 내용물에 관해서는 아무런 설명도 제공해 주지 않는다는 것이다.

---

30 위의 글, 75쪽.
31 최재서, 「비평과 모럴의 문제」, 『평론집』, 22쪽.

최재서가 볼 때, 리드는 외재적 가치나 당대의 사상을 습득해야 한다고 주장하기만 할 뿐 외재적 가치나 당대의 사상이 의미하는 바를 구체적으로 설명하지는 않았다. 다음으로 리드는 "현대에 있어서 모럴론이 왕성한 것은 모럴리티가 없기 때문"[32]이라는 사실을 인식하지 못했다는 것이다. 리드가 아무리 외재적 가치의 중요성을 언급하고 작가들에게 모럴의 습득을 요구한다고 하더라도, 현대 사회에 외재적 가치가 실재하지 않는다면 그의 주장은 아무런 설득력도 얻을 수 없다. 그래서 최재서는 리드와 달리 현대를 "모럴리티가 없이 모럴에의 지향만이 있고, 도덕적 주제가 없이 도덕적 감정만이 충만한 시대"[33]로 표현하기도 했다. 현대란 작가가 모럴을 가지지 못한 시대이자 문학 작품을 통해서 가치를 구현하기 힘든 시대였다.

이제 모든 문제는 현대 사회에 적합한 가치란 무엇인지, 그리고 작가는 어떻게 보편적 가치를 습득할 수 있고 또 표현할 수 있는지에 관한 것으로 수렴된다.[34] 엘리엇의 전통 논의에 영향을 받은 최재서의 입장에서 보자면, 어떤 보편적 가치도 실재하지 않는 현대 사회에서 작가가 의존할 수 있는 것은 전통밖에 없다. 전통이란 고전들의 "전체적 질서"라

---

32 위의 글, 23쪽.
33 위의 글, 26쪽.
34 최재서에게 모럴의 탐구는 현대문학의 원리에 대한 탐구이자 현대인의 생활을 통제할 수 있는 원리에 대한 탐구이기도 했다.
"통제는 현대인이 면치 못할 중대한 일 과제이다. 물론 최후까지라도 모든 형식의 통제를 벗어나려고 하는 개인 작가군이 있을 것은 예상된다. 그러나 통제가 결국 우리의 복종치 않을 수 없는 생활 형태임을 깨달을 때 우리는 한결같이 자기의 고유적 개성을 주장하는 것보다는 도리어 우리가 발견할 수 있는 최타당한 통제 원리를 탐색하는 것이 현명할 것이다. 중대한 일은 통제의 여부가 아니라 통제 원리이다. 통제는 현대가 피할 수 없는 운명일 뿐만 아니라 오히려 스스로 희망하는 생활 형태인가 한다. 대전의 경험이 비교적 희박한 우리들은 구라파 각국의 청년들과 마찬가지 정도로 통제의 필요를 느낄달 수는 없어도 과거에 십년 내지 이십년의 낭만적 생활을 해온 인사로선 이 필요를 역시 느낄 것이다. 현대의 고민은 결국 개인이나 국가의 낭만적 확대주의의 결과인 이상 대전의 직접 경험이 있거나 없거나 집중적 통제의 필요는 매한가지로 느낄 것이다. 이리하여 문제는 어떠한 원리로써 우리는 우리의 생활과 문학을 통제할까 함이다."(「시대적 통제와 예지」, 『조선일보』, 1935.8.25)

는 점에서 개별성을 초월해 있고 "인간 예지의 최고 표시"라는 점에서 보편성을 함축하고 있기 때문이다.[35] 최재서는 전통을 '고전들의 모방과 비평과 종합의 모든 관계를 통하여 파악할 수 있는 통일적 정신'으로 이해했는데, 이는 그가 조선의 작가들에게 교양('한 문학을 지배하고 있는 통일적 정신을 점차로 체득하여 가는 과정')의 중요성을 계속해서 강조하게 되는 이유가 되었다.[36] 가치 있는 문학 작품이 모럴의 습득을 통해서 가능한 일이라면, 현대 작가의 긴급한 과제는 교양을 통해서 모럴을 습득하는 일일 수밖에 없다. 결국 작가의 모럴 문제는 교양의 형성 문제, 말하자면 고전적 전통에 내재하는 가치의 습득 문제가 된다.

교양의 문제와 관련해서 주목해야 할 것은 신인문주의에 대한 최재서의 긍정적 평가다. 최재서는 고전적 작품들에 내재하는 가치란 인문주의적인 것이고, 현대 작가들은 인문주의적 전통에 의해 훈련될 필요가 있다고 보았다. 그러나 그가 "인간의 존귀성을 의식하고 또 그것을 주장하려는 인간적 태도"[37]로서 규정한 인문주의는, 흄이 비판했던 19세기 인문주의와는 전혀 다른 것이었다. 오히려 최재서는 흄, 엘리엇, 배빗 등을 모두 신인문주의의 범주 안에 넣은 뒤 낭만적 자유주의에 대한 철저한 저항이 그들의 공통된 특징이라고 주장했다. 그들은 19세기의 진보란 물질적 진보에 불과할 뿐 정신생활에서는 오히려 퇴보를 가져왔고, 인간의 진보를 위해서는 개성의 자유가 아니라 오히려 개성의 통제가 필요함을 역설했다는 것이다.[38] 그와 동시에 최재서는 신인문주의자들이 인간의 존귀함을 나타내는 증거로서 합리적 정신을 내세웠다는 데 특히 주목했다.[39] 인간성과 신성을 혼동했던 낭만주의적 인

---

35 최재서, 「고전 연구의 역사성 – 전통의 전체적 질서를 위하여」, 『조선일보』, 1938.6.10.
36 최재서, 「취미론」(『조선일보』, 1938.1.8~1.13), 『평론집』, 137~140쪽.
37 최재서, 「지성・모럴・가치」, 『비판』, 1939.3, 84쪽.
38 최재서, 「자유주의 몰락과 영문학」, 『조선일보』, 1935.5.19.

문주의와 달리 신인문주의는 인간을 인간성 그 자체로서 규정하고자 했는데, 여기서 인간성이란 전통(보편적 가치)의 수용과 재구성에서 개인의 능동적 태도를 전제하는 합리적 정신과 동일한 것으로 간주되었다. 그로 인해 신인문주의자들은 내적으로 '인간적 가치의 의식'을 강조하면서도 외적으로는 '지성 옹호의 자세'[40]를 취하게 되었다.

최재서에게 작가의 교양이란 고전적 작품들을 통한 인문주의적 가치와 합리적 정신의 습득을 의미했다. 여기서 인문주의적 가치가 현대 사회에서 요구되는 모럴의 내용을 가리켰다면, 합리적 정신은 인문주의적 가치의 습득 및 표현 방법을 의미했다. 이와 같은 이해 위에서 최재서는 "교양인의 취미엔 인류 체험의 총결산인 예지가 들어있다"[41]고 단언하면서, 작가란 전통에 의해서 교양되지 않는다면 어떤 가치 있는 작품도 생산해낼 수 없다고 주장했다. 그렇지만 문학 작품 생산에서 인문주의적 가치 혹은 인간의 존귀성에 관한 작가의 의식이 갖는 중요성과는 별개로, 인문주의적 가치에 관한 의식이 사회적 실재에 의해서 뒷받침되지 않는다면 작가의 교양은 낭만적 센티멘탈리즘으로 귀결될 위험이 있다. 문학이란 일차적으로 주관적 정서나 감정의 표현이 아니라 사회적 실재에 대한 객관적 관찰이었기 때문에, 어떤 훌륭한 가치도 외재적 실재에 부합하지 않는다면 결코 보편성을 얻을 수 없다. 최재서가 인문주의적 가치 그 자체보다 그것을 습득하고 표현하는 합리적 정신, 즉 지성을 강조한 이유는 바로 여기에 있다. 그는 지성의 비판 능력이 센티멘탈리즘에 대한 거부와 사회적 실재의 파악을 가능하게 하고,

---

39 최재서, 「지성·모럴·가치」, 『비판』, 84쪽.

40 이와 동일한 맥락에서 최재서는 1935년 지적협력 국제회의의 목적이 "지성의 옹호", 즉 '인간의 정신적 가치'의 옹호와 '현대의 교양 있는 인간의 지적 도덕적 보전'에 있다고 생각했다(「지성옹호」(『조선일보』, 1937.8.24~8.28), 『평론집』, 165쪽).

41 최재서, 「취미론」, 『평론집』, 140쪽.

지성의 구성 능력이 문학적 재료들을 하나의 작품으로 만들어내는 데 결정적 기여를 할 수 있다고 믿었다.[42]

최재서가 교양 개념을 통해서 말하고 싶었던 것은 궁극적으로 작가들의 지적 능력 고양이었다. 이와 관련해서 "오늘날 작가는 무엇보다도 지성을 가질 것이 요구되어 있다."[43] 라는 문장으로 시작하는 최재서의 글 「문학·작가·지성」(1938)은 시사하는 바가 크다. 이 글에서 최재서는 "조선문학은 과거에 있어 지성을 가졌던 일이 있는가?"[44]라고 물은 뒤, 신경향파 문학과 카프 계열 문학이 지적 외모를 갖추고 합리주의나 비평 정신을 견지하려고 했음에도 불구하고 각각 센티멘탈리즘과 폭력 찬미, 공식주의와 우상숭배로 귀결되었다고 평가함으로써 그 물음에 대해 부정적으로 대답했다. 그리고는 정지용과 이태준에 대해, '조선적 정서와 순수한 조선의 예술화'에 성공했음에도 불구하고 "지성의 빈곤"[45]을 보여줄 뿐이라는 점을 들어 부정적으로 평가했다. 정지용의 경우 현대성에 도달하는 대신 카톨리시즘에 빠져버렸다는 것, 이태준의 경우 현대적 문제 대신 동양적 체관에 의존하고자 했다는 것이다. 최재서의 입장에서는 신경향파나 카프 문학뿐만 아니라 정지용이나 이태준도 인문주의적 가치의 인식과 사회적 실재의 지성적 파악에 실패한 사례에 불과했다. 이 글에서 최재서는 결론적으로 '지성은 지력의 문제보다는 오히려 태도의 문제'라고 단언했는데, 이는 작가가 인문주의적 가치를 인식하고 사회적 실재를 주관의 왜곡 없이 파악하기 위해서는 지성에 기반한 객관적 태도가 필요함을 강조한 것이었다. 조선 작가들에게 결여된 것은 지적 태도였고, 이 문제는 오직 '서구적

---

42 최재서, 「지성·모럴·가치」, 『비판』, 84쪽.
43 최재서, 「문학·작가·지성」, 『평론집』, 304쪽.
44 위의 글, 305쪽.
45 위의 글, 306쪽.

의미의 교양을 습득함으로써만 해결될 수 있었다.[46]

　최재서가 조선 작가들에게 서구적 교양의 중요성을 아무리 강조한다고 하더라도, 사회적 실재와 보편적 가치의 불일치 문제는 쉽게 해결될 수 있는 게 아니다. 작가가 고전적 작품들에 의한 교양을 통해서 인문주의적 가치를 습득하고 지성을 고양한다고 하더라도, 또한 작가가 모럴을 습득하고 객관적 태도를 견지한다고 하더라도, 습득된 인문주의적 가치가 사회적 실재에 부합하지 않는다면 묘사된 사회적 실재와 습득된 인문주의적 가치 사이의 불일치는 문학적 표상 자체를 불가능하게 만들 수 있기 때문이다. 최재서는 바로 이 점이 현대 작가의 곤란이라고 주장했지만, 그것은 사실상 최재서의 문학적 사유에 내재하는 곤란이기도 했다. 사회적 실재에 대한 객관적 태도보다 인문주의적 가치의 구현을 더 강조할 경우에는 센티멘탈리즘의 위험이 도사리고 있었고, 인문주의적 가치보다 사회적 실재를 더 강조할 경우에는 무가치한 외부 세계의 맹목적 수용으로 귀결될 가능성이 있었다. 이러한 곤란은 최재서가 소설 장르에 관심을 갖게 된 중요한 이유였다. 소설은 소설가에 의한 대상 세계의 재현을 추구한다는 점에서 인문주의적 가치와 사회적 실재의 통합 문제를 구성의 측면에서 다룰 수 있는 문학 장르였다.

46　위의 글, 311쪽.

2. 현대소설의 생산 조건

최재서는 T.E. 흄, T.S. 엘리엇, 허버트 리드 등 영미 모더니스트들의 논의에 의거해서 비평 활동을 전개했다. 앞 장에서 살펴보았듯이, 사회적 실재에 대한 객관적 태도라든가 문학 작품 생산에서 모럴과 지성이 수행하는 기능에 관한 최재서의 설명은 기본적으로 그들의 견해에 기초한 것이었다. 그러나 영미 모더니스트들이 시 장르를 중심에 놓고 논의를 전개한 것과 달리 최재서는 소설 장르를 중심에 놓고 비평 활동을 전개했다. 물론 최재서는 「현대시의 생리와 성격」(1936)에서 김기림의 「기상도」를 분석하기도 했고, 「시와 도덕과 생활」(1937)에서는 모윤숙, 임학수, 이용악 등의 작품을 검토하기도 했으며, 「시단전망」(1938)에서는 노천명, 조벽암, 장만영, 이찬, 임화 등의 작품을 통해서 시의 리얼리즘과 인문주의에 관해 논의하기도 했다. 그렇지만 이 시기 최재서의 주요 관심은 소설 장르를 향해 있었다. 비록 1930년대 조선 소설 작품들에서 긍정적 실례를 찾지는 못했지만, 최재서는 소설이 구성상 신재주의와 모럴의 종합을 추구하는 장르라는 신념을 갖고 있었다. 그에게 소설이란 지성을 통해 사회적 실재를 파악하고 표현하는 장르, 즉 보편적 가치 혹은 인문주의적 모럴이 구현된 실재를 재현하는 장르였다.

임화가 1930년대 소설 작품들에 문제를 제기하면서 19세기 리얼리즘 소설의 성격 중심 플롯을 일종의 대안으로 제시했다면, 최재서는 그와 같은 개인주의적 플롯이 이미 무용지물이 되어버렸다는 판단 아래에서 사유를 전개해 나갔다. 최재서는 소설의 과제를 사회적 실재의 파악에 두었다는 점에서 임화와 큰 이견을 보이지는 않았지만, 사회적 실재나 그것을 재현하는 방법으로서의 리얼리즘에 관한 이해에서는 그와 전혀 다른 생각을 갖고 있었다. 최재서의 시각에서 보자면, 임화가 말하는 '역사'란 작가의 주관적 상상물이나 허위적 이데올로기에 불과했다. 이와 마찬가지로 본격소설의 요구, 즉 역사의 관점에서 일상적 경험 사실들을 재구성해야 한다는 요구 역시 19세기 낭만주의의 유산에 불과한 것으로서 현대문학에 적합하지 않았다. 오히려 현대 작가들은 리얼리즘 개념을 실재주의로 이해하면서 보편적 가치를 습득하는 데 더 관심을 가져야 했다. 현대 사회에 보편적 가치가 부재한다면, 그리고 그 부재가 낭만주의의 결과라는 게 증명되었다면, 현대 작가들은 객관적 태도를 견지하고 인문주의적 모럴을 습득함으로써 탈주관적인 보편적 실재를 재현하기 위해 노력해야 했다. 최재서가 볼 때 현대소설의 과제와 의의는 바로 여기에 있었다.

1) 소설가의 태도 – 형식적 리얼리즘

최재서는 리얼리즘과 모럴의 개념을 통해서 소설 장르를 이해했다. 신고전주의적 문학 이해에 따르면 리얼리즘과 모럴이란 비단 소설뿐만 아니라 시나 드라마 등 현대문학 일반에 공통되게 요구되는 요소들이라고 할 수 있다. 현대 사회의 문제를 보편적 가치의 부재에서 찾을 경우 모럴의 습득이란 사실상 장르의 특수성을 떠나 문학의 중심 문제가 될 수밖에 없기 때문이다. "현대에 있어 도덕적 권위를 세울 수 없는 것은 명백한 사실"이므로 "예술적 자각을 가진 작가이면 도덕에의 지향만은, 즉 모럴만은 가져야 했다.[47] 그런데 리얼리즘의 경우에는 사정

---

47 최재서, 「작가와 모럴의 문제」(『삼천리문학』, 1938. 1), 『문지』, 269쪽.

이 좀 달랐다. 최재서는 리얼리즘을 "인생을 여실하게 그리려는 정신"으로 규정한 뒤 "산문정신"이나 "진실성"과 동일시했다.[48] 리얼리즘을 시나 드라마와 구별되는 서사문학(서사시와 장편소설)의 고유한 속성으로 이해한 것이다. 리얼리즘과 모럴에 관한 이와 같은 이해에 입각해서 최재서는 소설을 다른 장르들처럼 보편적 가치를 추구하기는 하지만 다른 장르들과 달리 사회적 실재에 대한 객관적 태도를 고수하는 장르로 여겼다.

최재서는 리얼리즘을 작가의 기본적 태도로 간주했지만, 리얼리즘을 구현하는 데 적합한 장르란 바로 서사시의 후예인 소설이라고 생각했다. 이러한 생각에는 소설과 서정시, 서사시와 드라마의 대조가 중요한 역할을 했다. 우선 최재서는 서정시가 소설과 마찬가지로 사회적 실재를 다룰 수 있는 장르라는 점을 부인하지 않았고, 19세기 초 시작법으로 제출된 낭만주의 리얼리즘이 그와 같은 점을 보여주는 대표적 사례라는 것 역시 인정했다. 하지만 시의 리얼리즘이란 의도나 희망으로서만 성립할 수 있을 뿐 결코 문학적 전통이 될 수는 없다는 게 그의 기본적인 입장이었다. 소설이 사회적 실재에 대한 객관적 태도 위에서 그에 대한 관찰과 묘사에 충실하려고 하는 데 비해, 서정시란 세밀한 자연 묘사와 솔직한 감정 표현을 결합하려고 할 경우 트리비얼리즘에 그치게 된다고 보았기 때문이다.[49] 다음으로 최재서는 서사시와 드라마

---

48 최재서, 「구라파 현대소설의 이념」 1, 『비판』, 1939.6, 68쪽.
49 최재서, 「시단전망」(『조선일보』, 1938.3.10~3.15), 『평론집』, 436쪽.
  최재서의 논의에서 서정시에 대한 불만은 서사시에 대한 요구로 이어졌다. 리얼리즘이 모든 문학에 요구되는 속성이고, 문학적 진실성이란 오로지 리얼리즘에 의해서만 획득 가능한 것이라면, 서정시는 서사시로의 형질변환을 꾀하지 않으면 안 되었다. 이 점에서 "서정시에서 나온 시인은 서사시에로의 시원한 길을 볼 것이다. 이리하여 서사시에로의 전개는 모든 현대 시인이 품고 있는 명백한 희원"(「시와 도덕과 생활」, 『평론집』, 421쪽)이라는 최재서의 언급은 결코 일회적인 것이 아니었다.

의 엄격한 구분 위에서 서사 문학의 우월성을 주장했다. 드라마가 인간 체험의 일부를 보여줌으로써 부분적 진실성을 추구하는 장르라면, 서사시는 '비극 이전, 이후, 혹은 그와 동시에 생겨나는 모든 일'까지 제시함으로써 보편적 실재에 도달하고자 하는 장르라는 것이다.[50] 이와 같은 보편적 실재에의 접근 가능성은 최재서가 소설(장편소설)과 단편소설을 구분하는 성질이 되기도 했다. 그에 따르면 인생의 일면을 통해서 단일한 관념과 단일한 효과를 노리는 단편소설은 결코 '소설'의 범주에 포함될 수 없었다.[51] 따라서 서사시의 장르적 잠재력(보편적 실재의 파악 능력)을 물려받은 소설이야말로 서사시가 사라진 시대에 가장 유력한 문학 장르가 될 수 있었다. 소설이란 무엇보다도 "정신과 육체를 포함한 전 생활을 취급한다는 데에서 리얼리즘의 전통"[52]을 세운 장르였다.

최재서가 「『천변풍경』과 「날개」에 관하여」(『조선일보』, 1936.10.31~11. 7)에서 박태원과 이상의 작품들을 다룰 때 사용한 중심 범주는 '리얼리즘'이었다. 『천변풍경』이 '도회의 일각에 움직이고 있는 세태 인정'을 그린 데 반해 「날개」는 '고도로 지식화한 소피스트의 주관 세계'를 그렸지만, 그 둘 사이에는 관찰의 태도("그들은 될 수 있는대로 주관을 떠나서 대상을 보려고 하였다")[53]와 묘사의 수법에서 공통점이 있다는 것이다. 최재서에 따르면 박태원은 객관적 태도로써 객관을 관찰·묘사했고 이상은 객관적 태도로써 주관을 관찰·묘사했는데, 이는 현대 세계문학의 두 경향인 '리얼리즘의 확대'와 '리얼리즘의 심화'를 보여주는 대표적 사례였다. 소설가에게는 주관적 세계와 객관적 세계 사이에 아무런 가치론적 위계가 존재하지 않으며, 주관적 세계든 객관적 세계든 그에 대한

---

50 최재서, 「단상」, 『비판』, 1938.11, 82~83쪽.
51 최재서, 「장편소설과 단편소설」(『동아일보』, 1939.3.9~3.10), 『평론집』, 336~337쪽.
52 최재서, 「소설과 민중」, 『평론집』, 383쪽.
53 최재서, 「『천변풍경』과 「날개」에 관하여」, 『평론집』, 312쪽.

'진실한 관찰'과 '정확한 표현'만이 중요할 뿐이었다. 그러므로 현대인의 의식이 분열 상태에 있다면, 작가는 이상의 「날개」처럼 분열 상태를 객관적 태도로써 진실하게 관찰하고 정확하게 묘사해야 하는 것이다.[54] 이 점에서 『천변풍경』과 「날개」는 1930년대 조선 작가들에게 리얼리즘에 관한 새로운 성찰을 가능하게 한 중요한 작품들이었다.

1930년대 조선에서 '리얼리즘' 개념은 사회주의 계열 비평가들의 전유물이나 다름없었다. 이는 변증법적 리얼리즘, 프롤레타리아 리얼리즘, 사회주의 리얼리즘 등 리얼리즘 개념을 두고 전개된 1920~1930년대 문학 논쟁들을 보면 쉽게 확인할 수 있다. 물론 당시 리얼리즘 논쟁에는 양주동이나 염상섭 같은 민족주의자들뿐만 아니라 박영희나 백철처럼 1930년대 중반 이후 노골적인 사상 전향을 감행한 비평가들도 참여했다. 하지만 1920~1930년대 리얼리즘 논쟁에서 주도적 역할을한 비평가들은 김기진, 임화, 김남천, 안함광, 한효 같은 사회주의자들이었다. 이들은 일정한 견해 차이에도 불구하고, 문학이 민족해방과 계급혁명에 기여해야 하며 이를 위해 현실을 사회적·역사적 총체성 속에서 재현해야 한다는 생각(리얼리즘)에 기본적으로 동의했다.[55] 이렇게 볼 때 『천변풍경』과 「날개」에 관한 최재서의 설명을 두고 한효가 "요절할 넌센스"[56]라고 비난한 것은 당시 사회주의 비평가들에게 당연한 일이었다. 이런 사정은 "이상 씨의 순수한 심리주의를 리얼리즘의심화, 박태원 씨의 파노라마적 트리비얼리즘을 리얼리즘의 확대라, 선양(宣揚)하든 것과 같은 리얼리즘론이 대도를 활보하지 않는가?"[57]라는

---

54 위의 글, 314~315쪽.
55 1920~1930년대 리얼리즘 논쟁에 관해서는 김윤식, 『한국 근대문예비평사 연구』, 일지사, 1976, 41~106쪽; 최유찬, 「1930년대 한국리얼리즘론 연구」, 이선영 외, 『한국 근대문예비평사 연구』, 세계, 1989, 319~452쪽; 김영민, 『한국문학비평논쟁사』, 한길사, 1992, 349~430쪽 참조.
56 한효, 「창작방법론의 신방향」, 『동아일보』, 1937.9.23.

임화의 한탄에도 잘 드러나 있다. 임화에게 『천변풍경』과 「날개」는 일상적 경험 세계에 관한 역사적 이해를 결여하고 있다는 점에서 소설 형식의 와해를 보여주는 대표적 사례였고, 본격소설의 형식에 의해서 반드시 극복되어야 할 대상이었다.

1930년대 중반 사회주의자들의 리얼리즘은, 최재서의 입장에서 보자면 단순한 센티멘탈 리얼리즘에 불과했다. 그들이 아무리 역사의 발전 법칙과 그에 입각한 미래의 전망을 주장한다고 하더라도, "인생의 추악과 전율을 실재 이상으로 과장하고 수나 난 듯이 떠들어내는 리얼리즘"[58]은 사회적 실재에 대한 객관적 태도를 결여하고 있다는 점에서 낭만주의와 크게 다르지 않았다. 사회주의 리얼리스트들은 미래 사회와 현재 사회의 대조 위에서 미래 사회에 대한 건설적 태도와 현재 사회에 대한 부정적 태도를 견지했는데, 이는 궁극적으로 사회적 실재의 일부를 주관적으로 왜곡하거나 묵살하는 데로 귀결될 수밖에 없다는 것이다.[59] 최재서에게 소설의 리얼리즘이란 작가가 미래와 관련한 주관적 전망을 배제하고 사회적 실재에 대한 객관적 태도를 유지할 경우에만 성취될 수 있었다. 이러한 최재서의 리얼리즘 이해는 어떤 주관적 신념이나 이데올로기도 배제한다는 점에서, 또한 문학적 대상에 대한 작가의 객관적 태도만을 강조한다는 점에서 당시 사회주의자들의 리얼리즘과 구분해서 '형식적 리얼리즘'[60]으로 명명될 필요가 있다. 현대

---

57   임화, 「사실주의의 재인식」, 『논리』, 73쪽.
58   최재서, 「센티멘탈리즘」, 『평론집』, 183쪽.
59   최재서, 「풍자문학론」, 『평론집』, 189~190쪽.
60   이안 와트, 강유나 외역, 『소설의 발생』, 문학동네, 2005, 47쪽.
      이안 와트에게 소설의 '형식적 리얼리즘'은 실재를 사실적으로 재현할 수 있게 해주는 일종의 관습이었다. 이 관습이란 "소설이 인간 경험에 대한 완전하고 진솔한 보고서이며, 따라서 관련 등장인물들의 개인적 면모나 사건이 일어난 시간과 공간의 자초지종 같은 이야기의 상세 설명, 즉 다른 문학 형식에서보다 훨씬 더 지시적인 언어의 용법을 통해 제시되는 상세 설명을 통해 독자를 만족시켜야 할 의무를 가지고 있음을 뜻하는 것이었다."(46쪽)

소설가는 어떤 정치 이데올로기나 신념에도 구속되어서는 안 되며, 형식적 리얼리즘 위에서 사회적 실재를 오로지 객관적 태도로써 제시하는 데만 관심을 기울여야 했다.

최재서는 「『천변풍경』과 「날개」에 관하여」에서 카메라의 비유를 통해 소설의 리얼리즘에 관한 설명을 제시하기도 했다. 소설에서 중요한 것은 재료가 아니라 '보는 눈'이고, 실재를 '주관의 막을 가린 눈'으로 보느냐 아니면 '아무 막도 없는 맑은 눈'으로 보느냐에 따라 작품의 성격이 결정되므로 소설가는 '카메라적 존재'가 되어야 한다는 것이 그 내용이었다.[61] 여기서 최재서는 카메라를 전적으로 객관적인 매체로 간주한 뒤 논의를 전개했다. 카메라는 스스로 생각하거나 느끼는 매체가 아니라 물리적 실재에 관한 객관적 정보를 제공해주는 매체라는 것이다. 그러나 카메라는 최재서의 생각처럼 순전히 객관적인 매체가 아니다. 카메라를 통해 만들어진 이미지들의 나열이란 일정한 시점을 전제하지 않는 이상 성립할 수 없다는 점에서, 카메라는 또한 주관적 매체이기도 하다.[62] 이는 카메라의 인식론에 내재하는 근본적 역설이기도 한데, 관찰자가 시각적 경험 앞에 아무런 생각 없이 서있는다고 하더라도 그 시각적 경험이란 '그의' 경험일 수밖에 없기 때문이다.[63] 카메라가 관찰자의 시야를 분해해서 연속적인 장면으로 배열한다고 하더라도, 즉 시각의 파편들을 아무런 논리성 없이 불연속적 시퀀스 안에 배열한다고 하더라도, 그것이 매체의 객관성을 보증해주지는 못한다. 오히려 시각적 파편들의 비논리적 배열에는 대상을 총체적으로 이해할 수 없게 되었

___

와트는 소설의 형식적 리얼리즘이란 어떤 정치 이데올로기나 신념도 전제하지 않는다는 점에서 다른 문학 장르들보다 '시공간적 환경에 놓인 개인의 경험'을 더욱 즉각적으로 모방할 수 있다고 보았다.

61 최재서, 「『천변풍경』과 「날개」에 관하여」, 『평론집』, 314쪽.
62 앨런 스피겔, 박유희·김종수 역, 『소설과 카메라의 눈』, 르네상스, 2005, 90쪽.
63 위의 책, 149쪽.

다는 이미지의 존재론,[64] 말하자면 "보이는 파편의(불완전하기 때문에 알 수 없는) 불가지성"[65]이라는 관찰자의 '관념'이 전제되어 있다.[66]

카메라를 통해서 파편화된 이미지들이 불연속적으로 배열되는 듯이 보일지라도, 그 이미지들은 이미 카메라 감독의 주체성에 의해 그렇게 보이도록 통제되어 있다. 그러므로 형식적 리얼리즘, 즉 사회적 실재에 대한 객관적 태도를 주장하는 것만으로는 소설 쓰기의 문제에 관한 충분한 해법이 될 수 없다. 무엇보다도 소설 쓰기에 적합한 카메라 감독 (소설가)이란 과연 어떠한 존재인지, 다시 말해 소설가의 주체성이란 어떤 성질을 갖추어야 하는지에 관해서도 충분히 설명하지 않으면 안 된다. 지금까지의 논의에 따르자면, 소설가의 주체성은 사회주의자들처럼 특정한 역사적 전망을 통해서 사회적 실재를 왜곡하려고 해서는 안 된다. 그렇지만 그는 또한 시각에 의해 관찰된 파편적 이미지들을 일관성 있게 배열할 수 있어야 한다. 소설가의 주체성은 객관적 태도를 유지하면서도 경험적 사실들에 대한 통제력 역시 갖추어야 한다는 모순적 요구에 부응해야 하는 것이다. 최재서는 이러한 모순이 작가의 모럴에 관한 이해를 통해서 해소될 수 있다고 믿었다

---

64 위의 책, 90쪽.

65 위의 책, 145쪽.

66 카메라의 인식론에 내재하는 역설은 물론 최재서의 리얼리즘론에 내재하는 역설이기도 하다. 이와 관련해서 권일경은 「1930년대 모더니즘 소설의 실재관(實在觀)과 '재현(再現)' 개념에 관한 고찰」,『관악어문연구』제21집, 1996)에서 최재서의 리얼리즘론에 내재하는 역설에 관해 '주관세계나 객관세계는 작가의 능력이나 태도 여하에 따라서는 모두 객관적인 것'인 동시에 '주관세계나 객관세계는 모두 주관적인 것'이기도 하다고 설명했다. 몰개성화의 수준에 다다른 작가의 태도만 보장된다면 주관세계나 객관세계 모두 객관적으로 그려질 수 있으며, 주관세계나 객관세계 모두 어차피 의식 속에 표상된 것으로서만 존재한다는 인식론적 함의에 따르자면 결국 주관적일 수밖에 없기 때문이다. 최재서는 흄의 '불연속적 실재관'에 의존했기 때문에 "초월 불가능한 인식론적 단절을 인정하는 가운데에서의 '실재'"를 설정할 수밖에 없었다(105~106쪽).

2) 소설가의 모럴과 작품의 주제

최재서는 소설가란 카메라적 존재에 그쳐서는 안 되며 카메라의 감독이 되어야 한다고 생각했다. 카메라가 주관적이면서도 객관적인 매체인 것처럼, 소설 장르 역시 시각적 파편들을 나열하는 동시에 보편적 가치를 구현할 수 있어야 했다. 최재서가 이상의 「날개」에 관해 '분쇄된 개성의 파편을 질서 있게 카메라 안에 집어 넣었다'고 평가하고 박태원의 『천변풍경』에 관해 '인물이 움직이는 대로 카메라를 회전하고 이동함으로써 선명하고 다각적인 도회 묘사에 성공했다'고 평가했음에도 불구하고, 그 두 작품에 대해 '높은 예술적 기품을 결여했다'는 비판을 가한 것은 이상과 박태원이 카메라 감독의 역할을 적절히 수행하지 못했다는 판단에 기인했다. 소설가는 카메라의 객관성에 의존해야 하지만, 그와 동시에 카메라의 주관성을 통제할 수 있어야 했다. 최재서는 물론 소설가에게 '막을 가리지 않은 맑은 눈'을 요구했지만, 카메라의 장면 이동이나 촬영된 시각적 파편들의 배열이 작가의 개성(주관)에 의해 결정될 수밖에 없다는 점 또한 잘 알고 있었다.[67] 소설이란 사회적 실재에 대한 객관적 태도와 더불어, 그것을 통제할 수 있는 소설가의 개성(주체성) 역시 강하게 요구하는 장르였다.

최재서의 논의에서 작가의 개성을 구성하는 핵심 요소는 바로 모럴이었다. 여기서 모럴이란 "묘사의 모든 디테일(세부)을 뚫고 나가는 통일적 의식"[68]이자 "시종일관한 인생관"[69]을 의미했다. 그 때문에 특정 작품에서 통일성 부재나 예술적 기품 결여를 언급하는 것은 사실상 소

---

67 최재서, 「『천변풍경』과 「날개」에 관하여」, 『평론집』, 314쪽.
68 위의 글, 316쪽.
69 위의 글, 323쪽.

설가의 모럴 결여를 지적하는 것과 전혀 다르지 않았다. 만약 소설가가 시각적 파편들이나 개별 장면들을 연결하기 위해 모럴이 아닌 형식적 기법에 의존한다면, 그의 작품은 구성상 결함을 노출할 수밖에 없다. 소설가가 시각적 파편들이나 개별 장면들을 흥미 위주의 플롯이나 기술적 장치에 의해서 통합하려고 한다면, 그 파편들이나 장면들의 의미가 전혀 해석되지 못한 채 남게 되어 외관상 완결된 것처럼 보이는 한 편의 작품은 이질적 조각들의 단순한 혼합물이 될 수밖에 없다. 최재서에게 작가의 모럴이 갖는 중요성은 일차적으로 문학 작품에 보편적 가치를 부여한다는 데 있었지만, 소설 작품 구성과 관련해서 보자면 작품의 내적 통일성을 가능하게 한다는 데도 있었다. 이 점에서 "명일의 도덕 건설을 위한 지성의 진보와 지적 양심의 완성"[70]은 현대소설가에게 가장 중요한 과제였다.

　작가의 모럴 문제와 관련해서 주목해야 할 것은, 모럴이 소설 작품에서 직접적인 방식으로 표현되어서는 안 된다는 사실이다. 물론 작가는 등장인물의 입을 통해서 혹은 해설자적 논평을 통해서 자신의 신념이나 사상을 작품 속에 드러낼 수 있다. 하지만 그것은 최재서에게 바람직한 모럴의 표현 방식이 아니었다. 소설 작품에서 작가의 모럴은 '주제'를 통해서 표현되어야 했다. 문학 작품에서 주제란 "한 작품에다 이야기 줄거리를 주고 관찰의 초점을 주고 등등뿐만 아니라 실로 작가로 하여금 창작을 지속시키고 작가적 존재를 가능케 하는 근본적 원리"[71]였기 때문이다. 이렇게 볼 때, '현대 생활과 문학에 주제가 결여되어 있다'[72]는 최재서의 주장은 현대 생활과 문학에 모럴이 결여되어 있다는

70　최재서, 「작가와 모럴의 문제」, 『문지』, 269쪽.
71　최재서, 「현대소설과 주제」, 『문장』, 1939.11, 152쪽.
72　위의 글, 153쪽.

진단과 전혀 다르지 않았다. 토마셰프스키도 언급했던 것처럼, 주제란 무엇보다도 "작품에 나타나는 개별적 요소들이 갖는 의미의 통일체"[73]로서, 언어구조가 한 편의 작품이 되고자 할 경우 작품 속에 반드시 존재해야 하는 요소였다. 소설의 형식적 리얼리즘은 시간적 순서나 인과 관계에 따른 개별 사건들의 상관적 전체성(파불라)를 제공해줄 수 있겠지만, 이 전체는 오직 통일된 주제(작가의 모럴)를 중심으로 재구성(슈제뜨)됨으로써만 "예술적 구조"[74]를 갖출 수 있다.

카메라를 통해 관찰된 시각적 파편들이나 개별 장면들을 작가의 모럴에 의해서, 즉 통일된 주제에 의해서 재구성해야 한다는 생각은 사실상 임화의 본격소설 구상과도 상통하는 면이 있다. 임화의 세태소설 비판에서 핵심은 경험적 사실들의 단순 나열에는 아무런 예술적 가치도 없다는 것, 예술적 가치란 오직 경험적 사실들을 역사의 관점에서 일관성 있게 재구성할 때만 획득될 수 있다는 것이기 때문이다. 그렇지만 이 문제와 관련해서 임화와 최재서의 입장 사이에는 봉합할 수 없는 차이가 있다. 임화가 일상적 경험 사실들보다 역사의 논리에 더 큰 중요성을 부여했다면, 최재서는 임화 식으로 표현하자면 보편적 가치의 구현과는 별개로 일상적 경험 사실들을 그 자체로서 제시하는 일이 중요하다고 보았기 때문이다. 최재서에게 모럴이나 주제는 결코 임화가 말하는 역사의 논리처럼 경험적 사실들에 내재하는 법칙을 의미하는 게 아니었다. 오히려 그것은 인문주의적 모럴로서 사회적 실재에 보편적으로 내재하는 가치였고, 시간과 공간을 초월해서 모든 문학 작품에 공통되게 실재하는 가치였다.

---

73 보리스 또마셰프스끼, 「테마론」, 야꼽슨 외, 조주관 역, 『러시아 현대비평이론』, 민음사, 1993, 148~149쪽.
74 위의 글, 156~157쪽.

최재서에게 일상생활과 예술은 절대적으로 상이한 영역이 아니었다. 물론 예술 작품의 세계는 '예술가의 고차한 질서'에 의해 통일된 세계로서 일상생활과 구분될 수 있다. 예술가는 객관적 태도를 통해서 일상생활의 세계를 정확하게 관찰하면서도 모럴을 통해서 관찰된 개별 장면들에 통일성을 부여할 것이기 때문이다. 하지만 최재서에게 관심의 초점은 그 둘의 차이가 아니라 '생활의 예술화'에 있었다. 소설가가 작품 속에서 보여주는 '고차한 질서'란 일상적 경험 세계와 전혀 다른 것이어서는 안 되며, 언제나 일상적 경험 세계의 '긴밀한 질서화'가 되어야 했다.[75] 그리고 그렇게 될 때 비로소 한 편의 소설 작품은 사회적 실재의 정확한 묘사이자 보편적 가치의 담지자가 될 수 있다. 이것이 바로 최재서가 소설 장르를 형식적 리얼리즘과 모럴의 결합, 즉 통일된 주제에 의한 개별 장면들의 재구성으로서 정의했을 때 의도한 바였다. 소설은 객관적 태도로써 관찰된 경험적 실재를 제시해야 할 뿐만 아니라, 보편적 가치를 중심으로 질서가 갖추어진 세계(보편적 실재) 역시 보여주어야 하는 문학 장르였다.

3) 민중과 소설적 성격

소설이란 작가에게 사회적 실재에 대한 객관적 태도와 모럴의 습득을 요구하는 장르였다. 소설가는 주관적 왜곡 없이 사회적 실재를 묘사하고 일관된 주제에 의해서 내적으로 완결된 세계를 만들어내야 하는데, 그럴 때 비로소 보편적 가치가 구현된 작품을 생산해낼 수 있기 때

---

75 최재서, 「생활 · 질서 · 예술」, 『여성』, 1937. 12, 38~39쪽.

문이다. 이와 관련해서 최재서는 소설 장르를 "가장 자유로운 예술"[76]
이라고 표현하기도 했다. 소설은 인간 생활의 모든 것을 담아내고자 하
는 '생활에의 의욕'에만 충실하면 될 뿐 어떤 정해진 형식도 따라야 할
모델도 없다는 게 그 이유였다. 소설은 "언제나 생활의 새 사실을 채택
하기 위하여 자기 자신을 해체하고 재구성할 수 있는 불사신적 체질을
가진 예술"[77]이었다. 그러나 소설 장르가 비록 형식적 자유를 구가한다
고 하더라도, 한 편의 소설 작품이 보편적 실재를 재현하는 데 요구되
는 구성요소는 있었다. 최재서에게 그것은 바로 성격이었다. 소설 작
품에서 성격은 물론 주제와 더불어 작품에 구성적 일관성을 부여하는
요소였지만, 개별 장면들과 사건들에 직접적으로 등장하여 주체를 구
체화한다는 점에서 주제와 상이한 층위에 위치하는 요소였다.

　여기서 최재서가 말하는 성격을 허버트 리드가 작가의 심리를 설명
하기 위해서 언급한 성격과 혼동해서는 안 된다. 앞 장에서 살펴 본 것
처럼, 허버트 리드는 작가의 심리를 '심적 조직의 내면적 통일'을 의미
하는 개성과 '심적 조직이 어떤 외부적 이상에 맞도록 제한되고 고정된
것'을 의미하는 성격으로 구분한 뒤 그 둘의 종합이 바로 작품 생산의
필수 조건이라고 주장했다. 심리적으로 통일되어 있는 작가가 외부의
보편적 가치에 의해 통제될 때 작품은 생산될 수 있다는 것이다. 그와
달리 최재서가 염두에 둔 성격은 리드가 제시한 두 가지 심리, 즉 성격
과 개성의 통일체를 의미했다. 작품 속에서 개성이 외부의 이념(보편적
가치)에 적응하려는 도덕적 의욕과 그 이념에 도달하기 위한 부단한 지
적 통제를 통해서 개성이 고착될 때 비로소 소설적 성격은 형성된다는
것이다.[78] 리드가 작가를 염두에 두고 성격에 관한 논의를 전개했다면,

76　최재서, 「소설과 민중」, 『평론집』, 384쪽.
77　위의 글, 384쪽.

최재서는 소설 속 인물을 설명하기 위해서 성격 개념을 적용한 셈이다. 최재서에게 관심사는 작가 그 자체보다 소설 속 인물에 있었고, 이 인물이 보편적 가치의 담지자가 되도록 하는 데 있었다. 소설적 성격이란 '도덕적 선택'과 '자주적 책임'의 소재, 말하자면 "모럴의 주체"였다.[79]

소설가는 성격을 창조하기 위해서 자신의 이상이나 가치에만 전적으로 의존하려고 해서는 안 된다. 소설가가 주관적 이상이나 가치에만 의존할 경우, 그는 외부 세계에서 그에 상응하는 실재를 발견하지 못한 채 센티멘탈리즘에 빠져버릴 수 있다. 소설가는 물론 성격 형성을 통한 보편적 가치의 구현을 위해 노력해야 하며, 그 때문에 작가의 모럴이 구현된 '모럴의 주체'를 만들어내는 일은 반드시 필요하다. 하지만 이러한 일은 사회적 실재에 대한 객관적 태도(형식적 리얼리즘)가 유지될 경우에만 정당화될 수 있다. 이는 소설가가 보편적 가치의 담지자를 단순히 상상력에 의존해서 만들어내기보다는 주관 외부에서 발견해야 함을 의미한다. 작가의 모럴은 객관적으로 실재하는 보편적 가치에 의존해야 하고, 소설적 성격은 객관적으로 실재하는 사회적 존재에 의존해야 한다.

최재서가 소설 장르의 핵심을 성격 묘사에 둘 때 염두에 둔 것은 바로 부르주아 계급이었다. 예를 들어, 최재서는 「성격에의 의욕」에서 성격이란 "신선하고도 발랄한 생명력을 가진 신흥계급을 대표하여서만, 그리고 그 계급이 역사적으로 적극적인 역할을 하는 한도에서만 가능"하다고 주장한 뒤, 소설 장르를 "이 시민 계급이 그들 자신의 운명을 실현키 위하여 만들어낸 예술"이라고 규정한 바 있다.[80] 또한 「소설과 민

---

78   최재서, 「빌헬름 마이스텔적 성격에의 탐구」, 『동아일보』, 1938.6.7.
79   최재서, 「성격에의 의욕」(『인문평론』, 1939.10), 『평론집』, 294쪽.
80   위의 글, 289쪽.

중」에서는 소설을 "민중에 의하여 또 민중을 위하여 만들어진 예술"이자 "새로이 시민사회를 형성한 민중이 그들 자신의 생활을 반성하고 또 꿈을 실현하기 위하여 만들어진 예술"이라고 정의한 뒤, 소설 장르란 민중(부르주아 계급)에 대한 묘사에서 출발함으로써 '생활'을 전체적으로 포괄하면서도 '보편성'을 획득할 수 있었다고 주장하기도 했다.[81] 18세기 부르주아 계급이 자본주의 사회의 대표 계급으로서 사회에서 주도적 역할을 담당했을 때, 즉 부르주아 계급이 소위 민중의 대변자로서 인문주의적 모럴의 담지자임을 내세웠을 때, 소설은 성격으로서의 부르주아를 묘사함으로써 보편적 가치를 구현하는 데서도 성공할 수 있었다는 것이다.

최재서에게 '성격 탐구'란 소설과 서사시를 위대한 문학으로 만드는 최후의 요건이었다.[82] 그 때문에 현대소설가들은 성격 창조가 어려운 상황에 처해 있을지라도 '성격의 중요성에 대한 신념'을 잃어서는 안 되었다.[83] 사실 이와 같은 성격에 대한 강조는 1930년대 후반 조선문학자들에게 유별난 일이 아니었다. 오히려 이 시기 조선문학자들에게 성격이란 소설 장르의 문제와 관련해서 중심적인 이슈였다. 예컨대, 임화의 경우에도 성격은 소설 구성과 관련해서 핵심적인 요소였다. 물론 그 둘의 소설 논의에서 성격의 의의와 기능은 전혀 달랐다. 임화에게 성격이 경험 세계의 내적 논리를 파헤치기 위한 수단(행위자)에 불과했다면, 최재서에게 성격은 보편적 가치(인문주의적 모럴)의 담지자로서 소설 장르의 궁극적 목적이었다. 이 둘의 차이는 기본적으로 소설 장르가 일상적 삶을 영위하는 개인이 접근할 수 없는 역사 인식을 추구하는가, 아니면

---

81   최재서, 「소설과 민중」, 『평론집』, 383쪽.

82   최재서, 「서사시·로만스·소설」, 『인문평론』, 1940.8, 21쪽.

83   최재서, 「성격에의 의욕」, 『평론집』, 298쪽.

일상적 삶을 살아가는 인물을 통해서 구현되는 보편적 가치를 추구하는가에 있었다.

성격 문제에서 최재서에게 가장 중요한 것은 인물이 사회와 교섭하는 과정에서 성격으로 변모한다는 사실, 다시 말해 보편적 가치의 담지자가 된다는 사실이었다. 이와 같은 생각은 19세기 교양소설, 즉 개인을 '역사적으로 출현하는 세계 이성의 테두리' 안에 있는 존재로 전제한 뒤 사회적 경험을 통한 교양을 통해 개인이 개별성을 초월해서 세계 이성(보편적 가치)의 담지자가 되는 과정을 형상화하는 소설의 논리와 다르지 않다.[84] 최재서에게도 "성격을 창조하는 힘은 사회적 집단생활"에 있었고, "완전한 성격"은 "자기 자신을 '초극하고 창조하고 발명하고 이해하는' 인간"을 의미했다.[85] 그렇다면 민중 혹은 부르주아 계급의 구성원(개인)은 민중 혹은 부르주아 계급에 속해 있다는 바로 그 점에서, 또한 민중 혹은 부르주아 계급 속에서 자기 자신의 지위를 인식하게 된다는 바로 그 점에서 소설적 성격이 될 수 있다.

그러나 최재서의 소설 구상에는 치명적인 문제가 내재해 있었다. 그것은 바로 부르주아 계급의 보편적 지위가 흔들린 이후 그에 필적할 만한 집단적 주체 혹은 보편적 가치의 담지자가 현대 사회에 실재하지 않는다는 점이다. 식민지 조선 사회에 인류의 대표자임을 자처하면서 보편적 가치를 주창할 만한 집단이 실재하지 않음은 물론이고, 서구의 경우에도 세계대전을 거치면서 부르주아 계급이 보편적 가치의 담지자라는 지위를 의심받게 되었기 때문이다. 이 시기 사람들(민중 혹은 부르주아 계급)은 '사회 개혁보다는 그들의 출세'에 더 관심이 많았고, '이상적 사회의 출현'보다 '자기 자신과 가족이 어느 일정한 사회적 수준에

---

84 브루노 힐레브란트, 박병화 외역, 『소설의 이론』, 현대소설사, 1993, 217~218쪽 참조.
85 최재서, 「성격에의 의욕」, 『평론집』, 298쪽.

올라서기'를 더 고대할 뿐이었다.[86] 게다가 이 시기 사람들은 문학적 취미에서도 저급한 수준에 머물러 있었다. 그들은 소설 작품에서 기껏해야 '멜로드라마틱한 스토오리와 추잡한 감각과 선정적인 묘사와 평범한 인생관과 상식적인 모럴'을 찾을 뿐, '감각이나 심리의 묘사'를 세밀하게 전개하거나 심오한 '인생관이나 모럴'을 제시하는 데는 거부감을 보였다.[87] 20세기 민중(부르주아 계급)은 더 이상 인류의 대변자나 보편적 가치의 담지자가 아니었다.

소설이 보편적 가치에 대한 추구와 더불어 사회적 실재에 대한 객관적 태도를 요구하는 장르인 한, 현대 사회에 보편적 가치의 담지자가 실재하지 않는다는 것은 사실상 소설 장르 자체의 존립을 위협할 만큼 결정적인 문제였다. 소설이란 성격 관찰에서 출발해서 성격 창조를 중심으로 발달해 왔으므로, "작가가 현실 세계에서 성격을 잡기가 곤란하다면 그의 소설이 근본적으로 곤란할 것은 자명한 일"[88]이다. 그런데 최재서는 현대 사회의 성격 부재라는 역사적 특성을 단지 작가와 민중의 교양 차이에 기인한 문제로 이해했다. 문학적 전통에 의한 교양을 통해서 보편적 가치(인문주의적 가치)를 습득한 소설가와 자기 자신의 사적 이익에만 몰두하는 민중 사이에는 현저한 교양의 차이가 있을 수밖에 없는데, 이런 차이가 바로 소설가가 아무리 습득된 가치를 표현하려고 하더라도 그에 상응하는 사회적 실재를 발견할 수 없는 이유라는 것이다. "현대는 성격 창조가 없이 성격에의 의욕만이 있는 시대"[89]라는 표현은 이러한 현대의 사태를 잘 보여준다. 특히 최재서가 현대의 문제를 교양 차이에서 찾은 것은, 이후 그가 국민문학을 내세우며 민중의

---

86 최재서, 「풍자문학론」, 『조선일보』, 1935.7.19.
87 최재서, 「소설과 민중」, 『평론집』, 386쪽.
88 위의 글, 290쪽.
89 최재서, 「성격에의 의욕」, 『평론집』, 298쪽.

교육(교양)을 강조하게 되는 이유로도 볼 수 있다.[90]

최재서는 현대소설의 문제적 상황에 직면해서 소설가들이 상반된 두 가지 길로 나아갔다고 보았다. 하나는 반항의 길이었고, 다른 하나는 침체의 길이었다. 반항의 길이 소설가가 습득된 가치를 가지고 민중(사회적 실재)과 맞서 싸우다가 패배하는 길(조이스)을 말한다면, 침체의 길은 습득된 가치의 문학적 표상을 소설가의 심리에서 구하는 길(말로)을 의미했다.[91] 그러나 이 둘 모두 소설가와 민중의 괴리 문제를 해결하지 못했다는 점에서는 차이가 없었다. 최재서 역시 현대소설의 문제 앞에서 결정적인 해결책을 내놓지 못하기는 마찬가지였다. 그는 단지 '소설가의 할 일은 기록이 아닐까 한다'고 말하면서 민중의 관찰과 기록이 중요함을 강조하거나, 『데카메론』의 저자 보카치오가 르네상스 인문주의의 아버지이자 모럴리스트였다는 점을 지적할 뿐이었다.[92] 이와 관련해서 볼 때, 1940년에 수행된 일련의 현대소설 연구 작업은 조선 소설가들이 현대소설의 문제적 상황을 극복하는 데 구성과 기법의 측면에서 실질적인 도움을 주려는 시도였던 셈이다.

---

90 「국민문학의 요건」(『국민문학』, 1941.11)에서 최재서는 국민문학의 요건들을 제시한 바 있다. 여기에는 창작 정신으로서의 국민 의식, 국민적 입장에 의한 현대소설의 주제 빈곤 문제 해결, 국민적 입장에 의한 비평 기준 확립, 문학의 교육적 기능 등이 포함되었다. 이때 문학의 교육적 기능이란 '문학에 의한 국민의 성격 형성'을 의미했다.

91 최재서, 「소설과 민중」, 『평론집』, 384쪽.

92 위의 글, 388~389쪽.

3. 현대소설의 실험과 서사시의 요구

최재서에게 소설이란 리얼리즘, 모럴, 성격 등을 통해서 보편적 실재를 재현하는 장르였다. 소설가는 사회적 실재에 대한 객관적 태도를 유지하는 한편 인문주의적 모럴을 습득해야 했고, 소설적 성격을 창조함으로써 보편적 가치를 구현해야 했다. 그러나 20세기 들어 소설가들은 '성격에 대한 의욕'을 표명하면서도, 즉 소설적 성격을 창조해서 보편적 가치를 구현해야 한다는 점을 잘 알면서도 "성격에 대한 동경과 애수"[93]만을 갖고 있을 뿐이었다. 최재서는 소설가와 사회적 실재(민중)의 괴리를 문제의 원인으로 제시하기도 했지만, 작품 생산에 한정해서 보자면 센티멘탈리즘에 기울어져 있는 현대소설가들의 성향이야말로 문제의 원인이었다. "문화와 교양, 이상과 행복에 대한 정조를 가지고 있는 한, 그리고 그 정조가 현실 세계에 있어 늘 유린을 당할 때" 현대소설가들은 "그 공허를 센티멘탈리즘으로서 느끼지 않을 수 없"기 때문이다.[94] 이는 최재서가 지성의 기능을 강조하게 되는 결정적 계기였다. 소설가는 지성의 비판적 기능을 통해서 센티멘탈리즘을 거부하고 사회적 실재에 대한 탐구에 나서야 하며, 지성의 구성적 기능을 통해서 작품의 통일성 있는 구성을 도모해야만 했다.

근대의 소설관에 따르면 소설은 성격의 핍진한 묘사, 자연스러운 플롯 구성, 특정 시점에 의한 재료 선택 등을 통해서 보편적 가치를 구현하는 장르였다. 그러므로 서구 사회에서 부르주아 계급이 보편적 가치의 대변자였을 때, 소설가는 부르주아 계급의 생활을 재료로 선택한 뒤

---

93   최재서, 「성격에의 의욕」, 『평론집』, 291쪽.
94   최재서, 「센티멘탈리즘」, 『평론집』, 181쪽.

주로 조화의 관점에서 개인의 사회화 과정(소설적 성격의 창조)을 서술하기만 하면 되었다.[95] 그러나 현대소설가들에게 이와 같은 소설관은 더 이상 유효한 것으로 간주되지 못했다. 부르주아 계급의 보편성이 의문스럽게 되었을 때, 그와 더불어 근대 사회와 문화 자체가 반성의 대상이 되었을 때, 기존 소설 구성 방식 역시 비판의 대상이 될 수밖에 없었기 때문이다.[96] 현대소설가들은 근대의 소설 형식이 보편적 가치를 구현하는 데 적합하지 않다고 생각했고, 더 나아가서는 그 형식의 인위성과 비진실성을 고발하기도 했다. 그 대신 현대소설가들은 심리 묘사를 통해서 인간의 내면적 실재를 포착하려고 하거나, 의식의 흐름이나 플롯 없는 소설 같은 새로운 형식들을 통해서 삶의 파편성과 단편성을 사실적으로 재현하고자 했다.[97] 이와 같은 현대소설가들의 노력에 대해서 최재서는 매우 비판적인 태도를 견지했다. 현대소설가들은 고립된 현대인의 의식을 사실적으로 재현하는 데는 성공했을지 몰라도, 보편적 가치를 결여한 채 민중과 유리된 개성의 문학에 그치고 말았다는 것이다.[98]

---

95 최재서, 「구라파 모더니즘 소설의 이념(1)」, 『비판』, 1939.6, 69~70쪽.

96 알랭 로브그리예는 리얼리즘 서사가 하나의 질서, 즉 합리적이고 조직적인 부르주아 체계를 표현한다고 주장했다. 19세기 전반까지만 하더라도 사물들의 내적 논리에 관한 확신이 있었기 때문에, 리얼리즘 소설은 개인과 사회의 갈등을 통해서 보편적 실재를 보여줄 수 있다고 믿었다는 것이다.
"우리의 아카데미 비평가들이 ― 그리고 그들을 따르고 있는 수많은 독자들 ― 이 생각하고 있는 이야기(récit)란 하나의 질서를 표현하고 있다. 사실상 자연적인 것이라고 규정지을 수 있는 이 질서는 합리적이며 조직적인 하나의 체계 전체, 즉 그 체계의 개화(開花)가 부르조아 계층에 의한 권력의 장악에 해당하는 체계 전체와 연결되어 있는 것이다. 하나의 서술 형식, 즉 많은 사람들에게 있어서 그것이 소설의 잃어버린 낙원으로 남아 있는 것으로 이해되고 있는 하나의 서술 형식의 절정기 ―『인간희극』과 함께 ― 를 살고 있는 19세기의 전반기에 있어서는 몇 가지 중요한 확신이 허용되고 있었다. 즉 특히 사물들의 정당하고 보편적인 어떤 논리에 대한 신뢰가 그것이다."(알랭 로브그리예, 「몇 가지 낡은 개념에 관하여」, 『누보 로망을 위하여』, 김치수 역, 문학과지성사, 1981, 41쪽)

97 최재서, 「구라파 모더니즘 소설의 이념(2)」, 『비판』, 1939.7, 77~81쪽.

98 최재서, 「현대 세계문학의 동향」(『동아일보』, 1938.4.22~4.24), 『평론집』, 376~377쪽 참조.

최재서는 1940년 1월부터 7월까지 현대소설연구 시리즈를 『인문평론』에 연재했다. 이 시리즈에서 최재서는 제임스 조이스, 토마스 만, A. 헉슬리, 앙드레 말로 등의 작품들을 검토했는데, 그 주된 목적은 현대소설의 서사시적 경향을 소개함으로써 조선 소설가들에게 서사시 형식의 중요성을 강조하려는 데 있었다. 최재서가 현대소설에 대한 이론적 사유를 통해서 도달한 곳은 바로 서사시 형식이었다. 서사시는 물론 현대소설의 원형으로서 고유한 장르 잠재력을 내포하고 있다는 점에서도 중요했지만, 가족사 연대기 소설이나 르포르타주 같은 형식들을 통해 오늘날에도 여전히 그 유효성을 입증하고 있다는 점에서 특히 중요했다.

1) 심리주의 소설의 쇠퇴

(1) 자서전 소설

현대소설연구 시리즈를 집필하면서 최재서가 제일 먼저 다룬 작품은 제임스 조이스의 『젊은 예술가의 초상』이다. 최재서는 「현대소설연구(1) 죠이스『젊은 예술가의 초상화』」를 "애란과 같은 빈곤과 미신과 정치적 파쟁의 나라에서 어떻게 해서『율리시즈』와 같은 예술이 탄생되었는가?"[99]라는 물음으로 시작한다. 그로 인해 이 글의 목적이 마치『젊은 예술가의 초상』과『율리시즈』사이의 관련성을 탐구하는 데 있는 것처럼 보이기도 한다. 하지만 이 글의 관심은 「젊은 예술가의 초상」이 자서전 소설이라는 사실에 집중되어 있다. 자서전적 형식으로

---

[99] 최재서, 「현대소설연구(1) 죠이스『젊은 예술가의 초상화』」(『인문평론』, 1940.1),『평론집』, 221쪽.

제시된 주인공(스티븐)의 삶에 대한 요약적 소개, 그리고 자서전의 형식적 특성과 그 의의에 관한 설명이 글의 주요 내용이었다. 여기서 최재서는 『젊은 예술가의 초상』을 소년의 내면생활을 사실적으로 묘사한 작품으로 규정하면서, 자서전 형식을 심리적 리얼리즘을 구현하는 데 가장 적합한 방식으로 평가했다.

이 글에서 중요한 것은 『젊은 예술가의 초상』의 줄거리가 아니라 자서전의 형식적 의의였다. 물론 최재서는 작품의 줄거리를 소개하는 데 많은 분량을 할애하고 있기는 하다. 하지만 이는 작품을 읽지 않은 독자를 위한 배려이자 자서전의 형식적 의의를 설명하기 위한 사전 작업일 뿐 그 자체로서는 특별한 의미가 없었다. 심지어는 『젊은 예술가의 초상』의 가치 또한 작품 그 자체보다 조이스가 심리적 리얼리즘을 구현하는 데 사용한 방법에 있었다. 이와 관련해서 최재서가 현대소설연구 시리즈를 '평론의 아르바이트화', 즉 "작가가 한 테마를 가지고 계속적으로 그 연구의 성과를 발표하되 그것이 아카데미션의 순학술적 연구와 달라서 시사성과 효용성에 대하여서 특별한 관심과 용의를 가진 글"[100]로 여겼다는 점은 매우 중요하다. 이는 최재서가 조이스의 작품을 비롯해서 토마스 만, 올더스 헉슬리, 앙드레 말로 등의 대표작을 다룬 이유가 작품 그 자체에 대한 흥미보다, 당대의 대표작들이 조선 소설가들에게 갖는 시사성과 효용성에 있음을 의미하기 때문이다. 최재서는 조이스의 자서전 형식이 심리적 리얼리즘의 구현이라는 점에서 동시대 조선 작가들에게 긍정적으로든 부정적으로든 시사성과 효용성을 지닌다고 보았다.

최재서에게 자서전 소설은 20세기 세계대전 후 유럽의 전통이 파괴

---

100 최재서, 「전형기의 평론계」, 『인문평론』, 1941.1, 10쪽.

되고 인간관계가 해체된 상황에서, 기존 형식과는 전혀 다른 각도에서 인간에 관해 탐구하고자 한 형식이라는 점에서 의의가 있었다. 과거 소설이 인간과 환경의 갈등을 중심으로 인간의 외적 생활을 서술한 데 반해, 조이스는 자서전 형식을 통해서 인간의 내면생활, 즉 "무의식까지를 포함하는 심리세계"[101]를 주로 그렸다는 것이다. 그런데 최재서가 『젊은 예술가의 초상』을 "자기 성찰"을 통한 "인간탐구"[102]의 형식이라고 규정한 이유는 단지 심리 묘사에만 있지 않았다. 그것은 조이스가 내적 독백을 통해서 의식의 흐름을 기술하거나 외부의 세계를 묘사할 때 보여준 '무서운 정확성'에도 있었다. 간단히 말해서, 조이스는 인간의 심리와 외부의 세계에 대한 정확한 묘사를 통해 인간을 전체성 속에서 재현하고, 그럼으로써 사회적 성격을 만들어내려고 한 대표 사례였다.

그에 반해 조이스의 내향적 심리학은 자서전 형식에 내재하는 근본적 한계를 보여주었다. 내향적 심리학은 물론 조이스가 인간의 심리를 정확하게 묘사하는 데 결정적 기여를 했지만, 객관적 세계를 정확하게 묘사하려고 할 때 작품 속에 주관화된 세계만 남겨 놓는 결과를 초래했다. 이 점에서 최재서는 조이스 소설의 핵심 기법인 내적 독백을 '전도된 자연주의' 혹은 '내부를 향하는 자연주의'라고 표현하기도 했다. 내적 독백에서 내면 세계가 마치 임의적이며 통제되지 않은 객관적 사실의 나열처럼 보일지라도, 그럼으로써 내면 세계가 마치 객관적 태도에 의한 산물처럼 보일지라도, 내면에 비친 외부 세계란 오직 주관에 의해서 수용되고 구현될 때만 의미를 가질 수 있기 때문이다.[103] 최재서에게 자서전 소설이란 인간을 전체성 속에서 객관적으로 재현하려는 노

---

101 최재서, 「현대소설연구(1) 죠이스『젊은 예술가의 초상화』」, 『평론집』, 232쪽.
102 위의 글, 232쪽.
103 위르겐 슈람케, 원당희 외역, 『현대소설의 이론』, 문예출판사, 1995, 121~132쪽 참조.

력을 보여주었다는 점에서 의의가 있었지만, 소설의 세계를 개인의 심리로 제한한 결과 사회적 실재를 객관적으로 묘사하고 보편적 가치를 구현한다는 소설 장르 본래의 요구에서는 멀어질 수밖에 없었다.

조이스의 『젊은 예술가의 초상』을 통해서 최재서가 내린 결론은 20세기 심리적 리얼리즘이란 조이스에 이르러 절정에 도달했다는 것, 그와 동시에 조이스를 끝으로 문학적 의의를 상실하게 되었다는 것이다.[104] 최재서의 결론은 물론 조이스의 작품을 두고 내려진 것이었지만, 조선문학과 관련해서 보자면 이상과 같은 '심리적 리얼리스트'의 작업이 더 이상 유효하지 않게 되었음을 의미하는 것으로도 읽힐 수 있다. 물론 최재서는 1930년대 중반 이상에 대해 '모럴의 부재'를 문제삼으면서도 '리얼리즘의 심화'에 기여했다는 높은 평가만은 유지하고 있었다. 1930년대 중반 최재서에게 이상의 심리적 리얼리즘은 어느 정도 유효한 방법이었던 것이다. 하지만 1940년 무렵 최재서에게 심리적 리얼리즘은 서구뿐만 아니라 조선에서도 이미 시대적 유효성을 상실한 것으로 간주되었다. 그는 여전히 소설에서 '객관적 태도'가 필요함을 주장했지만, 모럴의 습득 혹 보편적 가치의 사회적 구현을 이전에 비해 훨씬 중요하게 여기게 되었다.

(2) 풍자소설과 관념소설

현대소설연구 시리즈에서 최재서는 관념소설의 대표작으로 올더스 헉슬리의 『연애대위법』을 다루었다. 관념소설의 형식적 의의가 "현대

---

104 이 점은 조선의 심리주의 문학에 관한 최재서의 평가에서도 그대로 적용된다. 최재서는 「『단층』파의 심리주의적 경향」(『조광』, 1937.11)에서 『단층』파 작품들이 "사회적 양심과 이론은 가지면서도 그것을 신념에까지 윤리화시킬 수 없는 인테리의 회의와 고민을 심리분석적으로 그리려"고 했지만 결국 "허다한 억지와 미숙"을 보이고 말았다고 평가했는데(『평론집』, 334쪽), 이는 심리주의 문학의 모럴 결여 문제를 지적한 것이었다.

성을 잘 나타낸다"[105]는 데 있다면, 헉슬리의 작품은 "현대인의 정신적 풍속도"[106]를 가장 잘 묘사했다는 것이다. 그런데 1930년대 중반 이미 최재서는 헉슬리를 풍자소설 작가로 규정한 바 있다. 예를 들어, 「올더스 헉슬리론—현대 풍자 정신의 발로」(『조선일보』, 1935.1.24~1.29)라든가 「헉슬리의 풍자소설」(『개조』, 1937.2) 같은 글에서 최재서는 헉슬리에 관해 "현대 심리의 병증을 마치 의사와 같은 적확성과 침착성으로 선고"[107]했다는 평가를 내리기도 했다. 물론 최재서는 풍자를 도덕적 척도에 의한 비판적 서술이 아니라 실재에 대한 객관적 묘사로 이해했기 때문에[108] 두 용어(관념소설과 풍자소설) 사이에 본질적 차이란 없는 것처럼 보이기도 한다.[109] 하지만 관념소설과 풍자소설은 그 작법에서 중요한 차이가 있다. 풍자소설이 심리적·사회적 실재에 대한 객관적 태도를 강조하는 형식이라면, 관념소설은 심리적·정신적 실재에 대한 전체적 묘사를 추구하는 형식이었다.

1930년대 중반 최재서는 풍자소설을 조선 작가들이 추구해야 할 형식으로 보았다. 「풍자문학론」(『조선일보』, 1935.7.14~7.21)은 이와 같은 입장을 잘 보여주는 글이다. 이 글에서 최재서는 작가의 태도와 기술에 의한 문학의 구별을 제안한 뒤, 보편적 전통이나 신념이 부재하는 사회적 상황을 고려할 때 작가가 외부 세계에 대해 취해야 할 태도란 수용적 태도나 거부적 태도가 아니라 비평적 태도라고 단언한 바 있다. 수

---

105 최재서, 「현대소설연구(3) 학슬리 『포인트 카운터 포인트』」, 『평론집』, 261쪽.
106 위의 글, 270쪽.
107 최재서, 「학슬리의 풍자소설」, 『평론집』, 288쪽.
108 최재서, 「풍자문학론」, 『평론집』, 191~194쪽 참조.
109 최재서는 「현대소설연구(3) 학슬리 『포인트 카운터 포인트』」에서 관념소설이라는 용어가 보통 엄밀한 개념 규정 없이 사용되고 있음을 고백하기도 했다.
"근래에 와서 우리는 관념소설이라는 말을 이따금씩 듣게 된다. 대개는 아무런 개념 규정도 없이 혹은 혼동된 의미에서 쓰여지는 모양이나, 좌우간 그러한 것이 20세기의 독특한 문학적 산물로서 일반의 관심을 끌고 있는 것은 사실이다."(『평론집』, 259쪽)

용적 태도는 외부 세계를 현재 있는 그대로 수용·승인하려는 태도라는 점에서, 그리고 거부적 태도는 현재의 세계를 전체적으로 부인·거절하는 동시에 새로운 세계의 건설에만 몰두하는 태도라는 점에서 현대소설가의 태도로서 바람직하지 않았다. 소설가란 무엇보다도 사회적 실재와 관련해서 객관적 태도를 견지하는 동시에, 작품 속에서 보편적 가치를 구현하려는 노력 역시 멈추어서는 안 되었기 때문이다. 한편 비평적 태도는 수용적 태도와 거부적 태도의 중간자로서, 현재 세계의 감정적 수용이나 그에 대한 일방적 거부가 아니라 사회적 실재에 대한 지적 인식을 추구하는 태도였다.[110] 말하자면, 현대인과 사회 제도를 모두 비판의 대상으로 설정함으로써 표면에 드러나지 않는 현대 세계의 결함이나 악까지도 포착해내려는 태도였다. 그로 인해 최재서는 비평적 태도가 보편적 가치를 긍정적으로 구현할 수는 없겠지만, 현재 세계의 부정성을 객관적으로 묘사함으로써 보편적 가치를 탐구하는 데는 충분히 기여할 수 있으리라고 여겼다.[111]

작가의 비평적 태도에 상응하는 문학 형식이 최재서에게는 풍자소설이었다. 풍자소설은 지성을 통해서 현대인의 무가치한 삶을 냉소할 뿐만 아니라 사회의 실재성까지도 포착할 수 있는 형식, 따라서 보편적 가치가 부재하는 상황에서 소설가가 소극적으로나마 '인심(人心)의 기미(機微)'를 포착할 수 있는 유일한 형식이었다. 1930년대 중반 최재서는 풍자소설이 조선 작가들에게 바람직한 소설 형식이라고 보았다. 그러나 현대 사회에서 실재란 민중이나 집단적 주체가 아니라 개인일 수

---

110 최재서는 「풍자문학론」에서 비판적 태도가 현대 작가에게 적합한 이유를 두 가지 제시했다. 하나는 "사회현상의 진위 선악을 변별하여 이론적 판단을" 돕는다는 점이며, 다른 하나는 "정서의 냉각"을 가능하게 해준다는 점이었다(『평론집』, 190쪽). 그러나 이 두 가지 이유는 모두 '지적 인식'으로 수렴될 수 있다.

111 최재서, 「풍자문학론」, 『평론집』, 192쪽.

밖에 없다는 점, 따라서 풍자소설의 대상 역시 개인의 심리로 축소될수밖에 없다는 점은 여전히 해결되지 않는 문제였다. 현대소설가들은 기껏해야 개인의 심리적 분열 문제만을 다룰 수 있을 뿐이었는데, 이는 현대인의 모습을 사실적으로 보여주는 데 기여할 수 있을지는 몰라도 풍자소설을 단순한 "심리적 진단"[112]으로 만들어버릴 위험을 강력하게 내포하고 있었다. 풍자소설이란 사회적 실재에 대한 지적 파악을 시도한 형식이기도 했지만, 개인의 심리적 분열 문제만을 다룬 결과 보편적 가치(모럴)의 부재 상태를 영속화한 형식이기도 했다.[113] 풍자소설 형식의 유효성에 대한 의심은 최재서가 1940년대 들어 헉슬리의 작품을 관념소설로서 규정한 뒤, 관념소설 형식의 의의에 관한 성찰을 감행하게 되는 계기가 되었다.

「현대소설연구(3) 학슬리『포인트 카운터 포인트』」에서 최재서는 헉슬리의 관념소설을 사상소설과의 대조 속에서 논의했다. 여기서 사상소설이란 사상 문제를 다룬 소설로서 특정 사상을 옹호하거나 배척하려는 데 목적을 두는 형식을 의미했다. 그에 따르면 조선의 경향소설작품들과 졸라, 로맹 롤랑, 톨스토이 등의 작품들이 이 범주에 포함되었다. 반면 관념소설이란 "현대에 생동하는 모든 관념을 끌어다가 그발생과 발전과 충돌과 변모의 모든 상을 전시하면서 현대라는 한 거대한 대상을 그 지적 면에서 재현하려는"[114] 형식, 간단히 말해서 다양한 관념들을 전체적으로 제시함으로써 현대의 지적 재현을 추구하는 형식을 가리켰다. 최재서는 사상소설에 비해 관념소설을 높게 평가했는데, 그 이유는 전적으로 관념소설이 현대적인 형식이라는 데 있었다.

112 최재서, 「학슬리의 풍자소설」, 『평론집』, 287쪽.
113 최재서, 「현대적 지성에 관하여」(『조선일보』, 1937.5.15～5.20), 『평론집』 154쪽.
114 최재서, 「현대소설연구(3) 학슬리『포인트 카운터 포인트』」, 『평론집』, 260쪽.

관념소설은 특정 관념을 미화하거나 우상화하지 않은 채 현대의 수 많은 관념들을 객관적으로 제시한다는 점에서, 또한 전통이나 보편적 가치가 실재하지 않는 현대 사회의 특성을 사실적으로 보여준다는 점에서 현대성의 표현 형식으로 간주되었다.

관념소설이 관념들을 동등하게 다룬다는 것은 거꾸로 관념소설의 치명적 약점이 되기도 했다. 우선 관념소설이 관념들의 전체적 관계를 보여주고자 할 경우, 작품 속에 등장하는 인물은 행위하는 성격이 아니라 특정 관념의 대변자로 격하될 위험이 있다. 이는 관념소설이 전통적인 성격 중심 작품 구성 방식에서 벗어났음을 보여주는 징표이기도 했지만, 소설 작품이 기계적 구성의 위험성에 노출되어 있음을 의미하는 것이기도 했다. 다음으로 관념소설의 치명적 약점은 바로 관념소설의 대상, 즉 '관념' 그 자체에도 있었다. 관념을 "욕망의 합리화"[115]로서 정의할 경우, 관념소설은 보편적 가치 혹은 인문주의적 모럴의 형식이 아니라 모든 감정들을 무분별하게 정당화하는 형식으로 귀결될 수 있기 때문이다. 관념소설이 현대 관념들의 전체적 양상을 보여줄 수 있었던 원인은 바로 인문주의적 모럴의 구현이라는 소설 장르의 과제를 방기한 데 있었던 것이다. 사실상 헉슬리가 『연애대위법』에서 관념들의 전체적 관계를 제시할 수 있었던 이유도 궁극적으로는 보편적 가치의 부재, 즉 그의 회의주의에 있었다.[116]

관념소설은 소설가의 주관을 벗어나 현대인의 관념들을 다양하게 제시했다는 점에서 개인의 심리에 제한된 자서전 형식보다 진전된 형식으로 평가될 수 있다. 하지만 관념소설은 궁극적으로 여러 관념들을 전체적으로 제시하는 데만 관심을 기울임으로써, 자서전 소설과 마찬

---

115 위의 글, 261쪽.
116 위의 글, 262쪽.

가지로 사회적 실재를 객관적으로 제시하거나 보편적 가치를 구현하는 데 실패한 형식이기도 했다. 말하자면, 관념소설은 "세계대전 이후 사상적으로 신념을 잃은 현대 인텔리겐차의 소설"로서, "앞으로 관념소설이 어떤 모럴을 획득하는 날이 온다면 그때에 그것은 비로소 유력한 문학이 되리라"는 불가능한 기대를 내포한 형식이었다.[117] 소설 작품은 결코 관념들의 단순 나열이 아니라 하나의 주제에 의한 관념들의 통일된 구성이라는 것, 또한 소설의 주제란 욕망의 합리화를 통해서가 아니라 보편적 가치의 구현을 통해서 형성된다는 것, 그러므로 소설가는 결코 모럴을 습득하려는 노력을 멈춰서는 안 된다는 것이 최재서의 생각이었다.

식민지 조선에서 1930년대 후반 최명익이나 허준 같은 소설가들에 의해 지식인 소설이 쓰이곤 했다는 사실을 고려한다면, 최재서의 관념소설 논의란 서구 작가들을 대상으로 하면서도 조선 소설가들을 염두에 둔 채 이루어진 것임을 충분히 짐작할 수 있다. 그러나 당시 조선에서 최재서가 말하는 관념소설, 즉 다양한 관념들의 전체적 제시를 추구하는 소설이 생산되었다고 보기는 힘들다. 최명익이나 허준의 작품들에서도 기껏해야 지식인의 내면에 대한 묘사만이 나타날 뿐이었다. 다만 실제 사회에서 보편적 가치의 담지자를 발견하지 못한 서구 지식인들이 관념들의 전체성을 통해서 보편적 가치를 구현하려고 할 때 관념소설이 생산되었음을 염두에 둔다면, 최재서의 논의는 오히려 당시 조선 작가들에게 관념소설이 바람직한 대안 형식이 될 수 없음을 경고하는 것으로도 읽힐 수 있다. 이 시기 최재서는 사회에 객관적으로 실재하는 보편적 가치의 담지자를 발견하는 것이야말로 가장 중요한 일이

---

117 위의 글, 270쪽.

라고 생각했고, 그 때문에 현대소설의 서사시적 경향에 특히 주목하고
있었다.

2) 현대소설의 서사시적 경향

(1) 가족사 연대기 소설

조선 문단에서 소설 장르의 문제와 관련해서 가족사 연대기 소설에
처음 관심을 표명한 비평가는 최재서가 아니라 김남천이었다.[118] 김남
천은 특히 「장편소설에 관한 나의 이상」(『청색지』, 1938.8)과 「현대 조선
소설의 이념」(『조선일보』, 1938.9.10~9.18)에서, 가족 구성원들의 관계를
통한 조선 사회의 역사적 재현이 가능하리라는 기대를 갖고 가족사 연
대기 소설을 높게 평가했다. 김남천은 가족사 연대기 소설을 조선 장편
소설 개조에서 중요한 참조점으로 삼았고, 장편소설 『대하』를 저술함
으로써 가족사 연대기 소설의 구상을 직접 실현하기도 했다. 1930년대
후반 식민지 조선에서 가족사 연대기 소설은 소설 장르 문제와 관련하
여 크게 주목을 받던 형식이었다.

최재서가 가족사 연대기 소설에 관심을 가진 이유는 김남천과 전혀
달랐다. 최재서는 가족사 연대기 소설을 서사문학의 원형인 서사시와
관련해서 받아들였고, 현대소설의 서사시적 경향을 보여주는 대표적
인 사례로 간주했다. 그에게 가족사 연대기 소설이란 "한 크로니클(연대

---

118 물론 김남천이 조선 문단에 가족사 연대기 소설 형식을 처음 소개한 것은 아니었다. 졸라의
『루공 마까르 총서』를 비롯해서 토마스 만, 골드워디, 마르탱 뒤 가르 등의 가족사 연대기
소설 작품들이 1920년대부터 여러 비평가들에 의해서 간접적으로 소개된 바 있다. 그러나
가족사 연대기 소설을 소설 장르의 본질이라든가 소설 형식의 개조 문제와 관련해서 논의
한 것은 김남천이 처음이었다. 이와 관련한 보다 자세한 내용은 류종렬, 『가족사 · 연대기
소설 연구』(국학자료원, 2002), 31~63쪽 참조.

기)로서 어떤 한 가족의 역사를 삼 세대 내지 사 세대에 걸쳐 취급하려는"[119] 장르였다. 그 때문에 가족사 연대기 소설에서는 "인간의 존재 조건으로서 작품 밑에 숨어 있을 뿐만 아니라, 모든 것을 씻어내리고 모든 것을 처리하는 능인자로서 작품의 표면에 나타"[120]나는 시간이 가장 중요한 구성 요소가 된다. 그런데 여기서 주목해야 할 것은 시간이 개인의 발전이나 사회의 진보를 위한 매체가 아니라 수 세대에 걸쳐 전개되는 가족의 자연사적 연속성을 보증하는 매체, 다시 말해 역사적 시간 (사회의 시간적 차원)을 물리적 시간(자연의 시간적 차원)으로 환원시키는 매체로 간주된다는 점이다.[121] 가족사 연대기 소설은 역사적 시간의 형식이 아니라 물리적 시간의 형식, 즉 개별 장면들이나 에피소드들이 오로지 물리적 시간의 관념에 의해서만 연결되는 형식이었다.

가족사 연대기 소설에서는 개별 장면들이나 에피소드들이 작가의 주관(이상)과 무관하게, 마치 우주의 운행처럼 자연스럽게 전개되는 듯이 서술된다. 최재서의 입장에서 보자면, 이는 사회적 실재에 대한 객관적 태도를 전제한다는 점에서 높은 문학적 성취를 입증하는 요소였다. 최재서가 「현대소설연구(2) 토마스 만 『부텐부로크 일가』」에서 물리적 시간에 의한 소설 구성 방식을 극적 소설의 구성 방식보다 우월한 것으로 평가한 근거도 동일한 데 있었다. 극적 소설이 논리적 진행, 확연한 형식, 명확한 구성 등에 의해서 규정되는 형식인 한, 그것은 명백히 작가의 주관(이상)에 과도하게 의존함으로써 센티멘탈리즘으로 귀결될 가능성이 농후했다. 이와 같은 극적 소설에 대한 최재서의 비판이 임화의 본격소설 구상을 겨냥하고 있다는 것, 즉 역사의 논리에 따른

---

119 최재서, 「현대소설연구(2) 토마스 만 『부텐부로크 일가』」(『인문평론』, 1940.2~3), 『평론집』, 236쪽.
120 위의 글, 236~237쪽.
121 위르겐 슈람케, 앞의 책, 184~188쪽 참조.

경험적 사실들의 일관성 있는 구성에 대한 요구가 사실은 센티멘탈리즘의 일종에 불과함을 지적하고 있다는 것은 그리 어렵지 않게 알아챌 수 있다.

최재서가 가족사 연대기 소설을 높게 평가한 이유는 단지 물리적 시간에 의한 작품 구성에만 있지 않았다. 그것은 또한 가족을 문학적 대상으로 설정하고 가족에 의한 성격의 형성 과정을 보여주었다는 데도 있었다. 다른 소설 형식들이 개인을 중심으로 사회 속에서 성격이 형성되어 가는 과정을 그렸다면, 가족사 연대기 소설은 가족을 중심으로 혈통에 의한 유전과 가풍에 의한 개인의 성격 형성 과정을 보여주었다는 것이다. 개인의 성격을 형성하는 가장 유력하고 결정적인 계기가 바로 가족이라는 점에서, 또한 사회에서 유형화되는 성격의 요소들이란 우선 사회 이전의 혈통에 의해 유전된다는 점에서, 가족사 연대기 소설은 전통적 소설보다 우월한 지위를 차지할 수 있었다.[122] 말하자면, 가족사 연대기 소설은 사회적 실재로서의 가족에 대한 객관적 묘사를, 그것도 가족 속에 내재하는 보편적 가치로서의 혈통 및 가풍의 구체화와 더불어 수행하려는 형식이었다.

가족사 연대기 소설이 보편적 실재를 제시하는 데 성공했다는 인식은 최재서가 현대소설의 서사시적 가능성을 주장하는 데 중요한 계기가 되었다. 최재서에게 "소설은 그 최고의 정신에 있어 에픽의 성격을 가지려고 한다는 사실, 그리고 시민화된 현대 사회에 있어 캐피탈리스트가 고대의 영웅에 대신하고 그 가족은 고대의 민족에 대응한다는 두 사실"[123]은 매우 중요했다. 김남천의 가족사 연대기 소설 『대하』에서 주인공 박성권이 고리대금업자라는 점, 또한 토마스 만의 『부텐부로크

---

122 최재서, 「현대소설연구(2) 토마스 만 『부텐부로크 일가』」, 『평론집』, 239쪽.
123 위의 글, 238쪽.

일가』나 골드워디의 『포사이트가 이야기』에서 주인공 가족이 대표적인 자본가 가족이라는 점은 결코 우연이 아니었다. 현대 가족사 연대기 소설 작품들은 비록 현대 문명의 성격으로 인해 고대 서사시와 같은 건강성과 명랑성을 담을 수는 없지만, 자본가 가족의 운명을 중심에 놓음으로써 사회적 실재를 시간적·공간적 전체성 속에서 재현하고 '인간성의 심광(深廣)과 사회율의 엄숙성'[124] 같은 고대 서사시의 위대성을 구현할 수는 있었다.

서사시에 대한 선호로 인해 최재서는 '소설은 부르주아 사회의 서사시'라는 문구 역시 서사시 장르를 중심으로 이해했다. 헤겔이나 루카치에게 이 문구는 소설이 서사시 시대의 시적 통일성이 와해된 시대의 장르라는 것, 다시 말해 소설이란 부르주아 시대의 산문적 분열을 재현하는 동시에 서사시 장르의 후예로서 시적 통일성에의 지향 역시 내포하는 장르라는 것을 의미했다. 그러나 최재서에게 이러한 소설의 역사철학적 의미는 중요하지 않았다. 그 문구는 단지 '소설이란 시민계급이 자신의 운명을 실현하기 위해서 만들어낸 예술'이라는 의미만 가질 뿐이었다.[125] 여기서 강조점은 부르주아 계급의 역사적 특수성이 아니라 부르주아 계급의 보편성에 있었다. 이는 부르주아 계급의 소설적 형상화가 부르주아 사회의 분열상을 노골적으로 보여준다는 점에서가 아니라, 사회적 실재의 객관적 묘사와 보편적 가치의 구현에 기여한다는 점에서 중요함을 의미했다.

그러나 최재서의 가족사 연대기 소설 구상에는 커다란 난점이 내재해 있었다. 그는 물리적 시간에 따른 서사가 사회적 실재에 대한 객관적 묘사를 가능하게 해준다는 생각에 근거해서 가족사 연대기 소설의

---

124 위의 글.
125 최재서, 「성격에의 의욕」, 『평론집』, 289쪽.

정당성을 옹호했다. 세대의 유전을 물리적 시간에 따른 객관적 사태로 여기고 가풍과 혈통을 세대를 통해 전수되는 보편적 가치로 간주한다면, 객관적 태도와 인문주의적 모럴이라는 소설 장르의 두 구성 요소는 가족사 연대기 소설에서 모두 갖추어질 수 있는 듯했다. 하지만 '카메라의 눈'이 초주관적 매체가 아닌 것처럼, 소설 작품에서 물리적 시간도 결코 객관적 매체가 아니었다. 특히 사회적 실재로서의 가족과 보편적 가치로서의 가풍(혈통)을 전제하는 것은, 마치 토마스 만의 작품이 부르주아 가족의 가치(가풍)를 보편화한 것처럼 특정 시대 주류 집단의 가치를 절대화하는 데로 귀결될 수 있다. 이 경우 태도의 '객관성'과 가치의 '보편성' 자체가 의문의 대상이 될 수밖에 없고, 그럼으로써 가족사 연대기 소설의 형식적 정당성 자체도 침해될 수밖에 없다.[126]

(2) 르포르타주 소설

최재서는 1938년 4월 『조선일보』에 「현대 세계문학의 동향」을 총 3회에 걸쳐 연재했다. 심리주의 문학의 몰락, 서사문학의 제단계, 연대기문학과 보고문학 등 각 회의 소제목이 보여주는 것처럼, 최재서가 이 글을 집필한 동기는 현대 서사문학의 동향을 전반적으로 기술하려는 데 있었다. 이 글에서 최재서는 심리주의 소설 이후 가족사 연대기 소설과 르포르타주 소설이 서사문학의 두 가지 전개 방향을 보여준다고 주장했다. 서사적 소설을 쓰고자 한다면 소설가는 인간의 가능성을 최대한도로 표출하고 강조할 수 있는 큰 사건을 다루거나(르포르타주 소설),

---

126 이 문맥에서 보자면, 최재서의 국민문학 논의는 일본인을 사회적 실재로서 간주하고 일본 정신을 보편적 가치로서 승인한 데 기인한 것이었다. 가족사 연대기 소설이든 국민문학이든, 소설(서사) 장르라면 객관적 태도의 견지와 보편적 가치의 구현을 요구한다는 게 최재서의 생각이었다. 다만 객관적 태도와 보편적 가치가 형식적으로 논의된 결과, 다시 말해 그 두 요소의 내용이 명료하게 규정되지 않은 결과, 그의 소설 구상은 부르주아 정신이든 일본 정신이든 모두 수용할 수 있는 무차별적인 것이 되고 말았다.

아니면 비록 완만하게 전개될지라도 인물들이 행동할 만한 충분한 시간적·공간적 여유를 확보해야 했다(가족사 연대기 소설).[127]

「현대 세계문학의 동향」에서 최재서는 가족사 연대기 소설이 두 가지 문제를 내포하고 있음을 지적했다. 두 가지 문제 모두 가족사 연대기 소설이 시간에 의한 작품 구성을 시도한다는 데 기인하는 것으로서, 각각 사회적 실재의 전개를 평면적으로 서술할 수밖에 없다는 점과 사회적 실재에 대한 비판적 시각을 제시할 수 없다는 점이었다.[128] 가족사 연대기 소설은 한 가족의 흥망성쇠를 중심으로 서사시와 같은 통일된 세계를 재현하려고 하지만, 다시 말해 사회적 실재로서의 가족과 그 가족을 통해 유전되는 가풍을 묘사함으로써 일종의 서사시적 세계를 만들어내려고 하지만, 평면적 서술과 비판적 시각 부재는 작가의 모럴에 의한 입체적 작품 구성을 애초에 가로막는다는 것이다.[129] 최재서가 르포르타주 소설을 적극적으로 검토한 것은 가족사 연대기 소설의 문제점을 인식하고, 그에 대한 대안을 찾으려는 노력의 일환이었다.

---

127 최재서, 「현대 세계문학의 동향」, 『평론집』, 380쪽.

128 위의 글, 381쪽.

129 이와 관련해서 최재서는 「단상」(『비판』, 1938.11)에서 김남천의 『대하』가 '결말 없는 구성'의 방식을 취했다고 지적한 뒤, 그 이유란 바로 '역사의 흐름'을 인생의 진실로서 간주한 데 있다고 주장한바 있다. 김남천은 시간의 물리적 전개를 삶의 진실로 간주한 결과 인위적 작품 구성을 가능한 한 배제하려고 했다는 것이다.
"인생의 진실은 귀결 없는 귀결 — 사건의 밑을 흐르고 있는 역사성 가운데 있는 것이 아닐까? 미발표 원고를 이야기하기는 좀 안됐지만 김남천 씨의 역작 『대하』를 읽으면서 나는 작품 결말의 문제를 다시금 한 번 반성할 기회를 가졌다. 거기엔 결말 없는 이야기가 수두룩하니까.
물론 소설이 인생의 묘사인 이상 사건이 없는 법은 없다. 『대하』에도 허다한 사건이 있다. 대중작가이면 그것 하나만을 가지고 일대의 미문(美文)을 써놓을 만한 장면도 있다. 그러나 씨는 결코 이 길을 취하지 않았다. 그는 담담하게 사건을 추구하였을 뿐이다. 그리고 그 사건은 대부분 아무런 결말도 없이 사라지고 말았다. 어디로? 그것은 아마도 눈에 보이지 않는 역사의 흐름 속으로일 것이다."(84쪽)
이와 같은 최재서의 『대하』 독법은 커다란 문제를 내포하고 있는 것이기도 했다. 그는 『대하』가 '극적 구성'을 배제하고 있다는 점을 인식하기는 했지만, 담담하게 전개되는 식민지 조선의 역사에 관해서는 크게 주목하지 못했다.

르포르타주 소설은 기본적으로 현재의 사회적 실재에 대한 객관적 묘사를 추구하는 형식으로서, 개인의 심리에만 의존하려는 심리주의 소설에 대한 반발로서 등장했다. 그로 인해 르포르타주 소설 작가는 객관적 태도를 극대화함으로써 작가의 자의성이나 주관주의를 극복하고자 하고, 개인의 심리가 아니라 객관적 사회에서 일종의 보편적 가치를 발견하고자 한다. 르포르타주 소설에서는 객관적 사실 묘사가 강조되지만, 그렇다고 해서 묘사 그 자체만이 가치 있는 것으로 여겨지지는 않는다. 르포르타주 소설은 현대 사회의 부정성을 폭로하고, 그럼으로써 일종의 보편적 가치를 탐구하는 데 목적이 있는 형식이었기 때문이다.[130] 최재서 역시 동일한 맥락에서 르포르타주 소설의 형식적 의의를 '신문기사 이상의 진상'과 '신문사설 이상의 비판'에서, 즉 인간성의 선양과 과학적 비판에서 찾았다.[131] 소설 장르에서 사회적 실재에 대한 객관적 묘사란 단순한 모사에 그쳐서는 안 되며 반드시 모럴의 구현에 기여해야 했다. 어떤 사회가 부정적 면모들을 노출하고 있다면, 소설가는 그에 대한 비판적 묘사를 통해서 모럴을 구현하려고 시도해야 하는 것이다. 이 점에서 최재서는 소설가에게 민중의 관찰자이자 기록자가 될 것을 요구하는 한편, 르포르타주 소설의 전 세계적 유행을 정당한 것으로 평가했다.[132]

최재서는 앙드레 말로의 작품들을 르포르타주 소설의 전형으로 간주했다. 『정복자』, 『인간의 조건』, 『왕도』 등 세 편의 작품에서 말로는 실제 경험을 바탕으로 중국 혁명을 객관적으로 묘사했을 뿐만 아니라, 중국 혁명에 참여한 다양한 인물들을 통해서 인문주의적 모럴을 구현

---

130 루카치, 「르포르타지냐 문학적 형상화냐」, 차봉희 편, 『루카치의 변증─유물론적 문학이론』, 한마당, 1987, 166~176쪽 참조.
131 최재서, 「현대 세계문학의 동향」, 『평론집』, 382쪽.
132 최재서, 「소설과 민중」, 『평론집』, 388쪽.

하는 데도 성공했다는 것이다. 최재서의 설명에 따르면, 말로는 『정복자』에서 광동을 무대로 한 국제적 드라마를 르포르타주의 방법에 의해 취급하는 한편 그 속에 얽힌 인물들의 인간성을 탐색했고, 『인간의 조건』에서는 상해를 무대로 장개석과 운명을 같이 하는 국제 자본을 세밀하게 분석하는 동시에 상해에서 국민당과 항쟁하다 분형(焚刑)되는 인물들의 인간성을 속 깊이 해부했으며, 『왕도』에서는 이전 작품들에 비해 사회적 배경 묘사가 희박해지기는 했지만 기성 가치에 모멸을 느끼는 인물들의 순수 행동을 통해서 보편적 인간성을 탐구했다. 말로의 소설 작품들은 '기록적 일면'과 '인간 탐구의 일면'의 조화,[133] 그리고 사회적 성격 창조와 보편적 실재 묘사의 조화를 성공적으로 보여주는 사례였다.

최재서가 말로의 작품들을 높게 평가한 이유는 르포르타주 형식 그 자체에만 한정되지 않았다. 말로의 소설들은 "영웅적 자질이 사회성을 구비함으로 말미암아 참으로 서사시다운 위대성을 획득하여 가는 경로"를 보여준다는 점에서, 즉 "현대소설이 서사시적 성격을 획득하려는 한 시험"이라는 점에서 특히 중요했다.[134] 최재서에 따르면, 말로는 인물의 심리적 동기를 분석할 뿐만 아니라 사회적 행위와 그 결과까지도 충실히 묘사함으로써 소설적 성격을 창조하는 데 성공했다. 말로는 심리주의 소설처럼 인물의 내면을 묘사하기도 했지만, 인물의 내면을 사회적 조건과의 관련성 속에서 전체적으로 묘사했다. 이는 성격의 창조를 가능하게 하는 동시에 소설 작품에서 보편적 가치의 구현을 가능하게 하는 자질이었다. 게다가 『왕도』의 인물들은 보편적 가치를 구현

---

133 최재서, 「현대소설연구(5) 소설의 서사시적 성격 – 말로의 작품 성격」, 『인문평론』, 1940.7, 54쪽.
134 위의 글, 63쪽.

한 자들로서 이미 서사시적 위대성을 지니고 있었다. 최재서는 영웅적 자질을 인간의 보편적 능력 혹은 민중의 공통된 능력으로 인식하면서, 고대 서사시의 영웅을 "전투, 수렵, 도구의 제작과 수리, 선박의 운용 등을 종합적으로 또 출중하게 구비한 사람" 혹은 "일방에 있어 민중을 초월하는 동시에 그 일상성에 있어 끝까지 인간으로 민중과 운명을 같이하"는 존재로 이해했다.[135] 그로 인해 『왕도』에서 크로드가 보여준 우정과 운명의식, 그라보가 보여준 용기와 저항력 등은 인문주의적 모럴의 구현으로 간주될 수 있었고, 그들의 죽음이나 고통은 그리스 신화의 프로메테우스에 필적할 만큼 영웅적인 것으로 여겨질 수 있었다.

최재서에게 르포르타주 소설은 가족사 연대기 소설과 더불어 현대에 '소설적 성격'을 만들어낼 수 있는 형식, 말하자면 사회적 실재와 보편적 가치를 동시에 구현할 수 있는 형식이었다. 두 형식은 개인의 내면에 의존했던 현대 심리주의 소설의 한계에서 벗어나, 개인을 사회적 문맥 속에서 묘사함으로써 소설적 성격을 만들어낼 수 있는 것으로 기대되었다. 현대소설가들 대부분이 보편적 가치와 사회적 실재 사이의 균열로 고민할 때, 즉 자기 외부에서 보편적 가치의 담지자를 발견할 수 없다는 사실 때문에 고민할 때, 최재서는 가족사 연대기 소설과 르포르타주 소설이 바람직한 모델이 될 수 있다고 생각했다. 그런데 보편적 가치의 부재 혹은 그것을 구현한 사회적 실재의 부재가 현대 사회를 규정하는 특징이라면, 말로가 당대 사회에서 보편적 가치의 담지자를 발견했다는 최재서의 판단에는 현대소설의 서사시적 경향뿐만 아니라 현대 사회 자체의 서사시적 경향에 대한 인정까지도 포함되어 있을 수밖에 없다. 사회적 실재에 대한 묘사와 소설적 성격의 창조가 일치할

---

135 위의 글, 62쪽.

수 있다는 생각, 다시 말해 사회에 대한 객관적 묘사와 보편적 가치의
구현이 조응할 수 있다는 생각은 현대 사회의 내적 통일성을 전제함으
로써만 가능한 일이었다.

3) 서사시 형식의 요구

1930년대 말 최재서는 심리주의 문학의 몰락을 주장한 뒤, 그것을 개
인주의 예술의 쇠퇴와 전체주의 예술의 발흥을 나타내는 지표로 해석
했다. 문학의 세계는 '심리와 의식의 세계'에서 '사건과 행동의 세계'로
옮겨갔고, 심리주의 문학 대신 행동적 휴머니즘 문학, 국민주의 문학,
르포르타주 문학이 전 세계적으로 유행하게 되었으며, 서사시, 서사극,
행동소설 등이 자서전 소설이나 관념소설을 밀어내고 주류 문학 장르
로 부상했다는 것이다.[136] 앞에서 살펴보았듯이 최재서는 개인의 심리
에 입각한 소설의 역사적 유효성을 의심하는 한편, 사회적 실재를 사회
적·역사적 전체성 속에서 묘사하는 가족사 연대기 소설이나 르포르
타주 소설을 통해서 현대소설의 미래를 구상했다. 그러나 최재서가 일
련의 현대소설 연구에서 최종적으로 염두에 두었던 것은 바로 서사시
형식이었다. 서사시 형식은 우선 서사문학의 원형이라는 점에서 문학
사적으로 중요했지만, 사회를 객관적으로 묘사하면서도 인간의 보편
적 가치를 구현한다는 점에서 미학적으로도 중요했다. 게다가 세계 문
학의 동향이 심리주의 문학에서 전체주의 문학으로 이동하고 있다는
진단은 서사시 형식의 시대적 정당성을 입증하는 것처럼 보였다.

---

136 최재서, 「현대 세계문학의 동향」, 『평론집』, 377~378쪽 참조.

서사시는 모든 문학 장르의 원형이자 최고 형태였다. 이는 최재서가 현대소설뿐만 아니라 서정시에 대해서도 서사시로의 지양을 요구한 근본 이유였다. 예컨대, 그는 김기림의 「기상도」에 관해 사상적 인식의 미숙으로 인해서 현대의 서사시가 되지 못했다는 지적을 하기도 했고[137], 모윤숙의 『렌의 애가』, 임학수의 『견우(牽牛)』, 이용악의 『분수령』 등에 관해서는 도덕과 생활을 노래하며 서사시로 나아가고 있다는 긍정적 평가를 내리기도 했다.[138] '현대 서정시의 군새(窘塞)'는 시인 자신이 더 잘 알 것이므로 시인은 서정시에서 나와 '서사시에로의 시원한 길'을 걸어야 한다는 것, 다시 말해 "서사시에로의 전개는 모든 현대 시인이 품고 있을 명일의 희원"[139]이라는 것이 1940년 무렵 최재서가 갖게 된 생각이었다. 문학의 목적이 사회적 실재(민중의 생활)에 대한 객관적 묘사와 보편적 가치의 구현에 있다면, 서사시는 그 목적에 가장 적합한 형식이었다. 최재서는 현대 시인에게 서사시로의 전향을 간혹 요구하기도 했지만, 서사시의 후예가 소설 장르이고 서사시란 현대소설과 관련해서 논의되어야 한다는 신념을 견지하고 있었다.

서사시 형식에 관한 최재서의 신념이 가장 체계적으로 서술되어 있는 글은 바로 「서사시·로만스·소설」(『인문평론』, 1940.8)이다. 이 글에서 최재서는 W.P. 커의 『서사시와 로만스』에 기초해서 영웅시대 서사시의 심미적 자질을 설명한 뒤 서사시가 중세 로망스로 전개되는 과정을 '문학 정신의 저하'로서 규정했다.[140] 그리고는 소설의 기원이란 프

---

137 최재서, 「현대시의 생리와 성격」, 『문지』, 89쪽.
138 최재서, 「시와 도덕과 생활」, 『평론집』, 420쪽.
139 위의 책, 421쪽.
140 「서사시·로만스·소설」에서 W.P. 커의 글을 직접 인용하기도 했지만, 서사시와 로만스에 관한 최재서의 설명은 기본적으로 커의 견해에 의존해서 이루어졌다. 커에 의하면 서사시의 심미적 자질인 절제(sobriety), 단순성(simplity)은 극단적 노동분업이 부재하고 영웅과 평민이 친밀한 관계를 유지했던 영웅시대의 성격에 상응했고, 로망스의 심미적 자질인 미

랑스의 중세 로망스가 아니라 이태리의 노벨레에 있다는 점과 현대소
설이란 무엇보다도 로망스에 대한 반역에서 시작되었다는 점을 지적
한 후, 조선 작가들을 향해 소설의 로망스화를 피하고 소설의 서사시화
를 추구해야 한다고 강하게 주장했다. 이와 같은 주장은 기본적으로 두
종류의 대립에 근거해서 이루어졌는데, 하나는 낭만주의와 고전주의
의 미학적 대립이었고 다른 하나는 영웅시대와 현대사회의 역사철학
적 대립이었다. 최재서는 문학의 리얼리즘에 관한 고전주의적 견해에
입각해서 작가의 주관(이상)에 의존하는 로망스의 낭만주의를 비판하
는 한편, 보편적 가치의 부재로 인해 균열된 현대 사회의 문학 앞에 내
적으로 통일된 영웅시대의 서사시를 대안으로서 제시했다.

최재서는 서사시의 위대성을 영웅시대의 시대적 특성에서 찾았다.
영웅시대란 사회적으로 노동의 분업화가 진전되지 않음으로써 귀족과
평민의 내적 통일성이 성취된 시대였고, 문화적으로 귀족의 독특한 문
화가 아직 성립되지 않음으로써 지도자와 민중이 '친밀한 공동의식'을

스테리와 환상은 귀족과 평민의 공동체가 분열된 결과 기사도의 환상적 모험만이 문학적
대상으로서 간주된 데 기인했다. 특히 두 종류의 서사문학에 관한 다음과 같은 설명은 최재
서의 서사시적 지향을 뒷받침할 만한 논거가 되기에 충분했다.
"로망스는 그것만으로 일종의 문학, 즉 드라마적 상상력의 충분한 실현을 허용하지 않는 문
학이다. 즉 로망스는 서사시의 충만함과 다양성에 비하면 제한된 추상적 형식이다. 비록
로망스의 에피소드들, 그리고 로맨틱한 분위기와 일탈들이 다른 모든 인간적인 것들과 더
불어 서사시적 구도에서 적절한 자리를 차지한다고 하더라도 말이다.
서사 문학의 위대한(greater) 종류와 저급한(lesser) 종류 사이의 차이는, 그것들에 어떤 이름
이 부여될지는 모르지만, 매우 중요하고 본질적인 것이다. 아리스토텔레스가 『일리아드』와
『오딧세이』밖에는 사례를 알지 못했던 위대한 종류의 서사시문학에서 등장인물들은 변화
하는 환경 속에서 드라마적으로 행동하고 발화함으로써 개인이 된다. 다른 종류의 서사 문
학에서는 수많은 사람들의 서로 다른 분위기와 감정 대신 저자 자신의 개인적인 감정(the
sentiment of the author in his own person)이 존재한다. 거기에는 하나의 목소리, 스토리-텔
러의 목소리가 있고, 성격들에 관한 저자의 이론이 성격들에게 의무를 수행하도록 한다. 드
라마적 다양성만 아니라면 거기에는 시적 우아함이 있을지 모른다. 그러나 서사에서 독립
된 성격들이 모험들의 연쇄나 풍경의 아름다움, 또는 시적 감정의 토로 속으로 용해될 때마
다, 서사는 아무리 오비디우스나 스펜서의 예술이라고 하더라도 최고의 질서 아래로 떨어
져버린다."(W.P. Ker, *Epic and Romance*, London : Macmillan and Co., 1908, p.33)

공유한 시대였다. 그 때문에 서사시는 사회적 실재를 전체적으로 재현하면서도 추상적이거나 관념적인 문학으로 떨어지지 않을 수 있었고, 위엄이나 장중함 같은 심미적 자질뿐만 아니라 고전적 법칙에 의한 구조적 안정성 역시 확보할 수 있었다. 이와 더불어 최재서가 특히 주목한 것은 서사시의 경우 인물의 개인적 가치가 완전히 보전되어 있다는 점, 그리고 개인과 사회 혹은 인물과 시대가 동일한 감정과 신념에 의해 통일되어 있다는 점이었다. 서사시에서는 "인간의 인간적 찬미 — 가령 예를 들면 건강, 용기, 명예심, 지혜, 도덕 등 — 이 순수하게 발전되는 동시에 그 자체로서 순수하게 평가"되었다는 것, "후세의 말로 한다면 휴머니스틱한 이러한 욕구"가 "서사시에 있어서는 다른 어떤 문학에서보다도 만족하게 수행되었"다는 것이다.[141] 영웅시대란 인문주의적 모럴을 중심으로 영웅과 평민이 공동체를 형성한 시대였기 때문에, 서사시는 공동체의 영웅을 정확하게 묘사하는 것만으로도 충분히 보편적 가치가 구현된 사회적 실재를 재현할 수 있었다.

현대소설은 무엇보다도 개인과 사회가 분열된 시대의 산물이다. 현대소설가는 고전적 작품들을 통해 보편적 가치를 습득했다고 하더라도 외부 세계에서 그에 상응하는 실재를 발견할 수 없기 때문에 내부의 심리 세계로 침잠하거나 창작욕을 유산하는 데로 나아가게 된다. "개인과 사회의 유리가 심할 때에는 창조적 문학의 존재가 근본적으로 위협을 받게"[142] 되는데, 현대 심리주의 소설의 유행이나 통속소설의 성행은 그 대표적인 사례였다. 그 때문에 최재서는 현대소설 연구 시리즈에서 심리주의 소설의 극복과 소설의 서사시적 경향을 옹호하고, 「서사시・로만스・소설」에서 '소설의 로망스화'[143]라는 규정 아래 통속소

---

141 최재서, 「서사시・로만스・소설」, 앞의 책, 13쪽.
142 위의 글, 14쪽.

설의 극복과 서사시의 복원을 요구하지 않을 수 없었다. 로망스란 물론 봉건 군주에 대한 충성, 무사 수행을 위한 모험, 귀부인과의 연애 등을 다룬 중세 기사도 문학을 가리켰지만, 최재서에게는 궁정, 살롱, 광장, 시장 등의 청중을 만족시키는 데만 몰두하는 통속문학을 의미했다. 로망스는 사회 속에서 성격을 탐구하는 대신 인물 속에서 작가의 기분이나 정조를 표현하려고 하며, 사회적 실재를 객관적으로 묘사하는 대신 '인간의 환상적 욕구'를 충족시키는 데 몰두할 뿐이었다.

서사시가 영웅시대의 장르인 한, 최재서의 서사시 요구는 현대 사회가 영웅시대 또는 그와 유사한 상태로 나아가고 있다는 진단을 전제한다. 가족사 연대기 소설이나 르포르타주 소설이 일종의 '성격'을 만들어낼 수 있었음에도 불구하고 서사시가 아니라 서사시적 경향으로 규정된 이유는 여기에 있다. 서사시는 무엇보다도 보편적 가치가 당대 사회에 실재할 때, 즉 작가와 독자가 동일한 모럴에 의해 통일되어 있을 때 정당화될 수 있는 형식이었다. 최재서의 서사시 요구는 결코 문학과 사회의 연관성에 대한 고려 없이 이루어진 게 아니었다. 1940년 무렵 최재서는 당시 조선 지식인들에게 광범위하게 퍼져 있던 '동양'의 이데올로기에 공감했고, 조선문학의 미래란 '동양의 신질서' 건설과 관련해서 사유될 필요가 있다고 여겼다.[144] "동양적 신질서 속에서 과연 자기분열

---

143 최재서는 (조선) 현대소설의 로망스화를 페이젠트와 멜로드라마로 구분해서 설명했다. 우선 페이젠트는 각 세대의 역사적 진열, 사회 각 계층의 대조적 나열, 인간 사상을 풍속화 등을 의미하는 것으로서, 조선의 경우 풍속소설이나 사상소설(정신적 풍속소설)이 여기에 속했다. 한편 멜로드라마는 행동에 대한 욕구를 회화화한 것으로서 모험, 자동차 활극 장면 등을 다룬 아메리카 소설이 여기에 속했다. 조선의 경우 아직 현저하게 드러나지는 않지만, 신문소설(통속소설)에서 발견할 수 있다는 게 최재서의 설명이었다(「서사시·로망스·소설」, 앞의 책, 23쪽).

144 채호석은 '최재서의 친일문학의 전환'을 "'현대'에 대한 인식의 변화"에서 찾았다. 최재서가 제국주의의 이데올로기를 수용한 것은 명백하지만, 그렇다고 해서 최재서의 문학적 입장 변화를 단순히 '지성의 파탄'이나 '논리의 포기와 신념의 획득'으로 간주해서는 안 된다는 것이다. 오히려 최재서의 변화는 1930년대 중반 가졌던 '과도기적 혼돈'으로서의 현대 개념이

이나 자의식을 초극한 실로 르네상스적인 인간이 창조"될 수 있을지 장담할 수는 없지만, "그러한 인간 창조가 없이는 새 세대는 아무런 권리도 주장할 수 없을 것"이라는 게 이 시기 그의 생각이었다.[145] 최재서는 '동양 신질서'를 영웅시대로서 규정하고, 그 규정 위에서 당대 소설 장르의 문제를 해결하고자 한 셈이다.

최재서의 서사시 논의는 부르주아 사회의 쇠퇴와 동양 신질서의 도래에 대한 믿음 위에서, 19세기 리얼리즘 소설의 개인 중심 플롯과 20세기 심리주의 소설의 모럴 상실을 비판하고 집단적 주체에 의한 보편적 가치의 구현을 요구한 것이었다. 이러한 서사시 요구는 20세기 영미 모더니즘 문학을 중심으로 조선문학에 관해 논의했던 1930년대 중반에 비하자면, 최재서가 1940년 무렵 일본 제국주의 지배 이데올로기에 대한 비판적 거리를 거의 상실하게 되었음을 의미한다. 그러므로, 1940년대 들어 최재서가 '국민문학'을 내세우며 국민의 문화적 통일을 강변하게 된 것은 결코 우연이 아니다. 그것은 현대소설에 대한 비판이 서사시 형식에 대한 요구로 귀결되는 논리 전개 속에 이미 내재해 있었다.

1940년대 들어 '고도 질서 사회' 혹은 그 사회로의 전환을 목전에 둔 '전환기'로서의 현대 개념으로 변화한 데 기인한다는 것이다(「과도기의 사유와 '국민문학론'」, 『외국문학연구』 제16권, 2004). 이는 현대 사회에 관한 최재서의 인식 변화와 문학 논의의 방향 전환 사이에 내재하는 연루관계를 잘 포착하고 있다.

145 최재서, 「문학적 세대」, 『조선일보』, 1939.7.7.

제5장
'조선적 장편소설'의 특수성과 현실성

임화가 본격소설을 기준으로 1930년대 조선 소설 작품들에 관한 비판적 성찰을 감행하고 최재서가 영미 모더니즘 문학이론에 의존해서 서사문학의 현재와 미래에 관해 고찰했다면, 김남천은 조선 자본주의 사회의 특수성을 강하게 의식하는 가운데 조선적 장편소설의 형태에 관해 탐구했다. 김남천은 조선 사회에서 19세기 유럽 장편소설 같은 형식이 만개하지 못한 원인을 조선 자본주의의 특수성에서 찾으면서, 장편소설의 개조 문제를 조선 사회의 총체적 변화와 관련해서 다루고자 했다. 그에게 장편소설은 조선 사회에 관한 역사적 인식을 제공해줄 수 있는 장르였고, 더 나아가서는 조선 사회의 총체적 변화에 기여할 수 있는 장르였다.

김남천이 볼 때, 조선 장편소설의 발전이 지체된 근본 요인은 조선 자본주의의 특수성에 있었다. 조선 사회가 일본 제국주의에 의해서 급격하게 근대 자본주의 체제에 편입된 결과, 서구 부르주아 사회 및 그에 상응하는 의식이 형성되기 어려웠다는 것이다. 조선 사회의 급격한 근대화는 1930년대 들어 문단에 조이스나 프루스트 같은 모더니즘 작가들이 본격적으로 소개된 데서도 잘 드러난다. 김남천은 이러한 20세기 모더니즘 문학의 유입을 리얼리즘에 입각한 장편소설 작품 생산에 부정적 영향을 준 요인으로 평가했다. 그리고 소설가들이 주로 신문을 통해서 작품을 발표할 수밖에 없었던 사정으로 인해, 1930년대 들어 상업 저널리즘과 장편소설 장르의 긴밀한 관계가 형성된 것도 소설 작품 생산에 부정적 영향을 끼친 요인으로 간주되었다. 이와 같은 곤란에도 불구하고 김남천은 역사적 불균등성의 관점에서 제국주의 시대 조선에서도 리얼리즘 방법에 입각한 장편소설 생산이 가능하다고 믿었다. 장편소설은 자본주의 사회의 모순과 갈등에 관한 역사적 인식을 추구한다는 점에서, 비록 식민지 상태일지라도 조선 사회가 자본주의적 경제 체제에 의해 작동하는 한 이 사회에 가장 적합한 문학 장르였다.

김남천은 크게 두 가지 방향에서 장편소설 장르에 관한 논의를 전개했다. 우선 김남천은 소설 장르의 구성 원리에 관해 성찰했다. 소설가의 모럴로서의 마르크스주의, 작품 구성 요소로서의 풍속과 전형적 성격, 작품 세계로서의 전형적 성격들의 풍속도 등은 그 성찰의 결과였다. 여기서 소설가는 마르크스주의의 입장에서 사회에 관한 역사적 인식을 모색하고 풍속과 전형적 성격을 통해서 그것을 형상화하는 존재였다. 그리고 전형적 성격들의 풍속도는 이 과정을 거쳐 형성되는 소설 작품의 세계를 의미했다. 다음으로 김남천은 조선적 장편소설의 형식적 특성에 관해 탐구했다. 가족사 연대기 형식이라든가 총화소설에 관한 논의는 이러한 탐구 과정에서 이루어진 것이었다. 특히 특정 형식이나 구성방식을 절대시하지 않는 총화소설 구상은 임화나 최재서의 소설이해와 질적으로 구별되는 김남천만의 독특한 소설 이해를 보여준다. 그에게 장편소설은 플롯의 '구성'이 아니라 전형적 성격들의 '총화'

가 되어야 했다. 이는 김남천이 부르주아 장편소설을 비판하면서도, 서사시 형식으로 회귀하지 않은 채 부르주아 장편소설의 자기 지양을 요구하게 된 이유이기도 했다.

1. 마르크스주의적 문학 이해

1930년대 김남천에게 주요 관심사는 문학의 정치성(계급성)을 부인하고 문학의 순수성을 주장하는 부르주아 문학관과의 투쟁이었다. 제국주의 국가 권력이 1935년 카프의 해체를 통해서 문학과 정치의 분리를 강요했다면, 문학의 순수성을 내세우는 작가들은 정치로부터 문학의 해방을 외침으로써 그와 같은 정책에 부응했다. 김남천의 입장에서 보자면, 이광수가 '예술을 위한 예술'을 주장한 것은 문학의 정치성을 모범적으로 실현해온 자신의 과거를 망각한 행위이자 '한 개의 정치적 입장 표명'이었고,[1] 박영희나 백철 같은 전향 작가들이 프롤레타리아 계급으로부터의 해방을 외치면서 '인간에의 귀환'과 '문학의 탈환'을 요구한 것은 부르주아 계급으로의 자기 복귀와 출판 자본에의 예속을 합리화한 것에 불과했다.[2] 이에 맞서 그가 우선적으로 내세운 것은 '정치와 문학의 통일된 관점'[3]이었다. 이 관점은 작가들이 문학을 사회적 관계의 산물로서 인식하고, 사회적 관계 속에서 문학이 수행하는 기능을

---

1   김남천, 「춘원 이광수 씨를 말함」(『조선중앙일보』, 1936.5.6~5.8), 정호웅 외편, 『전집』 1, 박이정, 2000, 163쪽.
2   김남천, 「고발의 정신과 작가」(『조선일보』, 1937.6.3~6.5), 『전집』 1, 222~227쪽 참조.
3   김남천, 「춘원 이광수 씨를 말함」, 『전집』 1, 166쪽.

적극적으로 사유하게 해준다는 점에서 꼭 필요했다.

정치와 문학의 통일된 관점은 문학을 사회적·역사적 총체성 속에서 이해할 때 확보될 수 있다. 문학은 정치, 경제, 이데올로기 등 사회의 다른 심급들과 긴밀하게 관련되어 있기 때문에, 문학 장르에 관한 고찰 역시 그 심급들을 적극적으로 고려하는 가운데 이루어져야 한다. 이는 김남천이 1930년대 조선 장편소설의 성격을 조선 자본주의 발전의 특수성(아시아적 정체성)과 관련해서 이해하고, 리얼리즘 이론에 관한 사유 역시 사회적 관계를 적극적으로 고려하는 가운데 수행하게 된 이유였다.

1930년대 후반 김남천의 사유는 크게 두 가지 방향으로 전개되었다. 하나는 조선 자본주의 발전의 특수성 속에서 장편소설 장르를 역사적으로 고찰하는 일이었고, 다른 하나는 엥겔스의 리얼리즘 명제와 발자크의 소설 논의를 참조하면서 리얼리즘 소설 이론을 정교하게 다듬는 일이었다. 그는 조선 장편소설의 역사적 형성 조건인 아시아적 정체성을 적극적으로 고려하는 가운데, 리얼리즘 이론에 관한 깊이 있는 성찰을 통해서 식민지 조선 사회에 적합한 장편소설의 형태를 모색했다. 여기에는 물론 식민지 조선 사회에 관한 적절한 인식 방법을 찾는다는 의미도 있었지만, 당대 사회의 전면적 극복에 기여하려는 의도도 내포되어 있었다.

1) 조선 장편소설의 역사적 특수성

임화가 본격소설 형식을 통해서 소설 장르를 이해하고 최재서가 서사문학의 전통 속에서 현대소설에 대해 논의했다면, 김남천은 "유물론적 파토스"[4]를 중심으로 장편소설 장르에 관해 사유했다. 물론 임화와 최재서도 리얼리즘을 내세우면서 일상적 경험 세계나 사회적 실재에 관한 인식이 중요함을 역설했다. 그리고 각각 본격소설이나 서사시가 인간의 역사를 파악하거나 보편적 가치를 구현하는 데 유력한 문학 형식이 될 수 있다고 믿었다. 하지만 인간의 역사나 보편적 가치가 소설가의 관념에 의존할 수밖에 없는 것인 한, 또한 그것이 일상적 경험 사실들을 추상하거나 가상의 시공간을 만들어냄으로써만 구현될 수 있는 것인 한, 임화와 최재서의 소설 이론에 물질적인 것에 대한 정신적인 것의 우월성이 전제되어 있음은 분명해 보인다. 사실상 임화가 말하는 인간의 역사란 1930년대 조선인들이 일상적으로 경험할 수 있는 게 아니었고, 최재서가 주장하는 보편적 가치 역시 식민지 조선 사회에서 관찰할 수 있는 게 아니었다. 이들과 달리 김남천은 식민지 조선 사회에 내재하는 모순과 갈등을 인간의 역사나 보편적 가치라는 항목을 통해서 추상하거나 제거하려고 하지 않았다. 그는 오히려 실재하는 모순과 갈등을 그 자체로서 재현하고자 했고, 그럼으로써 식민지 조선 사회에 관한 총체적 인식을 얻고자 했다. 이때 장편소설은 특정한 이데올로기나 가치가 아니라 "시민사회의 특수적인 제 모순을 담기에 가장 적당한 표현형식"[5]이라는 점에서 유력한 문학장르로 간주되었다.

김남천의 논의에서 장편소설이 자본주의 사회의 전형적 장르라는 생각은 중요한 전제였다. 자본주의 사회의 모순과 갈등이 오로지 장편소설을 통해서만 총체적으로 재현될 수 있음을 의미하기 때문이다. 이 점에서 조선이 자본주의 사회가 되었음에도 불구하고 조선에서 장편소설이 전형적 장르가 되지 못했다는 사실, 오히려 단편소설이 장편소설을 대신해서 대표적 장르가 되었다는 사실은 문제로 여겨질 수밖에

---

4   김남천, 「조선적 장편소설의 일(一) 고찰」, 『전집』 1, 280쪽.
5   위의 글, 280쪽.

없었다. 김남천이 볼 때 당시 조선의 소설 작품들은 19세기 유럽 장편소설처럼 사회에 관한 총체적 인식을 제공해주기보다 그에 관한 단편적 인상을 제공할 뿐이었고, 성격과 환경, 내향과 외향, 세태묘사와 심리묘사, 플롯과 세부 묘사 사이의 분열들을 단편적으로 표현하거나 통속적 수단에 의해 봉합하려고 할 뿐이었다.[6]

김남천에게 1930년대 조선 장편소설은 한편으로 해결되어야 할 문제였지만, 다른 한편으로는 조선 장편소설의 특수성을 모범적으로 보여주는 사례였다. 이는 외국의 모범적인 소설 유형을 모델로 삼을 경우, 또는 외국 이론을 그대로 원용할 경우 조선 장편소설에 관한 문제란 결코 해명될 수도 해결될 수도 없음을 의미한다. 조선 장편소설의 문제는 오직 그 특수성에 대한 면밀한 고찰을 통해서 해소되어야 하는 것이다. 그러므로 임화처럼 본격소설 형식을 당위적으로 주장하거나 최재서처럼 영미 비평가들의 서사문학이론에 기대려는 태도는 결코 조선 장편소설의 문제에 관한 원인 분석적 설명이나 어떤 구체적인 해결책이 될 수 없다. 조선 장편소설의 문제는 오로지 '조선의 20년 신문학의 역사'와 '조선의 현실생활'을 복합적으로 고려할 때만 적절하게 다루어질 수 있다.[7]

조선 장편소설의 특수성에 관한 성찰에서 김남천은 마르크스주의의 관점을 일관되게 유지하고자 했다. 사실상 1930년대 후반 식민지 조선의 공식 출판물에서 마르크스를 구체적으로 언급하거나 마르크스주의라는 용어를 직접적으로 표기하기란 어려운 일이었다. 그 때문에 그는 '『경제학 비판서설』의 저자'라든가 '과학적 문예학' 같은 용어들을 통해

6   김남천, 「장편소설계」(『조선문예연감』, 1939), 『전집』 1, 455쪽.
7   김남천, 「지식계급 전형의 창조와 『고향』 주인공에 대한 감상」(『조선중앙일보』, 1935.6.2
      8~7.4), 『전집』 1, 84쪽.

마르크스와 마르크스주의의 존재를 암시하면서 "장편소설(로만)의 근본법칙에 대한 과학적인 관점"[8]의 중요성을 끊임없이 강조할 수밖에 없었다. 김남천에게 마르크스주의의 중요성은 그것이 문학 장르를 역사적 발전 과정 속에서뿐만 아니라 사회적 연관관계 속에서도 인식할 수 있게 해주는 사유 방법, 말하자면 장편소설 장르에 관한 합리적 인식을 가능하게 해주는 '과학'이라는 데 있었다.[9] 마르크스주의의 관점에서 김남천은 문학을 다른 이데올로기적 제도나 장치와 마찬가지로 사회적 상부구조에 속하며, 최종적으로 물질적 하부구조(생산관계)에 의해 조건 지어져 있는 사회적 심급이라고 생각했다. 그리고 문학이 사회를 구성하는 다른 심급들과 역동적으로 상호작용하는 가운데 사회적 관계의 변화에 기여할 수 있다는 신념을 견지했다. 김남천에게 마르크스주의는 문학의 지위와 기능을 사회적 관계 속에서 인식할 수 있게 해주고, 문학의 변화를 사회의 변화와 관련해서 이해할 수 있게 해주는 과학적 사유 방법이었다.

조선 장편소설의 특수성에 관한 김남천의 논의는 문학 장르의 사회적 중층결정과 역사적 발전의 불균등성의 관점에서 이루어졌다. 여기에는 인간의 사유에 대한 물질적 관계의 최종적 우선성(유물론)과 내적 모순에 의한 자본주의 사회의 자기지양의 복합성(변증법)이 내포되어 있었다. 우선 김남천은 사회적 중층결정의 관점에서 조선 장편소설이

---

8   김남천, 「조선적 장편소설의 일(一) 고찰」, 『전집』 1, 276쪽.
9   프레드릭 제임슨에 따르면 "'마르크스주의자가 된다는 것'은 마르크스주의는 어쨌든 과학이라는 믿음을 필연적으로 내포"했다(프레드릭 제임슨, 김유동 역, 『후기 마르크스주의』, 한길사, 2000, 57쪽). 이는 마르크스주의가 어떤 이데올로기와도, 예를 들면 소련식 사회주의 이데올로기와도 동일시될 수 없음을 의미한다. 김남천도 이와 유사한 방식으로 마르크스주의를 이해했다. 김남천에게 마르크스주의가 '과학'으로 간주될 수 있었던 이유는, 그것이 단순한 이데올로기가 아니라 이데올로기의 여러 형태들, 제도들, 장치들에 대한 고찰을 가능하게 해주는 과학적 방법이라는 데 있었다.

식민지 조선의 생산양식에 의해 강하게 제약되어 있음을 주장했다. 조선 사회가 20세기 들어 제국주의 국가 권력의 강요에 의해 자본주의 세계 체제에 급속히 편입된 결과 문화적 수준에서의 '아시아적 정체성', 정치적 수준에서의 '시대적 운무(雲霧)', 사회적·제도적 수준에서의 '저널리즘의 상업화' 등이 발생하게 되었는데, 이 현상들 사이의 상호관계가 조선 장편소설의 성격을 중층적으로 결정하게 되었다는 것이다.[10] 또한 김남천은 역사적 발전의 불균등성의 관점에서 장편소설의 전지구적(보편적) 전개와 더불어 조선 장편소설의 특수한 전개에 관해 사유했다. 여기서 조선 장편소설의 특수성이란, 간단히 말해서 조선 근대문학의 역사에 19세기 유럽 장편소설과 같은 형태가 등장하지 않은 사실을 의미했다. 그런데 이와 같은 세계 역사의 불균등한 전개는 다른 한편으로, 20세기 유럽 현대소설이 사회에 관한 총체적 인식 능력을 상실하게 되었을지라도 조선 소설가들의 경우에는 충분히 19세기 유럽 장편소설과 유사한 형태를 만들어낼 수 있으리라는 믿음을 지지하는 중요한 논리적 근거가 되기도 했다.[11]

---

10 김남천, 「조선적 장편소설의 일(一) 고찰」, 『전집』 1, 277~278쪽.
11 김남천은 역사적 불균등성의 관점에서 20세기 유럽 소설의 전개와 조선 소설의 전개를 구분했다. 자본주의 사회가 유럽에서 형성되었던 것처럼 근대 장편소설 역시 유럽에서 형성된 게 사실이지만, 조선 자본주의의 형성 과정이 유럽과 달랐던 것처럼 조선 장편소설의 형성 과정 역시 유럽과 다를 수밖에 없기 때문이다. 김남천은 조선 소설가들이 시공간적 차이를 무시한 채 20세기 유럽 소설의 흐름에 동참하려고 해서는 안 되며, 오히려 19세기 유럽 장편소설의 긍정적 성격을 회복하기 위해 노력하는 게 더욱 바람직한 일이라고 생각했다.
  "확실히 우리는 20세기에 살고 있다. 그러나 20세기가 산출한 모든 정신적 고질(痼疾)을 아무런 차별감이나 차이의식 없이 공동으로 나누고 입을 같이 하여 지껄이고 가슴을 함께 하여 공감할 필요는 있지 아니하다. 20세기에 살고 있는 것은 틀림없는 일이나 구라파에 살고 있지 않는 것도 또한 사실이기 때문이다. 그러므로 소설의 서구적 20세기적 실험에 대하여 맹종하고 있는 문학과 그의 작가는 하루 바삐 미망에서 깨어 현실에 발을 붙여야 할 것이다. 물론 부절(不絶)한 관심과 연구를 게을리 해서는 아니 된다. 그들의 실험한 바에서 교훈을 얻는 것은 어느 때에나 필요한, 시간과 정신의 절약이다. 그들은 이 이상의 대상이 되어서는 아니 된다. 헨리·제임스는 흥미가 있다. 프루스트나 제임스 조이스나 헉슬리에게도 관심이 미쳐야 한다. 그러나 그들은 우리가 필생의 업으로 하여 따라갈 지도원리는 될 수 없

김남천은 1930년대 조선 소설에 끼친 유럽 현대소설의 영향을 인정하기는 했지만, 조선 장편소설의 특수성이란 결국 "사회적 제 관계의 기형적인 발전과정의 소치이며 동시에 그의 반영"[12]이라고 단언했다. 19세기 발자크의 장편소설이 자본주의의 발전이 최고도에 도달한 프랑스 파리를 배경으로 형성되었다면 조선의 장편소설이란 조선 자본주의의 특수성, 정확히 말하자면 아시아적 생산양식 위에서 형성되었다는 것이다. 여기서 아시아적 생산양식이란 마르크스가 원시공동체들에서 국가와 계급 착취가 발생하게 되는 하나의 길을 제시하기 위해 고안해 낸 개념으로서, '특수한 마을 공동체들이 보다 높은 차원의 공동체(국가)를 대표하는 소수 개인들의 권력에 종속되어 있는 사회'를 의미했다. 아시아적 생산양식에서 국가 권력은 공동체들의 실질적이거나 가상적인 통일체를 표현하면서 경제적 자원의 사용을 통제하고 노동·생산의 일부를 직접적으로 수탈하게 되는데, 이는 동양적 전제주의가 농민들에 대한 집합적 수탈을 감행하고 상품의 자유로운 생산과 유통을 저지함으로써 공동체 사회의 상대적 정체를 초래하게 된 사태를 잘 설명해 주었다.[13] 김남천은 식민지 조선 사회가 비록 강제적으로 자본주의 세계 체제에 편입되었을지라도 여전히 아시아적 생산양식의 성격을 지니고 있으며, 그런 만큼 조선 장편소설 역시 '아시아적 정체성'에 의해 강하게 조건지어져 있다고 생각했다.

아시아적 정체성에 의한 장편소설 장르의 중층결정이란 문화적 수준에서 조선적인 것이나 풍류성에 대한 선호, 정치적 수준에서 일본 제

는 것을 알아야 한다."(「관찰문학소론(발자크 연구 노트 3)」, 『인문평론』, 1940.4), 『전집』 1, 598~599쪽)

12 위의 글, 279쪽.

13 모리스 고들리에, 「아시아적 생산양식의 개념과 마르크스주의적 사회진화의 방식」, 신용하 편, 『아시아적 생산양식론』, 까치, 1986, 138~192쪽 참조.

국주의 국가 권력에 의한 전체주의적 식민 지배, 사회·제도적 수준에서 신문의 급속한 상업화에 따른 문학의 통속화 등에 의한 조선 장편소설의 성격 결정을 의미한다. 우선 조선적인 것이나 풍류성에 대한 선호는 '사유에 있어서의 아세아적 퇴영성'을 보여주는 대표적인 사례로서,[14] 식민지 조선 사회의 모순과 갈등에 대한 총체적 재현을 추구하는 장편소설의 유물론적 파토스에 전혀 부합하지 않았다. 또한 조선 사회가 산업 자본주의 단계를 생략한 채 제국주의 세계체제로 편입되는 과정에서 형성된 전체주의적 지배 방식은, 조선 사회에서 개성이나 개인주의의 성장을 가로막음으로써 당대 사회를 거시적으로 조망할 수 있는 시점의 형성을 어렵게 만들었다. 조선 소설가들은 유럽 부르주아 사회의 상승기 소설가들처럼 개인 주인공을 통해서 사회를 총체적으로 재현할 수도 없었고, 그렇다고 전체주의적 사유에서 당대 사회에 관한 총체적 재현을 가능하게 해주는 시점을 발견할 수도 없었다(시대적 운무(雲霧)).[15] 그리고 신문의 급속한 상업화는 조선의 사회적 관계가 급속히 자본주의화된 데 기인한 현상으로서, 문학의 상대적 자율성이 제도적으로 정착되기 전 '출판 자본에의 문단의 종속'이라는 결과를 초래했다.[16] 1930년대 조선 소설가들은 대부분 신문을 통해서 작품을 발표했기 때문에, 신문의 상업화와 그로 인한 저널리즘의 통속성 요구에 결코

---

14 김남천, 「고전(古典)에의 귀환」,(『조광』, 1937.9), 『전집』1, 250쪽.
15 유럽 부르주아 사회의 상승기 혹은 산업자본주의의 상승기 소설가들은 개인의 행위를 통해서 사회의 모순과 갈등을 총체적으로 재현할 수 있었다. 이는 개인과 사회가 기본적으로 부르주아 이데올로기에 의해 통일되어 있음을 전제한다. 하지만 20세기 제국주의 시대에 소설가가 개인의 행위를 중심으로 총체적 세계상을 제시하기란 불가능하다. 이 경우 행위하는 개인은 오로지 전체주의 체제에 적극적으로 순응함으로써만 존재할 수 있다. 하지만 전체주의 체제에의 순응은 개인의 개인성을 소거하는 데로 귀결될 뿐이기 때문에 소설가는 결코 원하는 성과를 얻지 못할 것이다. "전체주의를 경계하면서 생기 발랄한 통일된 성격을 창조하기는 우리들로서는 지극히 힘든 일이 아닐 수 없"다는 게 김남천의 기본적인 입장이었다(「개조」,(『조선일보』, 1938.9.10~9.18), 『전집』1, 397쪽).
16 김남천, 「동인지의 임무와 그 동향」,(『동아일보』, 1937.9.26~10.1), 『전집』1, 266쪽.

무관심할 수 없었다.

사실 '아시아적 정체성'이란 마르크스가 '정체된 동양 사회(인도)'에 대한 '발전된 자본주의 사회(영국)'의 지배를 설명하기 위해서 도입한 개념이었다. 그 때문에 이 개념에는 기본적으로 영국의 인도 지배를 정당한 것으로 간주하면서 비유럽 사회를 모두 '정체 상태'의 틀로써 이해하려는 유럽중심주의적 태도가 내포되어 있다.[17] 그럼에도 불구하고 아시아적 정체성 개념은, 김남천의 논의에서도 드러나는 것처럼 유럽 사회와 문학에 견주어 조선 사회와 문학의 특수성을 인식할 수 있게 해 준다는 점에서 의의가 있었다. 특히 조선 자본주의 발전의 특수성이 궁극적으로 일본 제국주의의 식민 지배에 기인한 것임을 고려한다면, 김남천의 '아시아적 정체성' 개념을 단순히 '조선 사회의 후진성'에 대한 긍정으로 받아들여서는 안 된다. 오히려 이 개념에는 1930년대 조선 사회에 대한 비판적 인식, 더 나아가서는 식민지 자본주의 사회의 극복에 대한 희망까지도 포함되어 있었다.[18]

장편소설의 개조 문제는 궁극적으로 사회적 관계의 총체적 변형이 수반되지 않는 한 해결될 수 없다. 소설가들은 물론 "로만의 이론을 정당히 파악하여 그의 개조를 기도"[19]해야 하지만, 문학의 근본적 임무가 "아세아적 정체성의 극복"[20]에 있다는 것 역시 기억하지 않으면 안 된

---

17 Peter Osborne, *How To Read MARX*, New York · London : W. W. Norton & Company, 2005, pp. 115~118.

18 차승기는『반근대적 상상력의 임계들』(푸른역사, 2009)에서 김남천을 포함한 조선 마르크스주의자들이 "'정체성'으로서의 특수성"에 의해 조선 사회를 이해함으로써 '조선 사회의 특수성을 보편적인 인류 역사의 한 계기적인 연관으로 끌어들이는 보편주의'에 거리를 두면서도 여전히 조선 사회의 특수성을 '단선적인 진보적 시간' 속에서 이해하려고 한 결과 "아시아적 정체성과 역사발전의 일반법칙 사이에서 동요하고 있었던 것처럼 보인다"고 서술한 바 있다(115~117쪽). 이와 같은 서술은 적어도 김남천의 경우 역사발전의 일반법칙보다 아시아적 정체성에 의해 제약된 조선 사회의 특수성에 대한 비판적 인식에 더 관심이 있었다는 점을 고려해서 교정될 필요가 있다.

19 김남천,「조선적 장편소설의 일(一) 고찰」,『전집』1, 288쪽.

다. 조선 장편소설이 자본주의 사회를 총체적으로 재현하는 장르로서 형성되지 못한 이유가 궁극적으로 아시아적 정체성에 있다면, 소설가는 자신의 활동 영역(문학)에서 아시아적 정체성의 극복을 위해 최대한의 노력을 기울여야 하는 것이다. 저널리즘에 의한 장편소설의 상업화 문제를 해결하려는 최재서의 전작장편소설 운동에 김남천이 깊은 관심을 보이고, 『대하』를 집필함으로써 그 운동에 직접 참여하기도 한 것은 아시아적 정체성의 극복을 위한 노력의 일환이었던 셈이다. 하지만 김남천은 전작장편소설 운동이란 장편소설 문제에 관한 제도적 해결책일 뿐 결코 그에 관한 실질적 해결책, 말하자면 장편소설의 미학이나 생산조건에 관한 해결책이 될 수 없다고 생각했다. 전작장편소설 운동은 기존 사회적 관계의 총체적 변형과 무관하게 그 관계를 유지한 채 장편소설의 체질 개선을 이루려는 시도였기 때문이다. 리얼리즘 이론을 정교하게 다듬으려는 노력, 그럼으로써 조선 장편소설의 생산을 위한 방법론적 토대를 마련하려는 노력은 바로 이와 같은 문제의식에 기인했다.[21] 김남천이 원한 것은 기존 사회적 관계를 건드리지 않은 채 이루어지는 장편소설 작품 생산이 아니라, 기존 사회의 모순과 갈등을 재현하는 가운데 그 사회의 총체적 변형에도 기여할 수 있는 작품 생산이었다.

---

20 김남천, 「모럴의 확립」(『동아일보』, 1938.6.1), 『전집』 1, 373쪽.
21 김남천은 「장편소설에 관한 나에 이상」(『청색지』, 1938.8)에서 장편소설의 형식적 붕괴가 동양적 후퇴성과 유럽 소설의 기형적 수업에 기인한 현상이라고 설명한 뒤, 최재서의 전작 장편소설 총서 간행이 장편소설 문제에 관한 중요한 해결책이 될 수 있다고 말했다. 그러나 김남천은 최재서의 전작장편소설 총서 간행 사업이 소설의 미학에 관련된 문제는 아니라고 생각했다.
    "이러한 가운데서 비로소 최재서 씨가 주재하는 인문사에서 전작 장편소설 총서의 간행이 발표된 것이다. 최씨 역시 이 길밖에 장편의 신기축(新機軸)을 지을 도리가 없었던 것 같으며 우리 또한 지금과 같은 형세에서 이 이상 딴 길을 취할 방도가 막연하지 않은가 한다. 그러면 나는 한 사람의 작가로서 어떻게 이 수난 속에서 장편소설을 본격적으로 이끌고 나가려고 하는 것일까?"(『전집』 1, 389쪽)

2) 리얼리즘 문학의 논리

김남천은 「건전한 사실주의의 길」(『조선문단』, 1936.1)에서 소설가가 '건전한 세계관'과 '나파륜의 칼'을 갖고 있다면 '향토적 미례제'와 '정치적 암흑'이란 전혀 문제가 되지 않는다고 주장했다.[22] 여기서 '건전한 세계관'은 사회주의 이데올로기를, '나파륜의 칼'은 문학적 인식 방법이자 형상화 방법으로서의 리얼리즘을, '향토적 미례제'는 장편소설의 발전을 저해하는 아시아적 정체성(생산양식)을, '정치적 암흑'은 일본 제국주의 국가 권력에 의한 전체주의적 통치(동양적 전제주의의 잔재)를 각각 의미한다. 그러므로 김남천의 주장은 다음과 같이 정리될 수 있다. 식민지 조선 사회가 여전히 이데올로기적·정치적·사회적으로 아시아적 정체성을 탈피하지 못했다고 하더라도, 소설가는 사회주의 이데올로기와 함께 리얼리즘 방법을 습득한다면 사회의 모순과 갈등을 총체적으로 인식하고 형상화할 수 있다는 것이다.[23] 김남천은 리얼리즘을 "작자의 주관적 관념이나 사상적 방수제를 넘어서 널리 사회의 본질 속으로 꿰뚫고 들어가는 강한 힘"[24]을 갖는 방법으로 여겼다. 그 때문에 사회주의 이데올로기와 리얼리즘 방법에 의존해서 조선 사회를 재현할 경우, 그의 작품은 문화적·정치적 수준에서 아시아적 정체성과 제도적 수준에서 문학의 상업화에 제동을 걸 수 있다고 보았다.

김남천은 소설가들이 장편소설 작품을 쓰기 위해서는 사회주의 이데올로기와 리얼리즘 방법을 모두 습득해야 한다는 사회주의 리얼리

---

22 김남천, 「건전한 사실주의(寫實主義)의 길」, 『전집』 1, 149쪽.
23 김남천은 「이기영 검토(1)—사상, 작품, 문장」(『풍림』, 1937.5)에서 이기영을 사회주의 사상에 입각해서 '현실 사회를 본질과 현상 그리고 모순과 당착과 결함 속에서 가장 투철하게 예술적으로 형상화한 작가'라고 평가하며, 그의 작품들을 통해서 조선 소설가들에게 모범이 될 만한 리얼리즘의 실체를 발견할 수 있다고 주장했다.
24 김남천, 「11월 창작평」(『조선일보』, 1938.11.9~11.13), 『전집』 1, 430쪽.

스트들의 주장에 원칙적으로 반대하지 않았다. 1930년대 중반 사회주의 비평가들 사이에서 사회주의 이데올로기는 현재의 조선 사회를 미래의 사회주의 사회와 관련해서 입체적으로 이해할 수 있게 해준다는 점에서, 리얼리즘 방법은 1930년대 조선 사회의 모순과 갈등뿐만 아니라 그 모순과 갈등을 통해서 작동하는 역사에 대한 이해도 가능하게 해준다는 점에서 문학 작품 생산에 필수적인 요소들이었다. 김남천 역시 이 시기 사회주의 비평가들과 유사한 방식으로 사회주의 이데올로기와 리얼리즘 방법을 이해하고 수용했다. 다만 두 요소들의 필요성이 아니라 두 요소들 사이의 관계 양상에서는 그들 사이에 이견이 있었다. 예컨대, 1930년대 중반 임화의 경우에도 사회주의 이데올로기와 리얼리즘 방법은 작품 생산의 두 가지 필수요소였다. 그러나 임화가 리얼리즘 방법에 대한 사회주의 이데올로기의 우선(월)성을 믿었던 것과 달리, 김남천은 사회주의 이데올로기에 대한 리얼리즘 방법의 우선(월)성을 믿었다. 그에게 중요한 것은 이데올로기가 아니라 재현 혹은 인식을 가능하게 하는 방법이었다.

소설가는 사회주의 이데올로기 그 자체에 동의한다고 하더라도 사회주의 사회로의 역사적 발전을 맹목적으로 신뢰해서는 안 되며, 오히려 리얼리즘 방법에 의존해서 당대 사회의 구체적이고도 특수한 면모를 포착하려고 노력해야 한다. 김남천은 바로 이와 같은 노력만이 당대 사회에 대한 총체적 인식을 가능하게 해준다고 믿었다. 특히 1930년대 후반 들어 사회주의 사회 건설의 전망이 불투명해졌음에도 불구하고 리얼리즘 방법보다 사회주의 이데올로기를 전면에 내세우는 것은 실제 사회에 대한 왜곡을 초래할 수 있다는 점에서 경계의 대상이 될 수밖에 없었다. 소설가라면 "사상, 관념, 이데올로기의 불신과 붕괴가 치성(熾盛)히 불리워지고 있는 지금 예술가의 의탁할 곳은 허풍선이나 유령 같은 관념이 아니라 정히 생활 그 자체"[25]라는 사실, 그러므로 "어떠한 가치 전도의 시대에 있어서든, 사실의 물결에 휩쓸려 가지 않고 문학의 진로를 곧바로 추진시킬 수 있는 것은 관념이나 사상에서가 아니라 항상 생활적 현실에서부터 출발하는 리얼리즘"[26]이라는 사실을 잊어서는 안 되었다.

이데올로기에 대한 예술적 방법의 우선(越)성은 물론 엥겔스의 리얼리즘 승리론에서 그 연원을 찾을 수 있다. 하지만 리얼리즘 방법에 대한 김남천의 강조에서는 리얼리즘 승리론 못지않게 조선 사회의 특수성에 대한 이해가 중요한 부분을 차지했다. 김남천은 사회주의 이데올로기의 정당성을 노골적으로 부인하지는 않았지만, 1930년대 조선 사회가 아시아적 정체성에 의해 규정되어 있는 이상 사회주의 사회로의 역사 발전을 전제하는 소련식 마르크스주의의 역사발전 도식은 식민지 조선 사회에 그대로 적용될 수 없다고 생각했다. "유물변증법이 공식으로 사용될 때엔 그의 대립물로 진화"하고 "문학은 시대의 거울이 되는 대신에 '주관의 전성기(傳聲機)'가 되어"버린다는 게 그 근본적인 이유였다.[27] 이와 관련해서 김남천은 발자크의 경우에도 자본의 작동방식에 관한 명확인 인식이 프랑스 자본주의 사회에 대한 정확한 묘사를 가능하게 한 게 아니라, "현실을 주시하고, 그것을 있는 그대로 반영하려는 그의 리얼리즘이, 화폐의 위력을 귀족계급의 비가(悲歌)의 뒤에 배치함에 이른 것"[28]이라고 주장했다. 중요한 것은 1930년대 조선 사회의 실제 모습이었지, 특정 이데올로기 혹은 그에 의해 해석된 주관적

---

25 김남천, 「토픽 중심으로 본 기묘년의 산문 문학」(『동아일보』, 1939.12.19~12.22), 『전집』 1, 561~562쪽.
26 위의 글, 560~561쪽.
27 김남천, 「창작방법의 신(新)국면」(『조선일보』, 1937.7.10~7.15), 『전집』 1, 243쪽.
28 김남천, 「관찰문학소론(발자크 연구 노트 3)」, 『전집』 1, 596쪽.

현실이 아니었다.

　김남천의 논의에서 리얼리즘 방법은 고발문학과 관찰문학으로 구체화되기도 했다. 우선 고발문학이란 "일체를 잔인하게 무자비하게 고발하는 정신" 혹은 "모든 것을 끝까지 추급(追及)하고 그곳에서 영위되는 가지각색의 생활을 뿌리째 파서 펼쳐 보이려는 정열"[29]에 의해서 지배되는 문학을 의미했다. 말하자면, 고발문학은 공식주의, 정치주의, 영웅주의, 관료주의 같은 이데올로기들, 추(醜), 미(美), 빈(貧), 부(富) 등으로 현상하는 사회의 다양한 면모들, 지식계급, 사회주의자, 민족주의자, 부르주아, 프롤레타리아, 관리, 지주, 소작인 같은 여러 인간 유형들, 그리고 이 모든 것들의 연관관계(모순, 갈등등)들을 고발하는 문학이었다. 여기서 주목할 것은 김남천이 '고발'을 단지 사회의 부정적 측면에 대한 도덕적 폭로로 이해하지 않았다는 사실이다. 오히려 고발이란 "객관적 존재의 반영"[30]일 뿐이라는 게 그의 생각이었다. 따라서 "시대적 운무 그 자체를 준엄하게 고발"[31]하는 일은 1930년대 조선 사회의 모순과 갈등을 사실적으로 묘사하는 일과 전혀 다르지 않다. 김남천에게 조선의 리얼리즘문학(고발문학)이란 사회의 부정적 면모를 부정적인 채로 묘사하는 문학, 즉 문화적으로나 정치적으로 아시아적 정체성을 노출하고 있는 조선 사회를 어떤 주관적 이상화 없이 재현하는 문학을 의미했다.

　김남천에게 리얼리즘은 임화의 경우처럼 일상적 경험 사실들을 '인간의 역사'로 재구성하는 방법도 아니었고, 최재서의 경우처럼 사회적 실재에 대한 작가의 객관적 태도를 의미하는 것도 아니었다. 일상적으

29　김남천, 「고발의 정신과 작가」(『조선일보』, 1937.6.3~6.5), 『전집』 1, 231쪽.
30　김남천, 「최근 평단에서 느낀 바 몇 가지」(『조선일보』, 1937.9.11~9.16), 『전집』 1, 260쪽.
31　김남천, 「창작방법의 신(新)국면」, 『전집』 1, 243쪽.

로 경험하는 사실들에서 긍정적 면모를 발견할 수 없을 때, 소설가는 어떤 긍정적 주인공이나 이데올로기를 인위적으로 만들어내서도 안 되고 그 사실들에 대한 정확한 보고에만 전념해서도 안 된다. 소설가는 오직 사회의 부정적 면모를 부정적인 것으로서 재현하기 위해 노력해야 하는 것이다. 그런데 소설가가 사회의 부정성을 부정적인 채로 묘사하기 위해서는 사회에 대한 소설가의 부정적 판단뿐만 아니라 그 부정적 판단을 위한 척도가 전제되지 않으면 안 된다. 1930년대 조선 사회를 부정적인 것으로 판단할 수 있는 척도가 없다면, 소설가는 순전히 카메라 렌즈와 같은 존재가 되어 대상 세계를 파편적으로 묘사하는 데 그치고 말 것이다. 임화가 소설가들에게 사상(경험적 사실들에 대한 역사적 이해)을 요구하거나 최재서가 인문주의적 모럴을 요구한 이유도 소설가를 카메라 렌즈와 같은 상태에서 벗어나게 하려는 데 있었다. 이와 동일한 문제적 상황에 대해 김남천은 오로지 리얼리즘 방법을 강조하는 것으로써 대응했다. 이때 리얼리즘 방법이란 소설가가 어떤 인위적 플롯이나 긍정적 가치를 통해서 사회의 모순과 갈등을 호도하거나 은폐하려고 해서는 안 된다는 생각, 오히려 사회의 모순과 갈등을 그 자체로서 재현하기 위해 노력해야 한다는 생각에 기초해 있었다. 김남천에게 소설가의 모럴이 있다면, 그것은 오로지 리얼리즘 방법에 대한 충실성으로서 구체화되어야 했다.[32]

김남천이 관찰문학을 내세운 것은 무엇보다도 고발문학의 빈틈, 즉 사회의 부정성을 평가할 수 있는 비판적 척도의 부재에 대한 인정에 기인했다. 여기서 관찰문학이란 소설가가 "자기를 허허(虛虛)히 가지고 대상에 몰입하여 투철한 통찰과 용서 없는 가혹한 관찰로써 사회의 전체

---

[32] 소설가의 모럴에 관해서는 '2. 장편소설의 구성 요소' 참조.

를 그 모순과 갈등과 길항(拮抗)과 기만(欺瞞)의 상모(相貌)를 티끌 하나 놓치지 않고 묘사"[33]하는 문학을 의미했다. 고발문학이 사회의 부정적 면모에 대한 고발이나 비판을 강조하는 문학이라면, 관찰문학은 소설가들에게 "강렬한 묘사의 정신"[34]을 요구하면서 "작자의 몰아성(沒我性)"과 "객관성의 보지(保持)"[35]를 강조하는 문학이었다. 그리고 고발의 리얼리즘이 식민지 자본주의의 부정적 면모에 대한 소설가의 비판적 인식을 요구한 데 비해, 관찰의 리얼리즘은 사회의 부정성에 대한 비판에 앞서 1930년대 조선 사회의 작동 방식에 관한 객관적 인식을 요구했다. 당대 사회의 부정성을 측정하고 평가할 수 있는 절대적 척도가 부재하는 상황에서 사회에 대한 고발과 비판도 물론 중요했지만, 그에 못지않게 객관적 태도로써 사회에 대한 인식을 도모하는 일도 중요했다. 이 점은 김남천이 "시민생활의 어두움을 고발하는 가장 훌륭한 장르 중의 하나"[36]라는 점에서 풍자문학을 높이 평가하면서도, 사회와 인간을 총체적 발전 가운데서 형상화할 수 있다는 점을 들어 가족사 연대기 소설의 의의를 강조하는 데서도 잘 드러난다.

　고발문학과 관찰문학은 사실상 동일한 리얼리즘의 두 측면이었다. 김남천은 "추상적 주관을 가지고 객관적 현실을 재단하는 것이 아니라 끝가지 객관적 현실에 작가의 주관을 종속"[37]시키는 게 바로 고발문학이라고 단언하는가 하면, 관찰이란 선택을 뜻하고 선택 안에는 일정한 비판적 태도가 내재해 있다고 말하면서 "진정한 관찰자는 언제나 아름답고도 엄격한 비판자였음을 잊어서는 아니 된다"[38]고 주장하기도 했

33　김남천, 「체험적인 것과 관찰적인 것(발자크 연구 노트 4)」(『인문평론』, 1940.5), 『전집』 1, 601쪽.
34　김남천, 「시대와 문학의 정신」(『동아일보』, 1938.4.29~5.7), 『전집』 1, 492쪽.
35　김남천, 「관찰문학소론(발자크 연구 노트 3)」, 『전집』 1, 597쪽.
36　김남천, 「창작방법의 신(新)국면」, 『전집』 1, 243쪽.
37　위의 글, 242쪽.

다. 김남천이 고발문학과 관찰문학을 통해서 각각 비판적 인식과 객관적 인식을 강조하려고 했을지는 몰라도, 그의 리얼리즘 논의에서 고발문학과 관찰문학의 차이란 결코 본질적인 게 아니었다. 고발문학과 관찰문학이란 식민지 조선 사회에 대한 총체적 인식이라는 동일한 목적을 추구하는 문학들이었으며, 오직 이론적으로만 구분 가능한 리얼리즘의 두 측면이었다. 이 점에서 리얼리즘이란 궁극적으로 고발과 관찰의 종합이자 비판과 인식의 종합이라고 말할 수 있다.[39]

리얼리즘 방법에 의한 총체적 사회 인식은 사회에 대한 비판을 내포할 수밖에 없다. 이 측면에서 김남천의 리얼리즘은 비판적 리얼리즘으로 명명될 수도 있겠지만, 그렇다고 해서 그것을 루카치의 주장처럼 사회주의적 원근법을 전제하는 비판적 리얼리즘[40]과 동일한 것으로 여겨서는 안 된다. 김남천은 "세계를 지배하게 될 당래할 신질서의 내용이나 형태나가 무엇이 되어질는가는 필자와 같은 자의 섣불리 단정할 바

---

38 김남천, 「풍속시평」,(『조선일보』, 1939.7.6~7.11), 정호웅 외편, 『김남천 전집』 2, 박이정, 2000(이후 『전집』 2로 표기), 139쪽.

39 김남천의 리얼리즘 논의는 '몰아성'과 '객관성'을 요구한다는 점에서 '주체 결여의 리얼리즘'으로 규정되기도 했다. 김남천은 주체의 성격이 문제되지 않는 리얼리즘 혹은 보편성으로서의 주체를 확보함으로써 가능한 리얼리즘을 요구했다는 것이다(채호석, 「김남천 문학연구」, 『한국 근대문학과 계몽의 서사』, 소명출판, 1999, 108쪽). 여기서 채호석이 말하는 주체란 명확한 세계관을 가진 존재, 예를 들면 사회주의나 민족주의 같은 이데올로기들을 확고하게 견지하는 존재를 의미한다. 김남천은 어떤 특정 이데올로기보다 리얼리즘 방법을 우선시했다는 점에서 채호석의 평가는 일면 타당하다. 그러나 김남천이 작가들에게 '비판'과 '선택' 행위의 중요성을 강조했다는 사실, 게다가 '몰아성'과 '객관성'에 대한 요구란 주체의 강한 능력을 필요로 한다는 사실을 고려할 때 '주체 결여의 리얼리즘'이라는 평가는 그리 적절해 보이지 않는다. 김남천은 리얼리즘 논의에서 주체가 이데올로기적 존재가 되기보다 오히려 이데올로기에 비판적인 존재가 될 것을 요구했다.

40 루카치는 『현대 리얼리즘』에서 비판적 리얼리즘의 조건으로서 '사회주의적 원근법'을 제시한 바 있다. 물론 루카치는 사회주의적 원근법을 과도하게 강조할 경우 발생할 수 있는 문제점을 잘 알고 있었지만, 비판적 리얼리스트들이 사회주의적 원근법을 전제하지 않을 경우 자본주의의 내적 모순에 의한 사회주의 사회로의 발전을 작품 속에서 형상화할 수 없다는 게 더 큰 문제라고 생각했다(게오르그 루카치 외, 황석천 역, 『현대리얼리즘론』, 열음사, 1986, 103~106쪽).

못된다"⁴¹고 말하면서, 미래 사회에 관해 상상하거나 전망하는 일이란 결코 소설가의 임무가 아니라고 단언했다. 김남천은 단지 발자크가 프랑스 자본주의의 논리를 인물들의 관계로써 재현했던 것처럼, 조선의 소설가 역시 조선 자본주의의 논리를 인물들의 관계로써 재현해야 한다고 생각했을 뿐이다. "역사의 필연성을 폭로하는 것은 문학의 사명"⁴²이라고 서술했을 때, 김남천의 의도는 사회주의 사회로의 역사의 합법칙적 발전을 강조하려는 데 있지 않았다. 그의 의도는 무엇보다도 식민지 조선 사회를 생성과 소멸의 과정 속에서 묘사해야 한다는 것, 다시 말해 아시아적 정체성에 의해 제약된 조선 사회의 특수성을 그 지양의 계기와 더불어 재현해야 한다는 것을 강조하는 데 있었다.

  김남천은 자신의 리얼리즘 이해에 대해 일면적이고 부정적인 리얼리즘이라든가 이상의 결여라는 비판이 제기되고 있음을 잘 알고 있었다. 사실 그의 리얼리즘 개념에 의하면 조선 소설가들이 작품 속에 긍정적 인물을 등장시키거나 사회적 이상을 직접적으로 표현해내기란 불가능하다. 소설가의 과제가 1930년대 조선 사회의 모순과 갈등을 비판적으로 재현하는 데 있다면, 모든 영역에서 아시아적 정체성을 탈피하지 못한 식민지 조선 사회에서 어떤 긍정적 계기를 발견해내기란 힘든 일일 수밖에 없다. 당시 식민지 조선 사회에 관한 부정적 인식은 임화나 최재서의 경우에도 표현만 다를 뿐 크게 다르지 않았다. 다만 임화나 최재서가 긍정적 주인공이나 인문주의적 모럴을 통해서 문제를 해결하고자 한 데 반해, 김남천은 어떤 긍정적인 것도 인위적으로 만들어내려고 하지 않았다는 점에서 그들과 구별되었다.

  김남천은 자신의 리얼리즘에 대한 비판에 대해 '부정의 부정' 논리로

---

41 김남천, 「명일에 기대하는 인간 타입」(『조선일보』, 1940. 6. 11~6. 12), 『전집』 1, 614쪽.
42 김남천, 「시대와 문학의 정신」, 『전집』 1, 494쪽.

맞섰다. "부정의 부정이 긍정"[43]이라면, 완미(完美)한 인간성은 자본주의 사회의 왜곡된 인간성과 인간 생활을 묘사하고 비판함으로써 제시될 수 있고, 사회적 이상 역시 소설가에 의한 직접적 표현을 통해서가 아니라 사회의 부정성(모순과 갈등)에 관한 역사적 인식을 통해서 포착될 수 있다고 본 것이다.[44] 소설가는 실제 사회에 부재하는 완미한 인간성이나 사회적 이상을 인위적으로 만들어냄으로써 사회의 모순과 갈등을 호도하려고 해서는 안 된다. 완미한 인간성이나 사회적 이상이 실제 사회에 부재한다면, 소설가는 그것들을 작품 속에서 억지로 만들어내려고 해서는 안 되는 것이다. 그보다 1930년대 조선 소설가는 사회의 부정성을 부정적인 채로 묘사하는 데 전력을 기울여야 한다. 완미한 인간성이나 사회적 이상을 문학 작품 속에 재현하려고 한다면, 그것은 오로지 부정적인 방식을 통해서만 그렇게 해야 한다. "피안의 발견"[45]이란 주관적 상상을 통해서가 아니라 오로지 '부정의 부정' 논리에 입각한 리얼리즘을 통해서만 성취 가능한 것이다.

조선의 소설가는 리얼리즘 방법을 습득함으로써 기존 장편소설의 변형을 도모할 뿐만 아니라 사회적 관계의 변화에도 기여해야 한다. "리얼리스트라고 불리워지는 거개의 거장은 분열을 반영하고 모순을 적발하는 고매한 정신에 의하여 모순과 분열의 초극을 위한 성전(聖戰)에 객관적으로 참여하였다."[46] 그러나 김남천은 사회적 관계의 변화에 관해 언급하기는 했지만, 결코 임화나 최재서처럼 본질로서의 역사나 인문주의적 모럴의 구현에서 모순과 갈등에 대한 해결책을 찾으려 하지는 않았다. 김남천에게는 1930년대 조선 사회를 구성하는 모든 요소

---

43 김남천, 「자기분열의 초극」, 『전집』 1, 327쪽.
44 김남천, 「소설의 운명」(『인문평론』, 1940.11), 『전집』 1, 668~669쪽.
45 김남천, 「전환기와 작가」(『조광』, 1941.1), 『전집』 1, 689쪽.
46 김남천, 「자기분열의 초극」, 『전집』 1, 317쪽.

들, 예를 들면 제국주의 국가 권력이나 식민지 자본주의 체제뿐만 아니라 민족주의, 사회주의, 전체주의 같은 이데올로기들까지도 묘사되고 비판되어야 할 대상이었다. 조선 사회의 부정적 면모를 어떤 긍정적 가치로 덧씌워서 인위적으로 미화해서도 안 되지만, 그렇다고 해서 그 부정적 면모를 불변의 사실로서 인정하고 받아들여서도 안 된다. 소설가는 리얼리즘 방법에 의존해서 부정적 면모를 부정적인 채로, 모순과 갈등을 모순과 갈등 그 자체로 묘사해야 한다. 그럴 때 비로소 소설 작품은 사회의 부정적 면모, 혹은 모순과 갈등을 주관적으로 왜곡하지 않으면서도 독자가 그 '지양태'를 상상하게 할 수 있다.

김남천에게 리얼리즘이란 완미한 인간성이나 사회적 이상 같은 긍정적 상태를 직접 보여줄 수는 없지만, 사회의 부정적 면모를 부정적인 채로 보여주는 가운데 '부정의 부정' 논리를 통해서 '긍정성'을 상상할 수 있게 하는 방법이었다. 그러므로 소설가는 리얼리즘 방법을 통해 작품을 생산할 때 당대 사회에 관한 총체적 인식을 얻을 수 있을 뿐만 아니라 당대 사회의 총체적 변형에도 기여할 수 있다.

2. 장편소설의 구성 요소

김남천에게 장편소설은 리얼리즘 방법을 가장 잘 구현할 수 있는 문학 장르였다. 리얼리즘이 사회의 모순과 갈등에 관한 총체적 인식을 가능하게 해주는 방법이라면, 그것은 '전체성의 제시'와 '다양성의 포용'에 기반한 장편소설 장르를 통해서 온전하게 구현될 수 있다.[47] 장편소설은 심미적 쾌락보다 인식론적 과제에 충실한 장르였고, '미의 실현'보다 '인간 사회의 표현'에 더 관심을 두는 장르였으며, 궁극적으로 '인생의 축도(縮圖)' 혹은 '인간 사회와의 상사(相似)'를 추구하는 장르였다.[48]

성격 중심의 플롯 구성을 요구한 임화나 사회적 성격의 서사를 요구한 최재서와 달리 김남천은 특정한 형식이나 구성 방법에 특권을 부여하지 않았다. 임화나 최재서가 본격소설이나 서사시를 통해서 인식론적 목적을 성취하고자 한 데 반해, 김남천은 주어진 사회의 전체적 면모와 변화 양상을 포착할 수만 있다면 어떤 형식이나 구성 방법도 허용될 수 있다고 보았다. 김남천에게 중요한 것은 사회에 관한 총체적 인식 외에 없었다. 그러므로 소설가는 특정 서사 모델이나 형식에 구애되어서는 안 되며, 오로지 리얼리즘 방법을 통해서 사회를 총체적으로 재현하는 데만 전력을 기울여야 했다.

김남천은 소설가들에게 특정 소설 유형이나 구성 방식을 요구하지는 않았지만, 장편소설이 사회에 관한 총체적 재현이 되기 위해서는 몇 가지 구성 요소들이 필요하다고 생각했다. 이때 전형적 상황, 전형적 인물, 세부의 진실성 등 엥겔스가 리얼리즘 논의에서 사용한 개념들은 그의 장편소설 구상에서 핵심적인 기능을 수행했다. 엥겔스의 개념들이 없었다면 세태를 풍속으로 고양시켜야 한다거나 소설 작품의 세계란 전형적 성격들의 풍속도가 되어야 한다고 주장하기는 쉽지 않았을 것이다. 김남천의 장편소설 구상에서 전형적 상황과 세부의 진실성은 특정 사회의 제도와 이데올로기를 의미하는 풍속으로 수렴되었고, 전형적 인물은 다양한 계급(층)의 대표자를 의미하는 전형적 성격으로 변조되었다. 그리고 장편소설의 세계는 '전형적 성격들의 풍속도'가 됨으

47 김남천, 「소설문학의 현상」, (『조광』, 1940.9), 『전집』 1, 637쪽.
48 김남천, 「관찰문학소론(발자크 연구 노트 3)」, 『전집』 1, 594~595쪽.

로써, 사회에 관한 소설가의 인식이 풍속과 전형적 성격으로 표상되는 데 기여해야 했다.

1) 소설가의 모럴 - 마르크스주의

최재서가 작가에게 모럴의 중요성을 역설했던 것처럼, 김남천 역시 소설가에게 모럴의 필요성을 강조했다. 물론 김남천의 모럴 개념은 최재서가 말하는 인문주의적 모럴과는 전혀 다른 것이었다. 그에 따르면 모럴이란 "도덕률이나 도덕 감정이 아니고 또한 혹정의 습관, 습속뿐만 아니고, 이러한 모든 현상을 그것 자체로서 파악하려고 하는 하나의 인식의 입장",[49] 그리고 "완전히 주체화되어 일신상의 근육으로 감각화된 사상이나 세계관의 형상"[50]을 의미했다. 소설가의 모럴은 윤리학적 측면에서 선악의 판단을 위해 요구되는 고정불변의 도덕률도 아니었고, 사회과학적 측면에서 사회적 역사적 조건에 따라 변화하는 사회 규범도 아니었으며, 이데올로기적 측면에서 사회주의 사회로의 역사의 합법칙적 발전에 대한 무조건적 믿음도 아니었다. 그것은 바로 사회의 모든 현상들을 총체적으로 이해하려는 인식론적 입장의 육화였다. 그러므로 모럴은 오직 리얼리즘 방법 속에서만, 즉 어떤 선험적 관념도 배제한 채 사회의 모순과 갈등을 총체적으로 인식하려고 할 때만 온전하게 구현될 수 있다. 그리고 장편소설이 사회에 관한 총체적 인식을 추구하는 장르인 한, 장편소설을 쓰고자 하는 소설가에게 모럴에 대한 요구는 필수적인 것이었다.

---

49 김남천, 「일신상(一身上) 진리와 모럴」(『조선일보』, 1938.4.17~4.24), 『전집』 1, 359쪽.
50 김남천, 「세태·풍속 묘사 기타」(『비판』, 1938.5), 『전집』 1, 362~363쪽.

김남천은 모럴의 핵심을 "과학적 합리성"[51]에 두었다. 이는 사회에 관한 소설가의 총체적 인식이 과학적 합리성의 관점에서, 즉 마르크스주의의 관점에서 수행되어야 함을 의미한다. 조선 장편소설의 성격을 조선 자본주의 발전의 특수성과 관련해서 설명하는 데서도 드러나듯, 김남천에게 마르크스주의는 여러 이데올로기들 중 하나가 아니었다. 마르크스주의는 주체에 대한 객체의 우선성(유물론) 위에서 사회의 모순과 갈등에 관한 총체적 인식을 가능하게 해주는 과학이었다. 1930년대 조선 자본주의가 아시아적 생산양식에서 완전히 벗어나지 못했고 조선인의 사유가 아시아적 정체성에 의해 여전히 제약되어 있다면, 조선 소설가는 조선인의 생활 그 자체가 아니라 조선인의 생활을 아시아적 생산양식에 의해 제약되어 있는 상태로서 재현할 수 있어야 한다. 장편소설은 "현재 우리가 살고 있는 이 전형적인 아시아적 형태 위에 기거(起居)하는 일체의 생활을 반영"하고 "이 시대적 운무의 모사 반영을 통하여 그의 준엄한 고발에 도달"해야 하는 것이다.[52] 소설가는 일상생활에 부재하는 인물이나 가치를 인위적으로 만들어내려고 하기보다는, 마르크스주의의 관점에서 식민지 조선에 관한 총체적 재현을 성취하기 위해 노력하지 않으면 안 된다.

　　김남천의 입장에서 보자면 최재서의 모럴 이해는 결코 용납될 수 없었다. 최재서는 현대소설의 내적 불완전성이 소설가의 모럴 결여에 기인한다고 분석한 뒤, 소설가들에게 고전적 작품들을 학습함으로써 인문주의적 교양을 쌓아야 한다고 주장한 바 있다. 고전적 작품들에 내재하는 가치는 보편적인 것이므로 현대소설가의 모럴로서 부족함이 없다는 것이다. 김남천은 이와 같은 최재서의 모럴 이해에 대해 '문학주

51　위의 글, 363쪽.
52　김남천, 「창작방법의 신(新)국면」, 『전집』 1, 242쪽.

의적 모럴' 혹은 '심정(心情)상 모럴'이라는 평가를 내렸다.[53] 최재서처럼 가치의 원천을 오로지 고전적 문학 작품들에만 둘 경우 인문주의적 모럴의 담지자를 실제 세계에서 발견할 수 없다는 게 그 이유였다. 그런데 최재서의 모럴 이해에 내재하는 더 큰 문제점은 바로 과학적 합리성의 결여에 있었다. 과학적 합리성의 결여, 즉 모럴에 관한 주관적 · 추상적 이해는 물론 최재서가 인문주의적 모럴의 보편성을 주장하는 데 중요한 계기였다. 하지만 김남천이 볼 때 그러한 이해는 최재서의 모럴 개념이 아무런 사회적 근거도 없는 주관적 상상물에 불과한 것임을 입증할 뿐이었다. 오히려 소설가의 모럴은 그와 같은 주관성과 추상성에서 벗어나려고 할 때, 즉 오직 과학으로서의 마르크스주의에 충실하려고 할 때 구현될 수 있었다.

　김남천은 장편소설이란 모럴의 합리성이 작품의 심미적 가치를 최종적으로 결정하는 장르라고 생각했다. 장편소설이 사회에 관한 총체적 인식을 추구하는 장르인 한 문학 작품의 세계는 합리성을 갖고 있어야 했다. 소설가가 작품 속에서 사회의 다양한 면모를 다룬다고 하더라도, 그가 과학적 합리성 혹은 마르크스주의적 인식 능력을 결여하고 있다면 그의 작품은 사소설이나 신변소설로 떨어질 수밖에 없다.[54] 물론 소설가는 경우에 따라 한 편의 작품을 통제할 수 있는 주제나 이데올로기를 모럴로 이해할 수도 있다. 하지만 이러한 주제나 이데올로기는 문학을 '사사(私事)'나 '주아주의적(主我主義的) 망상'으로 이해한 데 기인하는 것으로서 '시정 신변의 모럴' 이상이 될 수 없다. 그리고 시정 신변의 모럴에 입각한 소설은 주로 일인칭이나 설화체 형식을 취하곤 하는데, 이는 서술자의 시야를 등장인물의 주관에 한정한다는 점에서 사회의

53　김남천, 「일신상(一身上) 진리와 모럴」, 『전집』 1, 356~357쪽.
54　위의 글, 361쪽.

모순과 갈등을 총체적으로 재현하는 데 근본적 한계가 있다.[55] 김남천에게 소설가의 개성이나 독자성은 문체나 구성 방식의 독특함이 아니라 사회 인식의 정도와 그 구현 방식에 있었고, 소설 작품의 예술성은 인식론적 척도에 따라 측정되어야 했다.[56]

김남천에게 사회에 관한 소설가의 총체적 인식이 장편소설로써 구체화된다면, 풍속과 전형적 성격은 모럴의 문학적 구현에서 핵심적인 요소들이었다. 우선 풍속은 "생산관계의 양식에까지 현현되는 일종의 제도(예컨대 가족제도)"와 "그 제도 내에서 배양된 인간의 의식인 제도의 습득감(예컨대 가족의 감정, 가족적 윤리의식)"을 모두 포괄하는 개념이었다.[57] 풍속이란 특정한 생산양식을 구성하는 사회적 제도와 그 이데올로기를 모두 포함하는 개념으로서, 마르크스주의식으로 말하자면 사회의 경제적 하부구조와 그 이데올로기적 상부구조로 구성된 사회적 관계의 총체를 의미했다. 다음으로 전형적 성격은 특정 이데올로기의 담지자를 가리키는 개념으로서, 사회적 제도에 순응하기도 하고 저항하기도 하면서 사회적 관계를 형성하는 계급(층)적 주체를 의미했다. 그러므로 장편소설 작품에서 풍속은 그 자체로서 제시되기보다 전형적 성격들의 관계를 통해서 드러날 수밖에 없다. 김남천에게 풍속과 전

---

55 김남천, 「세태 · 풍속 묘사 기타」, 『전집』 1, 367쪽.

56 김남천이 '주체의 눈'을 강조하면서도 '주체의 분열'을 극복하는 데 실패한 결과 '어떻게 직시할 것인가'라든가 '어떻게 분석할 것인가'라는 물음에 '현실을 그리면 그 안에 진실이 있을 것이'라는 막연한 대답만 제시했다는 곽승미의 평가는 재고될 필요가 있다(「김남천 문학 연구」, 이화여대 박사논문, 2001, 44쪽). 김남천의 리얼리즘론을 고발과 관찰의 변증법 속에서 사회 인식을 통한 주체의 정립(모럴의 구현) 모색으로 간주할 때, '주체의 분열 극복'이란 마르크스주의적 관점에 의해서 식민지 조선 사회의 모순과 갈등을 '직시'하고 '분석'할 때 성취 가능한 것이기 때문이다. 주체의 분열 극복은 '직시'와 '분석' 과정에서 해결해야 할 문제였지 결코 '직시'와 '분석'을 위한 전제가 아니었다. 또한 김남천에게 '현실의 진실'이란 소설가가 문학 작품을 통해서 인식해야 할 대상이었기 때문에, '현실을 그리면 그 안에 진실이 있을 것'이라는 생각은 막연한 것이 아니라 소설가들에게 식민지 조선 사회의 특수성을 고려하는 가운데 '조선 사회의 진실'을 탐구하라는 요구로 이해될 필요가 있다.

57 김남천, 「일신상(一身上) 진리와 모럴」, 『전집』 1, 359쪽.

형적 성격은 한 편의 작품을 구성하는 필수적인 요소들이라는 점에서
도 중요했지만, 사회에 관한 총체적 인식을 가능하게 해주는 인식론적
단위들이라는 점에서도 역시 중요했다. 소설가는 오로지 풍속과 전형
적 성격을 통해서만 자신의 모럴이 합리적인 것이고 자신의 작품이 사
회에 관한 총체적 인식임을 내세울 수 있다.[58]

2) 풍속과 전형적 성격

장편소설에서 사회에 관한 소설가의 인식은 오로지 풍속과 전형적
성격을 통해서만 구현될 수 있다. 따라서 조선 장편소설의 개조 문제 역
시 소설가들이 풍속과 전형적 성격을 통해서 모럴을 구현하려고 할 때
해소될 수 있다. 1930년대 후반 임화는 당시 소설가들에 관해 주로 세태
나 심리를 묘사하는 데 주력하고 있다는 점을 지적하며, 파편화된 세태
나 주관적 내면에 대한 묘사만으로는 결코 적절한 사회 인식을 얻을 수
없다고 주장한 바 있다. 김남천은 이와 같은 임화의 주장에 기본적으로
동의했으며, 그와 마찬가지로 세태소설, 내성소설, 통속소설 등 1930년

---

58 강지윤은 「'재현'의 위기와 김남천의 리얼리즘」(『사이』 제3호, 2007)에서 김남천이 1930년
대 말부터 1940년대 초까지 발표한 일련의 작품들을 분석한 뒤 "김남천이 '현대의 풍속'으로
그려놓은 화면을 채우고 있는 것은 자본주의 페티쉬들의 나열"(167쪽)이라고 평가한 바 있
다. '될대로 되라'는 심정으로 권태에 빠져 있는 『낭비』(1940.2~1941.2)의 이관형, 새로운
세대의 건강함 앞에서 자라가 든 어항을 어색하게 껴안은 채 버스 좌석에 앉아 있는 『길우
에서』(1939)의 주인공, 어리숙한 사무처리에 부끄러움을 느끼는 『등불』(1942)의 주인공 같
은 인물 형상들은 "자본주의의 논리로 이루어진 '사회'의 총체를 묘파한 것이 아니라 자본
주의가 자신의 부정성을 은폐하도록 만드는 기제 그 자체를 모방"(168쪽)할 뿐이라는 것이
다. 이는 김남천의 소설 이론과 소설 작품에 내재하는 일종의 균열처럼 보인다. 그러나 김
남천에게 풍속이 자본주의적 논리에 입각한 명료한 표상이 아니라 식민지 자본주의 사회
의 제도들 및 그 사회의 이데올로기임을 고려한다면, 그의 소설 작품들에 등장하는 인물 형
상들은 단순히 자본주의의 논리를 신비화한 것이라기보다 자본주의의 논리를 신비화하는
이데올로기들을 재현한 것으로 이해될 필요가 있다.

대 후반 소설 형식들을 개조의 대상으로 간주했다. 그러나 김남천은 인문주의적 가치를 소설가의 모럴로 삼아야 한다는 최재서의 주장에 반대했던 것처럼, 정치한 묘사와 플롯(성격의 운명) 구성을 통해서 소설의 문제를 해결해야 한다는 임화의 주장에도 비판적 입장을 취했다. 소설가란 긍정적 가치나 긍정적 성격을 상상력에 의존해서 인위적으로 만들어내려고 해서도 안 되고, 실제 사회에서 경험하기 어려운 플롯을 구성력에 의존해서 억지로 만들어내려고 해서도 안 된다는 게 그 이유였다. 김남천에게 중요한 것은 풍속과 전형적 성격을 통해서 실제 사회의 전체적 면모를 인식하고 재현하는 일이었다.

풍속과 전형적 성격에 관한 김남천의 생각은 기본적으로 엥겔스의 리얼리즘 논의에 의존해서 형성되었다. 물론 엥겔스가 발자크의 소설을 분석하면서 제시한 리얼리즘의 조건은 세부의 진실성, 전형적 상황, 전형적 인물이었다. 여기서 세부의 진실성이란 단지 대상에 대한 세밀한 묘사만이 아니라 구체적으로 인간(민중)의 생활에 관한 작가의 개성적 인식까지도 의미하는 개념이었고, 전형적 상황은 단지 주변 환경만이 아니라 인간(민중) 행위와 주어진 환경의 역동적 관계까지도 내포하는 개념이었으며, 전형적 인물은 주어진 환경과의 역동적 관계를 통해서 형성된 인간(민중)의 사회적 · 역사적 특징을 함축하는 개념이었다.[59] 김남천은 세부의 진실성, 전형적 상황, 전형적 인물 같은 개념들이 조선 장편소설에 관한 논의를 전개하는 데 중요한 수단이 될 수 있다고 믿었다. 그러면서도 그는 엥겔스의 용어들이 조선적 장편소설의 이론을 구축하는 데 그대로 원용되어서는 안 된다고 보았다. 마르크스의 『자본론』이 제국주의 시대 조선 사회를 분석하는 데 그대로 원용될 수

---

[59] 최유찬, 『문예사조의 이해』, 이룸, 2006, 345~348쪽 참조.

없는 것처럼, 엥겔스의 리얼리즘 논의 역시 식민지 조선의 문학 논의에 적용되기 위해서는 어느 정도 변형될 필요가 있었다. 말하자면, 풍속과 전형적 성격은 이와 같은 변형의 필요성에서 유래한 결과물이었다.

김남천에게 풍속이란 세부의 진실성과 전형적 상황을 모두 포함하는 개념이었다. 김남천은 「세태와 풍속」에서 세부의 진실성과 전형적 상황에 관한 엥겔스의 발언을 인용한 뒤, 그 두 용어의 내포가 세태 묘사, 사실(현실) 묘사, 일상생활의 묘사 등이 의미하는 바와 본질적으로 다르지 않다고 주장했다. 전형적 상황이란 '생활에 대한 면밀한 관찰에서 생기는 것'이고 세부의 진실성이란 '사실을 극명하게 그리되 사실을 사실 이상으로 파악함으로써 가능한 것'이므로, 그 둘 모두 기본적으로 인간(민중) 생활에 관한 묘사를 의미한다는 것이다.[60] 여기서 인간 생활에 관한 묘사는 물론 사회의 여러 사실들에 대한 카메라식 반영을 의미하지 않았다. 묘사란 오히려 과학의 분석에 해당하는 것으로서, "환경과 성격의 전형적 창조를 추축(樞軸)으로 하여"[61] 전개되는 행위를 의미했다. 인간 생활에 대한 묘사가 인간과 환경의 역동적 관계에 관한 인식, 즉 사회적 관계에 관한 총체적 인식으로 간주될 수 있는 이유는 여기에 있었다. 풍속이란 사회적 제도와 그 이데올로기를 모두 포함하는 개념이었고, 그 때문에, 인간 생활에 대한 면밀한 관찰을 요구하는 전형적 상황과 인간 생활에 관한 총체적 인식을 요구하는 세부의 진실성은 모두 풍속 개념으로 수렴될 수 있었다.

김남천의 풍속 개념은 기본적으로 엥겔스의 리얼리즘 논의 위에서 형성된 것이었지만, 박태원의 『천변풍경』이나 채만식의 『탁류』 같은 1930년대 조선 소설 작품들이 없었다면 충분히 다듬어지지 못했을 것

---

60   김남천, 「세태와 풍속」(『동아일보』, 1938.10.14~10.25), 『전집』 1, 420쪽.
61   김남천, 「소설의 당면 과제」(『조선일보』, 1939.6.23~6.25), 『전집』 1, 507쪽.

이다. 1930년대 후반 세태소설은 임화에 의해서 파편화된 사실들의 나열이자 소설 형식의 와해 현상으로 평가된 바 있고, 김남천 역시 임화의 평가에 반대하지 않았다. 임화나 김남천 모두 파편화된 사실들의 나열만으로는 결코 조선 사회에 관한 적절한 인식이 되지 못한다는 데 동의했다. 그러나 임화가 본격소설을 통해 세태소설을 부정함으로써 소설 형식의 문제를 해결하고자 했다면, 김남천은 세태소설의 부정이 아니라 세태소설의 지양을 통해서 그 문제를 해결하고자 했다. 김남천은 불균등 발전의 논리 위에서 조선 소설사의 특수성을 전제한 뒤, 조선 소설의 발전이란 당대 소설 형식들에 대한 부정이 아니라 그 형식들의 지양을 통해서 이루어져야 한다고 보았다. 특히 세태소설은 파편화된 형태일지라도 주관적 관념의 표현이 아니라 객관적 사실에 대한 정치한 묘사를 지향한다는 점에서 주목의 대상이 되었다. "좋은 의미에서의 풍속 세태의 문학적 가치"[62]를 인정하면서 "세태를 풍속에까지 높이자"[63]는 게 그의 기본적인 입장이었다.

장편소설에서 풍속은 결코 그 자체로서 재현될 수 없다. 풍속이 사회적 제도와 그 이데올로기를 의미하는 한, 풍속은 사회적 주체가 사회적 제도에 순응하기도 하고 저항하기도 하는 과정을 통해서만 구체화될 수 있다. 그러므로 장편소설의 등장인물은 결코 사적 존재나 주아주의적 존재여서는 안 된다. 등장인물은 사회적 · 역사적 특징을 강하게 드러내는 계급(층)적 존재, 즉 전형적 성격이 되어야 한다. 김남천은 전형적 성격을 "인물로 된 이데"[64]로 규정했는데, 이는 전형적 성격이 특정한 사회적 제도 속에서 살아가는 이데올로기적 존재라는 점을 강조한

---

62 김남천, 「장편소설에 대한 나의 이상」, 『전집』 1, 389~390쪽.
63 김남천, 「세태와 풍속」, 『전집』 1, 421쪽.
64 김남천, 「현대 조선소설의 이념」, 『전집』 1, 397쪽.

것이었다. 여기서 잊지 말아야 할 것은, 김남천이 말하는 전형적 성격이란 사상가나 혁명가를 포함할 수는 있겠지만 그와 등치될 수 있는 개념은 아니라는 사실이다. 그로 인해 『고향』의 주인공 김희준은 '배운 사상'이나 '입술만의 사상'을 주장하는 '억지로 떠넘긴 이데'로 간주된 반면, 「서화」의 주인공 돌쇠는 '당해 시대의 시대정신을 듬뿍이 몸과 행동에 지니고 나와 다니는 인물'('인물로 된 이데')로 평가받았다.[65] 작품 속에서 김희준은 사상가이자 실천가였지만 그의 진보적 이데올로기란 관념적 습득물일 뿐 조선 사회에 근거하지 않는다는 것, 반면 돌쇠는 사상가나 실천가는 아니었지만 그의 보수적 이데올로기야말로 조선 농민들을 대표하기에 부족함이 없다는 것이 김남천의 생각이었다. 1930년대 조선 사회에서 김희준이 '이데'에 불과했다면 돌쇠는 '인물로 된 이데'였다.

김남천의 장편소설 논의에서 전형적 성격은 욕망 실현을 위해서 환경에 맞서는 주인공, 또는 국가(민족)의 운명을 짊어진 영웅을 의미하지 않았다. 전형적 성격이란 오히려 "당해 시대가 대표하는 각층의 각 계층의 타입"[66]을 의미했다. 전형적 성격은 사회적 제도 속에서 살아가는 존재이자 의식적으로든 무의식적으로든 각 계급(층)의 이데올로기를 담지하고 있는 존재, 즉 주어진 사회를 구성하는 각 계급(층)의 대표자를 가리키는 개념이었다. 김남천은 사회를 구성하는 계급(층)이 다양한 만큼 전형적 성격 역시 다양해야 한다고 생각했다. 풍속이 사회적 관계의 총체를 의미한다면, 그것은 풍속이 다양한 전형적 성격들의 관계를 통해서만 구체화될 수 있다는 데 기인했다. 그러므로 김남천에게 전형적 성격이란 긍정적 가치의 대변자일 필요도 없었고, 한 편의 장편소설

---

65   위의 글, 401쪽.
66   김남천, 「명일에 기대하는 인간 타입」, 『전집』 1, 614쪽.

이 적극적 성격을 중심으로 구성되어야 할 이유도 없었다. 장편소설의 세계는 오히려 "각 계층의 대표자가 각자의 생존권을 늘리고 신장시키기 위하여 맹렬한 생존경쟁을 거듭하는 풍속도",[67] 즉 '전형적 성격들의 풍속도'가 되어야 했다.

1930년대 후반 임화나 최재서가 적극적(긍정적) 주인공의 필요성을 역설했을 때, 김남천은 적극적 성격이란 결코 조선 장편소설의 전형적 성격이 될 수 없다고 반박했다.[68] 1930년대 후반 식민지 조선 사회에서 "전체주의를 경계하면서 생기발랄한 통일된 적극적 성격을 창조하기는 우리들로서 지극히 힘든 일"[69]이므로, "소설이 적극적 주인공을 창조하지 못한다는 것은 소설로서 하등의 부끄러워할 이야깃거리도 되지 못"[70]할 뿐만 아니라 오히려 소설가가 당대 사회를 직시하고 있음을 보여주는 증거[71]였다. 아시아적 정체성에서 벗어나지 못했을 뿐만 아

---

67 김남천, 「소설문학의 현상」, 『전집』 1, 635쪽.
68 적극적 성격에 관한 김남천의 비판적 태도는 임화나 최재서의 적극적 주인공을 겨냥한 것이었다. 김남천은 「명일에 기대하는 인간 타입」에서 최재서와 임화의 성격 개념을 직접 비판했다. 최재서는 '윤리적 책임을 가진 자가 소설의 성격이 되어야 한다고 주장했지만 '윤리적 책임'의 내용을 명확하게 규정하지 못함으로써 성격의 실체를 모호하게 만들어버렸다는 것이다. 김남천은 최재서의 성격 개념이 윤리적 책임감만 있다면 파시스트적 주체든 민주주의적 주체든 모두 용인하게 된다고 비판했는데, 이는 최재서가 서사시와 국민문학을 통해서 성격을 국민으로서 재규정할 가능성이 성격 개념 자체에 내재해 있음을 암시하는 것이기도 했다. 그리고 임화의 경우 영웅, 천재, 사상가 등 '시대정신의 체현자'만을 성격 범주에 포함시켰는데, 이는 미래 사회의 전망이 명확하게 제시되지 않는 이상 결코 정당화될 수 없는 것이었다. 1930년대 후반 제국주의 국가는 대동아공영권 이데올로기를 통해서 새로운 질서가 수립되고 있다고 선전했지만, 김남천이 보기에는 그 이데올로기 자체가 관찰되고 고발되어야 할 대상에 불과했다. 실제로 김남천은 「맥」의 오시형을 통해서 관찰 및 고발 작업을 수행하기도 했다.
69 김남천, 「현대 조선소설의 이념」, 『전집』 1, 397쪽.
70 김남천, 「소설문학의 현상」, 『전집』 1, 635쪽.
71 「소설문학의 현상」에서 김남천은 조선 소설가들에게 적극적 주인공을 요구하는 것은 적절하지 않다고 주장했다. 20세기 조선이란 산업자본주의의 앙양기나 부르주아 사회가 진보성을 가진 시기가 아니라는 역사적 이유에서, 또한 적극적 주인공이란 자본주의 사회의 모순을 폭로하기보다 모순을 호도할 뿐이라는 미학적 이유에서 김남천은 적극적 주인공이 식민지 조선의 장편소설에 적합하지 않다고 보았다.
김남천의 장편소설 논의에서 적극적 주인공이 불필요한 이유는 인식론적 측면에서도 설명

니라 제국주의 국가 권력에 의해 전체주의적 방식으로 통치되는 사회에서 적극적으로 욕망 실현을 감행하는 주인공 또는 당대 사회의 지배적(보편적) 가치를 공유하는 주인공, 즉 적극적 주인공(성격)이란 제국주의 국가가 윤리적 실체로서 전제되지 않는다면 결코 존립할 수 없었다. 김남천에게 조선 사회에 관한 총체적 인식이란 아시아적 정체성에 의해 제약된 사회를 아시아적 정체성에 의해 제약된 사회로서 재현할 경우에만, 소극적이거나 부정적인 인물들을 소극적이거나 부정적인 인물들로서 재현할 경우에만, 요컨대 전형적 성격들의 관계를 통해서 풍속을 재현할 경우에만 성취될 수 있었다.

3) 전형적 성격들의 풍속도

1930년대 후반 김남천은 엥겔스의 개념들을 장편소설 논의에 적용함으로써 풍속과 전형적 성격 개념을 주조해냈다. 그런데 이 시기 엥겔스 못지않게 김남천의 장편소설 구상에 큰 영향을 끼친 인물은 바로 발자크였다. 김남천은 1930년대 중반 '나폴레옹이 칼로써 이루지 못한 유럽 통일을 펜으로써 성취하겠다'는 발자크의 선언에 깊이 공감한 바 있고, 그 선언을 사회의 총체적 인식에 관한 요구로 받아들인 뒤 장편소설에 관한 사유에서 일종의 지침으로 삼기도 했다. 그리고 1930년대 말에는 발자크의 작품들을 통해서 발자크의 장편소설 창작 방법, 즉 프랑스 자본주의 사회에 관한 총체적 인식에 도달할 수 있었던 발자크의 작

될 수 있다. 장편소설의 목적이 전형적 성격들의 '관계'를 통한 사회의 총체적 인식에 있다면, 장편소설 작품에서 한 명의 적극적 주인공(성격)을 강조하는 것은 그 목적의 성취를 방해할 위험을 내포하게 된다. 장편소설의 인식론적 목적은 한 인물의 '적극성'(긍정성)을 통해서가 아니라 다양한 인물들의 '관계'를 통해서만 성취될 수 있기 때문이다.

법을 심층적으로 탐구하기도 했다. 이 점은 「시대와 문학의 정신 ― '발자크적인 것'에의 정열」(『동아일보』, 1939.4.29~5.7), 그리고 1939년 10월부터 『인문평론』을 통해 발표된 네 편의 발자크 연구 노트에 특히 잘 나타나 있다.[72]

　일련의 발자크 연구에서 김남천은 리얼리즘 방법의 의의라든가 풍속과 전형적 성격의 중요성을 여전히 강조했다. 그와 함께 그가 특히 주목한 것은, 발자크가 『인간희극』에서 자본주의 사회의 속물들을 비웃는 대신 그들을 강렬하게 묘사하고 편집광이나 악당 같은 부정적 인물들을 통해서 프랑스 사회를 재현한 점이었다. "자본주의 사회의 화폐의 위력과 그의 법칙을 폭로하는 데 소설가는 청빈주의(淸貧主義)와 빈궁문학(貧窮文學)을 택하지는 않았다"[73]는 것이다. 이와 같은 김남천의 인식에는 크게 두 가지 내용이 포함되어 있다. 소설가는 적극적 성격(긍정적 가치의 담지자)을 통해서 자본주의 사회의 모순과 갈등을 해결하려고 하기보다 자본주의 사회의 부정적 인물들을 그 자체로서 제시해야 한다는 것이 하나고, 소설가는 자신의 가치관이나 이데올로기를 사회의 다양한 현상들에 덧씌우려고 하기보다 전형적 성격들을 통해서 사회의 다양한 현상들에 내재하는 논리를 재현해야 한다는 것이 다른 하나다. 전자가 프랑스 자본주의 사회를 재현하는 데 적용된 리얼리즘 방법을 가리켰다면, 후자는 한 명의 주인공을 만들어내기보다 전형적 성격들의 관계를 재현하는 데 주력한 발자크의 구성 방식을 의미했다.

　장편소설이 전형적 성격들의 관계를 통해서 사회에 관한 총체적 인식을 추구한다면, 작품 구성과 관련해서 볼 때 각각의 전형적 성격들은

72　김남천은 심지어 첫 번째 발자크 연구 노트 「『고리오옹』과 부성애・기타」(『인문평론』, 1939.10)의 첫 문단에서 "『인간희극』이 교사가 되고, 나는 하나의 작은 소학동(小學童)이 되는 것으로 충분하"(『전집』 1, 523쪽)다고까지 말했다.

73　김남천, 「성격과 편집광의 문제(발자크 연구 노트 2)」(『인문평론』, 1939.12), 『전집』 1, 550쪽.

그 자체로서는 큰 의미를 갖지 못할 수도 있다. 전형적 성격들 각각은 그 자체로서는 단지 사회 제도나 특정 이데올로기와의 일대일 대응관계를 통해서 특정 사회에 관한 정보를 제공해주는 인물들 정도로 그 의미가 한정될 수 있기 때문이다. 이는 프레드릭 제임슨이 루카치의 전형이론에 대해 개별 인물과 그 사회적·역사적 지시대상 사이의 일대일 대응관계를 함축한다고 말하면서, 『인간희극』에 등장하는 인물들은 '인물 체계' 혹은 '인물들의 체계'로서 규정될 필요가 있다고 주장할 때[74] 염두에 둔 바이기도 했다. 말하자면, 발자크가 18세기 프랑스 사회의 운동 방식을 인식할 수 있었던 데는 등장인물들의 전형성도 중요한 역할을 했지만, 전형적 성격들 사이의 '관계'가 더욱 중요한 역할을 했다는 것이다. 김남천에게도 역시 자본주의 사회에 관한 총체적 인식은 전형적 성격들 사이의 다양한 '관계'를 통해서만 성취될 수 있는 것이었다.[75]

장편소설에서 중요한 것은 전형적 성격들의 단순 배치가 아니라 그들 사이의 모순과 갈등 관계다. 장편소설이란 욕망을 실현하기 위해 노력하는 개인의 이야기가 아니라, 개별 인물들 사이의 모순과 갈등 관계를 통해서 전개되는 사회 그 자체의 이야기인 것이다. 단순한 성격들을 통해서 복잡한 사회를 재현하는 장르, 김남천에게는 그것이 바로 장편소설이었다. 장편소설이 "역사적 전환기가 산출하는 각층의 대표자의 개별적 성격 창조를 통하여 역사적 법칙의 폭로에 도달하는 문학"[76]이라면, 발자크의 『인간희극』은 "각층 각 계급의 각양 각색한 수천의 인

---

74 Fredric Jameson, *The Political Unconscious*, London : Methuen & Co., 1981, pp.161~162.

75 프랑코 모레티는 『세상의 이치』에서 발자크의 위대한 혁신이란 "플롯의 기원을 개인적인 위반에서 초개인적인 메커니즘으로 바꿔놓았다는 데" 있다고 주장했다. 19세기 초 국가 시장이 통합됨으로써 '경쟁의 메커니즘'이 '사회적 관계의 규범'으로 되었다는 것이다(성은애 역, 『세상의 이치』, 문학동네, 2005, 271쪽). 모레티에게도 발자크의 소설이 개인들 사이의 관계, 그것도 '경쟁'으로 명명되는 모순 관계에 의해 구성되어 있다는 점은 중요한 특징이었다.

76 김남천, 「명일에 기대하는 인간 타입」, 『전집』1, 615쪽.

물들이 죽는가 죽이는가의 맹렬한 생존 투쟁을 통하여 불란서의 특정한 역사적 시대의 내적 행진을 모순의 양대째로 폭로"[77]하는 데 성공한 작품이었다. 만약 특정한 개인을 주인공으로 설정해서 작품을 구성한다면, 그 작품은 주인공이 다른 인물들과 맺고 있는 복잡한 관계 양상을 보여준다고 하더라도 작품의 범위를 사회적 '관계'가 아니라 개인의 '일생'에 한정하게 된다는 점에서 한계를 가질 수밖에 없다. 이 경우 소설 작품은 개인의 탄생과 죽음, 혹은 욕망의 성취와 실패를 중심으로 구성될 것이기 때문이다. 김남천이 구상한 장편소설에 중심적인 구성요소가 있다면, 그것은 어떤 개별적 인물이 아니라 전형적 성격들 사이의 모순과 갈등 관계(사회적 관계) 그 자체였다.

장편소설이 전형적 성격들의 풍속도, 즉 전형적 성격들 사이의 모순·갈등 관계에 대한 재현이 되어야 한다는 주장은 사실상 '전형의 위계체계'에 의한 작품 구성을 요구하는 것이었다. 전형의 위계체계란 '전형들이 서로 작용하고 영향받아 이루어지는 역동적인 관계'를 의미하는데, 이는 인물들 사이의 고정된 관계를 상정하는 게 아니라 특수한 상황에 따라 변화하는 인물들 간의 관계를 용인한다는 점에서 '인류 역사의 한 발전단계로서의 현실' 혹은 '구조화되고 발전하며 자기형성하는 전체로서의 현실'을 보여주는 데 효과적인 방법이 될 수 있다.[78] 김남천이 장편소설의 과제를 자본주의 사회에 대한 인식에 두었다면, 이 과제는 특정한 시기 자본주의 사회에서 인물들이 맺고 있는 역학관계(전형의 위계질서)를 통해서 수행되어야 하는 것이다. 이렇게 볼 때, 김남천의 리얼리즘이 '서사양식으로서의 장편문제'와 연결되지 못했다는 김윤식의 고전적 평가[79]는 교정될 필요가 있다. 김남천에게 리얼리즘

---

77 위의 글, 615쪽.
78 최유찬, 『리얼리즘 이론과 실제 비평』, 두리, 1992, 80~89쪽.

이란 오히려 전형적 성격들의 풍속도를 통해서만, 즉 '서사양식으로서의 장편소설'을 통해서만 실현 가능한 것이었다.

마르크스주의에서 자본주의 사회의 역사적 법칙에 관한 인식이란 자본주의 사회의 재생산 과정에 관한 인식과 그 사회의 내적 모순에 의한 자기지양 과정에 관한 인식을 모두 포함한다. 그러므로 김남천이 마르크스주의의 관점에서 장편소설의 과제를 사회에 관한 총체적 인식에 두었다면, 소설가들에게는 조선 사회의 재생산 과정과 그 자기지양의 계기를 모두 재현해야 한다는 임무가 부과될 수밖에 없다. 사실 임화가 소설가들에게 미래의 전망(이상)을 가지라고 요구하거나 적극적 주인공을 만들어내야 한다고 주장한 것도 문학 작품 속에 당대 사회를 지양할 수 있는 긍정적 계기를 담아내야 한다는 생각, 다시 말해 식민지 조선 사회를 자기지양의 계기와 더불어 재현해야 한다는 생각에 기인했다. 그렇지만 긍정적 계기의 허구적 생산이란 실제 사회에 관한 인식에 기여하지 못하며, 심지어는 실재하는 모순과 갈등을 이데올로기적으로 은폐하거나 왜곡하는 효과를 낳게 된다는 것이 김남천의 일관된 입장이었다. "전환기가 내포하고 있는 가지각색의 생활감정의 관찰 속에서만 발전과 비약의 계기를 포착할 수 있"[80]다는 것, 즉 당대 사회의 자기지양의 계기는 바로 그 사회에 대한 리얼리즘적 재현에 의해서만 포착할 수 있다는 것이 변하지 않는 그의 생각이었다.

김남천이 발자크의 소설 작법에서 많은 도움을 얻은 것은 사실이지만, 발자크의 소설 작품과 김남천의 장편소설 구상 사이에는 명백한 차이가 있다. 발자크는 보수주의적 신념을 갖고 있었음에도 불구하고 그와 무관하게 '인정사정 없는 고리대금업자의 시선'[81]을 전유함으로써,

---

79   김윤식, 『한국 근대문학 사상사』, 한길사, 1984, 241쪽.
80   김남천, 「전환기와 작가」, 『전집』 1, 689쪽.

즉 보편적 계급으로서의 부르주아지의 시점을 전유함으로써 프랑스 사회에 관한 인식에 도달할 수 있었다. 발자크의 『인간희극』은 무엇보다도 '자본주의의 소설'[82]이라는 점에서 자본의 법칙을 재현할 수 있었던 것이다. 그와 달리 김남천은 조선 소설가들에게 마르크스주의에 충실할 것을 요구했다. 소설가가 마르크스주의의 관점을 습득할 때, 식민지 조선의 자본주의 체제를 재생산 및 자기지양과 관련해서 사유하는 일도 가능하다고 보았기 때문이다. 김남천은 물론 조선 소설가들이 '피안에 대한 뚜렷한 구상을 가지고 있지 못한' 상태, 즉 당대 조선의 사회적 관계가 지양된 이후의 삶에 관한 어떤 구상도 갖고 있지 못한 '피안의 결여' 상태에 처해 있음을 잘 알고 있었다.[83] 그 때문에 김남천은 미래의 비전을 인위적으로 만들어내라는 요구에 반대하면서, 풍속과 전형적 성격을 통해서 조선 사회의 모순과 갈등을 묘사해야 한다고 주장했던 것이다. 모순과 갈등으로 뒤얽힌 식민지 조선의 상태를 고정불변의 사실로서 재현해서는 안 된다는 것, 비록 부정적인 방식일지라도 거기에 내재하는 자기지양의 계기를 포착해야 한다는 것, 이것이 김남천에게는 조선 소설가들이 선택할 수 있는 유일한 장편소설 생산 방법이었다.

---

81   프랑코 모레티, 성은애 역, 앞의 책, 2005, 257쪽.
82   위의 글, 266쪽.
83   김남천, 「소설의 운명」, 『전집』 1, 667쪽.

3. 조선적 장편소설의 형식 탐색

김남천은 마르크스주의적 관점의 습득이 중요함을 강조하는 한편, 풍속과 전형적 성격을 통한 사회의 총체적 재현이 필요함을 역설했다. 그리고 리얼리즘 방법을 통해 장편소설 작품을 생산함으로써 이와 같은 구상이 실현될 수 있으리라고 믿었다.

김남천은 장편소설에 관한 구상을 실현하는 데 가족사 연대기 형식이 유용하다고 여기기도 했지만, 가족사 연대기 형식에 절대적 가치를 부여하면서 그에 대한 심층적 연구를 진행하지는 않았다. 그보다 그는 어떠한 유기적 구성도 배제하는 자크 티보데의 '총화소설' 구상에 더욱 공감했다. 총화소설이란 임화의 본격소설처럼 성격 중심의 일관된 플롯 구성을 추구하는 형식이 아니라, 그와 같은 구성을 전적으로 거부하는 형식이었다. 말하자면, 탈구조화된 형식이었던 것이다. 김남천이 임화의 본격소설 형식이나 최재서의 서사시 장르에 비판적 태도를 취한 이유는 바로 여기에 있었다. 장편소설에서 관건은 실제 사회에 관한 총체적 재현이었기 때문에, '특정한' 소설 형식을 고수하는 것은 경우에 따라 소설가의 작품 생산에 도움이 될 수도 있겠지만 제약이 될 수도 있었다.

특히 김남천은 식민지 조선에서 서사시 장르를 요구하는 것은 일본 정신에 의해 통일된 제국의 질서를 승인하는 데로 나아갈 수밖에 없다는 판단 아래 최재서의 서사시 요구에 강하게 반대했다. 그리고는 아메리카 리얼리즘 소설에 대한 고찰을 통해서 대안적 소설 형식을 모색했다. 김남천에게 아메리카 리얼리즘 소설은 제국주의 시대에도 여전히 장편소설 작품이 생산될 수 있다는 것, 즉 전형적 성격들 사이의 관계를 통해서 사회에 관한 총체적 재현이 가능하다는 것을 보여주는 모범적 사례였다.

1) 가족사 연대기 소설

「장편소설에 대한 나의 이상」(『청색지』, 1938.8)에서 김남천은 조선의 장편소설이 조선 사회의 동양적 정체성과 심리주의 문학의 무분별한 수입으로 인해 형식적 와해 상태에 처하게 되었음을 지적한 뒤, 조선 장편소설 형식의 근본적 개조에 관해 역설했다. 최재서가 주도한 전작 장편소설 총서 간행 사업이 제도의 수준에서 장편소설의 상업화 문제에 대한 일정한 해결책이 될 수도 있었지만, 소설가이자 비평가로서의 김남천에게 장편소설의 형식 문제는 무엇보다도 미학의 수준에서 해명되어야 할 것이었다. 김남천이 장편소설의 개조와 관련해서 주목한 것은 '풍속·세태'의 문학적 가치와 '가족사 연대기' 형식의 의의였다. 풍속이 전형적 성격과 함께 장편소설 작품을 구성하는 핵심 요소였다면, 가족사 연대기 소설은 풍속과 전형적 성격을 겸비한 형식이었다.

가족사 연대기 소설에 관한 김남천의 생각이 가장 잘 드러나 있는 글은 「장편소설에 대한 나의 이상」을 집필한 직후 발표한 「현대 조선소설의 이념」(『조선일보』, 1938.9.10~9.18)이다. 이 글에서 김남천은 「장편소설에 대한 나의 이상」에서와 마찬가지로 풍속 개념의 재인식과 가족사 연대기 소설의 의의를 강조하면서도, 「장편소설에 대한 나의 이상」에 비해 가족사 연대기 소설의 성격에 관한 더욱 자세한 설명을 제시했다. 이 글에서 김남천은 가족사 연대기 소설이 모럴의 확립, 전형적 상황 묘사(풍속), 전형적 성격 제시, 사회에 관한 역사적 인식 등 장편소설의 필수 요소들을 모두 갖춘 형식이라고 주장했다. 가족사 연대기 소설이란 '개인과 집단의 관계'를 통해서 구성되기도 하지만, 무엇보다도 전형적 성격이나 전형적 성격들의 사회적 관계를 생성과 소멸의 '전체적 발전' 속에서 보여준다는 게 그 이유였다.

김남천에게 가족사 연대기 소설은 유물론적 파토스를 구현한 형식이라는 점에서 특히 의의가 있었다. 발터 벤야민이 「얘기꾼과 소설가」에서 언급하기도 했지만, 연대기란 본래 '신의 구원 계획에 입각해서 이루어진 역사적 사건들에 관한 서술'로서 어떤 설명이나 입증 과정 없이 역사적 사건들의 진행 과정 그 자체에 관심을 갖는 형식을 의미했다.[84] 이와 유사한 맥락에서 E. 뮤어도 연대기 소설을 '엄밀한 짜임'과 '임의의 진행'에 의해서 구성된 형식이라고 정의한 바 있다. 역사적 사건들의 '우주적 진행'을 다룰 때, 연대기 소설은 한편으로는 초월적 법칙의 존재를 전제하면서도 다른 한편으로는 개별 사건들을 임의성(우연성)의 형태로 제시한다는 것이다.[85] 김남천의 장편소설 구상에서 역사적 법칙의 초월성이란 물론 허용될 수 없는 특성이었다. 그러나 그가 인과관계에 따른 플롯 구성이 아니라 모순과 갈등 관계에 대한 묘사를 통해서 역사적 법칙을 재현해야 한다고 주장할 때, 장편소설의 세계는 마치 사건들의 무질서한(임의의) 진행과 그 진행을 통해서 현현하는 역사적 법칙('엄밀한 짜임')으로 구성되는 것처럼 보이기도 한다. 가족 구성원들(전형적 성격들) 사이의 모순과 갈등 관계를 연대기적으로 서술하는 작업은, 김남천이 보기에 적극적 주인공을 만들어내지도 않고 보편적 가치를 전제하지도 않은 채 사회의 역사적 변화를 재현할 수 있는 효과

---

84 발터 벤야민, 반성완 역, 「얘기꾼과 소설가」, 『발터 벤야민의 문예이론』, 민음사, 1983(1990), 180쪽.
85 E. 뮤어, 안용철 역, 『소설의 구조』, 정음사, 1975, 99~123쪽 참조.

적인 방법이었다.

1930년대 후반 소설 장르에 관한 논의에서 가족사 연대기 소설에 주목한 비평가는 물론 김남천만이 아니다. 김남천이 가족사 연대기 소설의 중요성을 언급한 이후, 최재서 역시 「현대소설연구(2) 토마스 만 『부텐부로크 일가』」(『인문평론』, 1940.2~3)에서 가족사 연대기 소설의 의의에 대해 크게 주목한 바 있다. 하지만 김남천과 최재서가 가족사 연대기 소설에 주목한 이유는 전혀 달랐다. 최재서에게 가족사 연대기 소설은 사회적 실재(가족)를 물리적 시간의 흐름에 따라 재현하는 형식으로서, 현대소설의 서사시적 경향을 보여주는 대표적인 형식이었다. 그와 달리 김남천에게 가족사 연대기 소설은 서사시와 전혀 무관한 형식이었으며, 오로지 조선 장편소설을 개조하는 데 도움이 되리라는 기대 속에서만 높게 평가되는 형식이었다.[86] 최재서가 가족사 연대기 소설에서 가족 중심의 전체주의적 세계상에 주목했다면, 김남천은 가족 구성원들 사이에서 벌어지는 사건들과 이것들이 연대기 형식으로 재현될 때 드러나는 사회의 역사적 변화에 더 관심이 있었다. 김남천에게 가족사 연대기 소설은 우선 전형적 성격들의 상호 관련성을 형상화한다는 점에서 유의미했지만, 전형적 성격들의 모순과 갈등 관계를 통해서 역사의 전개 과정을 재현한다는 점에서 더욱 유의미했다.[87]

---

[86] 김남천은 가족사 연대기 소설에 관한 최재서의 소개 작업이 당시 소설가들에게 도움을 주었다고 서술했다.
"오랜 동안 계속되어 오던 장편소설논의 속에서 구체화의 방향으로서 더듬어낸 하나의 방향은 가족사 연대기 소설로의 길이었다. 필자 같은 사람이나 자신의 타개책이 무엇보다도 급해서 이러한 방향으로 길을 잡아보았는데, 그 뒤 최재서 씨 같은 분이 주로 구라파 소설의 실례를 소개해서 이 방면에 뜻을 가진 작가에게 적지 않은 참고가 되었었다."(「동태와 업적」,(『조광』, 1940.12), 『전집』 1, 672쪽)
김남천이 서사시 형식에 부정적 입장을 갖고 있었다는 점을 고려할 때, 최재서처럼 가족사 연대기 소설을 서사시 장르의 관점에서 이해하는 방식은 문제가 있었다. 이 점에서 최재서의 작업이 가족사 연대기 소설에 관심을 가진 작가에게 '적지 않은 참고'가 되었다는 김남천의 진술은 학술적인 것이라기보다 의례적인 것으로 볼 수 있다.

김남천은 가족사 연대기 소설의 형식적 중요성을 잘 알고 있었다. 그 때문에 그는『대하』를 저술함으로써 가족사 연대기 형식을 직접 실현하기도 하고, 이 형식을 척도로 삼아 다른 소설 작품들을 비평하기도 했다.[88] 하지만 김남천은 가족사 연대기 소설의 유의미성과 무관하게, 특정 형식을 일종의 모델로서 제시하는 게 소설가들의 작품 생산에 그리 도움이 되지 않는다는 믿음을 갖고 있었다. 그가 아무리 장편소설의 형식 개조를 주장한다고 하더라도, 장편소설의 "형태가 어떻게 되리라는 것을 미리 예언하는 것은 그렇게 필요한 것도 아무것도 아니"[89]었다. 장편소설의 목적이 전형적 성격들의 모순과 갈등 관계를 통해서 사회를 총체적으로 재현하는 데 있다면, 가족사 연대기 소설을 포함해서 그 목적을 성취하는 데 도움이 되는 어떤 소설 형식이라도 허용될 수 있는 것이다. 이 점에서 임화나 최재서처럼 특정 형식이나 구성 방식을 요구하는 것은 일종의 형식주의적 태도로 보일 수밖에 없다. 김남천은

---

87 이렇게 볼 때 1930년대 말 가족사 연대기 소설이 당대의 '불안과 위기에 대한 상상적 대응'으로서 '조화로운 공동체'를 표상했고, 김남천 역시『대하』에서 '가부장적 질서의 수호'와 '주인공 소년들의 근대 지향'를 동시에 보여줌으로써 '파시즘 이데올로기'에 편입되었다는 이혜령의 평가(「1930년대 가족사연대기 소설의 형식과 이데올로기」,『상허학보』제10집, 2003.2)는 논의의 여지가 있다. 이혜령은 1930년대 말 가족사 연대기 소설에 표상된 '공동체적 이미지'에 주목함으로써 그 소설 형식이 일본 파시즘 기획에서 제시된 '대화대애(大和大愛) 팔굉일우(八紘一宇)의 대이상을 몸소 체현한 천황이자 국가'에 상응한다고 주장했지만(140쪽), 적어도 김남천의 경우에는 가족사 연대기 소설의 목적을 '공동체적 이미지'가 아니라 화폐를 중심으로 작동하는 식민지 조선 사회의 모순과 갈등의 재현에 두었다. 이혜령의 이해 방식은 사회적 성격을 통해서 전체적 세계상을 보여주고자 했던 최재서의 가족사 연대기 소설 개념에 맞닿아 있는데, 김남천식 가족사 연대기 소설 이해도 충분히 고려할 필요가 있다.

88 『산문문학의 일년간』(『인문평론』, 1941.1)에서 김남천은 이기영의『봄』에 관해서 "씨가『봄』을 좀더 철저하게 연대기가족사소설로서 준비하지 않은 것이 필자에게는 결함으로 느껴졌다"고 비판한 반면, 한설야의『탑』에 관해서는 가족사 연대기 소설임이 분명하지만 "편의적인 생각에서가 아니고 연대기가족사소설의 투철한 이념에서였더라면『탑』은 훨씬 더 인물을 정비하고 잡설(雜說)도 제거하고, 풍속집(風俗集)이 되는 데서도 구원을 받았을 것"이라고 말하면서 아쉬워했다.

89 김남천,「현대 조선소설의 이념」,『전집』1, 406쪽.

가족사 연대기 소설 역시 하나의 형식이자 특정한 작품 구성 방식이라는 점을 잘 알고 있었으며, 그 때문에 가족사 연대기 소설의 형식적 의의를 충분히 인정하면서도 그 '명칭'에 절대적 의미를 부여하려고는 하지 않았다. 중요한 것은 전형적 성격들 사이의 관계를 통해서 전개되는 역사적 변화였고, 가족사 연대기 소설은 그 역사적 변화를 재현할 수 있는 '하나의' 유력한 형식에 불과했다.

2) 총화소설

장편소설 장르에 관한 논의에서 김남천이 특정 소설 형식이나 구성 방식을 고수하는 데 반대했다고 하더라도, 한 편의 소설 작품이 완성되는 즉시 고유한 내적 구조와 형식을 갖추게 된다는 것은 분명한 사실이다. 소설가가 작품을 통해서 어떤 내용을 전달하고자 한다면, 또한 소설 작품이 특정 사회에 관한 총체적 재현임을 내세우고자 한다면, 한 편의 작품은 어떤 식으로든 구조화되고 형식화되지 않으면 안 된다. 장편소설의 개조를 위해서 전형적 성격들의 모순과 갈등 관계가 갖는 중요성을 아무리 강조하더라도, 김남천이 그 모순과 갈등 관계를 다룰 수 있는 틀(형식)에 관한 물음에 대답하지 못한다면 그의 이론적 탐구 노력은 무위에 그쳐버릴지도 모르는 일이다.

임화나 최재서가 소설의 형식 문제에 관심을 기울인 이유는 무엇보다도 논의의 실효성을 확보하려는 데 있었다. 역사에 관한 인식이든 보편적 가치의 담지자에 대한 재현이든, 소설가가 특정한 형식에 대한 고려 없이 그러한 목표를 수행할 수 없는 일이라면 관심의 초점은 형식에 맞춰질 수밖에 없다. 김남천이 가족사 연대기 형식에 주목한 이유 역시 그와 다르지 않았다. 다만 김남천은 그들처럼 내용과 형식 사이에 직접적 동일성 관계를 설정하는 데 반대하면서도 "문학의 문제에서는 무엇보다도 형식이 사상을 결정한다는 상식"[90] 역시 인정했기 때문에, 특정한 형식을 절대적인 것으로서 내세우지는 않았지만 총체적 사회 인식을 보증하는 형식에 관한 성찰만은 멈추지 않았다. 여기서 잊지 말아야 할 것은, 그의 성찰이 적절한 소설 형식에 대한 탐색뿐만 아니라 장편소설 그 자체의 형식적 특질에 대한 사유까지도 포함하고 있었다는 점이다.

소설 작품의 '구성' 문제에 대해서 김남천은 지극히 부정적인 입장을 견지했다. 1930년대 말 임화가 소설가들에게 성격 중심의 작품 구성 능력을 갖추라고 요구했을 때, 김남천은 톨스토이, 도스토예프스키, 발자크, 토마스 만 등 위대한 소설가들의 경우 어떤 구성미도 추구하지 않았다고 주장하면서 "구성력의 파기"[91]야말로 장편소설의 미학적 본질이라고 응수했다. 김남천이 보기에 성격 중심의 작품 구성을 요구하는 것은 입증할 수 없는 인간의 역사를 인위적으로 만들어내거나 부재하는 인문주의적 모럴을 관념적으로 습득해서 구현하는 일, 다시 말해 형식적이거나 이데올로기적인 수단을 이용해서 실재하는 모순과 갈등을 그럴 듯하게 해결하는 일에 불과했다. 그러므로 임화의 본격소설이나 최재서의 서사시는 사회의 모순과 갈등을 왜곡할 뿐만 아니라 그 모순과 갈등을 통해서 전개되는 실제 역사에 눈을 감게 하는 형식으로 여겨질 수밖에 없었다. 김남천이 '구성력의 파기'를 통해서 기대한 바는 크게 두 가지였다. 하나는 모순과 갈등으로 이루어진 사회적 관계들을 특정 플롯이나 이데올로기에 의해서 은폐하지 않는 것이었고, 다른 하나

---

90   김남천, 「두 의사(醫師)의 소설」(『매일신보』, 1942. 10. 16~10. 20), 『전집』 1, 725쪽.
91   김남천, 「소설문학의 현상」, 『전집』 1, 637쪽.

는 거대한 역사의 흐름을 특정한 논리나 이데올로기가 아니라 모순과 갈등 속에서 재현하는 것이었다.

김남천에게 '구성력의 파기'란 결코 소설 작품의 구조나 형식에 대한 전면적 거부를 의미하는 게 아니었다. 그가 반대한 것은 "주관의 전성(傳聲)이나 주인공론과 연관되는 다분히 연극에서 빌려온 것 같은 구성미",[92] 말하자면 여러 계급(층) 구성원들 사이의 복잡하고도 다양한 관계를 한 주인공의 일대기로 축소해버리는 일이었다. 이 경우 소설 작품은 구성적으로 세련된 형태를 갖출 수는 있겠지만, 모순과 갈등으로 점철된 사회의 복잡한 관계들을 총체적으로 재현하는 데는 한계를 드러낼 수밖에 없다. 김남천에게 장편소설의 형식적 특질은 결코 구성미에 있지 않았다. 오히려 그는 '전체성의 제시'와 '다양성의 포용'에서 장편소설의 형식적 특질을 찾았고, 그러한 특질을 구현하지 못하는 한 어떤 작품도 장편소설로서 정당화될 수 없다고 생각했다.[93] 이는 '전체성의 제시'와 '다양성의 포용'에 성공할 수만 있다면, 즉 복잡하고도 다양한 사회의 모순과 갈등 양상을 재현할 수만 있다면 어떤 형식이라도 장편소설로서 인정받을 수 있음을 의미하는 것이기도 했다.

김남천은 구성력이나 구성미 개념에 반대하는 데서 더 나아가 '구성'이라는 용어 자체를 소설 미학의 영역에서 배제하고자 했다. 그 대신 김남천은 알베르 티보데가 『소설의 미학』에서 제안한 '총화' 개념이야말로 장편소설의 구성 문제를 사유하는 데 적절한 수단이라고 여겼다. 티보데에 따르면 소설에서 구성이란 보통 줄거리를 이어가는 기술, 성격을 만드는 기술, 상태를 구성하는 기술(한 사람이나 여러 사람을 극적인 심리 상태에 놓는 기술) 등을 의미했다. 그런데 이 기술들은 모두 혼돈과 무

---

92 위의 글, 636쪽.
93 위의 글, 637쪽.

질서를 극복하고 통일성과 질서를 수립하는 데 기여한다는 점에서, 장편소설 장르가 아니라 오히려 극적 구성에 적합한 것들이었다. 소설이란 무엇보다도 '총화', 즉 혼돈과 무질서로 점철된 인간 관계 및 사건들에 대한 관찰에 근거하는 장르라는 게 그 이유였다. 티보데에게 소설의 최고 형식은 "질서라든가 구성의 인상을 주지 않고, 도도하게 흐르는 대하와 같은 감각을 독자에게 주는 총화소설(Roman-Somme)"[94]이었다. 김남천은 조화와 통일성에 입각한 어떤 구성도 배제하는 티보데의 총화소설 구상에 깊이 동의했다. 총화소설이야말로 모순과 갈등으로 점철된 사회적 관계들을 그 전체성과 다양성 속에서 재현하는 데 가장 적합한 방법으로 보였던 것이다.

김남천이 '총화' 개념에 주목한 이유는 일차적으로 장편소설의 형식적 특질을 설명하려는 데 있었다. 김남천은 주인공 중심의 극적 구성이 사회의 모순과 갈등을 그 전체성과 다양성 속에서 재현하는 데 한계가 있다고 보았기 때문에, 전형적 성격들 사이의 복잡한 관계들을 재현할 수 있는 새로운 작법이 필요하다고 판단했다. 그러나 티보데의 총화소설은 엄밀하게 말하자면 특정한 형식도 구체적인 작법도 아니었다. 티보데는 물론 '사건의 총계'라든가 '에피소드들의 연속'을 총화소설의 속성들로서 언급하기도 했다.[95] 그러나 이러한 속성들은 소설의 형식적 자율성을 입증하는 사례에 불과했다. 그렇다면 총화소설이란 어떤 정해진 구성방식이나 견고한 형식도 거부하는 형식, 즉 '탈구조화된 형식' 일반을 가리키는 용어로 받아들일 필요가 있다. 김남천에게 총화소설은 고유명사가 아니라 정해진 형식이나 구성방식을 거부하는 모든 형식을 가리키는 일반명사였던 것이다. 소설가가 자신의 모럴을 오로지

---

94 A. 티보데, 유억진 역, 『소설의 미학』, 신양사, 1960, 95쪽.
95 위의 책, 67쪽.

풍속과 전형적 성격을 통해서만 구현할 수 있다면, 총화소설의 탈구조화된 형식은 그러한 작업을 수행하려는 소설가들에게 구성 문제에 관한 중요한 대답이 될 수 있었다.

3) 아메리카 리얼리즘 소설

가족사 연대기 소설이나 총화소설에 관한 김남천의 논의는 기본적으로 조선 사회의 모순과 갈등을 총체적으로 재현할 수 있는 소설 작법에 대한 관심에 기인했다. 김남천은 물론 특정 소설 형식에 절대적 가치를 부여하지는 않았지만, 가족사 연대기 소설이나 총화소설 형식을 통해서 1930년대 조선 사회에 대한 총체적 재현이 가능하리라는 믿음을 견지해나갔다. 그와 동시에 김남천은 소설 비평가로서 1940년대 들어 최재서에 의해 제안된 서사시 장르에 대해서도 명확한 입장을 밝혀야 할 필요성을 느꼈다. 서사시란 본래 개인과 사회의 유기적 통일성을 전제하는 문학 장르였고, 그 때문에 식민지 조선에서 서사시 작품을 쓰라는 요구는 자본주의 사회의 극복과 '동양 신질서'의 수립('근대의 초극')을 객관적 사실로서 승인하라는 요구와 크게 다를 바가 없었다. 이때 김남천은 조선 소설가들에게 서사시 장르 대신 아메리카 리얼리즘 소설에 대해 관심을 가질 것을 촉구했고, 서사시적 영웅시대의 도래를 부인하면서 장편소설 장르의 역사적 유효성을 재확인하고자 했다.

김남천은 1940년 무렵 서사시 장르에 대한 요구가 사회적·역사적 조건과 긴밀하게 관련되어 있음을 잘 알고 있었다. 장편소설이 기본적으로 부르주아 사회의 모순과 갈등을 형상화하는 장르이고 "장르를 결정하는 것이 언제나 그 사회의 역사적 본질"[96]이라면, 자본주의 사회의

"모순 속에서 자라나는 부정적 요소가 자립하는 시기에 이르면 소설은 붕괴냐 개조냐의 전환점을 맞이"[97] 할 수밖에 없다. 따라서 20세기 들어 유럽에서 전개된 파시즘 및 사회주의 이데올로기의 세력 확장, 그리고 1940년 6월 파시즘 국가 독일에 의해 이루어진 파리 함락이 '근대의 종언'을 의미하는 사건이라면, 게다가 동양의 경우 일본 주도로 '동양 신질서' 수립이 자본주의 생산양식의 근본적 철폐까지도 내세우는 과정이라면, 근대 부르주아 사회를 뒷받침했던 개인주의와 자유주의 이데올로기뿐만 아니라 개인들의 관계를 중심으로 형성된 장편소설 장르 역시 역사적 정당성을 상실할 수밖에 없다. 특히 자본주의 생산양식의 극복을 내세운 국가들에서 개인과 집단의 통일성을 구현한 '완미한 인간'이 실제로 등장한다면, 장편소설의 몰락과 서사시의 재등장이 전혀 불가능한 일도 아닐 것이다.

　장편소설의 역사적 운명에 관한 김남천의 생각은 루카치의 「부르주아 서사시로서의 장편소설」(1934)에 대한 비판적 수용을 통해서 형성되었다. 이 글에서 루카치는 장편소설을 '부르주아 서사시'로 정의한 헤겔의 논의에 입각해서 서사시와 장편소설의 미학적 차이를 설명하는 한편, 부르주아 사회의 성쇠와 관련해서 장편소설의 역사적 발전 단계를 설명한 뒤 소련의 사회주의 장편소설에서 '서사시로의 새로운 접근'을 보려고 했다. 사회주의 소설의 경우 부르주아 계급에 대한 프롤레타리아 계급의 투쟁이나 프롤레타리아 계급의 집단적 영웅주의 속에서 개인과 집단의 분열이 극복된 완미한 인간성이 형성되는데, 막심 고리끼의 경우 그 완미한 인간성을 서사시적 형식에 의해서 형상화했다는 것이다. 그러나 김남천은 루카치가 부르주아 사회의 성쇠와 관련해서

96　　김남천, 「소설의 운명」, 『전집』 1, 664쪽.
97　　김남천, 「소설의 장래와 인간성 문제」(『춘추』, 1941.3), 『전집』 1, 705~706쪽.

장편소설 장르의 전개 과정에 관해 설명한 데 동의하면서도, 사회주의 소설에서 고대 서사시로의 복귀를 보려고 한 데는 분명히 반대했다. 고리끼의 작품들은 완미한 인간성이 아니라 '개인주의의 망령들'로 가득하다는 점, 또한 과거의 문학 장르가 역사성을 무시한 채 다시 부활할 수는 없다는 점이 반대의 이유였다.[98]

김남천은 서사시 장르를 통해 장편소설 개조 문제에 대답하려는 시도를 '당돌한 구상'이라고 평가했다. 미래(피안)가 불분명한 상태에서 선언적으로 제시된 미래의 구상을 정해진 사실로서 제시하는 것은 현재 사회의 모순과 갈등을 호도하는 데 기여할 뿐이었다. 현재 조선 사회의 "모든 감정과 생활과 성격을 그리는 길을 피하고, 헛되이 천박한 관념의 세계를 더듬는다든가, 공상의 가운데 날아가 버린다든가 하여서는, 문학은 위대한 창조품을 들고서 새로운 질서 건설에 공헌할 수는 없"다는 것, "시대나 사조에 대한 편승심리나 전환기에 대한 피상적인 번역심리야말로 진정한 문학이 삼가야 할 가장 위험한 태도"라는 것이 김남천의 생각이었다.[99] 그는 파시즘, 나치즘, 스탈리니즘 등에 입각해서 설립된 국가들이 19세기 부르주아 사회와 구별된다고는 생각했지만, 그 국가들에서 자본주의 생산양식과 전혀 다른 사회적 관계가 구축되었다고는 생각하지 않았다. 아메리카의 뉴딜, 이탈리아와 독일의 파시즘, 소련의 사회주의 실험 등이 '자본주의의 황혼에 처하여 각 민족이 새로운 역사적 단계에 오르려는 간과할 수 없는 자세(姿勢)'임은 분명하지만, 그것들이 새로운 세계 질서를 수립할 만한 긍정적 이념이나 세계상을 제시해주지는 못한 것도 분명했다.[100] 서사시가 근대 부르주아

---

98   김남천, 「소설의 운명」, 『전집』 1, 666쪽.
99   김남천, 「전환기와 작가」, 『전집』 1, 689쪽.
100   김남천, 「소설의 운명」, 『전집』 1, 667쪽.

사회의 극복 및 고대 영웅시대의 도래를 전제하는 장르인 한, 식민지 조선에서 혹은 다른 나라에서라도 서사시 장르가 존립할 수 있는 사회적·역사적 근거는 전혀 없었다.

김남천이 보기에 조선 사회는 제국주의 이데올로그들의 주장과 무관하게 여전히 제국주의 체제에 편입된 식민지였고, 파시즘이나 사회주의에 입각한 국가들이 자본주의 생산양식의 극복을 내세우고 있을지라도 세계의 대부분은 여전히 자본주의적 생산관계를 재생산해내고 있을 뿐이었다. 그러므로 장편소설 역시 언젠가는 사회의 변화와 더불어 근본적 변형을 겪을 수밖에 없겠지만 적어도 1940년대까지는 유효한 장르로 남을 수밖에 없었다. 그렇다면 조선 소설가들은 '완미한 인간' 혹은 인문주의적 모럴의 담지자를 인위적으로 만들어내려고 해서는 안 되며, 오히려 '개인주의가 남겨놓은 모든 부패한 잔재를 소탕하는 일'에 충실해야 한다.[101] 소설가들은 리얼리즘 방법에 의해 조선 사회를 재현함으로써, 말하자면 풍속과 전형적 성격들을 통해 조선 사회의 모순과 갈등을 총체적으로 재현함으로써 사회의 재생산 체제와 자기지양의 계기를 모두 포착하기 위해 노력해야 하는 것이다. 김남천이 가족사 연대기 소설이나 총화소설에 관해 고찰한 이유는 바로 여기에 있었다. 그러나 가족사 연대기 소설이나 총화소설은 그의 리얼리즘 구상에 부합하는 형식들로 볼 수는 있지만, 제국주의 시대에도 여전히 장편소설 생산이 가능함을 입증하는 사례들은 아니었다.

장편소설은 김남천에게 제국주의 시대에도 여전히 유력한 문학 장르였다. 역사적 발전의 불균등성의 관점에서 볼 때 조선 사회의 자본주의 발달이 지체되었다는 사실은 오히려 조선에서 장편소설이 등장할

---

101 위의 글, 668쪽.

가능성을 보여주는 것이기도 했다. 그리고 조선 사회의 특수성이라는 관점에서 볼 때 조선이 일본 제국주의의 식민지라는 사실 역시 장편소설이 조선 사회의 모순과 갈등을 재현하는 데 여전히 유력한 장르임을 입증하는 근거가 되었다. 조선에서 자본주의 생산관계는 제국과 식민지의 위계적 경제구조 속에서 여전히 존속했기 때문이다. 그런데 김남천은 발자크의 작품들을 통해서 장편소설에 관한 생각을 정교하게 다듬었음에도 불구하고, 결코 발자크의 작품이 그 자체로서 조선 소설가의 모델이 될 수 있다고 여기지는 않았다. 김남천은 발자크의 『인간희극』이 19세기 자본주의 사회의 산물이라는 점을 잘 알고 있었기 때문에, 그것이 20세기 제국주의 시대 장편소설의 생산 가능성을 입증하는 실례가 될 수 없다는 점 역시 잘 인식하고 있었다. 김남천에게는 아메리카 리얼리즘 소설이야말로 리얼리즘 방법에 입각한 소설 쓰기가 제국주의 시대에도 여전히 가능함을 보여주는 중요한 실례였다.[102]

「아메리칸 리얼리즘의 교훈」(『조선일보』, 1940.7.27~7.31)에서 김남천은 20세기 아메리카 소설을 "고전적인 의미에서 리얼리즘을 계승한 20세기 문학"[103]으로 규정했다. 이 글에서 김남천은 테오도르 드라이저, 잭 런던, 싱클레어 루이스, 도스 파소스 등에 주목했는데, 이들은 총체

---

102 「관찰문학소론(발자크 연구 노트 3)」에서 김남천은 발자크의 작품들 검토한 뒤 20세기 소설에도 관심을 가질 것을 축구하면서, 프루스트, 조이스, 헉슬리 등은 결코 조선 소설가의 모범이 될 수 없지만 아메리카 소설은 충분히 본받을 만한 점이 있다고 주장했다.

"헨리 제임스는 흥미가 있다. 프루스트나 제임스 조이스나 헉슬리에게도 관심이 미쳐야 한다. 그러나 그들은 우리가 필생의 업으로 하여 따라갈 지도원리는 될 수 없는 것을 알아야 한다. 외부세계와의 길항(拮抗)에서 패배한 산문정신이 어디로 향하여 무엇을 하고 있었는가를, 당해사회(當該社會)의 물질적 정신적 정세 속에서 조사해 보는 데서 우리의 흥미는 머물러야 한다. 우리의 문학은 좀 더 건강하게 키워나갈 수가 있다. 산문정신은 이런 의미에서만 환기되어야 한다. 이런 입장에서 우리의 소설이 특별히 고려하고 반성의 자료로 삼을 것을 19세기 이후에서 찾을 수 있다면 그것은 오히려 최근의 아미리가(亞美利加) 소설일 것이다. 나는 산문정신이 특히 이 방면에 대하여 심심(甚深)한 배려를 아끼지 말기를 희망한다."(『전집』1, 599쪽)

103 김남천, 「아메리칸 리얼리즘의 교훈」(『조선일보』, 1940.7.27~7.31), 『전집』1, 621쪽.

적 사회 묘사와 더불어 모순과 갈등에 의한 역사 서술을 구현하고 있다는 점에서 19세기 리얼리즘 소설의 계보를 이은 소설가들로 평가되었다. 특히 김남천은 아메리카 리얼리즘 소설이 '낭만주의적 환상에 대한 항의'였다는 사실에서 그 문학사적 의의를 찾는 한편, '제국주의 시대에 발생하고 개화하였다'는 점을 들어 그 역사적 의의를 강조했다.[104] 그는 물론 아메리카 리얼리즘 소설이 19세기 장편소설의 발랄함을 결여하고 있으며, 졸라식 자연주의 수법을 물려받았다는 사실을 인정했다. 그러나 미국 소설가들이 제국주의 시대 미국 자본주의 사회의 모순과 갈등을 사회적·역사적 총체성 속에서 재현하려고 했다는 사실은 리얼리즘에 입각한 소설 쓰기가 제국주의 시대에도 여전히 가능하다는 것, 따라서 식민지 조선의 소설가들도 충분히 리얼리즘에 입각한 장편소설을 쓸 수 있다는 것, 결론적으로 장편소설 장르에 대한 요구가 충분히 역사적 정당성을 갖고 있다는 것을 입증하는 결정적 증거였다.

김남천이 서사시의 비현실성과 아메리카 리얼리즘 소설의 현실성을 주장한 것은 매우 의미심장한 일이다. 최재서의 경우에서 드러나듯, 식민지 조선에서 서사시 장르를 요구하는 것은 그것이 민족(국가) 공동체와 민족(국가) 영웅을 전제하는 문학이라는 점에서 국민문학을 옹호하는 데로 귀결될 수밖에 없다. 1940년 무렵 상상할 수 있는 서사시의 세계상이란 일본 정신을 중심으로 구축된 민족공동체 외에 없기 때문이다. 반면 아메리카 리얼리즘 소설은 제국주의 시대 사회적 관계들을 모순과 갈등 속에서 충실히 묘사했다는 점에서, 일본의 식민지로서 제국주의 세계체제 내에 편입되어 있는 조선의 작가들에게 전 세계적 규모에서 '자본주의 생산양식의 극복'의 허구적 성격과 장편소설 장르의 현

---

104 위의 글, 622쪽.

실성을 입증하는 사례가 될 수 있었다. 김남천에게 리얼리즘의 구현, 즉 장편소설은 결코 단순한 이론적 가설이나 이상적 모델이 아니었다. 장편소설은 제국주의 시대 아메리카에서 여전히 생산되고 있는 장르였고, 그런 만큼 식민지 조선에서도 충분히 생산될 수 있는 장르였다. 장편소설을 쓴다는 것은 사회에 관한 총체적 재현을 제공해준다는 점에서뿐만 아니라, 그를 통해 사회적 관계의 총체적 변화에 기여하게 된다는 점에서도 반드시 필요한 일이었다.

　김남천은 1940년대 들어서도 장편소설이 여전히 조선 사회에 유효한 형식임을 입증하고자 했다. 하지만 그가 아메리카 리얼리즘 소설에 주목할 무렵, 식민지 조선에서 장편소설을 쓰는 것은 점점 더 어려운 일이 되어 가고 있었다. 장편소설의 중요한 발표 매체였던 신문들은 국가 권력에 의해 강제로 폐간되었고, 주요 문예지들은 제국주의의 지배를 위한 선전 도구가 될 것을 더욱 더 강요받았다. 이제 문학자들은 제국주의 지배 권력에 순응할 것인가, 아니면 절필할 것인가 하는 이분법적 상황에 빠지게 되었다. 김남천이 선택한 것은 절필이었다. 그의 장편소설 논의는 결코 제국주의적 문학 정치학과 공존할 수 있는 게 아니었다. 물론 그의 장편소설 논의에 의하면 소설가들은 엄혹한 시대라고 하더라도 그 시대를 총체적으로 재현하려는 노력을 멈추어서는 안 되며, 김남천 자신도 한 명의 소설가로서 이러한 노력을 결코 피하려고 해서는 안 될 테지만, 식민지 말기 조선 사회는 장편소설 작품도 장편소설 장르에 관한 논의도 쉽게 생산되거나 유통되지 못하게 했다. 이런 상황을 고려할 때, 아메리카 리얼리즘 소설에 관한 김남천의 논의는 식민지 조선에서 장편소설 생산의 가능성을 모색한 최후의 절망적 시도라고 말할 수 있다.

제6장
1930년대 후반 소설 이론 비판

1930년대 후반 들어 일본 제국주의 국가 권력은 일련의 전쟁을 성공적으로 수행하기 위해 식민지 조선에서 경제적·정치적·이데올로기적 통제를 더욱 강화했다. 제국주의 국가 권력은 법과 제도를 제정하여 조선인들의 황민화를 유도하는 한편, 내선일체와 대동아공영권 이데올로기를 유포하여 조선인들에게 성전의식(聖戰意識)과 승전의식(勝戰意識)을 고취하려고 했다. 이때 많은 비평가들은 식민지 조선에서 민족국가나 사회주의 사회의 수립 전망이 불분명하게 되었음을 인정하면서도 제국주의 이데올로기에 의존해서 조선 사회를 인식하려는 태도에 대해서는 유보적인 태도를 취했다. 그들은 민족주의나 사회주의 이데올로기뿐만 아니라 제국주의 이데올로기에도 거리를 두고자 했고, 문학을 통해서 당대 사회에 관한 적절한 인식을 얻고자 했다. 그리고 소설을 이러한 인식론적 목적에 가장 적합한 문학 장르로 간주함으로써 그에 관한 다양하고도 깊이 있는 논의를 전개해 나갔다. 이 시기 비평가들의 논의를 조건짓고 있던 이와 같은 상황은 한편으로 소설 장르의 역사와 형식에 대한 성찰을 가능하게 했지만, 다른 한편으로는 그들의 소설 이론에 논리적 딜레마를 낳는 요인이 되기도 했다.

1. 비평가들의 소설 장르 이해

1930년대 후반 비평가들에게 소설은 단지 경험적 사실들에 대한 묘사나 통속적 흥미로 점철된 오락물이 아니었다. 그들은 소설 작품이 경험적 사실들을 단편적으로 제시하거나 통속적 줄거리를 억지로 짜내서는 안 된다고 생각했다. 소설 장르란 무엇보다도 조선 사회에 관한 문학적 재현이 되어야 했고, 그럼으로써 그에 관한 적절한 인식이 되어야 했다. 예를 들어, 임화에게 소설 장르란 '언어에 의한 형상적 사유의 세계로서의 문학'이 구체화된 형태[1]였다. 최재서가 가족사 연대기 소설이나 르포르타주 소설에 관심을 기울인 이유는 그 형식들이 '과학적 세계관'과 '과학적 비판'에 의한 사회 인식을 가능하게 해준다는 데 있었다.[2] 그리고 김남천은 '소설성'에 관해 "과학적 합리적 정신에 의한 개(個)와 사회의 모순의 문학적 표상"[3]이라는 정의를 내리기도 했다. 그들에게 소설 작품의 예술적 가치란 결코 묘사 기술의 숙련도나 줄거리 구성 능력에 있지 않았다. 소설의 예술적 가치는 사회의 적절한 재현 여부에 따라 결정되어야 했고, 소설 기법들은 인식론적 목적에 기여할

---

1   임화, 「본격소설론」, 『논리』, 384쪽.
2   최재서, 「현대 세계문학의 동향」, 『평론집』, 381~382쪽.
3   김남천, 「현대 조선소설의 이념」, 『전집』 1, 403쪽.

경우에만 긍정적으로 평가될 수 있었다.

임화, 최재서, 김남천을 포함한 문학비평가들 대부분은 이 시기 생산된 소설 작품들이 당대 사회에 관한 적절한 인식을 제공해주지 못한다는 데 동의했다. 그와 동시에 그들은 소설가들이 소설 작법에 변화를 주거나 바람직한 소설 형식을 발견할 경우 충분히 인식론적 가치가 있는 작품을 쓸 수 있다는 믿음을 공유했다. 1930년대 후반 소설 장르에 관한 논의에서 세태소설, 내성소설, 본격소설, 통속소설, 시정소설, 전향소설, 생산소설, 실험소설, 자서전 소설, 관념소설, 가족사 연대기 소설, 르포르타주 소설, 총화소설, 아메리카 리얼리즘 소설 등 수많은 소설 형식들이 비평가들에게 검토의 대상이 된 이유는 바로 여기에 있다. 그들은 당시 조선의 소설 형식들을 비판적으로 검토하기도 하고 20세기 영미의 소설 작품들을 참조하기도 하면서, 또한 발자크나 아메리카 리얼리스트들의 작품 세계를 탐구하기도 하면서 '어떻게 쓸 것인가'라는 문제에 대해 적절한 대답을 내놓고자 했다.

이 시기 비평가들에게 소설 작품의 구성 방식이나 형식은 소설가 개인의 사적 생산물이 아니라, 사회의 정치적·경제적·이데올로기적 조건들에 의해 강하게 제약되어 있는 사회적 생산물로 간주되었다. 임화에게 세태소설이나 내성소설은 작가의 이상이나 욕망이 당대 사회에서 실현될 수 없음을 보여주는 사례였고, 최재서에게 현대소설 작품들의 한계는 바로 현대 사회의 모럴(보편적 가치) 부재에 기인한 것이었으며, 김남천에게 조선에서 장편소설이 형성되지 못한 이유는 궁극적으로 조선 자본주의 발전의 특수성에 있었다. 한편 그들은 소설 구성 방식이나 형식이 사회적 조건들에 의해서 제약되어 있다는 사실을 인정하면서도, 소설가가 사회적 조건들에 단지 수동적으로 반응하는 존재가 되어서는 안 된다고 생각했다. 소설 형식이란 사회적 생산물로서 일련의 조건들에 의해 영향을 받을 수밖에 없겠지만, 소설 작품은 사회적 조건에 대한 성찰이자 그에 대한 인식이 되어야 했다. 이때 소설가의 능동성은 직접적으로 경험되는 일상적 사실들에 대한 비판적·심층적 인식을 위해서 반드시 필요했다.

임화는 문학이 일상적 경험 세계에 관한 역사적 인식, 즉 현상으로서의 일상생활과 본질로서의 역사의 통일체로서의 현실에 관한 인식이 되어야 한다고 생각했다. 그리고 성격의 운명을 중심으로 경험적 사실들을 재구성할 수 있게 해준다는 점에서 본격소설의 플롯을 '현실 인식'에 적합한 방법으로 여겼다. 본격소설 작가가 경험 세계에 대한 정치한 묘사 위에서 플롯을 구성하는 것은, 개별적 사실들에 대한 분석(묘사)과 종합(플롯 구성)을 통한 현실(일상생활 + 역사) 인식 행위와 다르지 않다고 보았기 때문이다. 그러나 1930년대 후반의 사회적 조건, 즉 제국주의 국가 권력에 의한 전사회적 통제에 공공연히 맞서는 게 어려워진 상황을 고려한다면, 정치하게 묘사된 경험 세계가 욕망이나 이상을 실현하기 위해 행위하는 적극적 성격의 생존에 적합한 환경을 마련해줄 수 있을지 의심스럽다. 임화는 물론 본격소설 작품의 생산을 위해서 일상적 경험 사실들에 대한 정치한 묘사가 필요하다고 주장했지만, 그것은 당대 사회에 관한 인식 자료의 축적으로서가 아니라 단지 플롯 구성을 위한 사전 작업으로서만 의의가 있는 것처럼 보인다.

사실상 임화에게 중요한 것은 정치한 묘사보다 소설의 픽션적 성격이었다. 그는 소설이 픽션이라는 점을 강조함으로써, 일상적 경험 사실들에 대한 정치한 묘사나 그에 대한 분석보다 소설가의 구성 능력에 더큰 의의를 부여했다. 실제 사회에 성격이 존재하지 않는다고 하더라도, 또한 일상생활에서 본질로서의 역사를 경험하는 게 불가능하다고 하더라도, 소설가는 성격 중심의 플롯을 만들어냄으로써 조선 사회를 역사의 관점에서 재구성할 수 있다고 믿은 것이다. 이러한 재구성은 1930년대 조선 사회를 고정불변의 것이 아니라 충분히 변화 가능한 것으로 인식할 수 있게 해준다는 점에서 매우 중요했다.

최재서의 입장에서 보자면, 현상과 본질의 이분법에 입각해서 인간의 역사에 관한 인식을 요구하는 임화의 주장은 현실의 왜곡을 초래할 위험이 농후했다. 본질로서의 역사란 객관적 사실들에 대한 정확한 관찰이 아니라 오직 주관적 사유를 통해서만 인식할 수 있는 대상이라고 보았기 때문이다. 인간의 인식은 경험적 사실들의 세계에 한정되어야 하며, 소설가는 객관적 태도로써 경험적 사실들을 묘사해야 한다는 게 그의 기본적인 생각이었다. 그와 함께 최재서는 인문주의적 모럴에 대한 강조 역시 잊지 않았다. 소설가에게 객관적 태도로서의 리얼리즘(실재주의)이 사회적 실재에 대한 정확한 재현을 위해서 요구되는 조건이었다면, 인문주의적 모럴은 그 재현을 가치 있게 해준다는 점에서 필수적인 조건이었다. 인문주의적 모럴이란 수 세대에 걸쳐 전해 내려온 문학적 전통 속에 내재한다는 점에서 보편성을 갖고 있었고, 바로 이 보편성 때문에 사회적 실재에 대한 정확한 재현과도 충분히 결합할 수 있는 것으로 보였다. 사회적 실재에 대한 정확한 재현과 함께 인문주의적 모럴의 구현을 추구하는 것은, 객관적 사실들에 대한 주관적 왜곡에 빠지지 않은 채 가치 있는 사회적 실재를 재현할 수 있는 유력한 방법이었다.

그러나 현대 사회가 보편적 가치를 결여하고 있다면, 사회적 실재에 객관적 태도를 취하면서 인문주의적 모럴 역시 구현해야 한다는 주장은 설득력을 잃을 수 있다. 소설가의 객관적 태도는 인문주의적 모럴이 결여된 세계를 보여줄 수밖에 없고, 인문주의적 모럴을 구현하려는 노력은 경험적 사실들에 대한 조작을 낳을 수 있기 때문이다. 이처럼 현대사회를 객관적 태도로써 묘사할 경우 가치 있는 작품을 쓰기 힘들다는 점은 현대소설가에게 가장 큰 문제였다. 최재서는 리얼리즘 보다 인문주의적 모럴을 더욱 강조함으로써 문제를 해결하고자 했다. 1930년대 중반 이상과 박태원의 소설에 관해 '리얼리즘의 심화와 확대'라고 평가한 데서도 드러나듯, 최재서는 이 시기 조선 소설가들이 리얼리즘에서는 어느 정도 높은 수준에 도달했다고 보았다. 그 때문에 인문주의적 교양을 쌓기만 한다면 충분히 가치 있는 소설 작품을 생산해낼 수 있다고 믿었다.

임화가 본격소설의 플롯을 통한 역사적 사회 인식을 요구하고, 최재서가 인문주의적 모럴이 구현된 가치 있는 사회적 실재의 재현을 주장했다면, 김남천은 장편소설의 개조를 통한 조선 자본주의 사회의 총체적 재현을 시도했다. 임화나 최재서가 궁극적으로 일상적 경험 세계를 현상적인 것이거나 무가치한 것으로 규정한 데 반해, 김남천은 현상적이거나 무가치하게 보이는 조선 사회의 모습이야말로 소설가가 관심을 가져야 할 대상이라고 보았다. 김남천에게 식민지 조선 사회에 관한 인식이란 결코 일상생활에서 경험할 수 없는 성격을 인위적으로 만들어냄으로써 성취할 수 있는 게 아니었다. 1930년대 조선 사회에서 적극적 성격을 발견할 수 없다면 소설가는 억지로 그 성격을 만들어내려고 해서는 안 된다는 것, 또한 조선 사회가 보편적 가치의 부재로 인해 분열되어 있다면 소설가는 사회의 분열 상태를 그 자체로서 관찰하고 고발해야 한다는 것이 그의 생각이었다.

김남천의 장편소설 논의에서 식민지 조선 사회에 관한 인식은 사회를 구성하는 전형적 성격들을 모순과 갈등의 관계로써 재현하는 동시에 거기에 내재하는 자기지양의 계기까지도 포착해서 보여줄 때 성취될 수 있다. 이와 관련해서 그는 소설가가 사회에 실재하지 않는 어떤 긍정적 가치도 인위적으로 만들어내서는 안 된다고 주장했다. 긍정적인 것은 부정적인 것을 부정적인 것으로서 묘사할 때 생성될 수 있다는 것, 다시 말해 식민지 조선 사회가 분열되어 있다면 분열을 분열 그 자체로서 묘사할 때 분열의 지양태는 상상 가능하다는 것이 그의 생각이었다. 이때 김남천은 특정한 소설 형식을 모델로 제시하지 않음으로써 소설가들이 사회의 복잡성과 다양성에 유연하게 대응할 수 있게 했고, 어떤 이데올로기에도 긍정성을 부여하지 않음으로써 긍정적인 것을 만들어내려고 할 때 발생할 수 있는 왜곡의 위험을 예방하고자 했다.

1930년대 후반 소설 장르에 관한 논의는 조선 사회에 관한 적절한 인식 방법을 찾으려는 문학자들의 노력을 보여준다. 그들은 당시 생산된 소설 작품들을 그 사회성과 역사성을 염두에 두면서 비판적으로 검토했고, 그럼으로써 본격소설, 현대소설, 조선적 장편소설 등에 관한 깊이 있는 사유를 전개할 수 있었다. 이와 같은 비평가들의 소설 장르 논의가 갖는 정당성이나 유효성은 어쩌면 그에 의거한 소설 작품들의 생산 여부에 의해서 측정될 수 있을지도 모른다. 그들이 당대 소설 작품들을 비판하면서 여러 소설 형식들을 검토한 이유는 무엇보다도 조선 사회를 적절하게 재현(인식)할 수 있는 방법을 찾으려는 데 있었기 때문이다. 하지만 소설 장르에 관한 그들의 논의가 문제라면, 다시 말해 소설 쓰기와 구별해서 고찰할 수 있는 것으로서의 소설 이론이 문제라면, 초점은 특정 이론에 의거한 소설 작품의 생산 여부보다 소설 이론 그 자체의 논리적 정합성에 맞춰질 필요가 있다. 게다가 1940년 무렵 소설가들이 일본 제국주의 국가 정책에 위배되는 작품을 쓰는 게 거의 불가능한 상황에 처해 있었음을 고려한다면, 이 시기 소설 장르 논의에 대한 평가 작업은 소설 작품의 생산 여부가 아니라 소설 이론에 내재하는 논리적 문제점들을 드러내는 방식으로 이루어질 필요가 있다.

2. 소설 이론의 딜레마

임화가 볼 때, 소설가가 1930년대 조선인의 일상생활을 있는 그대로 묘사하는 것은 이 시기 조선 사회를 불변의 사실로서 승인하는 일이자 상식이나 지배 이데올로기를 단순히 반복하는 일이었다. 제국주의 국가 권력이 일련의 전쟁을 치르기 위해 조선 사회에 대한 경제적·정치적·이데올로기적 통제를 강화했을 때, 또한 조선인들이 민족국가나 사회주의 사회의 건설에 대해 더 이상 낙관적인 전망을 할 수 없게 되었을 때, 임화는 조선인들의 일상생활이 역사의 궤도에서 일탈한 것으로 판단했다. 이러한 판단은 임화가 일상적 경험 세계와, 이 세계를 지배하는 상식이나 이데올로기를 비본질적인 것으로서 간주하게 하는 결과를 낳았다. 조선 사회에 관한 역사적 인식이란, 소설가가 상식이나 지배 이데올로기에 현혹되지 않은 채 시선을 일상적 경험 세계 너머로 던질 경우에만 가능한 일로 여기게 된 것이다. 임화는 본질로서의 역사와 현상으로서의 일상생활의 통일체로서의 현실에 관한 인식이 중요하다고 말했지만, 사실상 일상적 경험 세계나 그에 대한 묘사보다 본질로서의 역사에 더 큰 중요성을 부여했다. 그는 물론 현실이 현상으로서의 일상생활과 본질로서의 역사로 구성되어 있다고 주장했지만, 본질로서의 역사를 과도하게 강조한 나머지 현상으로서의 일상생활에 대한 비판을 넘어서 그에 대한 부정으로까지 나아가게 되었다.

본격소설의 플롯이 일상적 경험 세계에 대한 부정 위에서 구축된 것이라면, 본격소설의 서사는 조선 사회에 대한 역사적 인식이 아니라 "유토피아 세계의 생활경험을 예기(선취)하는 것"[4]으로 간주되어야 한다. 대부분의 서사들처럼, 본격소설의 서사도 '기본적인 긴장들의 궁극적인 해결'(성격의 운명이 실현되는 순간 이루어지는 주인공과 환경 사이의 갈등 해소)을 향해 나아간다는 점에서 '유토피아를 향한 운동'으로 이해될 수 있다.[5] 임화 역시 본격소설의 서사와 유토피아 사이에 내적 연관이 있음을 인식하고 있었던 듯하다. 그가 현민의 작품 「나비」에 관해 '연애의 현대 윤리'('생활이 연애보다 귀하다'는 관념)를 발견하는 데 성공했다는 긍정적 평가를 내리면서도 궁극적으로 아름답지도 비극적이지도 않다는 비판을 하게 된 이유는 바로 '유토피아'의 결여에 있었다. '일상성의 이지'로부터는 '예술세계에서 인간들의 자태와 행위를 미화하는 고귀한 정열'은 나오지 않는다는 것, 다시 말해 단순한 일상생활 속의 애정의 비애에는 '유토피아'가 결여되어 있다는 것이다.[6] 임화의 시각에서 보자면 '연애의 현대 윤리'란 현대인들의 일상생활을 지배하는 상식에 불과하므로, 현대 사회에서 생활이 연애보다 중요하게 되었다는 사실을 서술하는 것만으로는 아무런 의미도 없었다. 소설가에게 중요한 과제는 현대 사회를 역사의 관점에서 재현(인식)하는 일, 즉 연애의 현대 윤리(상식)를 미래나 과거(연애의 이상적 형태)와 관련해서 재구성하는 일일 것이다.

임화는 본격소설의 플롯이 조선 사회에 관한 역사적 인식을 제공해 줄 수 있다고 믿었지만, 일상적 경험 세계에 대한 부정적 평가는 조선 사회에 관한 인식을 애초에 가로막는 요인이 될 수밖에 없다. 일상적 경험 세계에 대한 임화의 부정적 태도에는 물론 상식이나 지배 이데올로기에 의한 사회 인식을 비판하고, 더 나아가서는 그에 의해 재생산되는 조선의 식민지적 상태를 극복하려는 의도가 내포되어 있다.[7] 하지

---

4   프레드릭 제임슨, 여홍상 외역, 『변증법적 문학이론의 전개』, 창작과비평사, 1984, 196쪽.
5   위의 책, 152쪽.
6   임화, 「현대소설의 귀추」, 『논리』, 445쪽.
7   권성우는 1930년대 말부터 1940년대 초까지 발표된 임화의 평론들을 문학제도와 문단에 대

만 성격의 플롯을 중심으로 소설 작품을 구성해야 한다는 요구는 궁극적으로 1930년대 조선인의 삶에 대한 무시나 무관심으로 귀결될 수밖에 없다. 본격소설 작가는 일상적 경험 사실들에 대한 진지한 성찰을 감행하기보다, 성격을 만들어내고 성격의 운명을 중심으로 플롯을 만들어내는 데 더 관심을 기울일 것이기 때문이다. 말하자면, 본격소설이란 임화의 표면적 주장과 달리 식민지 조선 사회에 대한 관찰과 분석이 아니라 그에 대한 비판과 부정에 기초한 형식이었다. 그 때문에 조선 사회를 역사의 관점에서 재현하고 인식한다는 본격소설의 본래 기획은 처음부터 실현 불가능한 일이었을지 모른다.

본격소설 논의의 문제점은 임화가 이분법적 세계 이해를 고수한 상태에서 역사적 인식을 추구한 데 기인했다. 현상과 본질, 일상생활과 역사, 사회 현실과 이상(욕망), 환경 묘사와 성격 창조 등은 1930년대 후반 임화의 사유를 지배한 대표적인 이분법 항목들이다. 임화는 적절한 사회 인식이란 두 항목의 통일(종합)을 통해서만 성취될 수 있다는 사실을 잘 알고 있었고, '현실'이나 '플롯' 같은 개념들을 통해서 그 둘의 종합에 관해 사유하기도 했다. 하지만 전자의 항목(현상, 일상생활, 사회 현실, 환경 묘사)에 대한 평가절하와 후자의 항목(본질, 역사, 이상(욕망), 성격 창조)에 대한 과대평가 위에서 두 항목 사이의 균형 있는 통일이란 결코 성취될 수 없었다. 그리고 두 항목 사이의 불균형을 뒷받침하고 있었던 것은 1930년대 식민지 조선 사회에 대한 임화의 부정적 진단, 즉 욕망(이상) 실현을 위해 적극적으로 행위하는 인간과 그를 통해 구현되는 역사의 흐름을 더 이상 목도할 수 없게 되었다는 진단이었다. 이렇게 볼 때 "서구적 의미의 완미한 개성으로서의 인간 또는 그 기초가 되는 사

___

한 저항, 제국주의 선전문학에 대한 저항, 전체주의에 대한 저항 등 세 가지 저항의 방식으로 정리하기도 했다(「임화, 혹은 세 가지 저항의 방식」, 『현대문학의 연구』 제33호, 2007).

회생활이 확립되지 않는 한 소설양식의 완성은 기대할 수 없는 것"[8]이라는 임화의 진술은, 서구 근대 사회와 그 문학 형식을 이상화한 것이라기보다 식민지 조선 사회에서 본격소설 작품의 생산이 불가능함을 솔직하게 고백한 것으로 해석될 수 있다.

임화와 달리 최재서는 소설가들에게 경험 세계에 대한 정확한 관찰을 강조했다. 경험 세계 너머 본질적 역사를 인식(재현)하라는 요구는 결국 작가의 주관에 의한 경험적 사실들의 왜곡을 초래하게 된다는 것, 그러므로 소설 장르에 부여된 인식론적 과제를 성취하기 위해서는 사회적 실재에 대한 객관적 태도(실재주의)가 중요하다는 것이 그의 기본적인 생각이었다. 여기서 기억해야 할 것은 문학적 대상으로서의 사회적 실재란, 다시 말해 소설 작품을 통해서 재현해야 할 실재란 보편적 가치의 담지자 또는 인문주의적 모럴의 구현자여야 한다는 점이다. 이와 관련해서 최재서는 소설가들에게 '민중의 발견' 혹은 '민중의 진리의 발견'[9]이 갖는 중요성에 관해 언급한 바 있다. 근대 시민사회에서 민중(부르주아 계급)이란 보편적 가치의 담지자이므로, 사회적 실재로서의 민중에 대한 객관적 묘사는 그 자체만으로도 충분히 가치 있는 문학 작품이 될 수 있다는 것이다. 그와 더불어 최재서는 이와 같은 생각이 근대 시민사회의 전성기에나 적합한 것이라는 사실 또한 잘 알고 있었다. 20세기 들어 부르주아 계급이 더 이상 보편적 가치의 담지가로서 인정받지 못하게 되었을 때, 그에 대한 정확한 재현을 추구한 문학 역시 보편적 가치의 구현임을 자처할 수 없게 되었기 때문이다. 현대소설의 문제는 바로 여기에 있었다.

1930년대 후반 소설 장르에 관한 최재서의 논의는 보편적 가치의 담

---

8   임화, 「본격소설론」, 『논리』, 375쪽.
9   최재서, 「문학발견시대」(『조선일보』, 1934. 11. 21~11. 29), 『문지』, 50~51쪽.

지자가 부재하는 현대 사회에서 어떻게 가치 있는 문학 작품을 쓸 것인가라는 문제를 중심으로 전개되었다. 20세기 유럽뿐만 아니라 식민지 조선에도 적절한 문학적 대상, 즉 보편적 가치를 구현한 사회적 실재란 존재하지 않는 것처럼 보였기 때문이다. 이 시기 조선 소설가들이 당대 사회의 모습을 주관에 의해서 왜곡하거나(센티멘탈리즘), 아니면 겨우 문학적 대상에 대한 객관적 태도를 견지하는 것(리얼리즘의 심화와 확대)은 현대소설의 보편적 가치 결여 상태를 보여주는 사례였다. 이때 최재서는 가족사 연대기 소설이나 르포르타주 소설 같은 서사시적 경향에 주목함으로써 현대소설의 문제에 대한 해결책을 찾고자 했다. 가족사 연대기 소설이나 르포르타주 소설에서 '가족'이나 '영웅'을 재현하는 방식은 사회적 실재에 대한 객관적 태도를 견지하면서도 보편적 가치를 구현할 수 있는 것처럼 보였다. 현대 사회에 서사시적 영웅이 실재한다면, 혹은 멀지 않은 미래에 서사시적 영웅이 등장할 조짐이 보인다면, 소설가는 그러한 영웅을 발견해서 정확하게 재현함으로써 현대소설의 문제적 상황을 극복해야 한다는 것이 최재서의 생각이었다.

현대소설이 현대 사회의 특성에 의해 강하게 제약된 장르였던 것처럼, 서사시 역시 주어진 사회적 조건과 무관하게 존립할 수 있는 장르가 아니었다. 최재서는 문학 장르를 사회적·역사적 조건과 관련해서 사유했기 때문에 이러한 점을 충분히 잘 알고 있었다. 그러므로 그가 서사시 정신의 회복을 역설한 것은 현대 사회가 서사시의 영웅시대에 상응하는 상태로 나아가고 있다거나, 아니면 영웅시대와 유사한 상태로 변화해야 한다는 생각을 갖고 있었음을 의미한다. 최재서는 물론 문단 활동 초기부터 서사시를 모든 문학의 원형으로 간주했고, 서정시나 현대소설에 관해 논의할 경우에도 서사시 장르를 염두에 두고 있었다. 하지만 「서사시·로만스·소설」에서 확인할 수 있는 것처럼, 서사시 장르에 대한 최재서의 신념이 적극적으로 표출된 것은 1940년대 들어 서였다. "만주사변이 일어났을 때나 또 중일전쟁이 일어났을 때에도 그다지 충격을 받지 않았던 조선 문단이 1940년 6월 15일, 유럽 몰락의 보도를 접하고 처음으로 아연실색하며 반성의 빛을 보였"다거나 "파리의 함락은 소위 근대의 종언을 의미하는 것"[10]이었다는 최재서의 진술은, 1940년대 들어 그가 현대 사회의 근본적 변화를 확신하게 되었을 뿐만 아니라 서사시 정신을 계승한 새로운 서사문학의 수립까지도 의심하지 않게 되었음을 잘 보여준다.

1940년대 최재서에게 새로운 서사문학이란 바로 국민문학을 의미했다. 물론 그가 새로운 서사문학과 국민문학 사이의 동일성을 직접적으로 표명하지는 않았지만, 국민문학을 현대소설의 문제에 대한 해결책으로서 제시했다는 사실[11]은 국민문학이 현대소설 이후 서사시 정신을 계승한 새로운 산문문학이라는 생각을 내포하고 있다. 최재서에게 국민문학이란, 간단히 말하자면 국민적(일본인의) 입장에서 국민(일본인) 의식을 실현함으로써 국민(일본인)의 성격 형성에 기여하는 문학을 의미했다. 이러한 국민문학은 사회적 실재(국민)를 객관적으로 묘사하면서도 보편

---

10 최재서, 노상래 역, 「조선문학의 현단계」(『국민문학』, 1942.8), 『전환기의 조선문학』, 영남대 출판부, 2006(*이하 『전환기』로 표기), 67쪽.

11 최재서의 논리에 따르면, 현대 사회의 모럴 부재는 소설 작품에 보편적 가치의 부재와 그로 인한 구성상 분열을 낳았다. 그 때문에 국민문학은 '국가 이상'에 의한 국민의 통일을 추구한다는 점에서 현대소설의 분열된 세계상에 대한 해결책으로 간주될 수 있었다.
"국민적인 분열과 항쟁 의식을 고취하는 듯한 문화는 다만 그 이유만으로 국가적 입장으로부터는 거부될 것이다. 계급적 분열을 고취하는 좌익문학은 물론, 개인의식의 분열을 거의 유일한 주제로 삼는 심리주의소설과 가족 간, 특히 부모 자식 간의 분열 항쟁을 폭로하는 사회소설이 지금 백안시되는 것은 위와 같은 이유에 기인한 것이라고 해석된다. 어찌되었건 국민문화는 국민 전체를 통일시켜, 그 단결을 더욱 강고하게 하는 문화가 아니면 안 된다. (…중략…) 그렇다면 국가는 어떤 힘으로 문화에 통일을 부여할 수 있는가? 그것은 국가 이상(理想) 이외에는 있을 수 없다. 전 국민에게 목표와 표준을 부여할 수 있을 만한 높고 원대한 이상이 없으면, 국민문화는 발전은커녕 유지하는 것조차도 의심스러울 것이다."(「전환기의 문화이론」(『인문평론』, 1941.2), 『평론집』, 19쪽)

적 가치(국민 정신)를 작품 속에서 구현하고자 한다는 점에서, 또한 사회적 실재(국민)를 매개로 보편적 가치가 구현된 세계(일본=국가)를 재현하고자 한다는 점에서 서사문학에 요구되는 조건들을 충족하는 것처럼 보였다. 특히 최재서가 「국민문학의 요건」(『국민문학』, 1941.11)에서 제시한 국민문학의 요건들, 즉 창작 정신으로서의 국민 의식(국민으로서의 작가의 자기 의식), 국민적 입장에 의한 현대소설의 주제 빈곤 문제 해결(국민의 요구와 이상을 문학 작품의 주제로 설정할 것), 국민적 입장에 의한 비평 기준의 확립(국민 의식을 문학의 문법에 맞게 변형할 것), 문학의 교육적 기능(문학에 의한 국민의 성격 형성) 등은 국민문학의 서사시적 성격을 입증하는 증거들이었다.

국민문학에서 국민은 윤리적 실체로서의 국가를 내면화한 존재로 간주된다. 그러다면 작가는 사회적 실재로서의 국민에 대한 객관적 묘사만으로도 충분히 보편적 가치가 구현된 작품을 만들어낼 수 있다. 여기서 기억해야 할 것은 1940년대 식민지 조선에서 '국민'이란 '일본 국민'을 가리킨다는 점이다. 이 점은 국민문학을 "오늘날 고도 국방 체제의 필요에 부응하기 위해 세워진 혁신적인 문학상의 목표"이자 "일본 정신에 의해 통일된 동서 문화의 종합을 지반으로 하여, 새롭게 비약하려는 일본 국민의 이상을 강조한 대표적인 문학으로서, 이후 동양을 지도해야 할 사명을 띠고 있"[12]는 문학이라고 주장하는 데서도 쉽게 확인된다. 이러한 최재서의 주장은, 그가 서양과 동양의 문화론적 대립에 입각해서 일본의 세계사적 보편성을 역설했던 근대초극론자들의 입장뿐만 아니라 조선이나 만주 같은 식민지를 효과적으로 지배하기 위해서 선전된 대동아공영권 이데올로기에도 깊이 공감하게 되었음을 잘

---

12 최재서, 「국민문학의 요건」, 『전환기』, 49쪽.

보여준다. 1940년대 최재서는 "동양 신질서의 건설이나 대동아공영권의 확립"을 "인류사에 신기원의 획을 그을 대이상"[13]으로 여겼으며, 문학자란 동양 신질서 건설이나 대동아공영권 확립을 주제화함으로써 식민지의 개별 주체들을 일본 국민으로 형성하는 데 기여해야 한다는 생각을 갖고 있었다.

국민문학을 현대소설의 곤란에 대한 해결책으로 간주하는 것은 몇몇 중요한 문제들에 눈을 감음으로써만 가능한 일이었다. 최재서에게 국민문학이란 사회적 실재로서의 국민(일본인)과 윤리적 실체로서의 국가(천황)를 전제하는 문학이므로, 국민 의식을 체득한 주체(성격)를 객관적 태도로서 묘사할 때 보편적 가치까지도 구현할 수 있다. 이러한 생각은 우선 국민문학의 형식 원리와 그 기능 사이에 존재하는 불일치로 인해 의문의 대상이 될 수밖에 없다. 최재서가 국민문학을 '국민'의 입장에 의해 생산된 문학으로서 정의할 때, '국민'이란 1930년대 식민지 조선에 실재하는 집단이 아니라 국민문학에 힘입어 언젠가 형성되어야 할 '가상'의 집단 불과했다. '국민'은 객관적 태도로서 묘사해야 할 '민중'이 아니라 주관적 이념을 투사해서 만들어내야 한 '가상의' 실재였다. 이렇게 볼 때 국민적 입장에서 국민 의식을 실현함으로써 국민의 성격 형성에 기여하는 문학이라는 국민문학의 정의는, 사실상 '가상'의 입장에서 '가상'의 의식을 실현함으로써 '가상'의 성격 형성에 기여하는 문학을 의미할 뿐이다. 최재서가 아무리 '가상'의 자리를 '일본(정신)'으로 채우려고 할지라도, 식민지 조선 사회 자체가 일본 정신을 체득한 국민들로 구성되지 않는 이상 국민문학은 결코 정당화될 수 없다.

'국민'의 부재 혹은 미형성이 우선 국민문학의 형식적 정당성을 의문

---

13   위의 글, 51쪽.

스럽게 만드는 요인이었다면, '가상'의 자리에 '일본인'을 배치하는 행위는 실재의 억압을 유발한다는 점에서 그 정당성을 위협하는 요인이었다. 최재서가 "이제 조선만의 조선이라고 하는 것은 있을 수 없"[14]다고 주장하면서 조선 작가들에게 "일본적 교양의 수득(修得)"[15]이 필요함을 역설할 때, 아직 국민(일본인)으로 인정받지 못한 조선인들이나 국가(일본)의 구성원이 되기를 거부하는 개별 주체들은 문학적 재현의 영역에서 배제될 수밖에 없다. 국가(일본)가 보편적 가치의 실체로서 간주되고 일본인이 유일하게 가치 있는 문학적 대상으로 여겨진다면, 국가(일본)에 소속되지 못한(않은) 조선인들이나 개별 주체들은 "불가능한 것으로서의 실재"[16]로 남을 수밖에 없다. 그렇다면 국민문학의 구상은 사회적 실재에 대한 객관적 태도(실재주의) 위에서 보편적 가치를 구현한다는 최재서 자신의 소설 구상에 전적으로 위배된다. 형식적 리얼리즘의 원리에 충실하려면, 그는 소설가들에게 부재하는 '국민'이 아니라 '불가능한 것으로서의 실재'를 겨냥해야 한다고 주장했어야 한다. 국가(일본)에 소속되지 못한(않은) 조선인들이나 개별 주체들을 객관적 태도로써 묘사하되, 그들 속에 구현되어 있을지도 모르는 보편적 가치를 발견하라고 요구했어야 하는 것이다. 그러므로 국민문학의 구상이란 외형상 현대소설의 곤란을 극복한 것처럼 보이지만, 사실상 가상의 일본인을 문학적 대상으로 설정함으로써 사회적 실재(식민지 조선의 주체들)에 대한

---

14 최재서, 「국민문학의 입장」, 『전환기』, 99쪽.
15 최재서, 「우감록」, 『전환기』, 139쪽.
16 슬라보예 지젝, 이성민 역, 『부정적인 것과 함께 머물기』, 도서출판b, 2007, 309쪽.
    슬라보예 지젝에 따르면, 우리는 가능성이 현실성을 획득하는 순간 "날 상태의" 선상징적 실재를 뒤로 하고 상징적 우주에 진입하게 된다. 이때 "가능성 안에 있는 한낱 가능성보다 더한" 그리고 그것이 현실화될 때 상실되는 잉여를 "불가능한 것으로서의 실재"라고 명명했다. 국민문학의 경우 가능성으로서의 조선인이나 개별 주체는 문학 작품 속에서 국민(일본인)으로 표상될 수밖에 없고, 그 때문에 조선인이나 개별 주체는 문학적 표상 영역에서 일종의 잉여로 남게 될 것이다.

억압과 인위적으로 만들어진 보편적 가치(제국주의 이데올로기)에 대한 승인을 정당화한 것이라고 말할 수 있다. 국민문학에서 사회적 실재란 객관적 묘사의 대상이 아니라 이데올로기적 은폐의 대상에 불과했다.

최재서가 사회적 실재를 일본 국민으로 채우고 보편적 가치를 일본 정신과 동일시할 수 있었던 이유는, 무엇보다도 그의 사유가 식민지 조선 사회와 소설 작품들에 관한 진지한 성찰보다 영미 문학이론에 대한 연구에서 출발한 데 있는 듯하다. 최재서는 사회적 실재에 대한 객관적 묘사를 주장할 때도 1930년대 식민지 조선이 아니라 영미 비평가들이 상상했던 이상적 사회("'유기체적' 공동체")[17]를 염두에 두고 있었고, 작가들에게 모럴의 습득을 요구할 때도 식민지 조선의 정신적 생산물이 아니라 서구의 문학적 전통을 중심에 두고 논의를 전개했다. 그 때문에 최재서는 조선 작가들에게 현대 영미 문학이론과 소설 작품들에 관한 많은 정보들을 제공해줄 수 있었지만, 그에 반비례해서 식민지 조선의 (문학적) 특수성에 관한 성찰은 빈약해질 수밖에 없었다. 이러한 사정은 1940년대 초 근대 시민사회의 종언과 더불어 일본의 세계사적 보편성이 제국주의 이데올로그들에 의해서 주장되었을 때, 최재서가 큰 망설임 없이 일본 국가를 보편적 가치의 실체로서 수용하게 된 결정적 이유였다.

김남천은 최재서와 달리 조선 사회의 역사적 특수성을 강하게 의식하면서 장편소설에 관한 사유를 전개했다. 장편소설이 사회에 관한 총체적 인식을 가능하게 하는 문학 장르라면, 조선적 장편소설은 일본 제국주의에 의해 급속히 자본주의화된 식민지 조선 사회에 대한 총체적 재현이 되어야 했다. 김남천은 임화처럼 본질 / 현상 이분법에 입각한

---

17 테리 이글턴, 김명환 외역, 『문학이론 입문』, 창작과비평사, 1986(1992), 241쪽.

역사 인식을 주장하기보다 조선 사회의 일상적 경험 세계에 실재하는 복잡성과 다양성, 말하자면 사회의 모순과 갈등에 대한 재현을 주장했다. 1930년대 조선 사회의 모순과 갈등은 한편으로 해소되어야 할 것이지만, 다른 한편으로는 역사가 작동하는 방식이라고 보았기 때문이다. 조선적 장편소설에 관한 김남천의 논의는 조선사회의 복잡성과 다양성에 대한 강한 의식 속에서 전개됨으로써 최재서와 같은 '실재의 억압'에 빠지지 않을 수 있었고, 일상적 경험 세계의 모순과 갈등을 핵심적인 문학적 대상으로 설정함으로써 임화와 같은 이분법적 사유에 함몰되지 않을 수 있었다.

김남천은 장편소설을 19세기 부르주아 사회의 산물로 간주하면서도 그것이 제국주의 시대 조선 사회를 인식하는 데 여전히 유효한 장르가 될 수 있다고 생각했다. 김남천은 19세기 프랑스와 20세기 조선 사이에 시공간적 차이가 존재한다는 사실, 구체적으로 말해서 부르주아 개인주의 이데올로기가 주도하던 19세기 프랑스 사회와 전체주의 이데올로기에 의해 통치되는 20세기 식민지 조선 사회에서는 사람들 사이의 관계가 전혀 다른 방식으로 형성될 수밖에 없다는 사실을 잘 알고 있었다. 그와 동시에 그는 프랑스 사회와 식민지 조선 사회 모두 자본주의 생산 관계에 의해 중층결정되어 있다는 점에서 그 둘 사이에 근본적 차이란 존재하지 않는다고도 생각했다.[18] 특히 제국주의 시대 아메리카 리얼

---

18   김남천은 발자크를 프랑스 자본주의 사회에서 '화폐의 위력'을 가장 잘 보여준 작가로 평가했고, 자신도 『사랑의 수족관』을 집필함으로써 조선 자본주의 사회에서 '화폐(자본)의 위력'을 형상화하고자 했다. 아래 장면에는 김남천의 이러한 의도가 특히 잘 나타나 있다.
"여자 급사가 음료수를 가져와서 현순은 도면에서 눈을 떼었다. 혼자서 '뽀오드랍프'를 한 모금 마시고, (이러한 계획과 설계가 단시일 안에 아무런 장애도 없이 이루어지는 것의 원동력은 어디서 오는 것일까?) 하고 막연히 생각해 보았다.
이경희가 아니고는 못할 일이 아닐까? 이경희의 아름다운 이상과 면밀하고 치밀한 두뇌가 아니고는 이루지 못할 일이 아닐까? 그러나 그것만은 아니었다. 이경희의 배후에 있는 것, 이경희의 설계에 토대를 이루고 있는 것 — 그것은 틀림없이 황금정에 있는 '크림' 빛깔의

리즘 소설의 존재는 식민지 조선에서 장편소설의 생산이 필요한 일일 뿐만 아니라 실현 가능한 일이기도 하다는 사실을 보여주는 증거라고 믿었다. 이러한 믿음에는 기본적으로 유럽의 파시즘이나 일제의 '동아 신질서' 구상을 자본주의 생산양식의 극복으로 볼 수 없다는 판단이 내포되어 있었다. 1940년대 조선 사회는 전 세계적 제국주의 질서에 편입되어 있는 식민지였고, 장편소설은 '전형적 성격들의 풍속도'로서 조선 사회를 재현하는 데 충분한 잠재력을 가진 장르였다.

장편소설에 관한 김남천의 논의는 마르크스주의에 의존해서 이루어졌다. 김남천은 마르크스주의를 역사 발전에 관한 이데올로기적 도식이 아니라 사회적 관계에 대한 과학적 인식 방법으로 여겼다. 마르크스주의란 민족국가나 사회주의 사회의 전망이 불투명해진 상황에서 식민지 조선 사회에 관한 총체적 인식을 위해 유일하게 의존할 수 있는 방법이었던 것이다. 그러므로 소설가 역시 마르크스주의의 관점을 습득함으로써 사회적 관계의 복잡한 면모를 총체적으로 재현하기 위해 노력해야 했다. 임화처럼 부재하는 플롯을 인위적으로 만들어내라고 주장하는 것, 혹은 최재서처럼 가치 있는 사회적 실재를 발견하라고 요구하는 것은 과학으로서의 마르크스주의에 전적으로 이질적인 태도였다. 마르크스주의란 소설가에게 오직 '몰아성(沒我性)'과 '객관성'만을 요구하는 방법, 그럼으로써 주관적 왜곡 없이 실재하는 사회적 관계를 인식할 것을 요구하는 방법이었다.

장편소설에서 '몰아성'과 '객관성'은 사회적 관계의 객관적 재현을 위

육중한 사층건물 저 일천만원 '대흥콘체른'이 아니냐—

일용품 한 가지 심지어는 찬ㅅ거리 한 가지를 사는 데도 오랫동안 망사리고 주저하다가야 지갑을 여는 현순이었다. 구두 한 켤레를 새로 장만하기 위하여 두 달 석 달씩 머릿속 궁리를 계속 하여야 하는 현순이었다. 제 손으로 만들어 입는 양복이라도 질박한 '스―츠' 한 벌을 마련하기 위하여 몇 달을 두고 잡용을 절약하고 먹는 것까지를 군색하게 하지 않고는 마음대로 되지 않던 현순이었다."(김남천, 『사랑의 수족관』, 인문사, 340~341쪽)

해 필요한 속성들이었지만, 김남천 자신이 의존했던 마르크스주의 자체에 완전히 부합하지는 않는 속성들이기도 했다. 김남천이 소설가에게 요구한 것은 일상적 경험을 초월한 시점인 셈인데, 이 시점에 의해서만 사회의 부정적 면모들뿐만 아니라 그 자신까지도 '객관적으로' 재현될 수 있기 때문이다. 말하자면, 소설가는 초월적 시점을 획득함으로써만 전형적 성격들과 풍습을 주관적 왜곡 없이 보여줄 수 있는 것이다. 그러나 마르크스주의의 관점에서 보자면, 초월적 시점에 대한 주장은 소설가의 사회적·역사적 조건성을 고려하지 않는다는 점에서 문제가 될 수 있다. 소설가에게 초월적 시점을 습득하라고 요구하는 것은 그의 계급(층)적 정체성을 소거해버리라는 것과, 다시 말해 탈계급(층)적 존재가 되라고 주장하는 것과 다르지 않다. 사실상 1930년대 조선 사회에서 소설가란 출판 자본에 강하게 예속된 존재였지 결코 탈계급(층)성을 선언할 만큼 보편적 계급에 속해 있지 않았다. 따라서 소설가들에게 마르크스주의의 습득을 요구하고자 했다면, 김남천은 작품 생산과 관련해서 계급(층)을 넘어서는 초월적 시점이 아니라 계급(층)을 강하게 의식하는 경험적 시점이 필요하다고 주장했어야 한다.[19] 전형적 성격과 풍습을 통해서 사회적 관계를 총체적으로 재현하려고 할 때, 필요한 것은 사회의 모순과 갈등을 '비판적'으로 인식할 수 있는 경험적 시점이지 사회 집단들을 '무차별'하게 관찰할 수 있는 초월적 시점이 아니다.

김남천의 장편소설 논의에서 시점의 문제는 내용의 문제, 정확히 말하자면 비전의 문제와 긴밀하게 연관되어 있다. 김남천이 장편소설을 통해 추구한 바는 당대 조선 사회의 모순과 갈등을 총체적으로 재현하

---

[19] 발자크가 프랑스 파리를 총체적으로 재현하는 데 성공했다면, 그것은 초월적 시점을 습득함으로써가 아니라 자신의 계급성을 강하게 자각함으로써 가능한 일이었다.

는 것뿐만 아니라, 그를 통해 "피안의 발견"[20]과 '완미한 인간'의 형성에 기여하는 것이기도 했다. 다만 1930년대 후반 식민지 조선에서 이것들을 긍정적인 방식으로 형상화할 수는 없었기 때문에, 그는 풍속과 전형적 성격들을 통해서 부정적인 방식으로 '피안'이나 '완미한 인간'을 포착해야 한다고 주장할 수밖에 없었다. 그런데 바로 여기서 문제가 발생한다. 소설가가 '피안'이나 '완미한 인간'을 소설 작품 속에서 직접 형상화하지는 않는다고 하더라도 그에 관한 명확한 비전이 없다면, 비록 부정적인 방식일지라도 그것을 작품 속에서 표현하기란 힘든 일이다. '피안'이나 '완미한 인간'에 관한 아무런 비전도 갖고 있지 못할 경우, 소설가는 당대 사회의 모순과 갈등을 묘사하면서 그것을 단순히 재생산하는 데 그쳐버릴 수도 있는 것이다. 이때 초월적 시점은 당대 사회의 부정적 면모를 공평무사하게 전체적으로 보여줄 수는 있겠지만, 바로 그 공평무사함 때문에 당대 사회의 변화 방향이나 미래의 비전까지 포착해서 보여주지는 못한다. 그렇다면 김남천의 장편소설 구상은 사회의 부정적 면모를 부정적인 채로 묘사하는 데는 유효할지 몰라도, '피안의 발견'과 '완미한 인간'의 형성에 기여할 수 있을러지는 의문스럽다.

소설 장르의 목적이 조선 사회의 총체적 재현에 있다면, 다시 말해 당대 사회를 모순과 갈등으로써 재현하는 동시에 '피안'과 '완미한 인간' 또한 포착하는 데 있다면, 소설가에게 '객관성'과 '몰아성'을 요구하는 것만으로는 충분하지 않다. 무엇보다도 당대 사회를 시간 속에서 조망할 수 있는 원근법에 관한 이해가 필요한 것이다. 민족국가나 사회주의 사회의 건설 전망이 불투명해진 상황에서, 그와 동시에 제국주의 이데올로그들에 의해 일본 중심 아시아 제국 건설 수립 계획이 광범위하

---

20   김남천, 「전환기와 작가」, 『전집』 1, 689쪽.

게 유포되던 상황에서, 김남천은 섣불리 미래의 비전을 제시하는 것이 갖는 위험성을 충분히 인식하고 있었다. 임화처럼 일상생활을 비판하면서 모종의 '역사'를 구상하는 일이나 최재서처럼 서사시적 세계의 수립을 요구하는 일은, 식민지 조선 사회의 부정적 면모들에서 출발하고자 했던 김남천에게 결코 적절한 방법이 아니었다. 그렇지만 미래의 비전을 전혀 구상하려고 하지 않는 태도에도 문제는 있었다. 기존 이데올로기나 사회적 관계들을 긍정적으로든 부정적으로든 재현하는 것만으로는 결코 식민지 조선 사회의 지양태를 효과적으로 포착할 수 없을 것이기 때문이다. 요컨대, 어떤 것을 선택하든 긍정적 결과를 기대하기 힘든 상황, 미래의 비전을 구상할 수도 구상하지 않을 수도 없는 상황, 이는 김남천뿐만 아니라 1930년대 후반 소설 이론 자체가 빠져 있던 딜레마였다.

1930년대 후반 소설 장르에 관한 논의는, 민족국가나 사회주의 사회의 수립 전망이 불투명해진 시대 일본 제국주의 이데올로기에 거리를 둔 채 식민지 조선 사회에 관한 적절한 인식 방법을 찾고자 했던 비평가들의 노력이었다. 특히 본격소설, 현대소설의 서사시적 경향, 조선적 장편소설 등은 비평가들에게 소설 형식의 문제를 해결해줄 수 있는 방법으로 여겨졌다. 하지만 이런 해결책들은 각각 중요한 문제점들을 내포하고 있었다. 본격소설 형식의 경우, 일상적 경험 세계에 대한 비판과 본질로서의 역사에 관한 인식을 요구함으로써 당시 조선인들의 실제 삶에 등을 돌리게 되는 결과를 낳을 수 있었다. 이와 달리 현대소설의 서사시적 경향에 주목할 경우에는, 보편적 가치가 구현된 사회적 실재를 발견해야 한다는 요구로 인해 실제 사회를 억압하거나 왜곡하는 데로 나아갈 수 있었다. 최재서가 국민문학을 주장하면서 '일본인'을 보편적 가치가 구현된 사회적 실재로 간주한 것은 그 대표적인 사례였다. 그리고 조선적 장편소설을 통해서 모순과 갈등으로 충만한 조선인의 삶에 천착하려고 할 경우, '피안'이나 '완미한 인간'에 관한 비전을 명료하게 제시하지 못함으로써 사회의 부정적 면모들을 단순히 반복하는 데 그쳐버릴 위험이 있었다.

그렇다고 해서 이 시기 소설 이론에 내재하는 문제점들을 온전히 개별 비평가들의 사유 결함 탓으로 돌리는 것은 적절해 보이지 않는다. 소설 작품의 생산과 유통을 대부분 담당했던 상업 저널리즘, 그리고 조선 사회의 정치적·이데올로기적 통제를 강화해 나갔던 일본 제국주의 국가 권력 역시 소설 이론을 형성한 조건들이었기 때문이다. 상업 저널리즘에 의존해야만 했던 소설가들의 사정은, 소설 장르에 관한 비평가들의 진지한 성찰과 무관하게 자본의 논리에 충실한 작품이 생산될 수밖에 없는 강력한 조건이었다. 소설 장르에 관한 비평가들의 사유란 기본적으로 소설가들의 작품 생산과 상호작용함으로써 심화된다는 점을 고려한다면, 소설의 논리보다 자본의 논리에 따를 수밖에 없는 작품 생산 조건은 소설 장르에 관한 비평가들의 사유에도 커다란 제약이될 수밖에 없었다. 그리고 제국주의 국가 권력에 의한 정치적·이데올로기적 통제 강화는 비평가들이 지배적 정치 체제에 우호적인 태도를 취하도록 강요함으로써, 아니면 적어도 그에 반하는 정치적·문학적행위를 불가능하게 만듦으로써 그들의 사유와 표현에 커다란 제약이되었다. 심지어 제국주의 국가권력의 위력은 소설 장르에 관한 논의 자체를 불가능하게 만들 정도로 강력한 것이었다. 1941년 『인문평론』과 『문장』이 폐간되면서 『국민문학』으로 통합된 것은, 일본 제국주의의정책에 협력하지 않는 어떤 논의도 금지될 수밖에 없음을 보여주는 상징적 사건이었다.

3. 소설의 미학과 정치학

1930년대 후반 비평가들은 소설 장르에 관한 중요한 생각들을 공유하고 있었다. 우선 언급할 수 있는 것은 소설이 다른 문학 장르들과 엄격하게 구분되는 장르라는 생각이다. 여기에는 크게 두 가지 근거가 있었다. 우선, 역사주의적 근거로서 소설이 부르주아 시대의 대표적인 문학 장르라는 점이다. 소설은 근대 부르주아 시대 들어 형성되었으며, 그런 만큼 다른 문학 장르들에 비해 시대적 성격을 강하게 드러내고 있다는 것이다. 그렇다고 해서 이 시기 비평가들이 소설 장르의 시대적 성격에 관해 동일한 방식의 이해를 갖고 있었다는 의미는 아니다. 예를 들어, 최재서가 소설을 '부르주아 시대 부르주아 계급의 자기 재현과 자기 반성을 위한 예술'[21]로서 정의할 때와 김남천이 소설을 '자본주의 사회의 가장 전형적인 표현 형식'[22]이라고 규정할 때, 그들이 동일한 소설 이해에 근거해 있었다고 보기는 힘들다. 최재서에게 소설이 '부르주아의 인문주의적 모럴'을 표현하는 데 적합한 장르였다면, 김남천에게 그것은 '자본주의 사회의 모순과 갈등'을 재현(=폭로)하는 데 적합한 장르였다. 그럼에도 불구하고 소설이 부르주아 시대 형성된 장르라는 점, 따라서 '부르주아의 인문주의적 모럴'이든 '자본주의 사회의 모순과 갈등'이든 그 시대 삶의 모습을 재현하는 데 가장 적합한 문학 장르라는 점에 관해서는 그들 모두 동일한 생각을 갖고 있었다.

다음으로는 일종의 미학적 근거로서 소설이 다른 문학 장르들과 질적으로 다른 형식적 특질을 갖는다는 점이다. 1930년대 후반 비평가들

---

21 최재서, 「소설과 민중」, 『평론집』, 383쪽.
22 김남천, 「조선적 장편소설의 일(一) 고찰」, 『전집』 1, 279쪽.

은 소설을 시나 드라마 같은 동시대 다른 예술 장르들과 구별해서, 또한 동일한 서사문학 범주에 포함되는 서사시와 구별해서 이해하는 데 그치지 않았다. 그들은 양적인 측면에서 단편소설이나 중편소설과의 장르 구분을 분명히 하기 위해 의식적으로 '장편소설'이라는 표현을 사용하기도 했고, 질적인 측면에서 통속소설이나 세태소설 같은 형식들과 구별하기 위해 '본격소설' 또는 '로만'의 형식적 특질을 엄밀하게 따지기도 했다. 임화가 시와 소설의 장르 차이를 '디테일의 리얼리티'의 구현 여부에서 찾곤 했던 일[23]이라든가, 최재서가 장편소설의 특징이란 '공간적 확대'와 '역사성'(시간적 연속성)에 있다고 주장한 일[24]은 그 대표적인 사례로 볼 수 있다. 물론 이 시기 비평가들은 소설 장르의 미학을 사유하는 방식도 서로 달랐고, 그에 비례해서 소설 장르의 형식적 특징을 규정하는 방식도 동일하지 않았다. 그들은 플롯, 픽션, 묘사, 구성, 모럴, 성격, 풍속, 전형 같은 개념들을 두고 어떤 것은 강조하고 어떤 것은 주변화하는 가운데 각자의 방식으로 소설의 미학에 관한 사유를 전개해 나갔다. 그렇지만 소설 미학에 관한 그들의 상이한 생각에도 불구하고, 그 근저에는 고유한 소설 미학이 있다는 강한 믿음이 있었다.

이 시기 비평가들은 대부분 소설 장르를 역사주의적 관점에서 이해해야 한다는 생각, 그리고 조선 사회의 적절한 재현을 위해서는 장편소설의 미학을 정교하게 다듬어야 한다는 생각을 공유하고 있었다. 여기서 특히 강조해야 할 것은 소설을 다른 문학 장르들과 엄격히 구별되는 장르로 이해하는 데 그치지 않고, 다른 문학 장르들에 비해 질적으로 우월한 장르로 간주했다는 점이다. 소설은 역사주의적 관점에서 보더라도 부르주아 시대를 대표하는 문학 장르였고, 미학적 관점에서 보더라

---

23 임화, 「사실주의의 재인식」, 『논리』, 76쪽.
24 최재서, 「장편소설과 단편소설」, (『동아일보』, 1939.3.9~3.10), 『평론집』, 338~339쪽.

도 시나 드라마에 비해 부르주아 시대를 가장 잘 대변할 수 있는 문학 장르였다. 그러므로 소설 작품에 당대 사회에 대한 적절한 재현을 요구하고 소설가에게 당대 사회에 관한 적절한 인식을 촉구하는 것은 그들이 볼 때 매우 정당한 일이었다. 1930년대 후반 임화, 최재서, 김남천을 비롯한 많은 비평가들이 여러 쟁점들을 두고 격렬하게 논쟁했음에도 불구하고, 소설과 '리얼리즘'의 내적 연관성에 관한 한 누구도 의문을 제기하지 않았다는 사실은 이 시기 비평가들의 공통된 소설관을 잘 보여준다. 그들은 소설 작법이나 리얼리즘 이해에서 서로 다른 생각들을 갖고 있었지만, 소설이 다른 문학 장르들에 비해 사회(적 실제)를 가장 잘 재현할 수 있는 문학 장르라는 주장에는 이견이 없었다.

비평가들은 소설 장르에 당대 사회를 재현할 수 있는 능력과 더불어, 그것을 재현해야 할 의무 역시 부여하고자 했다. 그들에게 소설은 여러 문학 장르들 중 하나가 아니라 수행해야 할 시대적 과제를 부여받은 유일무이한 문학 장르였다. 특히 1930년대 후반 들어 민족주의나 사회주의 이데올로기가 더 이상 식민지 조선 사회에 관한 적절한 인식을 제공해줄 수 없는 것으로 간주되고, 일본 제국주의의 영토 확장을 합리화하는 이데올로기들이 시대의 논리로서 선전되는 상황에서, 소설 장르의 인식론적 능력과 의무는 그와 같은 이데올로기들에 거리를 둔 채 조선 사회에 관한 적절한 인식을 도모하던 문학자들에게 더욱 강하게 의식될 수밖에 없었다. 소설이란 일상적으로 경험하지만 적절하게 인식되지는 않은 세계를 새롭게 인식할 수 있는 문학 장르였고, 그럼으로써 기존 이데올로기들에 거리를 둔 채 그 세계를 재현할 수 있는 문학 장르였다.

문제는 이 시기 소설 작품들이 소설 장르에 부여된 능력이나 의무와 무관하게 생산되고 있다는 데 있었다. 세태소설, 심리소설, 통속소설 같은 이름 아래 분류된 작품들뿐만 아니라 이 시기 대부분의 작품들이 그러한 능력이나 의무와 무관하게 만들어져 발표되고 있다는 사실은, 소설 장르의 문제가 몇몇 소설가에게만이 아니라 동시대 문학 자체에 해당하는 것임을 의미했다. 그로 인해 임화, 최재서, 김남천 등 1930년대 후반 비평가들은 소설 장르 고유의 미학을 정초하기 위해 노력하는 한편 기존 소설 형식들에 대한 비판 작업 역시 멈출 수 없었다. 소설의 '리얼리즘'을 위한 이론적 토대를 정교하게 다듬는 일도 중요했지만, 플롯이나 묘사 같은 미학적 장치들의 잘못된 활용에 대해 비판하는 일도 그에 못지않게 중요했다. 그들이 볼 때 소설 장르는, 그리고 소설가는 자신의 고유한 능력뿐만 아니라 의무까지도 다시금 자각할 필요가 있었다. 이 점에서 1930년대 후반 비평가들의 소설 장르 논의란 장르 특유의 능력을 회복시키고 장르 고유의 의무를 환기시키려는 노력이라고도 말할 수 있다.

이 시기 비평가들은 소설 장르의 시대적 대표성이나 리얼리즘과의 내적 연관성 외에 또 다른 중요한 생각을 공유하고 있었다. 그것은 바로 1930년대 후반 조선 사회에 대한 부정적 가치평가였다. 소설 장르에 관한 논의에서 직접적으로 제기된 문제는 물론 생산된 작품들이 사회에 관한 적절한 재현이 되지 못한다는 데 있었지만, 이 시기 비평가들의 문제의식은 문학적 대상으로서의 리얼리티 그 자체가 긍정적 재현의 대상이 되지 못한다는 데까지 나아갔다. 그들에게 조선인의 일상생활이란 오직 사적인 관심사들로만 채워져 있는 세계였고, 현대 사회는 인문주의적 모럴을 결여한 무가치한 세계였으며, 조선 자본주의 사회는 온갖 모순과 갈등으로 점철되어 있는 세계였다. 그러므로 이러한 세계들에 대한 직접적 묘사만으로는 결코 조선 사회에 대한 적절한 재현임을 내세울 수 없었다. 소설 작품은 무엇보다도 본질로서의 역사, 보편적 가치, 긍정적 지양의 계기 등을 구현해야만 했고, 그럼으로써 소설에 요구되는 '리얼리즘'을 충족시켜야 했다. 최재서가 1930년대 중반 이상과 박태원의 '리얼리즘'에 의문을 제기한 이유, 특히 임화가 1930년대 후반 조선 소설가들에 대한 전방위적 비판을 감행한 이유는 바로 여기에 있었다. 경험적 사실들의 직접적 묘사만으로는 결코 사회에 대한 적절한 재현이 될 수 없다는 것, 그러므로 소설 장르의 목적에 맞게 경험적 사실들을 처리할 수 있는 특별한 방법이 필요하다는 것이 그들의 생각이었다.

리얼리티에 대한 부정적 가치평가는 비평가들이 소설의 미학을 구상하는 데 커다란 어려움을 야기했지만, 소설 형식이나 소설 작업과 관련하여 다양한 구상을 하게 되는 계기가 되기도 했다. 일상적 경험 사실들에 대한 직접적 묘사만으로는 조선 사회를 적절하게 재현할 수 없는 것으로 판명되었다면, 논의는 소설 장르의 역사성이나 본질적 특성이 아니라 소설 형식이나 작법을 중심으로 전개될 수밖에 없다. 임화가 본격소설의 핵심 요소로서 성격 중심의 플롯 구성을 제시한 것이라든가 최재서가 현대소설의 서사시적 경향과 관련해서 인문주의적 모럴의 주제화를 강조한 것, 김남천이 조선적 장편소설을 생산하기 위해서는 전형적 성격과 풍속에 대한 소설가의 인식이 필요하다고 주장한 것은 그 대표적인 사례들이다. 여기서 중요한 것은 소설 형식이나 소설 작법과 관련해서 그들이 상이한 구상을 갖고 있었다는 사실이 아니다. 중요한 것은 그들의 상이한 소설 이론이 소설 너머의 사회를 끊임없이 염두에 두는 가운데 형성되었다는 사실이다. 소설을 사회에 대한 적절한 재현을 지향하는 장르로 이해했다면, 그와 동시에 문학적 대상으로서의 리얼리티를 결코 긍정적 재현의 대상으로 간주하지 않았다면, 소설 작법에 관한 그들의 구상에는 조선 사회의 현재와 미래에 관한 특정한 이해가 내포되어 있을 수밖에 없었다.

1930년대 후반 조선 사회에 대한 비평가들의 부정적 가치평가는 단지 '문학적 재현의 대상'만을 겨냥한 게 아니었다. 그것은 더 나아가서 문학과 소설가를 모두 포함하는 광의의 사회 역시 겨냥하고 있었다. 비평가들에게 이 시기 조선 사회는 문학적 대상으로서도 명백히 곤란을 초래하는 요인이었지만, 문학의 생산과 유통뿐만 아니라 소설가의 삶 그 자체에도 불리한 조건을 형성하는 심급이었다. 그들은 소설 쓰기가 사회를 대상으로 이루어지는 행위이기도 하지만 그와 동시에 사회 속에서 이루어지는 행위이기도 하다는 점을 분명히 인식하고 있었다. 이는 그들의 소설 이론이 미학의 영역에만 한정되지 않는다는 것, 거기에는 조선 사회에 관한 특정한 역사의식과 지배 권력에 대한 정치적 입장이 강하게 내포되어 있다는 것을 의미한다. 이 시기 비평가들이 '문학적 재현의 대상'에만 한정해서 논의를 전개했다면 문제의 해결책 역시 미학의 영역 내에서 제시될 수 있었겠지만, 그들의 논의 범위는 소설의 형식적 요소들에서부터 그 역사적 형성과 사회적 생산조건의 변화에까지 걸쳐 있었다. 따라서 소설 장르의 문제에 관해 논의하는 일은 광의의 사회에 관한 이해를 내포할 수밖에 없었고, 소설 형식의 변화를 사유하는 일은 조선 사회의 변화를 염두에 두고 진행될 수밖에 없었다.

이 시기 비평가들은 소설 이론이나 사회 이해에서 상이한 생각을 갖고 있었지만, 기존 소설 형식들과 더불어 기존 사회 체제에 근본적인 변화가 필요하다는 데는 이견을 보이지 않았다. 임화가 소설가들에게 '역사'의 관점을 요구한 이유는 상식과 지배 이데올로기에 의해 재생산되는 조선인의 일상생활에 근본적 변화가 필요하다는 것을 주장하기 위해서였다. 임화에게 바람직한 사회란 무엇보다도 욕망(이상)을 실현하려는 개인과 그에 맞서는 환경이 상호작용할 수 있는 곳이었다. 또한 최재서가 '인문주의적 모럴'을 내세운 데는 보편적 가치의 결여로 인해 고통받는 조선 사회를 긍정적으로 재조직하려는 의도가 강하게 내포되어 있었다. 일본 제국주의 이데올로기가 1940년대 들어 이러한 의도를 전유하는 일이 벌어지기도 하지만, 최재서의 소설 이론에 내재하는 의도 자체가 이러한 결과를 처음부터 함축하고 있었다고 보기는 힘들다. 그리고 김남천은 '부정의 부정' 논리를 소설 이론에 도입했는데, 이는 식민지 자본주의 사회를 비판적으로 인식하는 한편 '피안'과 '완미한 인간'을 부정적인 방식으로나마 포착하려는 의도에 기인한 것이었다. 임화나 최재서와 달리 그는 바람직한 사회의 모습을 상상하는 것보다 당대 사회를 비판적으로 재현하는 것이 더 중요하다고 생각했지만, 사회의 총체적 변화에 관한 한 그들 못지않게 강한 신념을 갖고 있었다.

1930년대 조선 사회에 대한 부정적 가치평가가 이중적 형태를 취했던 것처럼, 당대 사회에 대한 소설가의 관계 역시 이중적인 방식으로 형성되어야 했다. 우선 소설가는 직접적으로 경험하는 사실들을 작품 속에서 다양한 방식으로 변형시켜야 했고, 그럼으로써 독자들에게 비일상적인 삶의 모습을 제시해줄 수 있어야 했다. 임화나 최재서뿐만 아니라 김남천에게도 소설 작품은 어떤 식으로든 직접적인 경험 사실들의 변형을 수반하지 않으면 안 되었다. 이 경우에만 한 편의 소설 작품은 긍정적 방식으로든 부정적 방식으로든 삶의 모습(사회)을 바람직하게 구현한 것으로, 다시 말해 식민지 조선 사회를 적절하게 재현한 것으로 평가 받을 수 있다. 다음으로 소설가는 작품 속에서뿐만 아니라 작품 너머 광의의 사회에서도 변화에 기여해야 했다. 소설 작품들의 생산과 소비를 최종적으로 결정하는 심급이 사회라면, 사회의 변화 없이 미학적 장치를 통해서 소설 형식의 변화를 도모하는 데는 한계가 있을 수밖에 없다. 사실 그 누구도 소설을 통한 사회의 총체적 변화를 노골적으로 언급하지는 않았지만, 이 시기 비평가들 모두 사회 변화야말로 소설 장르의 운명을 긍정적인 방향으로 전환시켜줄 수 있는 가장 중요한 요인이라고 생각했다. 1940년 발표된 김남천의 「소설의 운명」이 이와 같은 생각을 소설 장르의 역사에 대한 이론적 탐구를 통해서 표현한 글이라면, 최재서의 국민문학론은 미학적으로나 정치적으로 문제가 있음에도 불구하고 문학을 통한 사회 변화를 직접 실현하고자 한 사례로 볼 수 있다.

1930년대 후반 식민지 조선에서 사회주의 사회와 민족국가의 수립 전망이 점차 불투명해지고 '동양'의 이데올로기가 제국주의 국가 권력에 의해 새 시대의 이념으로 선전되고 있었음을 고려한다면, 또한 이 시기 조선 사회의 전반적 면모가 비평가들에게 부정적 가치평가의 대상으로 간주되고 있었음을 염두에 둔다면, 소설 작품을 통한 사회 인식이란 결국 당대 조선 사회를 바람직한 미래와 관련해서 역사적으로 이해하는 일이 될 수밖에 없다. 임화는 '역사' 개념을 통해서 이와 같은 소설 장르의 의무를 직접적으로 표현한 바 있으며, 최재서나 김남천의 경우에는 '서사시적 세계'나 '피안'과 관련한 사회 인식을 요구함으로써 소설 장르에서 '역사'적 인식이 갖는 중요성을 강조한 바 있다. 그들은 역사의식이나 정치적 입장의 차이로 인해 서로 다른 소설 이론을 구상할 수밖에 없었지만, 1930년대 후반 식민지 조선 사회에서 소설 쓰기란 기존 이데올로기들에 거리를 둔 채 새로운 이야기(history)를 만들어내는 행위가 되어야 한다는 믿음만은 공유하고 있었다. 소설 작품은 물론 식민지 조선 사회에 관한 실증적 역사 기술이 될 수는 없겠지만, 당대 조선 사회를 바람직한 미래와 관련해서 인식하려는 노력으로 채워지지 않으면 안 되었다.

소설 장르의 인식 능력에 대한 믿음, 그리고 소설 장르의 인식론적 의무에 대한 강조는 1930년대 소설 작품들 및 그 형식들에 대한 고찰을 통해서 형성된 것이었지만, 이러한 모든 과정을 최종적으로 조건지은 것은 식민지 조선의 상황이었다. 1930년대 후반 제국주의 국가 권력이 식민지 조선에서 정치적·경제적·이데올로기적 통제를 강화함에 따라, 문학자들은 직접적인 정치적 행동을 제약 당한 채 '문단'이라는 한정된 영역으로 활동 범위를 축소할 수밖에 없었다. 그리고 파시즘 국가들의 전 세계적 세력 확장을 입증하는 듯한 일련의 국내외적 사건들로 인해 그들이 사회주의 사회나 민족국가의 수립에 대한 절대적 믿음을 잃게 된 것은, 식민지 권력의 다방면에 걸친 통제 강화와 맞물려 조선 사회에 관한 기존의 이해 방식들에 회의하게 하는 한편 당대 사회에 관한 새로운 역사적 이해를 도모하게 했다. 이 시기 비평가들이 소설 쓰기를 '문단' 내의 다른 활동들과 구별해서 받아들이고 동시대 사회를 다른 시간성(바람직한 미래 사회)과 관련해서 인식할 수 있는 능력과 그렇게 해야 한다는 의무를 소설 장르에 부여한 것은, 소설 장르의 미학과 정치학 사이의 복잡한 역학 관계를 적극적으로 의식함으로써만 가능한 일이었다.

이 시기 비평가들은 서로 다른 방식으로 소설 장르에 관한 생각을 전개했지만, 공통되게도 동시대 소설 작품들에서 그에 부합하는 사례를 발견할 수는 없었다. 그들에게 바람직한 소설 작품이란, 그것을 포함하는 광의의 사회와 상호작용하는 가운데 소설 작품 속에 구현된 인식이 사회의 긍정적 변화에 기여할 수 있는 것이어야 했다. 하지만 적어도 1930년대 후반 식민지 조선 사회에서, 즉 사회의 전 영역이 제국주의 전쟁을 위한 총력전 체제로 재편되고 있는 상황에서 비평가들이 소설 장르에 부여한 능력이 온전히 발휘되기를 기대하기란 힘든 일이었다. 소설 작품을 통해서 사회에 관한 역사적 인식을 도모하고, 더 나아가서

사회의 변화에 기여한다는 구상은 결코 생각처럼 쉽게 실현될 수 있는 게 아니었다. 이 시기 '문단'으로 활동 영역이 제한된 소설가가 할 수 있는 일이란 기껏해야 '문단' 내 작품 생산자라는 지위에 만족하거나, 아니면 광의의 사회에 거리를 둔 채 소극적인 방식으로 사회(정치)와 문학의 구분을 유지하려고 노력하는 것밖에 없는 듯했다.

1940년대 들어 국가 권력에 의한 문학의 정치적 수단화가 적극적으로 강요되자 소설가들은 이분법적인 선택 상황에 놓일 수밖에 없었다. 그들은 절필을 통해서 소설의 능력을 부정적 방식으로나마 보존하기 위해 노력하거나, 아니면 최재서의 생각처럼 문학의 능력을 사회 속에서 구현하기 위해 국민문학을 적극적으로 주장했다. 그러나 후자의 경우는 문학이 정치의 수단임을 받아들임으로써만, 다시 말해 소설의 죽음을 승인함으로써만 가능한 일이었다. 1930년대 후반 활발했던 소설 장르 논의 역시 이러한 변화된 상황 속에서는 더 이상 지속될 수 없었다. 문학의 정치적 수단화가 강요되는 상황에서 비평가들이 구상한 소설 형식들이란 사회 속에서 실현될 수 없는 것처럼 보였고, 더 나아가서는 소설 장르 논의를 위한 토대('소설'작품의 생산)자체도 더 이상 지지될 수 없는 것처럼 보였다. 제국주의 지배 이데올로기에 거리를 두거나 그에 의해 재생산되는 식민지 조선 사회에 대해 비판적 태도를 취하기 힘들어진 상황에서는 소설 쓰기도 소설 쓰기에 관한 논의도 모두 불가능한 일이 되었다.

제7장

소설 장르 논의의 의미와 성격

1930년대 후반 이후 식민지 조선에서는 제국주의 국가 권력에 의한 사회 전영역의 통제가 강화됨과 더불어 민족국가 수립이나 사회주의 사회 건설의 전망이 불투명해지면서 내선일체, 동아신질서, 대동아공영권 등 제국주의 이데올로기들이 급부상했다. 이때 조선의 많은 비평가들은 민족국가나 사회주의 사회가 당대 조선 사회를 역사적으로 조망할 수 있는 절대적 시점이 될 수 없다는 점을 인정하면서도 제국주의 이데올로기들에 의존한 사회 이해에 대해서는 분명한 거리를 두고자 했다. 그 대신 그들은 소설 쓰기를 통해서, 다시 말해 기존 이데올로기들에 의존하기보다 당대 사회에 대한 분석과 비판적 성찰을 수행함으로써 식민지 조선 사회에 관한 인식에 도달하고자 했다. 그와 동시에 그들은 이 시기 소설 작품들을 세태소설, 내성소설, 통속소설 등으로 명명하면서 그에 대한 불만을 노골적으로 표명하기도 했다. 이러한 소설 형식들은 소설 장르에 부여된 인식론적 과제를 수행하기에는 중요한 구성적 · 형식적 결함들을 포함하고 있다는 게 그 이유였다. 결국 그들은 소설 장르의 능력에 대한 굳은 믿음 위에서 당시 소설 작품들에 관한 비판적 검토 작업을 수행하는 한편, 조선 사회를 적절하게 인식할 수 있는 작품 구성방법이나 형식을 모색해야만 했다.

임화는 1930년대 후반 조선 소설의 문제를 소설가들의 문학 정신 상실에서 찾았다. 문학 정신의 상실로 인해 소설가들이 역사적 현실 인식(현상으로서의 일상생활과 본질로서의 역사의 통일체로서의 현실에 관한 인식)을 추구하기보다 경험적 사실들의 직접적 수용 및 묘사에 몰두하게 되었고, 문학 작품을 현실 인식이나 사상 표현이 아니라 상식(처세술) 또는 지배 이데올로기의 반복으로 격하하게 되었다는 것이다. 이 점에서 세태소설, 내성소설, 통속소설, 전향소설, 시정소설 등은 문학 정신의 상실 및 현실 인식의 부재를 보여주는 대표적인 소설 형식들에 불과했다. 그에 반해 본격소설은 조선 사회에 관한 적절한 인식을 제공해줄 수 있는 일종의 대안 형식으로 간주되었다. 임화는 소설가가 성격의 행위를 중심으로 일관된 플롯을 구성할 때 일상적 경험 사실들에 관한 역사적 인식 역시 가능하다고 보았다. 그는 물론 본격소설 작품이 일종의 픽션일 수밖에 없음을 잘 알고 있었지만, 단순한 픽션이 아니라 일상적 경험 세계의 본질(역사)에 관한 인식을 내포하고 있다는 점에서 진실한 픽션이라고 생각했다.

한편 최재서는 현대소설의 문제란 통일된 주제의 부재에 있다고 진단한 뒤 그 원인을 현대 사회의 모럴 부재에서 찾았다. 소설가는 객관적 태도로써 보편적 가치가 구현된 사회적 실재를 정확하게 묘사해야 하지만, 모럴이 부재하는 현대 사회에서는 객관적 태도만으로 보편적 가치의 담지자로서의 사회적 실재를 재현할 수 없다는 것이다. 현대소설가들은 객관적 태도(리얼리즘)를 취함으로써 보편적 가치가 부재하는 세계를 단순히 묘사할 뿐이거나, 아니면 개인의 주관성 속에서 보편적

인 것을 찾으려고 함으로써 사회적 실재의 왜곡을 낳을 뿐이었다. 최재서가 볼 때, 현대소설이 이러한 곤경에서 벗어날 수 있는 방법은 하나밖에 없었다. 그것은 소설가들이 사회적 실재에 대한 객관적 태도를 잃지 않으면서도 고전적 작품들에 관한 학습(교양)을 통해서 보편적 가치를 습득하는 것이었다. 소설가가 고전적 전통을 통해서 보편적 가치(인문주의적 모럴)를 습득한 뒤 그것을 사회적 실재에 대한 객관적 묘사 속에 융합할 수만 있다면, 그의 작품은 현대소설의 곤경에서 벗어나는 데 그치지 않고 서사문학의 이상적 상태(고대 서사시의 수준)에까지 도달할 수 있는 것처럼 보였다. 이러한 입장에서 최재서는 1940년대 초 관념소설이나 자서전 소설 같은 현대 심리주의 소설을 비판하고 가족사 연대기 소설과 르포르타주 소설을 긍정적으로 평가하면서 서사시의 부활을 요구했다.

임화와 최재서가 각각 본격소설과 서사시에서 문학적 이상을 찾았다면, 김남천은 특정 소설 유형이나 형식보다 문학(소설)과 사회의 역동적 관계 그 자체에 더 주목하고자 했다. 김남천이 볼 때 조선에서 장편소설이 발전하지 못한 이유는 조선 자본주의 생산양식의 특수성, 즉 일본 제국주의 국가 권력에 의한 급속한 자본주의화에 있었다. 일본의 독점 자본에 의해 조선 사회가 급속히 자본주의 체제로 재편된 결과, 문화의 전체주의적 성격이 유지된 상태에서 소설 작품들의 상업화 역시 급격하게 전개됨으로써 고유한 문법을 가진 장르로서의 장편소설(전형적 성격들 사이의 모순과 갈등 관계를 통한 자본주의 사회의 총체적 재현)이 발전할 수 없었다는 것이다. 김남천은 이와 같은 조선 사회의 특수성을 아시아적 정체성으로 규정한 뒤, 소설가란 무엇보다도 리얼리즘 방법에 의존해서 조선 사회의 모순과 갈등을 재현하기 위해 노력해야 한다는 주장을 펼쳤다. 장편소설은 아시아적 정체성에 의해 제약되어 있는 조선 사회에 대한 총체적 인식일 뿐만 아니라, 그 사회의 변화에 기여할 수 있는 힘이기도 하다는 게 그 이유였다. 김남천이 장편소설 작품의 생산을 위해 소설가들에게 요구한 것은 마르크스주의적 관점의 습득과 발자크의 소설 작품들에 대한 연구였다. 소설가가 마르크스주의의 관점에서 당대 사회를 모순과 갈등 속에서 전개되는 과정(역사)으로 인식할 수 있다면, 또한 당대 사회에 관한 역사적 인식을 풍속과 전형적 성격으로서 형상화할 수 있다면 장편소설 작품이 생산될 수 있다고 본 것이다. 이때 20세기 아메리카 장편소설의 사례는 제국주의 시대에도 여전히 장편소설 작품이 생산될 수 있음을 보여주는 중요한 근거로 제시되었다.

임화에 따르면 본격소설은 소설가가 1930년대 조선인들의 일상생활을 지배하는 상식이나 이데올로기에서 벗어날 때, 다시 말해 당대 사회를 기정사실로서 받아들이기보다는 역사의 관점에서 비판적으로 바라볼 때 생산될 수 있다. 그가 역사(본질)와 일상생활(현상)의 통일로서의 '현실'에 대한 인식을 주장했다는 사실과 무관하게, 본격소설은 소설가가 '역사' 관념을 중심에 놓고 일상생활에 최대한 거리를 둘 경우에만 생산될 수 있는 것이다. 이와 같은 구상은 비록 민족주의나 사회주의 이데올로기에 따라 당대 사회를 인식할 수는 없더라도 소설가들이 당대 사회를 변화 불가능한 것으로 사유해서는 안 된다는 생각, 또한 일본 제국주의 이데올로기에 의존해서 식민지 조선의 미래를 예측하려고 해서는 안 된다는 생각에 기초해 있었다. 그러나 임화는 본질로서의 역사를 중심으로 사유를 전개한 결과 당대 사회와 그 이데올로기들에 맞설 수는 있었지만, 그런 만큼 실제 조선인들의 삶(일상적 경험세계)에 대해서는 무관심하게 될 수밖에 없었다.

임화와 달리 최재서는 작가들에게 경험적 사실들에 대한 객관적 태도를 요구하면서, 보편적 가치가 구현된 사회적 실재에 대한 정확한 묘사를 서사문학의 과제로 제시했다. 그는 적절한 사회 인식이란 경험 세계에 대한 정확한 묘사가 보편적 가치와 융합할 경우에만 성취될 수 있다고 믿었다. 이는 이데올로기에 의한 사회의 왜곡을 미연에 방지하면서도 가치 있는 문학 작품을 만들어낼 수 있는 유일한 방법처럼 보였다. 그러나 인문주의적 모럴(보편적 가치)을 매개로 한 일상적 경험 사실들의 가치 있는 재현을 바람직한 사회 인식으로 간주하는 태도는 그의 본래 의도와 무관하게 실제 사회에 대한 주관적 왜곡을 초래할 위험을 내포하고 있었다. 이러한 위험은 1940년대 들어 최재서가 국민문학을 주장하면서 국가로서의 일본을 인문주의적 모럴의 실체로 설정하고 일본인을 보편적 가치의 담지자로 간주할 때 극단적으로 표출된 바 있다.

김남천은 본질로서의 역사를 통해서 실제 조선인들의 일상적 경험 세계를 부정하거나 인문주의적 모럴을 통해서 경험적 사실들에 가치를 부여하려는 시도에 명백히 반대했다. 이러한 시도로는 결코 식민지 조선 사회를 온전하게 재현(인식)할 수 없다고 보았기 때문이다. 그에 맞서 김남천이 제시한 것은 리얼리즘 방법을 통한 조선 사회의 모순과 갈등의 재현이었다. 1930년대 식민지 조선인들의 삶을 거기에 내재하는 모순과 갈등을 통해서 재현하는 것은, 본질로서의 역사나 인문주의적 모럴에 과도하게 의존함으로써 일상적 경험 세계를 부정하거나 왜곡하는 데로 나아갈 위험을 미연에 방지할 수 있다는 점에서 임화나 최재서의 소설 구상에 비해 우월한 방법으로 여겨졌다. 김남천의 소설 이론은 기본적으로 어떤 이데올로기도 거부한다는 점에서, 또한 그 결과로서 어떤 소설 형식도 절대적인 것으로 간주하지 않는다는 점에서 그 둘의 구상에 비해 당대 사회에 대한 객관적 재현(인식) 가능성이 더욱 높은 것으로 평가될 수 있다. 하지만 그의 소설 이론은 미래의 방향성에 관한 어떤 예측도 금지했기 때문에 식민지 조선의 현재 상태, 다시 말하면 '피안의 결여' 상태를 단순히 반복할 위험 역시 내포하고 있었다.

1930년대 후반 소설 장르에 관한 논의는, 사회주의 사회나 민족국가의 수립 전망이 불투명해진 상황에서 일본 제국주의 이데올로기에 거리를 둔 채 조선 사회를 인식하고자 했던 비평가들의 노력을 잘 보여준다. 그러나 1941년 『인문평론』이 폐간되고 『국민문학』이 창간되면서 소설 장르에 관한 논의는 더 이상 진전될 수 없었다. 사실상 『국민문학』의 창간은 소설 장르에 관한 논의가 더 이상 '문학'이나 '예술'의 관점에서 이루어질 수 없음을, 다시 말해 모든 '문학'과 '예술'은 오직 '국가'의 관점에서만 논의되고 유의미하게 될 수 있음을 상징적으로 보여주는 사건이라고 할 수 있다. 이 무렵 최재서는 '일본'을 인문주의적 모럴의 구현 혹은 가치 있는 보편적 실재로 간주함으로써 국민문학의 정당성을 적극적으로 설파하기 시작했고, 임화는 본질로서의 역사를 인식하려는 노력을 소설가들에게 요구하는 대신 문학사 저술을 통해서 직접 수행해 나갔다. 그리고 김남천은 총력전 체제 속에서 문학의 정치적 도구화에 대한 요구를 더 이상 참을 수 없게 되자 소설 장르에 관한 논의뿐만 아니라 소설 작품 생산까지도 중단하게 되었다.

1930년대 후반 소설 장르에 관한 논의는 일본 제국주의와 문단의 상업주의에 대해 비판적 거리를 설정하려는 시도였고, 더 나아가서는 기존 사회 체제의 근본적 변화에 기여하려는 시도였다. 그러나 비평가들의 시도는 오히려 그들이 변화시키고자 했던 조건들, 즉 국가 권력에 의한 정치적·이데올로기적 통제 및 소설 작품에 대한 상업 저널리즘의 강한 영향력에 의해 제약되는 처지에 놓일 수밖에 없었다. 일본 제국주의 국가의 영토 확장이 영속화되는 것처럼 보이는 상황에서, 그와 맞물려 식민지 조선에서 사회주의 사회나 민족국가의 수립 전망이 점차 불투명해져가는 상황에서, 그리고 문학의 정치 도구화에 대한 제국주의 국가 권력의 요구가 더욱 더 거세지는 상황에서, 기존 이데올로기들이나 정치적 강요에 무관심한 채 조선 사회를 재현하고 인식한다는 것은 결코 쉽게 실현될 수 있는 기획이 아니었다. 오히려 그들의 기획은 절망적 상황 앞에서 그것을 극복하는 게 불가능에 가까울 정도로 힘든 일임을 알면서도 그렇게 할 수밖에 없었던 절망적 시도였는지도 모른다.

이 시기 소설 장르에 대한 논의는 그 실현 가능성 여부와 무관하게 문학 장르의 사회성과 역사성에 관한 깊이 있는 인식에 도달했다는 점에서 높게 평가될 수 있다. 이는 우선 비평가들이 기존 이데올로기나 문학이론에 무조건적으로 의존하기보다, 외국 문학이론에 대한 탐구 작업과 더불어 조선 소설 작품들에 대한 비판적 검토 작업을 적극적으로 수행하는 가운데 소설 형식과 작법에 관한 사유를 전개한 데 기인한다. 그리고 그것은 비평가들이 소설 장르의 문제를 문학 영역에 한정된 것이 아니라 조선 사회의 특수성과 내적으로 긴밀하게 연루되어 있는 것으로 여긴 데에도 기인한다. 세태소설, 내성소설, 통속소설 등 당시 소설 형식들에 관한 임화의 성찰은 1930년대 소설 작품들을 고찰하는 데 중요한 지표가 되었고, 20세기 영미 소설 작품들과 형식들에 관한 최재서의 탐구는 당시 소설가들과 비평가들에게 중요한 참조자료가 되었으며, 조선적 장편소설에 관한 김남천의 모색은 조선 사회의 특수성과 소설 구성방식에 관한 입체적 사유를 통해서 소설 장르의 역사성에 관한 심층적 인식을 가능하게 했다.

1930년대 후반 소설 장르 논의는 또한 문학(소설)과 정치의 복합적 관계에 관한 인식을 보여주었다는 점에서도 큰 의의가 있다. 문학의 사회성과 역사성에 대한 비평가들의 인식은 단지 소설 장르의 인식론적 기능과 의무를 강조하는 데 그치지 않았다. 그들은 오히려 소설의 인식론적 기능이 당대 사회의 변화에 기여할 수 있다고 믿었다. 소설 쓰기란 기존 국가 권력에 의한 문학(소설)의 정치적 도구화 요구에 맞서는 행위이자, 기존 사회 체제의 변화에 기여하는 행위가 되어야 했다. 이 시기 비평가들은 소설 쓰기가 정치적·경제적·이데올로기적 요인들에 의해 조건지어져 있음을 인정하면서도 그에 대해 능동적으로 맞서고자 했고, 기존 사회에 대한 문학의 비판적 능력이 발휘되기에 불리한 환경임을 인정하면서도 그 능력을 강조하지 않을 수 없었다. 소설 작품이 특정한 사회의 생산물인 한 그것은 탈정치화된 상황에 놓일 수 없다는 것, 그렇다면 소설 작품은 기존 국가 권력에 맞서는 방식으로 정치와 관계를 맺어야 한다는 것이 그들의 생각이었다. 문학과 정치의 복합적 관계에 관한 인식을 통해서 그들은 문학의 정치적 도구화에 맞서는 한편 정치에 대한 문학의 자립성을 내세울 수 있었고, 더 나아가서는 정치에 대한 문학의 독립성 위에서 정치에 대한 문학의 능동적 힘을 주장할 수 있었다.

본서는 1930년대 후반 전개된 소설 장르에 관한 논의를 대상으로 이 시기 소설 이론의 전반적 양상을 살펴보고 그 특성을 규명하고자 했다. 그리고 이를 위해서 임화, 최재서, 김남천의 소설 논의를 하나의 이론으로 체계화해서 살펴보았다. 이 시기 비평가들은 소설 장르에 인식론적 능력과 의무를 부여하는 한편, 그에 의거해서 소설 장르가 사회의 변화에도 기여하기를 바랐다. 이들의 논의는 사회적 조건의 불리함 때문에 여러 문제점들을 노출할 수밖에 없었지만, 바로 그 때문에 문학 장르의 사회성과 역사성에 대한 인식에서 그리고 문학과 정치의 복합적 관계에 관한 인식에서 높은 수준에 도달할 수 있었다.

●참고문헌●

1. 기본자료

1) 신문
『독립신보』, 『동아일보』, 『매일신보』, 『조선일보』, 『조선인민보』, 『조선중앙일보』, 『현대 일보』

2) 잡지
『국민문학』, 『문장』, 『문학』, 『문학창조』, 『문학평론』, 『비판』, 『사해공론』, 『삼천리』, 『신 계단』, 『신동아』, 『신문예』, 『예술』, 『인문평론』, 『조선문예』, 『조선문학』, 『조선지광』, 『조 광』, 『청색지』, 『춘추』, 『풍림』, 『형상』

2. 논지

1) 국내 논저
강상희, 「친일문학론의 인식구조」, 『한국근대문학연구』 제4권 제1호, 2003.4.

강영주, 「1930년대 소설론고」, 서울대 석사논문, 1976.

강유진, 「근대 주체로서의 성장과 가족로망스 - 김남천 『대하』를 중심으로」, 『어문논집』 제 39집, 2008.9.

강지윤, 「'재현'의 위기와 김남천의 리얼리즘」, 『사이』 제3호, 2007.

강해수, 「근대 조선의 '세계사' 경험과 역사철학자들」, 『일본문화연구』 제18집, 2006.4.

_____, 「'道義의 제국'과 식민지조선의 내셔널 아이덴티티」, 『한국문화』 제41집, 2008.6.

고봉준, 「'동양'의 발견과 국민문학」, 『한국문학이론과 비평』 제35집, 2007.6.

_____, 「전형기 비평의 논리와 국민문학론」, 『한국현대문학연구』 제24집, 2008.4.

_____, 「1930년대 비평장(場)과 휴머니즘-김오성의 네오휴머니즘론을 중심으로」, 『한국
　　　문학이론과 비평』 제40집, 2008.9.

고영진, 「임화의 리얼리즘론 변모 양상과 소설론」, 『문예시학회』 제16권, 2005.

구재진, 「일제하 "조선적인 것"의 기원과 형성-1930년대 사회주의 비평과 "조선" 인식」, 『민
　　　족문학사연구』 제31호, 2006.

구중서, 「문학사 성찰의 광범한 터전-백철의 비평과 생애」, 『민족문학사연구』 제36호, 2008.

권성우, 「임화 시에 나타난 '탈식민성' 연구」, 『한국문예비평연구』 제24호, 2007.

_____, 「임화, 혹은 세 가지 저항의 방식」, 『현대문학의 연구』 제33호, 2007.

_____, 「임화의 메타비평 연구」, 『상허학보』 19집, 2007.2.

_____, 「시대에 대한 성찰, 혹은 두 가지 저항의 방식-임화와 김기림」, 『한민족문화연구』
　　　제26집, 2008.8.

권일경, 「1930년대 모더니즘 소설의 실재관과 '재현' 개념에 관한 고찰」, 『관악어문연구』 제
　　　21권, 1996.

권영민, 「최재서의 소설론 비판」, 『동양학』 16집, 1986.

권용선, 「30년대 후반 임화 문학론에 나타난 근대성 인식 고찰」, 『인천어문학』, 1999.2.

김기호, 「김남천 소설론의 전개과정과 그 특성-전반기(1930~1942)의 비평을 중심으로」,
　　　한국외국어대 석사논문, 1989.

김동식, 「"리얼리즘의 승리"와 텍스트의 무의식-임화의 「의도와 작품의 낙차와 비평」에 관
　　　한 몇 개의 주석」, 『민족문학사연구』, 제38호, 2008.

_____, 「1930년대 비평과 주체의 수사학」, 『한국현대문학연구』 제24집, 2008.4.

김민정, 「"식민지 근대"의 문학사적 수용과 1930년대 문학의 재인식」, 『어문논총』 제47호,
　　　2007.12.

김병구, 「임화의 소설론 연구」, 서강대 석사논문, 1992.

김수림, 「제국과 유럽-삶의 장소, 초극의 장소」, 『상허학보』 23집, 2008.6.

김예림, 「데카당스의 역사철학과 문학적 상상력」, 『1930년대 후반 근대인식의 틀과 미의식』,
　　　소명출판, 2004.

_____, 「초월과 중력, 한 근대주의자의 초상-일제 말기 임화의 인식과 언어론」, 『한국근대
　　　문학연구』 제5권 제1호, 2004.4.

_____, 「'동아'라는 시뮬라크르 혹은 그 접속자들의 문화 이념」, 『상허학보』 23집, 2008.6.

김외곤, 「1930년대 후반 창작방법론에 미친 외국 이론의 영향(1)」, 『한국문학과 리얼리즘』,
　　　한국현대문학연구회 편, 한양출판, 1995.

_____, 「임화의 소설론과 생활 세계의 인식」, 『한국학보』 제21권 4호, 1995.12.

_____,「민족문학론의 근대성에 대한 비판적 연구－임화의 논의를 중심으로」,『한국현대문학연구』, 1998.12.

김윤식,「임화를 위한 변론－정치적 진실과 문학적 진실」,『실천문학』, 1988 봄.

_____,「비평의 운명과 그 표정들－「발자크론」을 둘러싸고」,『문예중앙』, 1997 여름.

김재영,「1910년대 '소설' 개념의 추이와 매체의 상관성」, 연세대 근대한국학연구소 기초학문연구팀,『한국 근대 서사양식의 발생 및 전개와 매체의 역할』, 소명출판, 2005.

김재용,「카프 해소파의 이론적 근거－임화론」,『실천문학』, 1993 여름.

_____,「'대동아문학'의 함정」,『문학수첩』, 2005 가을.

김종수,「역사소설의 발흥과 그 문법의 탄생－1930년대 신문연재 역사소설을 중심으로」,『한국어문학연구』제51집, 2008.8.

김준오,「현대 한국 장르비평 연구－최재서의 장르론」,『국어국문학지』23집, 1986.

김진억,「1930년대 후반기 장편소설론 일고－김남천을 중심으로」, 한양대 석사논문, 1986.

김 철,「'근대의 초극',『낭비』그리고 베네치아(Venetia)」,『민족문학사 연구』제18권, 2001.

_____,「우울한 형 / 명랑한 동생－중일 전쟁기 '신세대 논쟁'의 재독(再讀)」,『상허학보』25집, 2009.2.

김춘식,「최재서 비평 연구」,『한국어문학연구』28집, 1993.

_____,「임화의 '근대성'과 '전통'」,『한국언어문화』제27집, 2005.

김한식,「1930년대 후반 김남천의 창작방법론과 장편소설『사랑의 수족관』」,『한국문학이론과 비평』제10집, 2001.

김현양,「임화의 "신문학사" 인식과 전통－"구소설"과 "신소설"의 연속성」,『민족문학사연구』제38호, 2008.

김형섭,「『국민문학(國民文學)』의 서지 및 성격 고찰」,『일어일문학』제39집, 2008.8.

김효신,「한국 근대 문화와 이탈리아 파시즘 담론－1930년대를 중심으로」,『비교문학』제42집, 2007.

_____,「한국 근대 좌익 비평문학과 이탈리아 파시즘」,『이탈리아어문학』제22집, 2007.

나병철,「김남천의 창작방법론 연구」,『1930년대 민족문학의 인식』, 한길사, 1990.

_____,「임화의 리얼리즘론과 소설론」, 한국문학연구회 편,『1930년대 문학연구』, 평민사, 1993.

나카네 다카유키,「1930년대에 있어서 일본문학계의 동요와 식민지문학의 장르적 생성」,『일본문화연구』제4집, 2001.4.

노상래,「한 식민지 지식인의 근대초극하기」,『일본문화연구』제22집, 2007.4.

류보선,「1930년대 후반기 연구」, 서울대 박사논문, 1995.

_____, 「친일문학의 역사철학적 맥락」, 『한국근대문학연구』 제4권 제1호, 2003.4.

민경희, 「임화의 소설론 연구」, 서울대 석사논문, 1990.

박노현, 「내선인과 국민문학-신민족에 의한 신문학 고안의 기획」, 『한국어문학연구』 제42집, 2004.

박상준, 「임화의 문학사 연구에 나타난 이론 구성과 실제 기술의 변증법」, 『한국근대문학연구』 제5권 제1호, 2004.4.

박성창, 「1930년대 후반 한국근대에 나타난 묘사론 연구-임화와 김남천의 묘사론을 중심으로」, 『한국현대문학연구』 제26집, 2008.12.

박종성, 「강점기 조선정치의 문학적 이해」 2-이상과 서인식의 경우, 『한국정치연구』 제14집 제2호, 2005.

방기중, 「1930년대 조선 농공병진정책과 경제통제」, 방기중 편, 『일제 파시즘 지배정책과 민중생활』, 혜안, 2004.

_____, 「조선지식인의 경제통제론과 '신체제' 인식」, 방기중 편, 『일제하 지식인의 파시즘체제 인식과 대응』, 혜안, 2005.

방민호, 「김기림 비평의 문명비평론적 성격에 관한 고찰」, 『우리말글』 34호, 2005.8.

_____, 「일제말기 문학인들의 대일 협력 유형과 의미」, 『한국현대문학연구』 제22집, 2007.8.

_____, 「임화와 학예사」, 『상허학회』 제26집, 2009.6.

배개화, 「민족어, 민족문학, 리얼리즘」, 『현대소설연구』 37권, 2008.

배광호, 「1930년대 후반기의 장편소설론 연구-김남천의 비평을 중심으로」, 영남대 석사논문, 1987.

백문임, 「대동아공영권과 임화의 조선영화론」, 『문학과영상학회』 2005년 가을 정기학술대회 자료집, 2005.11.

서경석, 「1930년대 한국 에 나타난 '탈근대성' 연구」, 『한국 근대 리얼리즘 문학사 연구』, 태학사, 1998.

_____, 「1930년대 〈리얼리즘 승리론〉과 주체재건의 문제」, 『한국 근대문학사 연구』, 태학사, 1999.

서영인, 「근대인간의 초극과 리얼리즘」, 『국어국문학』 제137권, 2004.

_____, 「일제 말기 김남천 문학과 만주」, 『한국문학논총』 제48집, 2008.4.

서영채, 「1930년대 통속소설의 존재방식과 그 의미」, 『민족문학사연구』, 1993 하반기.

서은주, 「식민지 시대 문학 장의 역학-1930년대 외국문학 수용의 좌표-세계 / 민족, 문학」, 『민족문학사연구』 제28호, 2005.

손유경, 「임화의 유물론적 사유에 나타나는 주체의 위치(position)」, 『한국현대문학연구』 제

24집, 2008.4.

손정수, 「1930년대 한국 문예비평에 나타난 리얼리즘 개념의 변모 양상에 관한 고찰」, 『외국문학』, 1996, 봄.

_____, 「신남철·박치우의 사상과 그 해석에 작용하는 경성제국대학이라는 장」, 『한국학연구』 제14집, 2005.11.

송근호, 「1930년대 후반 임화의 문학론 연구」, 연세대 석사논문, 1992.

송병삼, 1930년대 후반 '비평의 기능', 『현대문학이론연구』 제34집, 2008.8.

신두원, 「임화의 현실주의론 연구」, 서울대 석사논문, 1991.

_____, 「변증법적 사유와 실천의 한 절정－1940년을 전후한 시기의 임화」, 『민족문학사연구』 제38호, 2008.

신철하, 「근대적 이성과 훼손된 지성」, 『비평문학』 제29호, 2008.8.

신형기, 「「날개」의 비평적 재해석」, 『현상과 인식』, 1983.12.

_____, 「1930년대의 장편소설 논의」, 『정통문학』 1권, 정음사, 1985.

_____, 「유항림과 절망의 존재론」, 『상허학보』 23집, 2008.6.

와나타베 나오키, 「임화의 언어론」, 『국어국문학』 제138권, 2004.12.

우치다 준, 현순조 역, 「총력전 시기 재조선 일본인의 '내선일체' 정책에 대한 협력」, 『아세아연구』 131호, 2008.3.

윤건차, 「근대 기획과 탈근대론, 그리고 탈식민주의」, 『문화과학』 31호, 2002.9.

윤기엽, 「대동아공영권(大東亞共榮圈)과 경도학파(京都學派)의 이론적 후원」, 『불교학보』 제48집, 2008.

윤대석, 「아카데미즘과 현실 사이의 긴장」, 『우리말글』 제36집, 2006.4.

이나미, 「일제의 조선지배 이데올로기－자유주의와 국가주의」, 강만길 외, 『일본과 서구의 식민통치 비교』, 선인, 2004.

이상갑, 「자기검토와 개조의 의미」, 이상갑 편, 『김남천』, 새미, 1995.

이양숙, 「최재서 문학비평 연구」, 서울대 박사논문, 2003.

_____, 「최재서 비평 연구」, 서울대 박사논문, 2003.

이원동, 「이기영의 생산소설 연구」, 『어문학』 제85호, 2004.9.

_____, 「『국민문학』의 좌담회 연구」, 『어문논총』 제48호, 2008.6.

_____, 「식민지말기 지배담론과 국민문학론」, 『우리말글』 제44집, 2008.12.

이정우·양일모, 「근대적 개인의 탄생－일제하 소설들에서의 "주체"」, 『시대와 철학』, 제17권 4호, 2006.

이종민, 「도시의 일상을 통해 본 주민동원과 생활 통제」, 방기중 편, 『일제 파시즘 지배정책과

　　　　민중생활』, 혜안, 2004.

이준식, 「파시즘기 국제 정세의 변화와 전쟁 인식」, 방기중 편, 『일제하 지식인의 파시즘체제
　　　　인식과 대응』, 혜안, 2005.

이지원, 「『삼천리』를 통해 본 친일의 논리와 정서」, 『역사와 현실』 제69호, 2008.9.

이진경, 「식민지 인민은 말할 수 없는가?－'동아신질서론'과 조선의 지식인」, 『사회와역사』
　　　　제71집, 2006.9.

이진형, 「임화의 소설 이론 연구」, 연세대 석사논문, 2001.

_____, 「김남천의 소설 정치학」, 『현대문학의 연구』, 2007.3.

_____, 「소설, 서사시, 국민문학」, 『한국근대문학연구』, 2008 하반기.

이태훈, 「1930년대 전반 민족주의세력의 국제정세인식과 파시즘논의」, 『역사문제연구』 제
　　　　19호, 2008.4.

이혜령, 「1930년대 가족사연대기 소설의 형식과 이데올로기」, 『상허학보』 제10집, 2003.2.

_____, 「『동아일보』와 외국문학, 해외문학파와 미디어」, 『한국문학연구』 제34집, 2008.6.

이혜진, 「전쟁과 문학－총력전하의 "전쟁문학" 작법(作法)－「보리와 병정(兵丁)」, 『전선시집
　　　　(戰線詩集)』, 『전선기행(戰線紀行)』을 중심으로」, 『한국문예비평연구』 제25호, 2008.

_____, 「근대의 초극 혹은 근대문학의 종언」, 『상허학보』 22집, 2008.2.

임관수, 「김남천의 소설론 연구」, 『어문연구』, 2001.

장두영, 「김남천의 『사랑의 수족관』론」, 『한국현대문학연구』 제23집, 2007.12.

장성규, 「카프 문인들의 전향과 대응의 논리」, 『상허학보』 22집, 2008.2.

_____, 「시대화의 〈불화〉, 세계와의 〈긴장〉－일제 말기 한국 〈사소설〉의 문학사적 의미」,
　　　　『작가세계』 통권 제77호, 2008.5.

_____, 「김남천의 발자크 수용과 '관찰문학론'의 문학사적 의미」, 『비교문학』 제45집, 2008.6.

전봉관, 「1930년대 한국시의 아방가르드와 데카당스－김기림 「기상도」의 현재적 의미를 중
　　　　심으로」, 『한국시학연구』 제20호, 2007.

전상숙, 「일제 군부파시즘체제와 '식민지 파시즘'」, 방기중 편, 『일제 파시즘 지배정책과 민중
　　　　생활』, 혜안, 2004.

_____, 「전향, 사회주의자들의 현실적 선택」, 방기중 편, 『일제하 지식인의 파시즘체제 인식
　　　　과 대응』, 혜안, 2005.

정명중, 「반(反)정치의 이념과 "즉물주의"－1930년대 백철의 비평」, 『현대문학이론연구』 제
　　　　24호, 2005.

정정호, 「백철의 비평적 사유와 대화적 상상력」, 『비평문학』 제30호, 2008.12.

정종현, 「'동아시아' 담론의 문제와 가능성－30년대 '동양' 담론과의 비교를 중심으로」, 『상

허학보』 제9집, 2002.9.

_____, 「사실, 과학 그리고 문학의 신생」, 『상허학보』 23집, 2008.6.

정해광, 「일제 시기 "번역"에 의한 "동양"관의 성립에 관한 연구」, 『시대와 철학』 제15호, 2004.

정호웅, 「임화 소설 비평의 구조」, 『한국학보』 제22권 2호, 1996.6.

정희모, 「1930년대 후반 김남천의 장편소설론 연구」, 『현대문학의 연구』 제4권, 1993.

_____, 「임화의 리얼리즘론과 소설론 연구」, 『비평문학』 제12호, 1998.7.

조영복, 「1930년대 신문 학예면과 문인기자 집단」, 『한국현대문학연구』 제12집, 2002.12.

조정환, 「한국문학의 근대성과 탈근대성」, 『상허학보』 19집, 2007.2.

조진기, 「일제말기 생산소설 연구」, 『우리말글』 제42집, 2008. 4.

조현일, 「임화 소설론 연구」, 한국 현대문학연구회 편, 『한국문학과 모더니즘』, 한양출판,
        1994.

조형근, 「근대성의 내재하는 외부로서 식민지성 / 식민지적 차이와 변이의 문제」, 『사회와
        역사』 제73집, 2007.3.

진정석, 「최재서의 리얼리즘론 연구」, 『한국학보』 23집, 1997.

차승기, 「1930년대 후반 전통론 연구」, 연세대 박사논문, 1999.

_____, 「'근대의 위기'와 시간―공간 정치학」, 『한국근대문학연구』 제4권 제2호, 2003.10.

_____, 「임화와 김남천, 혹은 '세태'와 '풍속'의 거리」, 『현대문학의 연구』 제25호, 2005.

_____, 「추상과 과잉」, 『상허학보』 21집, 2007.10.

_____, 「"사실의 세기", 우연성, 협력의 윤리」, 『민족문학사연구』 제38호, 2008.

_____, 「전시체제기 기술적 이성 비판」, 『상허학보』 23집, 2008.6.

차원현, 「한국 근현대문학 담론에 나타난 민족이념과 국가주의」, 『민족문학사연구』 제24호,
        2004.

차혜영, 「'조선학'과 식민지 근대의 '지(知)'의 제도―『문장』을 중심으로」, 『국어국문학』 제
        140권, 2005.9.

채호석, 「김남천 창작 방법론 연구」, 서울대 석사논문, 1987.

_____, 「임화와 김남천의 비평에 나타난 '주체'의 문제」, 상허문학회 편, 『1930년대 후반 문
        학의 근대성과 자기성찰』, 깊은샘, 1998.

_____, 「김남천 문학 연구」, 서울대 박사논문, 1999.

_____, 「탈―식민의 거울, 임화」, 『한국학연구』 제17집, 2002.11.

_____, 「탈―식민과 (포스트)카프문학」, 『민족문학사연구』 제23권, 2003.

_____, 「과도기의 사유와 '국민문학'론」, 『외국문학연구』 제16호, 2004.

_____, 「1930년대 후반 문학비평의 지형도―『인문평론』의 안과 밖」, 『외국문학연구』 제25호,

2007.2.

_____, 「검열과 문학장」, 『외국문학연구』 제27호, 2007.8.

_____, 「1930년대 후반 소설의 역사적 상상력-『인문평론』을 중심으로」, 『국어국문학』 제147호, 2007.12.

_____, 「1930년대 후반 문학의 지형 연구」, 『외국문학연구』 제29호, 2008.2.

_____, 「식민지 시대 비평의 지형」, 『한국근대문학연구』 제19호, 2009.4.

천정환, 「초기 『삼천리』의 지향과 1930년대 문화민족주의」, 『민족문학사연구』 제36호, 2008.

최유찬, 「1930년대 한국 리얼리즘론 연구」, 연세대 박사논문, 1986.

_____·오성호, 『문학과 사회』, 실천문학사, 1994.

최주한, 「신체제 이념과 김남천의 리얼리즘론」, 『대동문화연구』 제56집, 2006.

탁선미, 「에곤 에르빈 키쉬의 르포르타주 문학」, 『독일어문학』 제30집, 2005.

하재연, 「'신체제(新體制)' 성립 전후의 한국근대문학 연구방법론 고찰」, 『한국현대문학연구』 제25집, 2008.8.

하정일, 「일제 말기 임화의 생산문학론과 근대극복론」, 『민족문학사연구』 제31호, 2006.

_____, 「일제 말기의 한국문학과 새로운 민족 담론의 가능성」, 『실천문학』, 2008.5.

한형구, 「30년대 문단 재편과 시론의 비평적 전개-'기교주의 논쟁' 재음미」, 『한국현대문학연구』 제17집, 2005.6.

허병식, 「직분의 윤리와 교양의 종결-김남천의 『사랑의 수족관』을 중심으로」, 『현대소설연구』 32권, 2006.

허 정, 「1930년대 중후반 임화 시와 비평의 관계」, 『한국문학논총』 제45집, 2007.4.

홍재범, 「1930년대 휴머니즘론 연구(1)-백철의 '인간' 개념을 중심으로」, 『한국현대문학연구』 제10집, 2001.12.

황국명, 「1930년대 후반기 장편소설론 연구」, 『인제논총』 제9권 2호, 1993.

_____, 「임화의 소설론 연구」, 『인제논총』 제1권 제2호, 1995.12.

황종연, 「한국문학의 근대와 반근대」, 동국대 박사논문, 1991.

田村宋章, 「『國民文學』の變容」, 『일본어문학』 제23집, 2007.3.

2) 국외 논저

게오르그 루카치, 「르포르타지냐 문학적 형상화냐」, 차봉희 편, 『루카치의 변증-유물론적 문학이론』, 한마당, 1987.

宮田節子, 「'내선일체'의 구조」, 최원규 편, 『일제말기 파시즘과 한국사회』, 청아출판사, 1988.

나오키 사카이, 「모더니티와 그 비판—보편주의와 특수주의의 문제」, 곽동훈 외역, H.D. 하
　　루투니언 · 마사오 미요시 편, 『포스트모더니즘과 일본』, 시각과 언어, 1996.
모리스 고들리에, 「아시아적 생산양식의 개념과 마르크스주의적 사회진화의 방식」, 신용하
　　편, 『아시아적 생산양식론』, 까치, 1986.
미키 키요시, 유용태 역, 「신일본의 사상 원리」, 최원식 · 백영서 편, 『동아시아인의 '동양' 인
　　식—19~20세기』, 문학과지성사, 1997.
발터 벤야민, 반성완 역, 「얘기꾼과 소설가」, 『발터 벤야민의 문예이론』, 민음사, 1983(1990).
보리스 또마쉐프스끼, 조주관 역, 「테마론」, 야꿉슨 외, 『러시아 현대비평이론』, 민음사, 1993.
알랭 로브그리예, 김치수 역, 「몇 가지 낡은 개념에 관하여」, 『누보 로망을 위하여』, 문학과지
　　성사, 1981.
Hayden White, "Storytelling : Historical and Ideological", edit. Robert Newman, *Centurie's
　　Ends*, Narrative Means(Stanford : Stanford Univ. Press, 1996.), London, Boston and
　　Henley : Kegan Paul, 1978.
Terry Eagleton, "The Significance of Theory", *The Significance of Theory*, Oxford and
　　Cambridge : Basil Blackwell, 1990.

3. 단행본

곽승미, 『1930년대 후반 한국문학과 근대성—김남천의 경우』, 푸른사상, 2003.
김수용, 『예술의 자율성과 부정의 미학』, 연세대 출판부, 1998.
김영민, 『한국문학비평논쟁사』, 한길사, 1992.
김윤식, 『한국근대문예비평사연구』, 일지사, 1976.
＿＿＿, 『한국근대문학양식논고』, 아세아문화사, 1980.
＿＿＿, 『한국근대문학사상사』, 한길사, 1984.
＿＿＿, 『임화연구』, 문학사상사, 1989.
＿＿＿, 『최재서의 『국민문학』과 사토 기요시 교수』, 역락, 2009.
김재용, 『협력과 저항』, 소명출판, 2004.
김준오, 『한국 현대 장르 비평론』, 문학과지성사, 1990.
김　철, 『국문학을 넘어서』, 국학자료원, 2000.
＿＿＿ · 신형기 외, 『문학 속의 파시즘』, 삼인, 2001.
김홍규, 『문학과 역사적 인간』, 창작과비평사, 1980.
류종렬, 『가족사 · 연대기 소설 연구』, 국학자료원, 2002.

서준섭, 『한국 모더니즘 문학 연구』, 일지사, 1988.

선주원, 『1930년대 후반기 소설론』, 한국학술정보, 2008.

신형기, 『변화와 운명』, 평민사, 1997.

안함광, 이현식·김재용 편, 『안함광―문학과 진실』, 박이정, 1998.

유제식, 『뽈 발레리 연구』, 신아사, 1983.

윤대석, 『식민지 국민문학론』, 역락, 2006.

이선영 외, 『한국 근대사 연구』, 세계, 1989.

이주형, 『한국근대소설연구』, 창작과비평사, 1995.

이현식, 『일제 파시즘체제하의 한국 근대문학비평』, 소명출판, 2006.

임 화, 『문학의 논리』, 학예사, 1940.

정호웅, 손정수 편, 『김남천 전집』 1·2, 박이정, 2000.

차승기, 『반근대적 상상력의 임계들』, 푸른역사, 2009.

채만식, 『채만식 전집』 10, 창작과비평사, 1989.

채호석, 『한국 근대문학과 계몽의 서사』, 소명출판, 1999.

최유찬, 『리얼리즘 이론과 실제 비평』, 두리, 1992.

_____, 『한국문학의 관계론적 이해』, 실천문학사, 1998.

_____, 『문예사조의 이해』, 이룸, 2006.

_____, 『문학의 모험』, 역락, 2006.

최재서, 『문학과 지성』, 인문사, 1938.

_____, 『최재서 평론집』, 청운출판사, 1961.

_____, 노상래 역, 『전환기의 조선문학』, 영남대 출판부, 2006.

한원영, 『한국근대 신문연재소설 연구』, 이회문화사, 1996.

A. 티보데, 유억진 역, 『소설의 미학』, 신양사, 1960.

A. 하우저, 백낙청·염무웅 역, 『문학과 예술의 사회사―현대편』, 창작과비평사, 1974(1981).

E. 뮤어, 안용철 역, 『소설의 구조』, 정음사, 1975.

가라타니 고진, 박유하 역, 『일본 근대문학의 기원』, 민음사, 1997.

게르만 에르몰라예프, 김민인 역, 『소비에뜨 문학이론』, 열린책들, 1989.

게리 솔 모슨·캐릴 에머슨, 오문석 외역, 『바흐친의 산문학』, 책세상, 2006.

게오르그 루카치, 이영욱 역, 『역사소설론』, 거름, 1987.

_____, 변상출 역, 『발자크와 프랑스 리얼리즘』, 문예미학사, 1998.

_____ 외, 황석천 역, 『현대리얼리즘론』, 열음사, 1986.

게오르그 W. 프리드리히 헤겔, 두행숙 역, 『헤겔 미학』 1・2・3, 나남출판, 1996.

누시노프・로젠타리 외, 홍면식 역, 『창작방법론』, 문경사, 1949.

롤랑 부르뇌프・레알 윌레, 김화영 편역, 『현대소설론』, 문학사상사, 1986(1992).

마르트 로베르, 김치수 외역, 『기원의 소설, 소설의 기원』, 문학과지성사, 1999.

미하일 바흐찐, 전승희 외역, 『장편소설과 민중언어』, 창작과비평사, 1988.

보리스 그로이스, 최문규 역, 『아방가르드와 현대성』, 문예마당, 1995.

보리스 우스펜스키, 김경수 역, 『소설 구성의 시학』, 현대소설사, 1992.

브루노 힐레브란트, 박병화 외역, 『소설의 이론』, 현대소설사, 1993.

소련 콤 아카데미 문학부 편, 신승엽 역, 『소설의 본질과 역사』, 예문사, 1989.

슈미트・슈람 편, 문학예술연구회 미학분과 역, 『사회주의 현실주의의 구상』, 태백, 1989.

슬라보예 지젝, 이성민 역, 『부정적인 것과 함께 머물기』, 도서출판b, 2007.

_____, 한보희 역, 『전체주의가 어쨌다구?』, 새물결, 2008.

앨런 스피겔, 박유희・김종수 역, 『소설과 카메라의 눈』, 르네상스, 2005.

유진 런, 김병익 역, 『마르크시즘과 모더니즘』, 문학과지성사, 1986.

위르겐 슈람케, 원당희 외역, 『현대소설의 이론』, 문예출판사, 1995.

월리스 마틴, 김문현 역, 『소설이론의 역사』, 현대소설사, 1991

윌리엄 C. Dowling, 곽원석 역, 『『정치적 무의식』을 위한 서설』, 월인, 2000.

이안 와트, 강유나 외역, 『소설의 발생』, 강, 2005.

주네트 외, 석경징 외역, 『현대 서술 이론의 흐름』, 솔, 1997.

테리 이글턴, 이경덕 역, 『문학비평-반영이론과 생산이론』, 까치, 1986.

_____, 김명환 외역, 『문학이론 입문』, 창작과비평사, 1986(1992).

_____, 여홍상 역, 『이데올로기 개론』, 한신문화사, 1994.

_____・프레드릭 제임슨, 유희석 역, 『비평의 기능』, 제3문학사, 1991.

프랑코 모레티, 성은애 역, 『세상의 이치』, 문학동네, 2005.

프레드릭 제임슨, 여홍상・김영희 역, 『변증법적 문학이론의 전개』, 창작과비평사, 1984.

_____, 김유동 역, 『후기 마르크스주의』, 한길사, 2000.

한나 아렌트, 이진우・박미애 역, 『전체주의의 기원』 2, 한길사, 2006.

호르크하이머・아도르노, 김유동 외역, 『계몽의 변증법』, 문예출판사, 1995.

히로마쓰 와타루, 김항 역, 『근대초극론』, 민음사, 2003.

Andrew Hewitt, *Fascist Modernism*, Stanford : Stanford Univ. Press, 1993.

Fredric Jameson, *The Political Unconscious*, Cornell Univ. Press, 1981.

Georg Lukács, *Die Theorie des Romans*, Berlin : Luchterhand, 1971.

J.M. Bernstein, *The Philosophy of the Novel*, Susse : The Harvester Press, 1984.

Mikhail Bakhtin, *Problems of Dostoevsky's Poetics*, edit. and trans. Caryl Emerson, Minneapolis : Univ. of Minnesota Press, 1984.

Pericles Lewis, *Modernism, Nationalism, and the Novel*, Cambridge : Cambridge Univ. Press, 2000.

Pierre Macherey, trans. Geoffrey Wall, *A Theory of Literary Production*, London, Boston and Henley : Routldege & Kegan Paul, 1978.

W.P. Ker, *Epic and Romance*, London : Macmillan and Co., 1908.

새 천 년이 시작된 지도 벌써 몇 해가 지났다. 식민지와 분단국가로 지낸 20세기 한국 역사의 와중에서 근대 민족국가 수립과 민족 문화 정립에 애써온 우리 한국학계는 세계사 속의 근대 한국을 학술적으로 미처 정리하지 못한 채 세계화와 지방화라는 또 다른 과제를 안게 되었다. 국가보다 개인, 지방, 동아시아가 새로운 한국학의 주요 대상이 된 작금의 현실에서 우리가 겪어온 근대성을 다시 한 번 정리하고 21세기에 맞는 새로운 모습으로 탈바꿈시키는 것은 어느 과제보다 앞서 우리 학계가 정리해야 할 숙제이다. 20세기 초 전근대 한국학을 재구성하지 못한 채 맞은 지난 세기 조선학·한국학이 겪은 어려움을 상기해 보면, 새로운 세기를 맞아 한국 역사의 근대성을 정리하는 일의 시급성은 아무리 강조해도 지나치지 않다.

우리 근대한국학연구소는 오랜 전통이 있는 연세대학교 조선학·한국학 연구 전통을 원주에서 창조적으로 계승하고자 하는 목표에서 설립되었다. 1928년 위당·동암·용재가 조선 유학과 마르크스주의, 그리고 서학이라는 상이한 학문적 기반에도 불구하고 조선학·한국학 정립을 목표로 힘을 합친 전통은 매우 중요한 경험이었다. 이에 외솔과 한결이 힘을 더함으로써 그 내포가 풍부해졌음은 두말할 나위가 없다. 연세대학교 원주캠퍼스에서 20년의 역사를 지닌 매지학술연구소를 모체로 삼아, 여러 학자들이 힘을 합쳐 근대한국학연구소를 탄생시킨 것은 이러한 선배학자들의 노력을 교훈으로 삼은 것이다.

이에 우리 연구소는 한국의 근대성을 밝히는 것을 주 과제로 삼고자 한다. 문학 부문에서는 개항을 전후로 한 근대 계몽기 문학의 특성을 밝히는 데 주력할 것이다. 역사 부문에서는 새로운 사회경제사를 재확립하고 지역학 활성화를 위한 원주학 연구에 경진할 것이다. 철학 부문에서는 근대 학문의 체계화를 이끌고 사회과학 분야에서는 학제 간 연구를 활성화시키며 근대성 연구에 역량을 축적해 온 국내외 학자들과 학술 교류를 추진할 것이다. 이러한 연구들은 일방성보다는 상호 이해와 소통을 중시하는 통합적인 결과물의 산출로 이어질 것이다.

근대한국학총서는 이런 연구 결과물을 집약적으로 정리하기 위해 마련한 총서이다. 여러 한국학 연구 분야 가운데 우리 연구소가 맡아야 할 특성화된 분야의 기초자료를 수집·출판하고 연구성과를 기획·발간할 수 있다면, 우리 시대 연구자들뿐만 아니라 학문 후속세대들에게도 편리함과 유용함을 줄 수 있을 것이다. 새롭게 시작한 근대한국학총서가 맡은 바 역할을 충분히 할 수 있도록 주변의 관심과 협조를 기대하는 바이다.

2003년 12월 3일
연세대학교 원주캠퍼스 근대한국학연구소